Schlauchschals, Stofftaschen, merkwürdige Mützen und dummes, unpolitisches Geschwätz: So nimmt der 44-jährige Thomas seine jungen Mitbewohner wahr, als der Slam-Poet und Eigenbrötler widriger Umstände halber in die Nord-Neuköllner Hipster-WG einziehen muss. Wo ist bloß sein altes Neukölln abgeblieben? Statt Backshops gibt es nun Cafés, die Chai Latte anbieten, ein Neuseeländer entwickelt wahnsinnige Dönervariationen und das »Zille-Eck« ist neuer Szenetreff. Der Clash der Kulturen und Generationen zeigt sich bereits bei der Vorstellungsrunde in der Wohngemeinschaft und nimmt schon bald immer monströsere Formen an …

Uli Hannemann, geb. 1965 in Braunschweig, lebt als Autor in Berlin-Neukölln. Er ist Mitglied der Lesebühne »LSD – Liebe statt Drogen« sowie der »Reformbühne Heim & Welt«. Von ihm erschienen u. a. die Bestseller »Neulich in Neukölln – Notizen von der Talsohle des Lebens« (2008) und »Neulich im Taxi: Notizen vom zweitältesten Gewerbe der Welt« (2009).

ULI HANNEMANN

HIPSTER WIRD'S NICHT

ROMAN

Berlin Verlag Taschenbuch

Die im Roman dargestellten Ereignisse und Personen sind fiktiv. Ähnlichkeiten mit tatsächlichen Geschehnissen sowie lebenden, toten oder kranken Personen wären rein zufälliger Natur. Sämtliche Aphorismen sind frei erdacht und ihren angeblichen Erfindern mutwillig untergeschoben. Orte, Organisationen und Markennamen sind zu verschiedenen Teilen real und fiktiv. Das Buch ist aus Zauberpapier, das sich nach dem dritten Verleihen von selbst auflöst. Der Gerichtsstand des Autors ist Berlin-Neukölln.

FSC
www.fsc.org
MIX
Papier aus verantwortungsvollen Quellen
FSC® C019821

April 2014
Originalausgabe

Umschlaggestaltung: ZERO Werbeagentur, München,
unter Verwendung eines Bildes von © FinePic®, München
Gesetzt aus der Adobe Caslon von psb, Berlin
Druck und Bindung: Druckerei C. H. Beck, Nördlingen
Printed in Germany
ISBN 978-3-8333-0954-0
www.berlinverlag.de

»Hipster im 2er-Pack mit Streifenbund und optischer Knopfleiste. Je in Grundfarbe mittelblau. 95 % Baumwolle, 5 % Elasthan. Maschinenwäsche.« (Ulla Popken GmbH)

1

»Der Kreis ist die Gerade des unentschlossenen Mannes.«
(Konfuzius)

Meine Muschi hat Hunger! Und Durst!

Die Leuchtreklamen der Imbissbuden spiegeln sich in den Regenpfützen wider, ebenso wie flackerndes Blaulicht: ein Streifenwagen, ein Rettungswagen, dazu ein Löschzug. Entweder trifft zu spät Hilfe ein oder zu viel oder beides. Da kommt man sich als Verunglückter schon regelrecht verarscht vor und das ist das, was man in dieser Situation neben Anrufen von Meinungsforschern so ungefähr am wenigsten gebrauchen kann. Den Zweck des Löschzugs habe ich sowieso nie verstanden, die Verletzten brennen doch nicht. Oder nur ganz selten.

Ich brenne jedenfalls nicht. Eher fühle ich mich weitgehend ausgelöscht. Zwanzig Meter weiter zerrt ein behelmter Feuerwehrmann den achtgängigen Schrotthaufen, der mein Fahrrad war, unter einem dunkelblauen SUV hervor und von der Fahrbahn. So ist er immerhin nicht ganz umsonst zum Unfallort gekommen.

»Seine Birne ist ja ganz schön Matsch«, höre ich über mir eine Polizistin sagen. Ich will das aber gar nicht hören. Aus dem Zusammenhang heraus – Ich, Straße, Feuerwehr, Blut (Ketchup?), Kopfschmerzen! – fürchte ich nämlich, sie meint mich. Das wiederum macht mich auf derlei laienhafte Diagnosen gerade so allergisch. Wenigstens hat die Notversorgung durch die Profis schon begonnen. Ich habe eine Infusionsnadel in jedem Arm und mache Schockpipi in meine von Annabel frisch gewaschenen Jeans.

»Hölme schützen«, brummt ihr Kollege. »Dit merkta sich in Ssukunft.«

»Welche Zukunft?«, fragt die Kollegin und tippt sich durch

den Kurzmitteilungsspeicher meines Taschentelefons. Zu ihren Worten fehlt noch, dass sie mir wie einem Stück Dreck in die Seite kickt.

Welche Zukunft? Oh, das war jetzt echt gemein! Objektiv betrachtet dennoch eine gute Frage. Ich werde alte Optionen verabschieden müssen und dafür neue begrüßen dürfen: Zum Beispiel könnte ich, ganz praxisnah, als lebendes Anschauungsobjekt bei der Verkehrserziehung dienen.

So, liebe Kinder: Stellt doch dem, äh, Mann, den die netten Mitarbeiter vom DRK (Vielen Dank, die Herren! … Genau, unser Sergio macht das ganz richtig: Ihr dürft ruhig alle klatschen, das ist ganz toll von euch, die haben wirklich so einen schweren Beruf!) hier zu uns ins Klassenzimmer gefahren haben, einfach mal irgendeine Frage. (Ja, der sabbert. Ist doch nicht so schlimm, ist doch nur Spucke. Okay, und, äh … Vielleicht nicht zu nah ran, Sören. Und, Nicki, bitte nicht den »Stecker« aus seinem Arm ziehen. Nicki! Nick!!) Ganz egal was. Zum Beispiel, warum er so lieb, aber gleichzeitig auch so komisch guckt. (Ja, Linda: Ein bisschen wie ein toter Engel. Da hast du recht. Sehr schön!) Und unser Herr Hansen von der Verkehrspolizei erklärt euch dann, warum der Mann nur sinnloses Zeug antwortet. Aber dafür auf Englisch. Was – Achtung, aufgepasst: jetzt kommt's! – übrigens gar nicht seine Muttersprache ist.

Die Kinder wundern sich. Und ich wundere mich ebenfalls über diese Ironie des Schicksals: Jahrelang habe ich gegen den Anblick erwachsener Radfahrer mit Fahrradhelmen polemisiert und entsprechend niemals einen getragen. Was habe ich gespottet – im Bekanntenkreis, am Tresen oder auf der Bühne. Das hat mir vor Jahren sogar einen meiner größten Erfolge eingebracht: den Gewinn der »Hammer Hackfresse«, der damals inoffiziellen NRW-Meisterschaft der Slammer in der Senioren-Klasse (über 30), mit dem Schmähgedicht *Bi-babuntes Helmchen*. Seitdem hängt die originale Totenmaske eines unbekannten Narren vom westfälischen Hof bei uns zu Hause an der Küchenwand. Eingraviert die Jahreszahl und mein Kampfname: *Sieger 2001: Thomas68.*

An den eigentlichen Unfallhergang erinnere ich mich nicht. Auch die weiteren Umstände kann ich nur raten, angelehnt an meine sonstigen Gewohnheiten: Vermutlich wollte ich von da nach dort oder von dort nach da, und zwar wie üblich ziemlich schnell. Dann kam ich dort nicht an. Oder da nicht. Und schnell schon gar nicht.

Jetzt bin ich jedenfalls hier. Ganz unten. Und zwar im doppelten Sinne: zum einen wie ein sterbender Käfer auf dem Rücken liegend und zum anderen downtown am Hermannplatz. Wie üblich führe ich keinerlei Identifikationspapiere bei mir, doch dafür haben die Bullen mein Handy gefunden. Erstaunlicherweise funktioniert es noch – hier zahlt sich meine Vorliebe für robuste Oldtimer aus, mit denen man nichts als telefonieren kann. Um meine Bezugspersonen zu ermitteln, checken sie die eingegangenen Mitteilungen.

Sie sind zu zweit. Eine junge Kollegin mit langen, zum Zopf geflochtenen, braunen Haaren. Neben ihr steht ein älterer Kollege, Schnauzbart, mit Bauch, der Ranghöhere der beiden.

Sie erledigt das Technische. Die jungen Leute eben. Nie und nimmer wäre er in der Lage, ein fremdes Mobiltelefon zu bedienen. Bei seinem eigenen weiß er inzwischen gerade mal, auf welchen Knopf er drücken muss, wenn Mutti anruft, kurz bevor es Essen gibt. Aber für exotische Sonderfunktionen wie Textnachrichten oder Tastensperre ist er beileibe nicht Nerd genug.

Dafür ist er der Lebenserfahrenere.

Sie stehen direkt neben mir, während die Beamtin die Nachrichten im Speicher durchgeht. Bei der Muschi-Nachricht stutzt sie und blickt zu mir herunter. Sieht sie in mir die Urlaubsvertretung für den Katzenbesitzer und wähnt nun ein hungerndes Haustier in Not? Dafür sind die Kollegen von der Feuerwehr zuständig und noch wären die ja vor Ort. Nein, sie deutet die Message schon richtig, denn beim Lesen jeder weiteren Nachricht gewinnen ihre Wangen an Farbe. Ich glaube kaum, dass das am Widerschein der roten Leuchtreklame von *Süper-Döner* liegt.

»Hier ist noch so eine, schon wieder von dieser Larissa.« Sie stellt sich auf die Zehenspitzen und flüstert dem Älteren ins Ohr: *»Schpinno seikestern offansichich feuchontier käferchen.«* Ich vernehme nur ein Mischmasch aus Vokalen, Konsonanten und solchen, die es werden wollen. Die Botschaft ist mir dennoch klar. Schließlich war sie mal für mich bestimmt.

Er zeigt ein schweinisches Grinsen. Matroschka: Über den Rand der ohnehin schon alptraumhaften Szene linst eine kleine böse Nebenphantasie.

In der Polizeikantine sitzen uniformierte Schnurrbartträger vor Kassler Nackensteaks, Kraut hängt wirr in den Barthaaren, fettige Münder schmatzen die Herrenwitze der Zukurzgekommenen. »seikestern … feuchontier …« Bäuche und Bärte wackeln vor unersättlichem Lachen. Fleischscheiben und Fleischfressen tanzen einen wilden Reigen. Wer ist hier eigentlich das tote und wer das lebende Schwein?

Kein Wunder, dass sie genervt wirkt. Zur Abwechslung hört sie die Mailbox ab, schüttelt den Kopf, dass der Zopf schlenkert, und referiert: »Ein Zeuge namens Schlicky oder so, Veranstalter eines Grunzburg-Slams oder so, bittet ihn« – erneut blickt sie zu mir herunter –, »bittet das Opfer, doch bitte im April nicht zu kommen. Das Feld oder so wäre schon voll und man wolle die Veranstaltung nicht verwässern, qualitativ und quantitativ …«

»Nennta einen Namen?«

»Leider nein. An Namen haben wir bislang nur …«

»Dit Frollein Larissa würdick ja jern ma kenn'lern'.« Er zwinkert.

Sie lässt sich nichts anmerken. Flucht nur innerlich. Immerhin ist er ihr Vorgesetzter und die haben ja bekanntlich immer den Längsten. Aber ein Ende dieser Prozedur muss her. Unbedingt. Ein Befreiungsschlag. Außerdem hat sie längst Feierabend, Hund muss raus, Tampon muss rein, im Fernsehen läuft ein alter Bayern-Tatort mit Udo Wachtveitl und dem mürrischen Ausländer, den sie insgeheim ganz ansprechend findet. Um nicht zu sagen affengeil. Sie zieht ein unerwartet kraftvolles Resümee.

»Wir haben hier also: etwa hundert explizite Ficknachrichten von der Zeugin Larissa, Familienname unbekannt, ein paar vernachlässigbare Einzeltexter und dann noch ungefähr zehnmal etwas in der Richtung *Bringst du noch Milch mit?* oder *Kommst du heut noch mal nach Hause, verdammt?* von einer anderen, mutmaßlich ebenfalls weiblichen, Kontaktperson – die letzte SMS ist eine halbe Stunde alt.«

Erstmals bringe ich wieder einen Laut hervor. Doch es ist kaum mehr als ein schwaches Stöhnen. »The Germans should …«, höre ich erstaunt aus meinem Mund. Das sind nicht meine Worte, das ist noch nicht mal meine Sprache. Warum spreche ich Englisch?

»Warum spreche ich Englisch?« Ich versuche mich mit dem Oberkörper ein kleines Stück von der Trage aufzurichten. »Please …?«

Doch sie hören mich nicht, sind mit ihrer Beratung beschäftigt. »Die rufenwa an«, entscheidet der Lebenserfahrenere. »Wie heißt die?«

2

»Und er faselte irgendwas von seiner Autonomie als Individuum.«
(Anonyme Freundinnen im Park über das Thema Betrug)

Sie heißt Annabel. Annabel ist gefährlich ruhig. Sie lauert. Krokodil im Wasserloch, gleich kommt das Gnu, das bin ich, dabei hat doch eigentlich sie die Hörner auf. Sie schreit nicht, weint nicht, stellt nur Fragen.

»Das mit Larissa ist sowieso lang vorbei«, behaupte ich, »außerdem war die Sache überhaupt nicht wichtig.«

Das stimmt. Wichtig ist nur Annabel. Wir ergänzen uns perfekt: Sie kleidet mich, nährt mich und unterhält mich – zum Ausgleich bin ich immer für sie da. Es sei denn, ich bin gerade weg. Zum Beispiel bei Larissa, was ich aber eher als logistisches Hindernis sehe denn als romantisches. Schließlich liebe ich nur Annabel oder glaube zumindest, sie zu lieben. Denn was ist das schon: Liebe? Eine Worthülse, gefüllt mit lauwarmer Luft, die jeder für sich selber definieren kann, wie er lustig ist. Ich deute sie jedenfalls so, dass ich für jemanden da bin, wenn ich nicht gerade weg bin. Mehr habe ich nicht zu geben, aber ich finde, das ist schon ziemlich viel.

»Vorbei« – kein schönes Wort. Eigentlich könnte sie ja ruhig auch anerkennen, was ich schweren Herzens nur für sie aufgegeben habe. Aber ungeachtet meiner eigenen, zugegebenermaßen begrenzten, Verlustgefühle leide ich natürlich auch mit Annabel. Mir ist schon klar, dass das für sie jetzt keine superangenehme Situation ist, die ich nun nach bestem Wissen und Gewissen wieder hinzubiegen habe. Einsicht ist mein zweiter Vorname. Thomas Einsicht Guttmann.

»Und was ist das hier? Thomasinchen!« Sie hält mein Handy in der ausgestreckten Hand. »Die hier ist gerade mal drei Tage alt: *Bist du schon wieder bei deiner blöden Freundin? Komm und steck ihn mir rein!*«

Okay, »lang« ist natürlich relativ. So mache ich gerade ein relativ langes Gesicht, ungefähr wie Pluto nach Aberkennung des Planetenstatus. Ex-Planet, Drecksplanet. Denn natürlich hat nicht die Polizei angerufen.

Der Unfall, die Polizistin, mein Handy: Das alles ist nur ein in Variationen (andere Straße, anderes Fahrzeug, andere Verletzungen) ständig wiederkehrender Tagtraum, eine Angewohnheit seit Kindheitstagen. Ertappt bei einem kleinen Ladendiebstahl, eine Drei in Religion, doch auf dem Heimweg verunglücke ich und alles andere ist auf einmal Nebensache. Die Mutter sitzt am Bett und weint. Buhuhu. Sie sorgt sich um mein Überleben. Auf der Stirn ein Lappen, überall Blut, ich kotze in den Putzeimer. »Scheiß auf die Drei«, schluchzt sie, was zeigt, wie unrealistisch meine Tagträume damals schon waren. Das hätte sie nie gesagt. Zum Glück, denn die Drei ist für mich persönlich eine ganz, ganz wichtige Zahl. Auf die scheißt niemand ungestraft.

Im Fall von Annabel ist das Motiv sehr ähnlich. Sie soll nicht sauer sein. Ich mag es nicht, wenn sie sauer ist. Ich will auch nicht, dass sie traurig ist. Mir wäre es ja viel lieber, sie würde mir vergeben, denn letztlich folge ich doch auch nur meiner Bestimmung. Schließlich bin ich ein Mann und ein Künstler. Der Mann sucht die Frau und der Künstler die Inspiration und der Mann im Künstler die Inspiration in der Frau. Diese Suche kann durchaus auch mal über eine Energieübertragung an den besonders im Genitalbereich sensiblen Hautstellen führen, das lässt sich trotz noch so guter Vorsätze nicht komplett vermeiden. Aber ich gebe mir rechtschaffen Mühe, für uns, ich war schon mal schlimmer.

»Du willst doch einfach nur rumficken«, sagt sie.

Habe ich eben zu laut gedacht? Vermutlich. Ihr pauschaler, die komplexen Zusammenhänge verkennender Vorwurf lässt darauf schließen. Dennoch versuche ich, mich in ihre monogame Dystopie hineinzuversetzen und eine angemessene Lösung für uns beide zu suchen. Mein Tagtraum wäre so eine Lösung, nur leider kennt sie ihn nicht, sonst könnte sie in diesem Moment so froh sein: Mein Fahrrad steht heil im Hof und ich bin auch nicht verletzt, allenfalls seelisch. Doch sie ist nicht froh, das spüre ich. Sie ist vielmehr sauwütend. Mein Heil suche ich im schnellen Gegenangriff.

»Wie kommst du eigentlich dazu, an meinem Handy rumzufummeln?« Ich bemühe mich erst gar nicht, den anklagenden Tonfall zu verbergen. Sie soll ruhig wissen, dass sie jetzt aber auch mal einen Fehler gemacht hat. Ihr Misstrauen kränkt mich nach all den Jahren, in denen ich ihr herzlich wenig Anlass dazu gegeben habe. Also höchstens manchmal, so wie jetzt.

»Das lag hier eben rum und ich hab's dann mit meinem verwechselt.« Sie bleibt ruhig. Ich beneide sie um ihre Fähigkeit, mit der Mimik eines Reptils zu lügen. Die habe ich nicht, obwohl ich sie weitaus nötiger hätte. Gott hat die Fairness nicht mit Löffeln gefressen. Da ist es doch kein Wunder, dass ich nicht an ihn glaube.

»Wie lang geht das denn nun schon? Seit du deine Schlüppis nicht mehr bei KiK kaufst? Ich hab nämlich echt keinen Bock, dieses Schlampenfickscheiß-Epos bis zur Steinzeit durchzuscrollen.«

Sie weiß anscheinend nicht, wie lange. Das ist gut. Jetzt muss ich bloß noch geschickt pokern und aus dem halben Dauerbrenner einen lässlichen Ausrutscher basteln: Betrunken, nicht bei Sinnen, vollkommene Ausnahmesituation, gegen mein ausdrückliches Verbot direkt an den Schwanz gefasst, einmal, sagen wir, vor zwei Wochen und einmal vor drei Tagen und dann auch nicht wiedererkannt, weil so öde und unscheinbar, blablabla. Und war sowieso alles nicht schön und überaus belanglos …

»Zwei Wochen?«, sage ich und spreche versehentlich das

Fragezeichen mit. »Zwei Wochen«, verbessere ich mich und hoffe, dass die Spanne ungefähr in den Rahmen des von ihr nachvollzogenen »Fickscheißes«, formerly known as »Mein süßes kleines Geheimnis«, passt. In der Methode habe ich Übung. Es ist nicht gerade die allererste Diskussion dieser Art.

Sie wirft einen leeren Blick nach draußen auf unsere Dachterrasse. Genauer gesagt, ihre Dachterrasse, denn wer zahlt, bestimmt die Possessivpronomen. Auf dem Geländer liegt Schnee, eine Amsel schaukelt in dem Strunk einer toten Balkonpflanze. Manche haben auch Ende Januar Spaß.

»Es ist nicht, was du denkst«, bemühe ich eine Floskel und lache unsicher, denn sie ist natürlich nur als Zitat aus einem schlechten Film gedacht: Türenklappkomödie mit nacktem Mann im Schlafzimmerschrank. Das wissen wir beide, das sind nun mal die gemeinsamen Codes einer langjährigen Beziehung.

»Weil *du* weißt, was *ich* denke«, sagt Annabel. Ihre Mundwinkel fangen an zu zittern. Scherbenalarm. Sie nimmt einen Teller vom Tisch, den blauen mit den tanzenden kleinen Hühnchen, und dreht ihn prüfend hin und her, bevor sie ihn achtsam wieder zurückstellt.

»Der ist zu schade für dich.«

Ich kann nichts dafür. Es ist die Biologie. Bei Versuchen mit Ratten haben Wissenschaftler festgestellt, dass bei einem Rattenmännchen der Spiegel des Belohnungshormons Dopamin nach wiederholter Paarung mit demselben Weibchen immer weiter in den Keller sinkt. Paart sich das Männchen jedoch mit einer ihm bis dahin unbekannten Partnerin, schnellt der Dopamin-Spiegel sofort wieder in die Höhe. Das erkläre ich ihr. Meine Stimme ist sanft, der populärwissenschaftlich gehaltene Vortrag mit klugen und geschmackvollen Scherzen garniert, weil ich weiß, dass der Vergleich an sich nicht unbedingt der Megabrüller ist.

»Stimmt. Du bist eine Ratte«, sagt sie. Sie scheint mich verstanden zu haben.

Oder vielleicht auch nicht so ganz, denn jetzt heult sie am Ende doch. Das wollte ich nicht. Ich möchte, dass Annabel fröhlich ist, jetzt auf der Stelle. Sie weiß doch, wie sehr ich ihr Lächeln mag, mit dem oberen mittleren Schneidezahn, der sich so vorwitzig vor seinen Nachbarn schiebt, als wolle er als Erster gucken, was es zum Essen gibt. Das finde ich bei aller Unregelmäßigkeit wirklich sauschön. Heulend hingegen sieht jeder Mensch irgendwie blöd aus, selbst Annabel.

An dieser Stelle keift mein innerer Chefankläger plötzlich los: Was mir einfiele, dem Opfer – er meint Annabel – in dieser Situation auch noch vorzuschreiben, ein fröhliches Gesicht zu machen. Das sei ja wohl die Höhe und Fremdgehen offenbar eine Art Hobby meiner durch und durch verkommenen Persönlichkeit.

Einspruch, Euer Ehren. In einer zerknitterten Robe rafft sich mein Pflichtverteidiger auf. Ein Alt-68er, dem eine fünfstellige Zahl THC-Konsumeinheiten tiefe Furchen der Vernunft und der Gelassenheit ins gemütliche Gesicht gegraben hat. Mit freundlichen Worten klärt er den Staatsanwalt über die Trennung von Staat und Kirche, den Unterschied zwischen Moral, Gesetz und Scharia sowie den chronologisch korrekten Ablauf der Ereignisse auf: So habe das Opfer vor langer Zeit sogar mit »diesem Laissez-faire-Programm«, wie er sich moralisch neutral ausdrückt, angefangen. Und zwar in Gestalt diverser in Gleitzeit parallel alternierender Verhältnisse mit ihrem Doktorvater, einem tunesischen Barmann sowie dem Angeklagten, als sie mit dem noch längst nicht offiziell zusammen war.

Eben, unterbricht der Nebenkläger: »Sie sagen es: ›noch nicht offiziell zusammen‹.« Erstens wäre es gerade unter diesen Umständen ja wohl reichlich abenteuerlich vom Beklagten, irgendwelche eheähnlichen Ansprüche abzuleiten. Zweitens habe das Opfer damals ganz klar alle Karten auf den Tisch gelegt: Wenn er, der Angeklagte, diese »Phase« seiner, des Opfers,

»Findung« nicht zu ihrer beider, des Opfers sowie des Beschuldigten, »Besten« mitzumachen bereit sei, könne er eine mögliche gemeinsame Zukunft »gleich von vornherein knicken« (Zitate Opfer). Nach dieser Phase aber sei ein beiderseitiger Entschluss zu weitgehender Monogamie durchaus wünschenswert.

Die Schöffen, die sich auf einer harten Bank in meinem Nebenhirn drängeln, grummeln: Der Sachverhalt spricht klar gegen den Angeklagten. Zu allem Überfluss weigert sich der psychiatrische Gutachter, verletzte Eitelkeit als nie verjährenden Rachegrund sowie Eifersucht als Geisteskrankheit anzuerkennen.

Der Richter bin ich zum Glück selber.

»Streifenhörnchen«, sage ich beschwichtigend. So nenne ich sie manchmal, seit sie in unserem ersten gemeinsamen Urlaub (Litauen, Regen, Auto geklaut, Blasenentzündung, Alkoholvergiftung) einen blau-weiß gestreiften Bikini trug, der sich leider mitsamt ihrem klapprigen Mazda und einer erst am Vortag traumhaft günstig erstandenen Batterie Wodkaflaschen auf Nimmerwiedersehen verabschiedete. Natürlich ist allein schon die Verwendung solcher Koseformen in sich ein ironischer Bruch, den nur wir beide verstehen. Eine Anspielung auf unsägliche Paare, die einander unsägliche Namen geben. Wir sind schließlich keine Idioten. Aber durch diesen Zitatfilter hindurch gedacht, hört sie das mit dem Hörnchen normalerweise schon ganz gern.

Behutsam lege ich ihr die linke Hand auf den Rücken, der wie von Krämpfen geschüttelt vibriert.

»Wir sind doch irgendwie beide Opfer«, behaupte ich ausgleichend. Ich habe gelernt, nicht immer nur an mich zu denken: Seite dreizehn im Knigge für den Beziehungsstreit. Die Seite ist schon voller Eselsohren, Tränen und Nutella. Ich streiche ein paarmal mit dem Daumen über die als spitze kleine Hügel aus ihrem schmalen Kreuz herausstechenden Wirbel –

dabei versuche ich, mit der Bahn meiner Finger eine exakte geometrische Figur zu beschreiben. Im Eifer des Wiedergutmachungsgefechts merke ich erst nach einer halben Minute, dass ich gedankenverloren Hakenkreuze nachzeichne, selbstredend ohne jeden politischen Hintergrund. Von mir selbst erschrocken gehe ich fließend zum Haus-vom-Nikolaus über.

»Das – ist – das – Haus – vom – Ni – ko – laus«: Strich nach links, rechts hoch, links rüber, rechts hoch, rechts runter, gerade runter, links hoch, gerade runter, fertig. Leider fühlt sich die Geste unecht an, als streichelte ich einen Hund, damit er nicht beißt, und ein bisschen ist es ja auch so. Ich kann es zurzeit einfach nicht besser, dazu bin ich noch viel zu sehr bei mir und meinem Schrecken. Allerdings spekuliere ich darauf, dass sie es nicht merkt. Die Hoffnung erstirbt, als sie meine Hand mit energischem Schwung beiseitefegt. Durch den Tränenvorhang funkelt sie mich böse an.

»Lass den Müll! Ich scheiß auf Streifenhörnchen!«

Sie setzt sich auf einen der Barhocker, die in unserer Wohnküche stehen, versenkt den Blick in das grau-schwarze Krisselmuster der Arbeitsplatte und schweigt. Ihre kurzen schwarzen Haare wirken wie angeklatscht. Ein begossener Pudel, der nicht bellt und gerade auch nicht beißt. Ihr Phlegma macht mich wahnsinnig. Sie könnte mir doch wüste Beleidigungen an den Kopf werfen, um sich wenigstens ein kleines bisschen ins Unrecht zu setzen. Mir dadurch einen Ansatz verschaffen, für meine Position bloß einen kleinen Felsvorsprung, in den ich meinen Haken einschlagen oder meinen Tritt setzen könnte. Doch so etwas macht sie nie. Alles, was sie tut und sagt, ist immer wohl durchdacht, vielleicht von der fatalen Ausnahme abgesehen, dass sie mit mir zusammen ist. Das ist doch nicht normal. Sogar mit dem Teller wirft sie nicht, nur damit hinterher im Set keiner fehlt.

Weil mein Instinkt mir sagt, dass es gerade nicht an mir ist, mich aufzuregen, versuche ich, mich nicht darüber aufzuregen, und platziere mich zwei Hocker von ihr entfernt auf einen anderen. Sie auf einem Hocker, zwei dazwischen, ich auf dem nächsten: macht zusammen vier. Vier und wir zwei sind sechs – geschafft! Die Sechs ist nämlich eine Zahl, die ich nach Möglichkeit immer zu erreichen suche. Das gelingt mir auch fast durch die Bank, da lässt sich eigentlich immer irgendwas drehen. Und wenn es einmal wirklich nicht geht, dann tut es als nächstbeste Möglichkeit auch die Neun in ihrer Eigenschaft als auf dem Kopf stehende Sechs. Zusätzlich ist die Drei ihr gemeinsames Kind. Die Drei geht auch, die Drei ist super. Oder die Zwölf. Alle Vielfachen oder Teile von Sechs sind okay. Aber die Sechs ist natürlich am besten. Oder doch die Drei?

Weil ich nicht weiß, was ich sagen soll, sage ich nichts und schaue möglichst betreten drein. Dackel, Dackel, Dackel. Ich fühle mich auch betreten. Das kenne ich schon. Hinterher tut mir nämlich immer alles leid. Gerne würde ich Annabel jetzt etwas Aufmunterndes sagen. Ich weiß bloß gerade nicht, was. Eben, dass es mir leidtäte? Zu inflationär. Dass ich das im Grunde gar nicht wollte? Das glaubt sie mir nicht. Dass es nie wieder vorkommen wird? Das glaube ich mir nicht. Dass es blöd von mir war? Das wissen wir beide, sonst wäre ich ja nicht aufgeflogen. Um meine ernste und nachdenkliche Miene aufrechtzuerhalten, stelle ich mir die Bundesligatabelle vor.

Nach einer gefühlten halben Ewigkeit – ich bin mittlerweile im Keller der Regionalliga Süd angelangt – hebt Annabel den Kopf. »Warum suchst du dir eigentlich immer solche Hilfsmuschis mit extra doofen Namen aus?«, sagt sie und schnieft. »Larissa, Bella, Tralala, Tatütata …«

Ich finde die Namen ja überhaupt nicht doof. Ganz davon abgesehen: Was, um Gottes willen, weiß sie von Bella? Bella aus Friedrichshain. Busen-Bella. Das ist doch bestimmt schon wieder drei Jahre her und lief so kurz, dass sie beim besten Willen nichts davon mitbekommen haben kann. Aber egal:

Ihre Reaktion legt nahe, dass sie ihren Humor wiedergefunden hat. Alles halb so wild mit meinem kleinen Streifenhörnchen. Für sie würde ich mich ja auch gerne ändern, aber ich kann nun mal nicht aus meiner Haut: Die liegt so eng und rettungslos an mir an wie eine Zwangsjacke. Da muss ich manchmal einfach rumtoben, um mir ein wenig Linderung zu verschaffen. Aber zum Glück kann sie anscheinend doch noch alles richtig einordnen. Ich scheine dem Verhängnis einmal mehr von der Schippe gesprungen zu sein.

3

*»Am Strand der Hoffnung sind alle Liegen
von Gescheiterten besetzt.«*
(Buster Keaton)

Als ich mit Rucksack und Reisetasche draußen vor der Tür von Annabels Wohnhaus stehe, kackt mir auch noch eine Amsel auf den Kopf. Drecksvieh, warum verpisst du dich nicht nach Süden? Im Rucksack mein Laptop, meine schmutzige Wäsche, zwei Paar Turnschuhe, ein paar CDs und DVDs, eine Magnumflasche Magenbitter *Lauterbacher Tropfen* (Sieg beim »Lauterbacher Loony«, 1999) sowie drei abgegriffene Ordner mit insgesamt viertausendfünfhundert Texten und Gedichten, die meisten davon selbst erfundene Aphorismen und Alternativversionen von *Bi-ba-buntes Helmchen*. In der Tasche klappert eine unbestimmte Anzahl Blechnasenbären.

Es ist immer noch Januar, keine gute Jahreszeit für einen gelungenen Start in die Obdachlosigkeit. Es ist auch immer noch derselbe Tag, an dem meine frische Exfreundin Annabel eine NSA-artige Erkundungsreise durch den Kurzmitteilungsspeicher meiner Mobilsprecheinrichtung unternommen hat. Ich bin wohl raus. Das hätte ich nicht gedacht. Nur wegen fast nichts und fast wieder nichts. Sie hätte wenigstens noch einmal meine Wäsche waschen können. Wo soll ich denn jetzt hin?

Dasselbe habe ich auch sie gefragt, doch sie hat daraufhin nur so eine Schwerhörigennummer abgezogen. Gut, dann antworte ich mir eben selber: vielleicht erst einmal weg hier. Ein ungemütlicher, ungebremst aus der Taiga kommender Ostwind pfeift durch die Straße. Als ich mich in Bewegung setze, knirschen unter den Sohlen meiner für das Wetter völlig unzureichenden Sneakers Granulat sowie die Scherben des Küchenfensters und eines blauen Hühnchentellers. Der ist am Ende wohl doch nicht zu schade für mich gewesen. Ich weiß nicht, ob ich das als gutes Zeichen deuten soll.

Abgezählte sechs Häuser weiter rette ich mich vor dem Wind in einen Hauseingang. Mein Gepäck ist scheißschwer, mir ist übel vor Zorn und Selbstmitleid, ich könnte auf der Stelle kotzen. Als ich mich zur Erholung kurz auf eine Stufe setzen möchte, bemerke ich gerade noch rechtzeitig, dass das schon jemand anderes vor mir getan hat, und wechsle einen Hauseingang weiter. Davon gibt es hier genug. Immerhin. Hauseingänge bis zum Abwinken. Die guten Zeichen häufen sich.

Zu denen zähle ich auch, dass mein Handy nicht mit durchs Fenster geflogen ist. Ich musste es nur aus dem Biomüll ziehen, wo es sowieso nicht hingehört, abwischen und einstecken. Nun durchsuche ich meine Adressliste nach einem möglichen Rettungsanker. Für ein paar Tage, denke ich, bis Annabel sich wieder eingekriegt hat. Bis jetzt hat sie sich noch immer beruhigt, wenn ich irgendwann zu Kreuze gekrochen kam: »Okay, es tut mir leid, okay, ich habe Scheiße gebaut, okay, ich weiß, dass ich dir wehgetan habe, okay, okay, okay …«

Das hab ich schon drauf, ich bin ein Meister im Beschwichtigen. Man muss den eigenen Stolz auch mal hintanstellen. Der Stolz bringt einem keinen Tee ans Bett, wenn man krank ist, und hält einem nicht vorm Fernseher die Hand, wenn der HSV mal wieder verliert. Das Leben ist ein einziges Strategiespiel.

Meine Finger sind mittlerweile eiskalt. Die Handschuhe habe ich oben gelassen. Ich schleppe mich nicht mit Dingen ab, die man nicht das ganze Jahr über gebrauchen kann. Im Gegensatz zu Blechnasenbären zum Beispiel, die kann man immer überall hinstellen. Derart taub sind meine Fingerspitzen, dass ich sie wie nicht zu mir gehörend über den Tasten kreisen lasse und mal hier, mal da versuchsweise zustoße. Auf dem Rummel war ich immer ganz gut darin, Plüschtiere mit dem Greifarm aus dem Glaskasten zu angeln, um sie anschließend direkt vor den Augen entsetzter Kinder zu verbrennen. Jetzt hilft mir diese Kunst. Das Leben ist auch eine einzige Schule.

ADAC Pannenhilfe – Warum stehen die in meinem Telefonbuch? Ich hab doch gar kein Auto. Und wenn ich eins hätte – könnte ich dann bei denen übernachten, in der Werkstatt oder so? Ist doch immerhin ein Notfall.

Ali, Amanda, Anatol.

Anatol hätte ich fast vergessen. Den Altpunk und Antifa-Krieger. Zwei Meter groß und drei Zentner schwer. Dass ich ihn das letzte Mal beim Fußballgucken in der *Butze* getroffen habe, ist auch schon wieder ein paar Jahre her. Gut, er ist ein Stück älter als ich, aber wie bei ihm das Verfallsdatum mit beiden Händen wild vom Gesichtsetikett herunterwinkt, ist dennoch erschreckend. Blaue Nase, graue Haare, schwarzes *Ramones*-Shirt. Anstelle des üblichen Warn-Blablas à la *Rauchen kann tödlich sein*, sollte der Gesetzgeber einfach nur Anatols Konterfei auf sämtliche Zigarettenschachteln und Bierflaschen kleben lassen.

Aus dem westfälischen Borken schon in jungen Jahren nach Berlin gekommen, verfolgt er seither eine vom Staat zunehmend schlechter bezahlte Karriere als Antifaschist, Antikapitalist und Antideutscher. Ein Opportunist ist er trotzdem. Denn natürlich war er wie alle seines Schlags zunächst auch komplett anti Fußball eingestellt, bis unter seinesgleichen auf einmal der FC St. Pauli en vogue wurde. Seitdem grölt er, Trittbrettfan einer leeren Attitüde, wegen der abartigen Anstoßzeiten in der zweiten Liga schon mittags besoffen in der *Butze* vor dem Fernseher rum, obwohl er noch nicht mal die Abseitsregel beherrscht. Und auch wenn das ja schon ein ziemlicher Asi-Laden ist, bin ich zum Gucken dann doch in den *Erbrochenen Krug* am Kotti gewechselt, weil es echt nicht mehr zum Aushalten war.

Ich selber bin ja stramm für den HSV. Aus Familientradition. Mir ist schon klar, dass das ein Verein von Pfeffersäcken für Pfeffersäcke, Nazis und Hools ist. Aber man kann sich das eben nicht aussuchen. Mein Onkel Ralf aus der Nordheide hat mich schon als Kind ein paarmal mit in den Volkspark genommen. Dein Verein ist ein Geschenk und ein Fluch und ein Erbe, kein linkes Modeaccessoire.

Laut Bernd, den ich noch ab und zu sehe, soll Anatol inzwischen einen neuen Hauptfeind – Zugezogene und Touristen – für sich entdeckt und dagegen eine eigene Kampfgruppe gegründet haben, die *Nichtsüddeutschen Altpunks*. Waren ihre vormaligen Betätigungsschwerpunkte eher in Kreuzberg und Friedrichshain zu finden, so kümmern sie sich neuerdings verstärkt um Nordneukölln. Sagt Bernd. Dort kleben sie Zettel an die Kneipenfenster, dass Schwaben, Spanier und Amerikaner gefälligst nach Hause gehen sollen. Dass sie nicht erwünscht sind und Berlin sie nicht liebt. Beziehungsweise *Borken doesn't love you*. Not at all, fast noch weniger als Berlin. Angeblich sollen sie auch schon neu eröffnete Bars in gentrifizierten Gegenden verwüstet haben, doch das glaube ich nicht. Dazu halte ich Anatol nicht für fähig, weder vom Energieaufwand her noch logistisch und erst recht nicht intellektuell. Das zeigt allein schon, dass die Abkürzung seines misanthropischen Oldie-Clubs *NsdAp* lautet. Was immerhin zu den schlicht rassistischen Parolen passt. Ich kann die kleinen bunten Szenevögel, die hier jetzt überall rumturnen, auch nicht besonders ab. Aber ich verachte sie einfach nur ein bisschen vor mich hin, so wie man eben Jüngere dafür verachtet, dass sie jung und dumm sind und noch das ganze Leben vor sich haben.

Nun fällt mir auch noch eine kleine Anekdote ein, die Anatols überschaubares Gripsquantum belegt: Wir (ich glaube Bernd, Anatol, Sylvia und Roger) waren irgendwann in den 90er Jahren mal am ersten Mai auf der Straße, bei den Krawallen. Eigentlich als Schaulustige, hatte ich zumindest gedacht. Adalbert, Ecke Naunyn wird es auf einmal eng, eine Wanne prescht auf die Kreuzung, randvoll mit mordlustigen Bullen.

Ich flüchte in einen Hauseingang, während Anatol seelenruhig in einer großen Aldi-Tüte fischt, über deren Zweck und Inhalt ich zuvor vergeblich gerätselt habe. Er zieht eine Handvoll Krähenfüße raus, also diese spitzen Eisendinger, mit denen man jeden Reifen kaputtkriegt. Dann aber, anstatt es dem Büttelpanzer vor die Räder zu schmeißen, wirft er ihm das Zeug in hohem Bogen gegen die noch dazu vergitterte Windschutzscheibe. Mit so einer weichen sanften Schwungbewegung, als wolle er Enten füttern. Und damit nicht genug, bleibt er auch noch stehen und rennt nicht weg. Voll breit, der Held. Die Bullen natürlich acht Mann hoch raus und ihn eingesammelt. Die konnten ihr Glück gar nicht fassen und so viel Blödheit bestimmt ebenfalls nicht. Es hat ein paar Monate gedauert, bis wir ihn da wieder raushatten. Obwohl am Ende sogar der Richter lachen musste.

Wo Anatol gerade wohnt, weiß ich allerdings nicht. Ich will es auch nicht wissen. Mir ist kalt.

Andrea, Andreas, Annabel, Apotheken, Arvid, Axel. Flüchtige Bekanntschaften, bis auf die Apotheken. Da bin ich öfter. Alka Seltzer, Aspirin, Ibuprofen. In einem früheren Leben hab ich die Medikamente sogar dahin ausgeliefert und Geld dafür bekommen, heute hole ich sie nur noch von dort ab. Und muss dafür bezahlen.

Neben mir huscht eine winzig kleine Maus aus einem kaum wahrnehmbaren Spalt zwischen Türstock und Mauer. Sie rennt blind auf mich zu, stutzt kurz und macht dann einen kleinen Bogen um mich herum. Der Bogen bricht an der Stelle ab, an der der Nager plötzlich einfach umkippt und liegen bleibt. Erfroren, schätze ich mal. Die Beerdigung wird warten müssen, der Boden ist sicher klaftertief vereist.

Ein solches Ende wird mir selber auch bald blühen. Annabel hat mich da reingeritten. Oder doch Larissa? Aber es war Annabel, die mich rausgeschmissen hat. »Du gehst jetzt besser«, hat sie gesagt. »Und du kommst auch nicht wieder.« Nach vierundvierzig Lebensjahren wundere ich mich noch immer über die Skrupellosigkeit von Menschen, die ich gut zu kennen glaubte.

Auslandsauskunft – Können Sie mir eine Auskunft in einer schwierigen Situation geben? Ach so, Sie sprechen kein Deutsch. Ja, logisch natürlich. »Can you help me in a difficult situation? My girlfriend threw, äh, skipped, äh, tossed, äh dropped, äh, let, äh, put … shit, my school English … I'm sorry … au revoir …«

Nein, die Auslandsauskunft ist es auch nicht. Ebenso wenig die *A–Z SMS Infos*. Was soll das überhaupt sein: Ratschläge, wie man Simse schreibt? Ich fürchte fast, ich habe diesen ganzen Nummernballast nur deswegen nicht gelöscht, um mich über die geringe Zahl meiner Sozialkontakte hinwegzutäuschen. Mein Terminkalender ist da schonungsloser: Einmal im Jahr *Mutti Geburtstag*, alle fünf Jahre *13.00 Uhr Zahnarzt*, und die Slam-Termine werden auch immer weniger, obwohl ich nach wie vor bestimmt einer der besten Slammer Deutschlands bin. Der Rest ist praktisch leer, bis auf die in meiner kaum lesbaren Handschrift eingetragenen Spieltermine des HSV.

Bella. Ach ja, ach je, ach nee. *Bernd*. Mein ehemaliger Kollege Bernd. »Laber-Bernd«, wie er in der Firma genannt wurde. Egal zu welcher Jahreszeit immer mit einem braun-gelb karierten Schal um den Hals, dazu Biker Boots an den Füßen, obwohl er noch nicht einmal Fahrrad fahren kann, aber natürlich nur die billigen Remakes von »Tack«. Schwimmen kann er vermutlich auch nicht, das würde mich kaum wundern. Bernd kann nur Auto fahren, rauchen und labern. Der würde mich in seiner chronisch überheizten Miefbude sicher aufnehmen, aber ich glaube, das hielte ich gerade nicht aus. Im Schnee zu sterben kann auch die bessere Option sein.

Bommel, Britta, Carsten, Cedric, Christian, Chirurgische Praxis Meyerbeer, David.

Doreen. Ja, das könnte gehen.

4

»Wer auf der Zugtoilette onaniert, sollte die Tür verschließen.«
(Madame Butterfly)

Ich tippe Doreens Nummer ein. Das Display zeigt einen fast leeren Akku an. Keine Ahnung, wo ich den jetzt aufladen könnte. Ich höre den ersten Ton des Freizeichens und den zweiten und den dritten.

»Geh ran, geh ran, geh ran!« Ich beschwöre das Telefon mit meinen blauen Lippen, eiskalten Fingern und klappernden Zähnen. »Geh endlich ran, du Sau!«

Doreen geht nicht ran. Oder sie ist nicht da. Oder sie geht nicht ran, weil sie nicht da ist. Aber gibt es überhaupt noch ein Nicht-da-Sein in Zeiten des Mobiltelefons? Irgendwo muss sie doch sein. Und rangehen.

Wahrscheinlich legt sie gerade wieder Patiencen. Dabei lässt sie sich absolut nicht stören. Das weiß ich, das kenne ich. Telefon, Türklingel, Jüngstes Gericht – mag da kommen und summen und lärmen, was will: Es bleibt absolut unbeachtet.

Natürlich sind das keine normalen Patiencen mit diesem französischen Mehrfachblatt für Gartenzwerge. Das wäre nicht Doreens Stil. Sie bevorzugt eine von ihr selbst erfundene Spezialvariante mit Quartettkarten. Genauer gesagt, eine Kombination aus Diktatorenquartett (Herrschaftsdauer, Zahl der Todesopfer, Privatvermögen ...) und Wurstquartett (Fettgehalt, Durchmesser, Preis, Kalorien ...). Die Patience geht dann auf, wenn eine ausgeklügelte und genau festgelegte Konstellation aus Wurstfarbe, Hautfarbe des Diktators, Jahreszahl der Herrschaftsübernahme und Anteil Schwein in Prozent ausliegt. Das ist verdammt selten der Fall, doch Doreen ist fanatisch. Sie versucht es immer wieder, garantiert die ganze Nacht lang, während ich hier sterbe.

Die Mailbox meldet sich mit ihrer Stimme: »Herein, wenn's kein Schneider ist …«

Ich krächze ein herzzerreißendes SOS in den Äther. Wie ein Schiffbrüchiger. Ach was, ich beneide jeden Schiffbrüchigen um sein warmes Meer – die tummeln sich ja erfahrungsgemäß zu neunzig Prozent in der Südsee oder im Indischen Ozean. Ausnahmen *Titanic* und *Estonia*. Anschließend versende ich eine SMS ähnlichen Jammertons. Nun bleibt mir nur noch zu warten. Auf die Erlösung. Oder den Tod. Das ist ohnehin bald eines wie das andere.

Ich gebe mir einen Ruck. Ich bin doch ein Kämpfer, oder? Wenn ich es recht bedenke: nein, eigentlich nicht. Aber was nicht ist, kann ja noch werden – es geht immerhin ums Überleben. Und es gibt ja noch die Buchstaben *E–Z*: Vielleicht hauen die mich raus. Ich tippe. Das Display ist schwarz. Ich drücke mehrmals auf sämtliche Tasten und schüttle das Gerät in der irrwitzigen Hoffnung, ihm von meiner Energie der Wut und Verzweiflung abgeben zu können.

Klappt nicht. Das wundert mich weniger, als wenn es geklappt hätte. Logisch ticken meine Gedanken: Tick, tick, tick. Ich verstaue das Handy, das mir das ganze Elend eingebrockt hat, mit einer Geste der Verachtung in der Hosentasche. Dann denke ich nach. Auch wenn es schwerfällt, versuche ich mich mit dem Denken zu beeilen. Nicht, dass auch noch mein eigenes Display schwarz wird, bevor ich zu Ende gedacht habe.

Ich muss schnellstens von hier weg. Ein guter Plan. Aber wo soll ich hin? Ich weiß es nicht. Wie viel Geld habe ich überhaupt noch? Ich krame mein Portemonnaie aus der Gesäßtasche und stochere in dem zerschlissenen Futter herum: Dreiundzwanzig Euro und zweiundvierzig Cent. Für ein Hotelzimmer reicht das nicht.

Ich werde unterbrochen. Hinter mir öffnet sich die Haustür und eine dick verpackte Frau tritt in den Rahmen, an der Hand ein noch dicker vermummtes kleines Kind. Ob Mädchen oder Junge kann ich beim besten Willen nicht erkennen.

»Mama, was macht der Mann da?«

Ich rücke ein Stück beiseite, um Platz zu machen.

»Der rückt ein Stück zur Seite, um uns Platz zu machen.«

»Nein. Ich meine überhaupt.«

»Der macht überhaupt nichts. Der hat kein Geld und keine Arbeit und keine Wohnung.«

Sie drücken sich langsam an mir vorbei. Die Frau blickt argwöhnisch auf mich herunter, das Kind sieht mir auf Augenhöhe neugierig ins Gesicht. Ein Mädchen. Ein liebes kleines Mädchen, das Christkind, halleluja. Ich gucke so traurig, dass ich allein von der Vorstellung meines eigenen Anblicks um ein Haar weinen muss.

»Der arme Mann. Kann der nicht bei uns wohnen?«

»Eine gute Idee«, krächze ich. Das hat ja geklappt. Dummes kleines Mädchen. Aber lieb. Ich huste. Bestimmt bin ich schon krank.

»Nein«, höre ich die Mutter sagen, als sie bereits an mir vorbei sind. »Der ist auch selber schuld. Die sind alle immer selber schuld. Erst wollen sie in der Schule nichts lernen, dann sind sie zu faul zum Arbeiten und trinken die ganze Zeit nur Bier und Schnaps und rauchen Zigaretten. Und vernünftige Leute wie Papa und ich oder die Eltern von Sylla und Korbi müssen dann für alles bezahlen. Jeder zweite Film, den dein Vater dreht, ist praktisch nur für die.«

»Aber dann erfriert der doch?«

»Der erfriert nicht. Der muss doch einfach nur in die U-Bahn gehen. Am Südstern haben die im Winter extra für solche, ich nenn sie jetzt mal ›Leute‹, den Bahnhof die ganze Nacht geöffnet. Das haben die Grünen erfunden, damit niemand totgeht.«

»Die Grünen sind lieb, oder Mama, weil die ha … he … do … a …« Fade out in der Ferne, ich kann nichts mehr verstehen.

5

»Das Maul des Affen ist das Tor zu seiner Seele.
Die Zähne sind die Wächter.«
(Sergej Michailowitsch Eisenstein)

»Zurückbleiben bitte!«

Auf die vertraute Ansage hin tutet das Signal, die Türen schließen sich. Nach dem Kauf einer Tageskarte beträgt meine Barschaft noch sechzehn Euro und zweiundneunzig Cent, doch selten zuvor hatte ich das Gefühl einer lohnenderen Investition. Zwar gibt es spannendere Beschäftigungen als aus dem Fenster der fahrenden U7 zu blicken, aber im Moment könnte ich mir nichts Schöneres als diese Langeweile vorstellen. Zunächst hatte ich noch mit dem brutalen Schmerz der auftauenden Hände und Füße zu kämpfen, doch jetzt, kurz vor Rathaus Spandau, ist das längst überstanden. Warmen Herzens erinnere ich mich an Mutter und Kind im Hauseingang: Wie gut, dass mir jemand beim Denken geholfen hat.

Das ist jetzt nicht mehr nötig, denn auch meine Gehirnzellen sind mittlerweile wieder eisfrei. Die gleichmäßige Bewegung des Zuges, das Rauschen, Poltern und Quietschen der Waggons, das Plappern der Fahrgäste bringt den Fluss der Ideen in Gang. Mir fällt sogar ein traumhafter neuer Aphorismus ein: »Im Garten der Liebe sind alle Blumen schön.« Der ist doch wirklich sehr hübsch. Und wem könnte ich den jetzt in den Mund legen? Joseph Goebbels vielleicht. Das könnte passen.

Ich zücke Oktavheft und Kugelschreiber, um den Sinnspruch zu notieren, doch die Mine hat unter dem Frost gelitten. Ich kratze nur farblose Runen ins Papier. Na, dann muss ich mir den Satz eben merken. Ich weiß ohnehin nicht, was ich mit meiner Aphorismensammlung überhaupt anfangen werde. Ich spinne vor mich hin, sie zu einem fairen Preis an die Stadt zu verkaufen, die sie in Marmortafeln gemeißelt (Gold ist mir zu vulgär) überall an wichtigen Verkehrsknotenpunkten aufstellt. Natürlich so, dass sie die Sicht der Verkehrsteilnehmer nicht behindern. Ich will ja niemanden unnötig gefährden – das ist die Sache nun auch wieder nicht wert. Man ist ja kein Unmensch.

Eine andere potentielle Einsatzmöglichkeit läge in der Werbeindustrie. Dabei denke ich vornehmlich an hochwertige Elektrokleingeräte oder Gemüsesäfte aus biologischem Anbau. Das Produkt wäre schon wichtig, ich nähme da nicht irgendwas. Keine Immobilien, keine Waffen, keine Spekulationsgeschäfte.

Oder ich schreibe eines Tages ein Buch und versehe die einzelnen Kapitel quasi als Überschrift mit je einem Aphorismus. Dadurch würde sich ein Verquasungseffekt einstellen, den die Dummen für klug und die Klugen für dumm hielten, wobei die Klugen sich fragen würden, ob das nicht derart dumm ist, dass es schon wieder klug wirkt. Für mich als Autor eine reizvolle Gemengelage.

Ein verlebter Typ durchquert den Mittelgang. Er hält den Fahrgästen einen Pappbecher entgegen, im Arm trägt er einen Stapel Obdachlosenmagazine: *Die Brücke*. Ich meine, seinen Namen als »Vitus« verstanden zu haben, aber so genau habe ich nicht hingehört – ich kann nicht gleichzeitig zuhören und denken. Als er neben mir steht, schaue ich weg. Schließlich habe ich nicht mal mehr siebzehn Euro. Wir sind jetzt Brüder im Haben.

Anscheinend will er auch nichts. Stattdessen lässt er sich auf den freien Platz an meiner Seite nieder. Eine bizarre Erscheinung: Auf dem Kopf trägt er einen schwarzen Künstlerhut, und unter der verranzten Winterjacke plus Schal sehe ich nicht nur ein ehemals weißes Hemd durchschimmern, sondern auch noch eine relativ neue blaue Krawatte. Er stinkt wie ein Ziegenbock.

Jetzt bemerkt er meinen Ekel. »Quelle odeur«, lässt er ein vornehm näselndes Schnarren hören. Fast herablassend lächelt er mich an. Das Fehlen der meisten Zähne bringt eine zusätzliche Auflockerung in die zerklüftete Gesichtslandschaft. Er strahlt eine merkwürdige Art Würde aus. Eine Merkwürde. »Obdachlosigkeit riecht nicht nach frischen Veilchen, mein Herr.«

Danke für die Information. Er nervt mich. Wieso spricht er wie ein altes Buch? Was für ein bescheuerter Spleen. Warum setzt er sich neben mich? Hält er mich für einen Penner-Kadetten? Also einen Anwärter auf seinesgleichen?

»Ich kaufe nichts«, sage ich unwirsch. »Ich will dein Blättchen nicht lesen. Fuck.«

»Ihnen verkaufe ich ohnehin nichts, mein Herr. Wie Sie sehen, verfüge ich nur noch über wenige Exemplare der *Brücke* und die sollen diejenigen erwerben, die dieses ausgezeichnete Presseprodukt auch wirklich zu schätzen wissen. Wir sind nahezu ausverkauft. Épuisé.«

»Na, das ist ja schön für euch.« Ich drehe mich wieder zum Fenster hin, als ob es in dem dunklen U-Bahn-Tunnel irgendwas zu sehen gäbe, und versuche, durch den Mund zu atmen. Das Parfum. Schade, den Titel gibt es schon. Ich hab's nicht gelesen, aber das soll so ein verhuschter Schrat aus Bayern zusammengenagelt haben. Erneut denke ich an das Buch, das ich gerne schreiben würde, voller Weisheit, Liebe und Witz.

Das wäre in jedem Fall mal was anderes als die Gedichte. Gähn. Gedichte kann ich schon. Ich habe nur keine Idee. Irgendwas über mich, ich denke, etwas anderes als mein Leben wäre sowieso für niemanden interessant. Die Kindheit im Pfarrhaus, die Zoobesuche im nahen Hannover, die Schneeballschlacht im Klassenzimmer und der nachfolgende Direktoratstadel. Karin Hollstedt. Meine Liebe zu schönen Zahlen und Aphorismen. Gedanken über Fußball, Philosophie und Weltpolitik. Der Grunzburg-Slam und meine dramatische Gegenwart, die aus nichts als einer Kette grausamer Missverständnisse besteht und die ich dennoch meistere wie ein Märtyrer.

Ich schriebe im Imperfekt und in der dritten Person. Nicht, weil ich nicht mit dem Ich-Erzähler verwechselt werden möchte, was ohnehin automatisch bei jeder Form von Belletristik passiert, außerdem ginge es schließlich auch um mich. Sondern, um mich von jenen imbezilen »Lesebühnen«-Autoren abzuheben, die seit Jahren wie Giftpilze aus dem Boden schießen. Die meisten von ihnen verfügen über einen Wortschatz von kaum fünfhundert handverlesenen Vokabeln, mit denen sie ihre opportunistischen Flachwitze transportieren. Erzähler ist stets das Ich, Erzählzeit das Präsens – eine kindische Kunst für den Augenblick, die diesen nicht überlebt. Wegwerfprosa. Wie edel erscheinen im Vergleich Legasthenie und Analphabetismus. Ich denke, es gibt keine feigere Form des literarischen Ausdrucks. Und dazu noch das faule Ablesen vom Blatt! Mehr Verachtung als für diese selbstgefälligen alten Säcke habe ich allenfalls für Vergewaltiger und Zirkusclowns übrig. Wir Slammer hingegen kennen noch das mutige Scheitern auf dem Hochseil des freien Vortrags, den Ausdruck über den reinen Rhythmus der Sprache und, bei Gelingen, den Triumph des Willens, der zu unsterblicher Kunst wird.

Als ich meinen Kopf kurz nach links wende, ist der Merkwürdige verschwunden. Die Luft ist rein. Ich atme auf.

Ratamm, ratamm, ratamm. Ich bin mir sicher, dass die U7 die längste U-Bahn-Linie der Welt ist. Wenn ich so ein Wischphone hätte, könnte ich danach googeln, aber das brauche ich nicht. Es genügt mir vollauf, dass ich es glaube. Von Rudow nach Spandau und wieder zurück. Berlin ist schon eine tolle Stadt. Und diese Stadt ist voller Klänge und Musik, das glaubt man gar nicht – in Celle mussten wir dazu immer das Radio einschalten. NDR 2 für die Alten, den britischen Soldatensender BFBS für die Jungen. Doch hier steigen alle drei Stationen Trompeter ein und tuten rum wie Elefanten, denen Wilderer bei lebendigem Leibe den Schwanz angezündet haben. Dann gucken die Menschen irritiert und böse, keiner gibt ihnen Geld. Die Trompeter würden es sich gewiss leichter machen, trompeteten sie nicht, aber wahrscheinlich trompeten sie einfach gern.

In Spandau bin ich beeindruckt vom U-Bahnhof. Ich bin ja sonst nie hier draußen. Vom schicksten U-Bahnhof der Stadt fahre ich wieder zurück. Haselhorst, Siemensstadt, Charlottenburg Nord. An den Zusteigenden erkenne ich, wie sich über uns die Gegend und mit ihr die Klientel verändert. Charlottenburg, Wilmersdorf – die Winterbekleidung wird gediegener, offene Proteste gegen die Blechbläser, die sich bis kurz vorm Gewaltausbruch steigern, werden seltener. Nur noch einmal höre ich ein kurzes Aufbrüllen: »Halt's Maul, ja? Halt einfach nur das Maul!«, als einem Fahrgast aus zehn Zentimetern Entfernung direkt ins Ohr getrötet wird. Schöneberg, Kreuzberg. Ich bin wieder am Ausgangspunkt meiner Fahrt.

Im weiteren Verlauf steigen immer mehr Riesenbabys zu. Sie tragen Säuglingsmützen aus Wolle mit langen Kordeln, die rechts und links herunterhängen. Vorsteinzeitliche Zotteljacken grüßen aus Neandertal. Darüber haben sie sich meterlange Schlauchschals um den Hals sowie den ganzen Körper gewickelt. Und alle tragen Stoffbeutel mit coolen Labels oder ironisch auf links gedrehten Botschaften beliebigen politischen Inhalts. Offenbar durchfahren wir gerade den Neuköllner Norden. Hier bin ich selten. Dennoch habe ich mitbekommen, dass sich das bis vor kurzem schlecht beleumundete Viertel mit dem massiven Austausch der Bevölkerung rasant verändert. Inzwischen dominieren hier die Neubewohner, jung, optimistisch und durch die Bank nicht in Berlin geboren. Das müssen diese »Hipster« sein, von denen man jetzt immer hört. Sie selber nennen sich ja nicht so und wollen so auch nicht von anderen bezeichnet werden. Das habe ich mal in einer Doku auf *Phoenix Youth* gesehen. In dem Beitrag behaupteten die Hipster sogar, dass es sie de facto gar nicht gibt. Im Grunde wie Vampire. Leider befindet sich im Wagen kein Spiegel, um das nachzuprüfen, und sie einfach anzufassen gehört sich nicht.

Innerhalb einer dieser Gruppen fällt mir eine kleine Frau mit halblangen feuerroten Haaren auf. Derart rote Haare habe ich überhaupt noch nicht gesehen. Ein lodernder Buschbrand auf dem Kopf. Dumme kleine Koalabären klammern sich schreiend an Eukalyptusbäume, die wie Tanksäulen explodieren. Stelle ich mir vor.

Ich sehe sie nur von hinten. Trotz ihres Mantels aus Mammutfell wirkt sie über die Maßen zierlich. Das muss man in dieser Verkleidung erst einmal schaffen. Bei ihr dürfte der Schalschlauch an die zehnmal so lang sein wie sie selbst. Unwillkürlich muss ich an die Därme denken, die wir als Kinder am Rande der Plattenbausiedlung mit spitzen Stöcken aus toten Igeln leierten. Kleine Forscher obduzierten die im Vergleich zur Körpergröße des betroffenen Patienten schier endlose Strecke. Es war nicht alles schlecht.

Was mir aber vor allem ins Auge sticht: In ihrem schlanken Händchen besonders überdimensioniert wirkend ruht eine Maxi-Dose »Faxe«-Starkbier. Ein Liter zu zehn Umdrehungen/Gehirnzelle. Bei ihrer Statur ist das Dröhnungsequipment eine echte Alternative zu Crack: kostengünstiger, volkstümlicher, legaler, und Hunger und Durst stillt es noch dazu.

Einer der Nichtexistenten geht durch den Waggon und verteilt Flugblätter. Ich nehme mir eins und lese: Es kündigt einen neuen Slam in Neukölln an – *Cross Words. Cross Cologne.* In der Donaustraße, das dürfte hier ganz in der Nähe sein. Der Ort heißt *Sofies Welt*.

Was für ein schwachsinniger Veranstaltungstitel! Dennoch stecke ich den Zettel ein. Einen frischen Slam, bei dem mich noch keiner kennt (obwohl ich nicht ausschließen kann, dass er doch wieder einige der üblichen Verdächtigen anzieht wie der Kot die Fliegen) und bei dem ich vielleicht einmal nicht ausschließlich vor einer Meute befangener Neider performe, sollte ich mir keinesfalls entgehen lassen.

Am U-Bahnhof Karl-Marx-Straße steigen die Babymützen wieder aus. Da muss irgendein Event sein. Ich fahre weiter durch Britz und Gropiusstadt. In Rudow ist Endstation. Ich kann einfach sitzen bleiben, wie ich das in Spandau auch gemacht habe, und zurückfahren. Hin und her und her und hin. Genau sechsmal. Was ich dann allerdings hören muss, gefällt mir gar nicht, eine Durchsage vom Bahnsteig: »Letzter Zug Richtung Rathaus Spandau. Zurückbleiben bitte!«

6

»Die Tankstelle ist das Warenhaus des kleinen Mannes.«
(Heinrich von Kleist)

Um kurz nach halb eins verlasse ich zusammen mit wenigen anderen Fahrgästen die letzte Bahn am Südstern. Doch damit enden auch schon die Gemeinsamkeiten. Denn diese armen Menschen müssen jetzt raus in die Kälte, um nach einem eisigen Fußmarsch von bis zu zehn Minuten ihre unangenehm überheizten großbürgerlichen Wohnungen zu erreichen. Dort legen sie an offenen Kaminen die Füße auf unbequeme Designersofas und kämpfen vor hässlichen Plasmafernsehern mit den Korken viel zu teurer Rotweine. Ich kenne die Gegend. Die ähnelt der, wo ich mit Annabel gewohnt habe. Kein Tag ist seitdem vergangen und doch kommt es mir unendlich lang her vor.

Innerhalb kürzester Zeit scheint mir meine gesamte Vergangenheit unendlich lang her zu sein. Denn ich muss zwar nicht wie die anderen den Bahnhof verlassen, sondern darf hier unten bleiben. Die ganze Nacht – da hat die Mutter des kleinen Mädchens in der Tat recht gehabt. Allerdings muss ich auch hier bleiben, denn ich wüsste nicht, wo ich sonst hin sollte. Der Zoo nimmt nur Tiere, für ein Hostel habe ich kein Geld und die Bahnhofsmission, nächtlicher Notnagel meiner Tramperticketjugend, gibt es wahrscheinlich gar nicht mehr.

Der Komfort lässt zu wünschen übrig. Die Wartebänke, auf denen man nicht direkt in Kontakt mit dem eiskalten Steinboden gerät, sind längst von erfahreneren Kollegen der Nichtsesshaftigkeit belegt. Und wo soll ich jetzt hin? Könnten wir nicht wenigstens »Reise nach Jerusalem« spielen? Berlin ist vielleicht doch keine ganz so tolle Stadt. Nicht für jeden ihrer Bewohner.

Ich marschiere Kreise und Ovale in den Bahnsteig, nur um mich zu bewegen. Dennoch sind die Füße schon nach kurzer Zeit wieder Eisklötze. Es wundert mich, dass sie beim Gehen nicht klirren. Mein Gefühl sagt mir, dass ich das nicht ewig durchhalten kann. Bin ich Rambo, bin ich Messner? Meine Augen sind schon ganz klein und brennen. Dazu stinkt es. Scheißpenner hier überall – wie das stinkt!

Die Ausrüstung meiner Leidensgenossen hätte ich allerdings schon gern: Zeitungen als Unterlage, Zeitungen als Kopfkissen, Zeitungen als Zwischendämmung für die Kleidung, für die Schuhe. Ich bereue vor dem Gott der Obdachlosigkeit jede einzelne weggeworfene Wochenend-, Immobilien- und Motorbeilage. Ein Königreich für den kiloschweren Anzeigenteil der *FAS*! Wer braucht schon Jobs, wenn er Wärme hat?

Die anderen haben Kekse, ich habe Hunger. Manche haben Isomatten. Sogar mehrere. Silbern glänzende Thermomatten, wie sie Bergsteiger, Arktisforscher und Kinder, die im Garten zelten, verwenden. Schlafsäcke. Decken. Tütenweise Hab und Gut. Ich hingegen habe nur siebzehn Euro, das meiste davon in kalten Münzen, und der eine kleine Schein wärmt nicht mal die halbe Hosentasche.

Ich bin so müde, ich muss mich setzen. Und zwar dritter Klasse. Die besten Plätze sind diejenigen, die am wenigsten Zug aus dem Tunnel und erst recht von der Treppe her bekommen. Die zweitbesten sind die, an denen es nur aus dem Tunnel weht. Und die schlechtesten befinden sich unten am Aufgang zur Treppe, wo es von oben herunterzieht wie Hechtsuppe. Ich huste erneut. Garantiert werde ich hier krank. Dann sterbe ich und Annabel wird sich vor Trauer und Reue in den Arsch beißen. Gelenkig ist sie ja. Die Vorstellung kann mich nur kurz erwärmen.

Gegen drei geschieht ein Wunder. Zunächst höre ich es nur: Eine der dick vermummten Gestalten wälzt sich schwer von der Bank hinter der Treppe, wuchtet ihr semi-androides

Ensemble aus Zeitungspapier, marodem Fleisch und Winterbekleidung ächzend in die Vertikale, schleppt sich den Bahnsteig entlang und gerät nun in mein Blickfeld. Ihre roten Augen stieren mich an wie glühende Kohlen. Ein Zombie. Während er an mir vorbei- und die Treppe hochschlurft, bruddelt er irgendwas in meine Richtung wie: »... Scheißerlebnistourismus ... verpissen ... Boot ist voll ... Anfängerarsch ... Dreck ... Lungenentzündung ... Hose ist voll ... Merkelfotze ... Bin ich voll ...«

Kaum ist er außer Sichtweite, rapple ich mich so schnell, wie es mir in meinem Zwischenzustand aus Halbschlaf, schleichendem Erfrierungstod und Agonie möglich ist, auf und hinke mitsamt meinem Gepäck auf eingeschlafenem Eisbein hinter die Treppe. Ein Traum ist wahr geworden: Die Schlafbank ist frei, und zwei Schlafsäcke liegen herrenlos darauf herum, mit mehreren Zentimetern der *Berliner Morgenpost* unterfüttert.

Ich nähere mich der Bank, den Schlafsäcken, diesem Geruch. Die Schlafsäcke stinken. Sie stinken unglaublich, aber sie sehen weich aus und warm. Ich setze mich zur Probe schon einmal drauf. Flecken und Spritzer in verschiedensten Farben bilden wilde Muster der Ekelhaftigkeit. Mühelos erkenne ich in ihnen Nahrungsmittel in den unterschiedlichsten Verdauungsstadien – meine empfindliche Nase ist mir dabei verlässlicher Helfer. Apropos Nahrungsmittel: Mein Appetit hält sich noch immer erstaunlich in Grenzen, obwohl ich seit dem gestrigen Frühstück nichts zu mir genommen habe. Das hilft mir jetzt auch bei der Vorstellung, mich in diesen olfaktorisch fragwürdigen Haufen hineinzulegen, nicht zu kotzen.

Trotzdem zögere ich. Gestank. Wärme. Gestank. Wärme. Gestank. Der Entscheidungsfindungsprozess ähnelt vermutlich dem Vorspiel zweier notgeiler Stachelschweine. Sie wollen wohl, müssen auch, allein es tut sehr weh. Doch bald kann ich nicht mehr. Ich will schlafen. Ich lege mich auf den einen

Schlafsack und halte die Luft an, ehe ich mich mit dem anderen zudecke.

Ich träume. Mutter hat Brokkoli gekocht. Den mag ich eigentlich ganz gern, aber ich muss die Strünke mitessen. »Die Strünke sind auch von Gott«, sagt sie, während ich auf dem faserigen Pflanzenabfall herumkaue. Weil das zu lange dauert, werde ich von zwergenhaften Helfern in ein Gerüst gespannt, das einer Mastanlage ähnelt. Mit Eisenklammern werden meine Mundwinkel weit aufgerissen, die Zunge mit einem Seil an der Decke fixiert, ein Trichter in meinen Rachen eingeführt. Mit einem scharfkantigen Stampfer presst Mutter, die mittlerweile die Erscheinung eines Riesen mit Babymütze angenommen hat, die Strünke durch den Trichter in meinen Mund hinein. Ich schreie. Mir wird schwarz vor Augen, und im nächsten Moment erwache ich in einer Kloake, die ich mir offenbar als Schlafstatt gewählt habe. Es stinkt fürchterlich. Dann zieht irgendetwas grob an meinen Füßen. Zwei laut brüllende Kloakentierchen reißen mich an beiden Beinen ruckartig aus der Jauche. Ich schlage mit dem Kopf auf den Bahnsteigboden und erwache.

»Das gibt's ja wohl nicht!«, schreit der eine, ein baumlanger Kerl, während der andere mir einen Tritt in den Magen verpasst. Zur besseren Abwehr weiterer Tritte begebe ich mich in Embryonalstellung und schütze meinen Kopf, so gut es geht, mit angelegten Armen.

»Ick helf dir, Erlebnistourist«, brüllt der Treter. »Fah' doch zurück nach Wannsee!«

Es ist der Besitzer der Schlafsäcke. Der musste wohl nur mal kurz raus. Jetzt ist er wieder da, und zwar mit bewundernswerter Präsenz. Da ich mich jedoch nicht in der Position des neutralen Beobachters befinde, hält sich meine Bewunderung in Grenzen. Dafür steigt, auch da ich zunehmend wach werde und die Lage mehr und mehr bewusst erfasse, proportional zur Häufung der Tritte die Angst. Meine Wehrlosigkeit spornt sie an und macht mich umso schutzloser. Hilfe! Gibt es denn in den U-Bahnhöfen nicht immer Überwachungskameras? Doch was bringen mir die, solange sie den Bösewichten offenbar egal sind. Sie haben ja eh nichts zu verlieren – kamerascheu wirken sie jedenfalls nicht.

Ich versuche, mich aufzurappeln, es gelingt mir nicht. Mein Herz hämmert mittlerweile so blindwütig gegen die Rippen wie ein zahnwehkranker Gorilla gegen die Gitterstäbe seines Käfigs. Doch ebenso unvermittelt, wie sie begonnen haben, hören die Angriffe plötzlich auf. Irgendwas lenkt rechter Hand die Aufmerksamkeit der Arschgeigen ab.

»Der Graf«, höre ich einen von ihnen lallen und wage es, die Ellbogen ein kleines Stück von den Ohren zu lösen, um darunter hindurchzulugen.

»Würden Sie eventuell von diesem Herrn ablassen?« Eine mir bereits bekannte Schnarrstimme unterbricht meine Feinde bei ihrem üblen Werk. »Ich nehme einmal an, bei seinem Vergehen handelt es sich nur um eine Petitesse. Ach, und wenn Sie im Zusatz womöglich auch noch ein wenig die Lautstärke ihrer – ich will sie mal so nennen – Äußerungen drosseln möchten? Andere wünschen zu ruhen. Meinen verbindlichsten Dank!«

Den Rest der Nacht verbringe ich auf der Bank meines Retters mit der blauen Krawatte. Er deckt mich mit seinem Schlafsack zu und zieht ihn mir wie eine stark riechende Mutter ohne Zähne sorgfältig hoch bis zur Kinnspitze. Immer, wenn ich aufwache, weil es stinkt, die zuvor erlittene Klatsche schmerzt oder entsprechender Alpträume wegen, sehe ich ihn wachend um mich herum patrouillieren. Er scheint keine Kälte zu spüren und Müdigkeit ebenfalls nicht. »Graf« halte ich ja trotzdem für übertrieben. Allenfalls mit dem Bonus »Graf Gosse« würde ich noch mit mir reden lassen. Auch verstehe ich nicht, wieso zwei Berserker mit solcher Ehrfurcht auf ein gespreiztes Buchstabenmännlein reagieren.

Aber mir soll's recht sein. Die Bahnen fahren längst wieder, als ich ihn nach seinen Motiven frage. Nicht, weil die mich interessierten, sondern da ich die Frage an sich in diesem Moment für angebracht und höflich halte.

»Aller Anfang ist schwer, mein Herr«, gibt er zur Antwort. »Wer wüsste das besser als ich.«

Fast bin ich gerührt. Aber nur fast, denn im Grunde hat er ja auch nur seine Pflicht als Mitmensch getan. Nicht mehr. Trotzdem stammle ich, wie dankbar ich ihm sei und dass ich ihm das nie vergessen werde und muh und mäh und tralala. Was man eben so sagt.

Nun duzt er mich doch. Ein einziges Mal: »Noch ehe der Hahn gekräht hat, wirst du mich dreimal verraten haben.«

Das Filmzitat kommt mir irgendwie bekannt vor. Falls es überhaupt ein Filmzitat ist. Wenn, dann aber aus einem ganz alten Film aus meiner Kindheit. Ich kratze mich am Kopf. Nachdenklich, aber es juckt auch. Bestimmt habe ich mir seine Läuse geholt. Dann werde ich ihn tatsächlich nicht so schnell vergessen.

»Ich hoffe, Sie finden rasch zurück in Ihr gewohntes Leben. Ich muss nun zur Arbeit.« Damit meint er vermutlich die Belästigung unschuldiger Fahrgäste mit seinem Pennermagazin. Bevor er geht, steckt er mir noch einen Schokoriegel zu. Kauend blicke ich ihm hinterher: Du Gutmensch, du. Die Kohlehydrate erwärmen mich von innen heraus auf ein fast erträgliches Maß. Kurz darauf wankt der Glühkohlenzombie an mir vorüber. Er würdigt mich keines Blicks, ich bin von nun an tabu. Dennoch lasse ich eine kleine Sicherheitspause verstreichen, bis ich frisch gestärkt den U-Bahnhof verlasse.

Draußen ist es hell, gerade erlöschen die Straßenlaternen. Mein Atem sendet unablässig Rauchzeichen in die schneidende Morgenluft, ich denke die Bedeutung der Signale mit: Scheiße, Scheiße, Scheiße …

Es ist noch kälter geworden.

7

»Du kannst den Igel aus dem Bau locken,
aber nicht den Bau aus dem Igel.«
(Pelé)

Doreen ist eine alte Slamkollegin von mir. Oder besser: war. Vor zehn Jahren hat sie zum letzten Mal eine Bühne betreten. Heute arbeitet sie als Krankenschwester. Wir kennen uns schon ewig, ich mochte von Anfang an ihren rustikal-femininen Stil, eine herbsüße Mischung aus beiden Welten der statistisch gängigsten Geschlechter. Sie hat gewaltig Haare auf den Zähnen. Fast schon eine Dentalfrisur, aber mit dem Scheitel ganz weit links. Von der Bühne runterzuspringen und einem missliebigen Zuhörer eine Backpfeife zu verpassen kam nicht nur vor, sondern war auch eine einzige in sich fließende Bewegung, wie einstudiert.

Das hat mir schon immer gut gefallen und vieles andere an ihr ebenfalls. Nicht zuletzt ist sie ja auch einer der wenigen Menschen, die mich rundum zu akzeptieren in der Lage sind. Dennoch oder auch deswegen ist von jeher Platon Schirmherr unseres angenehm stressfreien Verhältnisses. Zwar ist mir dunkel so, als wären wir vor tausend Jahren im Suff an die anderthalbmal miteinander in den Federn (beziehungsweise einem Blumenbeet auf dem Ernst-Reuter-Platz) gelandet, aus Neugier, Langeweile oder klarem Mangel an Alternativen, aber weiter war nichts. »Verkehrsunfall ohne Personenschaden«, hat sie das bei der kaum dreißigsekündigen Aufarbeitung genannt, was den Menschen Doreen ganz gut beschreibt. Wir sind Freunde.

Sie wohnt in der Nähe vom Humboldthain. Als sie die Tür öffnet, stellt sie keine unnötigen Fragen.

»Du siehst scheiße aus«, stellt sie lediglich fest. »Und du riechst vielleicht scheiße! Korrigiere: Du riechst nach Scheiße.«

Ihr Talent, stets die richtigen Worte zu finden, hat sie auf der geriatrischen Station des Britzer Klinikums nicht im Geringsten eingebüßt, auch wenn sie dort gewiss weit weniger mit Wortkaskaden jongliert als früher. Ihr Stil ist schlichter geworden, das höre ich gleich. Kein Wunder: Die alten Leute müssen die Ansagen schließlich verstehen. Und selbst wenn sie sie nicht verstehen, kann sie die ja nicht einfach ohrfeigen.

Zur Begrüßung drücke ich ihr meine gefrorenen Bartstoppeln an die Wange, was ihr ein erschrockenes Quieken entlockt.

»Oh Mann! Du fühlst dich auch noch scheiße an. Wie ein toter Igel!«

Ich nehme den Rucksack vom Rücken und lehne ihn im Flur an die Wand neben das Schuhregal. Aus dem quillt eine bizarre Mischung aus Doc Martens, High Heels, Flip-Flops, Pumps und Gummistiefeln. Meine Augen zählen so lange, bis sie achtzehn Paare erfassen, um dann den Rest auszublenden. Die Achtzehn ist eine Superzahl. Exakt dreimal sechs. Es scheppert aus meiner Reisetasche, als ich sie ordentlich neben den Schuhsalat stelle.

»Ich fühle mich auch wie ein toter Igel. Und scheiße noch dazu.« Meine Stimme klingt so müde, dass ich vom Zuhören fast selber einschlafe. »Eine böse Frau vom Gartenbauamt hat mich aus dem Winterschlaf ausgegraben, an den Stacheln gepackt und einfach auf die Straße geschmissen. Jetzt brauche ich unbedingt die Gute Igelfrau mit ihrer Kittelschürze von der Humboldthain Igelschutzvereinigung e.V. …«

»Na, mal halblang: ›böse Frau‹. Die wird schon ihre Gründe gehabt haben.« Doreen keckert in sich hinein. »Wie üblich. Aber komm doch erst mal richtig rein.«

Ich komme rein. Und sofort sind sie da: Hince und Coonce, die beiden riesigen Maine-Coon-Kater, und streichen mir um die Beine. Scheiße, die hatte ich fast vergessen. Ich hasse Katzen. Da ist es vollkommen natürlich, dass ich eine umso größere Menge Katze auch umso mehr verabscheue. Und diese vermutlich radioaktiv mutierte Rasse ist eben so ziemlich die größte Menge Katze in einem Stück, die man sich vorstellen kann. Danach kommt praktisch nur noch der selbsternannte »König der Tiere«, der in Wahrheit doch nur ein fauler und verschlagener Aasfresser ist. Was auf der anderen Seite aber auch wieder zu einem Blick auf die moderne Monarchie passt, der weniger romantisch verstellt ist als in der Friseur- und Tantenpresse.

Ich stolpere »unglücklich« über die Viecher, was natürlich ein getarnter Versuch ist, sie zu treten. Einer der Halunken maunzt zornig, und ich äffe ihn hämisch nach.

»So jetzt: ab!«, sagt Doreen zu den beiden, und sie gehorchen aufs Wort. Maine Coon sollen ja so etwas wie die Hunde unter den Katzen sein. Also doppelt schlimm. Hunde hasse ich nämlich fast noch mehr als Katzen. Hunde sind die einzigen Tiere, die, ohne nachzudenken, sich erst beibringen und dann befehlen lassen, den Hitlergruß zu zeigen. Während Katzen wiederum die einzigen Tiere sind, die das sogar von sich aus tun, auch wenn Doreen mir noch so oft weismacht, der »Trick« habe nichts mit dem »Dritten Reich« zu tun. Sie habe sie die strafwürdige Geste – »das Pfötchenheben«, wie sie es nennt – nur gelehrt, um anständig nach Futter zu betteln. Mir ist schon klar, dass sie ihren Abschaum verteidigt – da bin ich ihr auch gar nicht gram. Ohnehin stellt sich die Grundsatzfrage, was eigentlich schlimmer ist: Tumbes und unreflektiertes Mitläufertum aus reinem Opportunismus oder die zielgerichtete Unterwerfung der Welt mithilfe eines eigenständigen Planes. So gesehen sind für mich Hundebesitzer im Vergleich zu Katzenbesitzern am Ende doch die noch vollgestörteren Faschos. Ausnahme natürlich Doreen. Die darf bei mir fast alles.

»Du übertreibst mal wieder mit deinen ständigen Nazivergleichen«, lacht sie. »Fascho hier, Fascho da – das sind doch echt bloß Katzen.«

Ich merke schon, ich bin todmüde und labere einfach irgendwas. Meine Ansichten über Haustiere geraten offenbar mit den Schilderungen meiner Situation und der damit verwobenen letzten Nächte durcheinander.

»Wo warst du heute Nacht? Auf'm U-Bahnhof?«

Wir stehen in der Küche. Doreen macht Tee. Am Kühlschrank hängt das Polaroid von einem Typen, den ich noch nie gesehen habe. Ein deutlich kleinerer, aber ansonsten frappierend ähnlicher Affe sitzt auf seinem Kopf und wühlt in den spärlichen Haarresten herum. Irgendwas an der Visage stört mich auf Anhieb. Und zwar an der des großen Affen.

»Ja, in der U-Bahn.« Ich wende meinen Blick von der Kühlschranktür ab und ihr wieder zu. »Und dann noch vier Nächte im Automatenraum der Volksbank. Ist vergleichsweise gemütlich da, außer ein Besoffener kriegt sein Geld nicht aus dem Apparat. Den Tipp hat mir so ein anderer … so ein Penner gegeben, dem ich in der ersten Nacht bei einer Prügelei mit zwei anderen Asis geholfen habe.« Ich wechsle das Thema: »Wo bist du denn eigentlich abgeblieben? Ich hab's tagelang bei dir versucht und bin jetzt auch nur auf gut Glück vorbei. Okay, Akku war auch alle. Aber hast du echt die ganze Zeit Patiencen gelegt?«

»Ja, hab ich.«

»Ach so. Deswegen hab ich dich nie erreicht.«

»Nein, nicht deswegen. Ich war verreist.«

»Ich dachte, du hast Patiencen gelegt.«

»Hab ich ja auch. Auf dem ganzen Flug zurück. Und in Brasilien. Wo ist das Problem? Das geht doch da auch. Ich hatte dreimal Mao auf Leberwurst. Eine echte Glückssträhne!«

»Du warst in Brasilien? Um Patiencen zu legen?«

»Nein, natürlich nicht nur deshalb. Ich hab lecker gegessen, mir viele bunte Tiere angeguckt und mir in São Paulo die Handtasche rauben lassen. So richtig mit Messer und allem Klingeling. Das war aufregend. Aber am aufregendsten war, dass ich mit meinem neuen Typen da war. Der vögelt wie Judas Ischariot.«

Ein neuer Freund? Das ist ja mal eine Topmeldung, schließlich hat sie jahrelang keinen gehabt. Immer nur so Kurzgeschichten und höchstens mal ein trauriges, kleines Gedicht dabei. Mir fällt der Affe an der Kühlschranktür ein: Das muss er sein! Aber warum ausgerechnet so einer? Ich habe ein komisches Gefühl, abgesehen davon, dass so eine Nachricht einen dann doch immer noch ein wenig alarmiert. Obwohl man ja nie wirklich was von ihr wollte. Und umgekehrt genauso wenig. Wahrscheinlich irgend so ein krudes Besitzding, aber sobald ich »besitze«, wird es mir ja auch ganz schnell wieder langweilig. Oder doch eher eine Form parafamiliärer Eifersucht? Vielleicht fühle ich mich Doreen gegenüber als eine Art Erziehungsberechtigter zweiter Ordnung. Keine Ahnung. Ich stelle einfach nur fest, dass es sich seltsam anfühlt.

Natürlich lasse ich das machtlos mickrige Gefühl, das exklusiv mir, aber sich nicht gehört, im Giftschrank meiner Mördergrube stecken. Sonst mache ich mich auch noch zum Affen und hier hängen schließlich schon genug davon herum. Stattdessen frage ich: »Judas Wienochmal? Was ist denn das für ein Vergleich? Fickt der so genial, oder wie?«

»Möglich. Aber ich finde, es klingt einfach gut. Allein schon vom Rhythmus her. Und darum geht's hier doch hauptsächlich, oder? Findest du nicht?«

»Doch, klar.« Ein interessantes Kriterium, eventuelle Doppeldeutigkeiten inklusive. Es ist nicht von der Hand zu weisen, dass noch immer jede Menge Old-School-Slammerin in ihr steckt.

Ich frage sie, wie er heißt. Aus reiner Höflichkeit natürlich, obwohl es mich null interessiert. Aber es scheint nun mal ein wichtiges Ding für sie zu sein, und da mache ich bei ihr gern eine Ausnahme. Viele andere hätte ich das nicht gefragt, denn die Nachfrage ist der Rohrkrepierer unter den Kommunikationsversuchen – im Sport würde man sagen: ein klassisches Eigentor. Sie erteilt quasi die Lizenz zum besinnungslosen Weiterlabern. Bei Doreen vertraue ich darauf, dass sie sich mir gegenüber im Griff hat und somit halbwegs auf das Wesentliche beschränkt.

Er heißt Piet. Das finde ich ziemlich prätentiös. Bestimmt heißt er in Wahrheit Hans-Peter oder so und versucht, das zu vertuschen.

»Piet«, sage ich gedehnt und spreize den rechten kleinen Finger maliziös von der Teetasse ab. »Huh …«

»Nein«, meint Doreen. »Er heißt ehrlich Piet.«

Dieser Piet, der aus geschäftlichen Gründen noch eine Woche länger in Brasilien weilt, arbeitet irgendwas mit Umwelttechnik. Da macht er irgendwie, dass alles wärmer wird, dabei aber möglichst nicht an den falschen Stellen. Sagt sie so. Ich weiß, dass sie mehr weiß und das im Normalfall auch etwas expliziter ausdrücken könnte. Doch sie weiß wiederum, dass ich einen feuchten Schiss drauf gebe. Ich meine, wenn wir alle tot sind, sind wir alle tot.

Mir fällt auf, wie gut sie auf einmal aussieht. Das muss ich zugeben, obwohl ich längst mehr auf Jüngere abfahre, und sie ist ja fast in meinem Alter. Ihre blauen Augen leuchten, umrahmt von zahlreichen Lachfältchen, in einem ungeschminkt braunen Gesicht, das Zufriedenheit ausstrahlt und Ruhe. Um nicht zu sagen Glück. Der Affe Hans-Peter Ischariot scheint es ja wirklich zu bringen.

Ich stelle meine Tasse auf den Küchentisch. »Wenn das okay ist, geh ich gleich mal duschen«, sage ich. Es ist okay.

8

»Die Ente ist der Situationsergänzungsspieler unter den Vögeln.«
(Marillion)

Annabel ist klug. Sie ist eine vielgefragte Persönlichkeit und macht irgendwas mit Politik. Genaueres weiß ich nicht, da es mich nie interessiert hat. Ein paarmal habe ich sie sogar im Fernsehen gesehen und immer gleich weitergezappt, weil mir dieses furztrockene Gelaber über Rüstung, Exporte und Rüstungsexporte tierisch auf den Sack geht. Wo bleibt denn da die Kunst?

Sie stammt aus Paderborn. Paderborn: Manchmal beschreibt ein einziges Wort besser als jede weitschweifige Erklärung das Grauen des Unaussprechlichen. Eine Kindheit wie ein stummer Schrei, eine Jugend wie ein schmerzhaftes Schnappen nach Luft. Fisch auf dem Trockenen. Mit einem entsprechenden Urknall hat sie sich schließlich befreit und nichts als verbrannte Erde hinterlassen. Soweit das in dieser Hölle der Spätinquisition überhaupt noch möglich ist. Von der Nonnenschule direkt hinaus ins Leben. Indien. Ostindien, Westindien, Restindien. Indonesien. Chlamydien. Auf diesem Weg ins Licht hat sie sich ein Jahr lang fast nur von Drogen ernährt. Ein bisschen Luft und sehr viel Liebe noch dazu. Ach ja, und Obst.

Als ich sie kennenlernte, war sie noch immer eine tolle Nudel, die wenig anbrennen ließ, aber die gröbsten Kinderkrankheiten waren wohl schon überstanden. Zum Glück, denn ich glaube, das hätte ich echt nicht gepackt. Im Grunde macht mich Konkurrenz hysterisch, nicht nur beim Slam. Am liebsten setze ich mich auf einen gemachten Thron. Eine Weile lang ging es sowieso noch hin und her, sie und ich oder ich und

Dings oder sie und Dings. Das war zum Teil schon schwer genug. Dann hatte ich sie endlich, und von da an war es nur noch schwer für sie. Hand aufs Herz. Asche auf mein Haupt, Lüge in meine Tasche, Einsicht in mein Hirn.

Dabei ist sie ja absolut kein Opfertyp, sie hat einfach nur unendlich viel Geduld mit mir. Gehabt. In diesem Zusammenhang fällt mir auch Larissa wieder ein. Das Ende unseres kleinen Abenteuers hatte letztlich weniger mit ihrem unstillbaren Anspruchsdenken zu tun als mit ihrer selten dämlichen Bemerkung: »Ich hab ein schlechtes Gewissen wegen deiner Freundin – die tut mir irgendwie so leid.«

Das war in unserer letzten gemeinsamen Nacht, und ich bin daraufhin wie ein Knallfrosch in die Luft gegangen. Denn das ist doch einfach bigott. Dann soll sie halt nicht mit mir vögeln. Vor allem aber: Ich will nicht, dass Annabel Kammertöns irgendjemandem leidtut außer mir. Das hat sie nämlich überhaupt nicht nötig. Im Nachhinein fallen mir natürlich viele Dinge ein, die ich vielleicht hätte besser (oder auch besser nicht) machen können – dann wäre meine Lage wohl ein wenig leichter. Ich vermisse sie durchaus. Sie hat mich mit Unterhaltungselektronik versorgt, meine Legenden gegenüber meiner Mutter gedeckt und meine Zähne bezahlt. Es war ja doch schön zu zweit, eigentlich bis zuletzt. Schön und ein bisschen langweilig. Schön langweilig eben.

An all das muss ich denken, als ich eine gute Woche nach meinem Einzug bei Doreen nachts auf dem Weg zum Klo merkwürdige Geräusche aus ihrem Zimmer höre: ein schnelles Hecheln, leise lang gezogene Winsellaute und dann wieder eine Art hohes Brummen. Wenn ich es nicht besser wüsste, würde ich meinen, es klingt klar nach Sex. Aber sicher sind es nur die beiden Riesenkater, die dort Rambazamba machen. Mich an ihrer Stelle würde das ja ganz schön nerven.

9

»Kuchen ist das Brot des Geschwätzigen.«
(Heinrich Heine)

Als ich am nächsten Morgen in die Küche komme, sitzt da so ein Typ, schätzungsweise um die fünfzig, vor einem Becher Tee und blickt mich voll Argwohn und kaum verhohlener Verachtung an. Das also muss er sein: Der sechste Beatle, das zwölfte Weltwunder, der dreizehnte Jünger. Quersumme vier minus eins (Jünger) ist gleich drei, das geht. Er trägt eine Art Strickweste, was ich nicht recht fassen möchte. Ist das jetzt retro oder ernst gemeint?

Wenn das retro sein soll, ringen in seiner Seele Mut, Wahnsinn, Gleichgültigkeit und der Wille zur öffentlichen Selbstverstümmelung aber in einem äußerst engen Titanenkampf miteinander. Und wenn es sein Ernst ist: Was hat er dann um Gottes willen mit Doreens Gehirn angestellt? Gewaschen, vergiftet, betäubt? Oder sogar heimlich ausgetauscht, also ihr originales weggeschlossen und an seiner Stelle ein aus der *Brigitte* ausgeschnittenes Housewife-Ganglion in ihrem Kopf installiert? Dabei hat sie in den letzten Tagen ganz normal auf mich gewirkt. Meine liebe alte Freundin Doreen, deren Vorliebe üblicherweise Männern gilt, die ein bisschen kräftig, ein bisschen simpel und vor allem sehr freundlich sind. Biertrinker und Lederjackentypen, deren ausschließliche Aufgabe darin liegt, ihren Anker und Ruhepol zu bilden, sie zu halten, wenn sie im Leben oder auf dem Heimweg von der Kneipe strauchelt, und ihr geduldiger Punchingball zu sein, ob nach einem gescheiterten Slam oder an den Tagen vor den Tagen.

Das alles traue ich der Strickweste nie und nimmer zu. Seit wann steht sie denn auf so ein Cross-over aus Mamas Liebling und grüner Parteifunktionär? Ganz davon abgesehen, dass das bei dem doch auch nur Taktik ist. Sich bei den Frauen einzuschleimen und einen auf Therapeut oder Guru oder was weiß ich zu machen. Dass eine solche Masche neuerdings bei Doreen zieht, hätte ich allerdings nicht gedacht. Sie muss schon ganz schön verzweifelt gewesen sein.

»Hallo. Ich bin Thomas.« Ich reiche ihm die Hand. Zögert er ganz kurz, bevor er sie ergreift? Ich bin mir nicht sicher. Lascher Druck. Ich streiche schon mal die möglichen Berufe Türsteher, Gerüstbauer und Kohlenträger von der Liste. Hatte sie nicht gesagt, was er macht? Was war das gleich noch mal? Ach ja, irgendwas mit Wärme.

»Piet«, sagt er kurz. »Du bist also der Typ, der so ein gestörtes Verhältnis zu Frauen hat.«

Es ist ernst gemeint.

»Äh, nein.« Da sind mir sogar die verschissenen Katzen lieber. Die sind zwar lästig wie die Krätze, aber wenigstens nicht so offen feindselig. Und was hat ihm Doreen bloß über mich erzählt? »Wie kommst du denn darauf?« Vor Schreck setze ich mich auch erst mal hin.

»Sie hat mir natürlich gesteckt, warum du hier bist und rund um die Uhr den Kühlschrank plünderst. Ach, und wo wir schon mal beim Thema sind: Du hast nicht zufällig meinen Möhrensaft getrunken?«

»Bäh«, rufe ich. Hince (oder Coonce?) ist mir auf den Schoß gehüpft und schubbert mir liebevoll seine Scheiße in den Jeansstoff. Die Viecher sind zwar stubenrein, aber das hilft nicht viel, weil sich beim Besuch des Katzenklos die Kackebrocken oft im Pelz der Hinterbeine verfangen. Wandelnde Stinkbomben.

Ich fege den Fellklops herunter, der, noch während ich aufspringe, ungeachtet meiner Schmerzensschreie versucht, sich mit seinen Krallen weiter an meinem Oberschenkel festzuhalten. Mit einiger Mühe schüttle ich ihn ab, eile zur Spüle und reinige Hände und Hose gründlich mit einem Geschirrhandtuch, heißem Wasser und Spülmittel. Erst danach schenke ich mir eine Tasse Kaffee aus der Thermoskanne ein.

»Die Katzen mögen dich nicht«, bemerkt Piet. Er kann seine Süffisanz nur schlecht hinter einem pseudosachlichen Tonfall verbergen. »Tiere haben ja oft ein ganz feines Gespür für Menschen.«

»Ja genau«, stimme ich ihm zu. »So wie Hitlers Schäferhunde.«

Er schüttelt betrübt den Kopf. »Einigen Leuten ist echt nicht ganz klar, dass sie mit dem inflationären Gebrauch von Begriffen wie ›Hitler‹, ›Stalingrad‹ und so den Nationalsozialismus im Grunde verharmlosen. Das ist auch nicht lustig oder so was. Falls du das meinst.«

Soso. Mit »einige Leute« meint er auf jeden Fall mich. Aber er sagt es natürlich nicht direkt, sondern quatscht mich stattdessen schräg von der Seite an. Das hasse ich wie die Pest.

»Einigen Leuten fehlt trotz Möhrensaft noch immer ganz schön der Durchblick«, konstatiere ich äußerlich ruhig, während ich innerlich nahe dem Siedepunkt bin. »Und übrigens: Deinen verfickten Gemüsesaft würde ich noch nicht mal mit Wodka gemixt anrühren.«

»Ja, Dori hat auch angedeutet, dass du ganz schön viel trinkst. So wie sie früher anscheinend auch. Das ist ja zum Glück besser jetzt. Ich glaube, du kannst schon einen ziemlich miesen Einfluss auf die Leute haben. Das mit dem Rauchen versuche ich jetzt noch mühsam bei ihr wegzukriegen.« Wie um seinem gequetschten Magerquark zusätzliches Gewicht zu verleihen, ist auch er aufgestanden und lehnt am Kühlschrank, direkt neben seinem eigenen Affenfoto.

»Dori«? Au Mann! So einen Schwachsinn hätte sie sich bis vor kurzem mit Gewalt verbeten. Sie heißt Doreen! Doreen, Doreen, Doreen und sonst gar nichts! Und das mit dem »wegkriegen« in Sachen Rauchen klingt zudem megabeängstigend. Ich gehe lieber mal davon aus, dass sie nicht das Geringste davon weiß. Und ihm, könnte sie das gerade hören, ganz schön einen husten würde.

»Das solltest du echt nicht tun«, warne ich fair. »Die Alte flippt garantiert komplett aus. Ich kann mich noch erinnern, wie sie mal mit einer Baustellenbake ein Bushäuschen entglast hat, nur weil die Fluppen alle waren.«

Er wird noch eine Stufe ernster, zelebriert hier seinen ganz persönlichen Volkstrauertag. »Erstens: Dori ist keine ›Alte‹ …«

»Stimmt, im Vergleich zu dir nicht …«

»Lass mich ausreden … und zweitens siehst du doch gerade daran, wie die Mechanismen der Sucht funktionieren: Der Süchtige baut sich im Kopf sein eigenes Gefängnis. Guck dich doch zum Beispiel selber mal an!«

»Ich zeig dir gleich, wie die Mechanismen der Streitsucht funktionieren.« Unsere Nasen sind nur noch wenige Zentimeter voneinander entfernt. Aus seinem Mund riecht es süßsauer nach Möhrensaft, aber vielleicht bilde ich mir das auch nur ein oder das Aroma stammt vom Sperma eines Fraktionskollegen.

Ich höre, wie sich im Schloss der Wohnungstür ein Schlüssel dreht. Und er hört es auch.

»Dori?«

»Pietchen!«

Im Flur raschelt und klötert es, kurz darauf kommt Doreen in die Küche. Sie drückt Piet einen Kuss auf den Mund und zwinkert mich an.

»Das ist schön, dass ihr euch schon angefreundet habt.«

10

»Unter dem Hochsitz des blinden Jägers sammeln sich die Tiere im Spott.«
(Moses)

Bereits auf der Hinterbühne gibt es Getuschel unter den Kollegen, das abbricht, sobald ich in ihre Nähe komme. Ich kann mir denken, worum es geht: meine neue, elegant entkernte Version von *Bi-ba-buntes Helmchen* ist den Spatzenhirnen einmal mehr zu hoch gewesen. Von ihnen war in erster Linie der übliche Freestyle-Kram zu bewundern, unterfüttert von widernatürlicher Betonung und ruckartig schnippelnden Finger- und Handbewegungen, die mich teils an balinesische Tempeltänzerinnen, teils an spastisches Zucken erinnerten.

Auch das *Sofies Welt* entpuppt sich nicht ganz unerwartet als formidabler Scheißladen. Ein unruhiges und unkonzentriertes, viel zu junges Publikum, das in einem fort auf seinen Wischphones herumwichst, anstatt zuzuhören. Unfreundliches Personal, das, nachdem meine drei Bons schnell aufgebraucht sind, eine höfliche Frage nach weiterem Freibier – »Ich mach hier heute mit« – mit einem kurzen: »Ich auch, aber nicht zum Spaß!«, vom Tresen fegt. Ich sage dann noch einmal kurz, »Momentchen mal. Was ist denn hier los? Ich bin Thomas68!«, nur damit der Tussi mit: »Und ich Serafine, 27«, noch eine weitere Steigerung von unverschämt gelingt. Sie werde mich und meinen Rauhaardackel auch im Altersheim besuchen, aber jetzt müsse sie leider arbeiten und tschüs. Und dafür bin ich also vom Humboldthain bis raus nach Neukölln gefahren: Um mich nach Strich und Faden von einer ignoranten Göre dissen zu lassen.

Hinterher kommen wir alle noch mal raus für den Schlussbeifall, einer nach dem anderen tritt vor den Vorhang, die als erste Ausgeschiedenen zuerst. Ich bin folglich früh dran. Mein Applaus ist dünn, hie und da ertönt ein vereinzelter Zwischenruf: »Spacko!« – »Buh!« und einmal sogar: »Hans Hartz!« Die Neoliberalen haben jetzt anscheinend auch den Slam für sich entdeckt. Am Ende werden die Finalisten aufgerufen und die Siegerin, eine Julia Römer »von hier ganz um die Ecke« erhält für ihre atemlos abgehackte Liebeslyrik (Vorrunde: »Wenn du kommst«, Halbfinale: »Wenn du bleibst«, Finale: »Wenn du gehst«) einen vergoldeten Stoffbeutel. Das allein beweist doch schon, wes Geistes Kind die Veranstalter hier sind.

In der dritten Reihe rechts leuchtet ein feuerroter Schopf. Es ist genau dieselbe Brandfrisur, die ich neulich gar nicht weit von hier in der U-Bahn gesehen habe. Die Besitzerin der Haare scheint in eine ernsthafte Diskussion mit einem der dämlichen Zwischenrufer verstrickt zu sein. So viel kann ich sehen. Dämliche Zwischenrufer merke ich mir nämlich mit Adlerauge und Elefantengedächtnis. In meinem Gehirn gibt es einen eigenen Hochsicherheitstrakt für dämliche Zwischenrufer, die dort lebenslänglich untergebracht sind und abwechselnd mit eiskalten Duschen, Volksmusik und Elektroschocks behandelt werden. Natürlich ohne Erfolg, denn ein dämlicher Zwischenrufer bleibt immer ein dämlicher Zwischenrufer.

Auf dem Klo begebe ich mich in eine Kabine und versuche von dort aus, Annabel anzurufen. Ich weiß nicht, warum. Irgendwie ist mir danach. Überraschend geht sie diesmal immerhin ran, doch nach meinem ersten »Okay …« legt sie gleich wieder auf. Dabei mochte sie doch immer meine Durchschaubarkeit. Wie auch meine Nachlässigkeit, die fehlende Selbstdisziplin und die Unverbindlichkeit. Also all das, was sie nicht mehr hat, seit sie es sich mit Schlag neunundzwanzig von einem Tag auf den anderen radikal ausgetrieben hat. Nicht von ungefähr ist die Neunundzwanzig eine Primzahl. Ich hasse Primzahlen: Unnütz, weil unteilbar, und allenfalls als Sterbedatum zu gebrauchen.

Ich hole von hinten meine Sachen. Keiner spricht mich an. Als ich wieder nach vorne komme, ist im Saal schon das Putzlicht an. Die Zuschauer sind verschwunden, nur ein paar Leute stehen noch am Tresen Schlange, um einer nach dem anderen dieser Julia in den Arsch zu kriechen. Auch wieder so eine Postminderjährige, die – »Huch, ich armes kleines Mädchen war heute das allererste Mal beim Slam, und was hab ich gleich? Na? Gewonnen hab ich, huch, huch, huch …« – so tut, als wisse sie nicht, wie ihr geschieht. Dabei ist in ihrem, zugegebenermaßen hübschen, Köpfchen alles generalstabsmäßig vorgeplant: Open Mike, Closed Mike, Leipziger Schreibschule, Bachmann-Wettbewerb, Blöde-Sau-Shortlist, nein, ich bin nicht neidisch, bloß ein bisschen frustriert.

Da ich weiß, was sich gehört, winke ich im Gehen trotzdem noch einmal kurz in die Runde. Keiner winkt zurück, einer lacht, ich kann nicht erkennen, wer, die kleine Julia blickt einen Wimpernschlag lang halb mitleidig, halb abwesend in meine Richtung, um sich anschließend gleich wieder den Schranzen zuzuwenden.

Ziellos gehe ich Richtung Norden. Ich fühle mich niedergeschlagen und habe nicht die geringste Lust auf Hince und Coonce und Humboldthain. Geschweige denn auf Pietchen. Eher fühle ich mich nach einer ausgiebigen Partie gepflegten Getränkemissbrauchs. Am besten falle ich mit dem von Doreen geliehenen Zwanziger einmal der Länge nach hin und geradewegs in die nächste Kneipe. Egal wo und egal was für ein Laden – in der Gegend kenne ich mich ohnehin kaum aus.

Die Etablierung des Quatschbegriffs »Kreuzkölln« für den äußersten Neuköllner Norden ist mir dennoch nicht entgangen. Das alte Neukölln war zwar auch nicht unbedingt mein Ding, und schon gar nicht, nachdem ich aus meinem Rattenloch in der Yorckstraße in Annabels Kreuzberger Dachgeschosswohnung gezogen bin. Aber es hatte, wie es die Leute ausdrücken würden, die dort jetzt den Ton angeben, immerhin sein ganz spezielles, sehr geerdetes Branding: eine flächendeckend mit Hundescheiße überzogene Kolonie aus Kleinkriminellen, Trinkern, Almosenempfängern und Wahnsinnigen. Annabel war ein paarmal im Rahmen einer politischen Krisenintervention dort und hat unter anderem auf einer öffentlichen Veranstaltung mit dem ihren Worten nach ebenfalls wahnsinnigen Bezirksbürgermeister diskutiert. Während er ihr in einem fort durch seine fernglasähnliche Brille in den Ausschnitt plierte, stolperten zwischendurch immer wieder Betrunkene in den Ratssaal und fragten nach den Toiletten, Alkohol oder ob einer der Anwesenden womöglich »eine in die Fresse« wolle. Dem Vernehmen nach wollte keiner. Es war eines der wenigen Male, die ich interessiert zugehört habe, wenn Annabel von ihrer Arbeit sprach.

So war der Ruf von Neukölln. Cool ging anders, und eben deshalb haben die Neuankömmlinge, die wegen der vormals billigen Mieten und der Nähe zum angesagten Kreuzberg zugezogen sind, diesen Teil des Bezirks als Erstes – zack! – einfach umbenannt. Denn wenn man einer Sache einen neuen Namen gibt, ist sie ja plötzlich ganz was anderes und nicht mehr das, was man eben noch beängstigend gefunden hätte. Das ist die Logik des Vogel Strauß – nicht umsonst der Warmblüter mit dem ungünstigsten Verhältnis von Hirn- zu Körpergröße.

Der Blockwart heißt heute Facility Manager, das Arbeitsamt Jobcenter und Nordneukölln eben Kreuzkölln. Und in eine solche Kreuzköllner Kneipe stolpere ich nun. Wäre ich nicht über ein loses Stück Gehwegplatte gestolpert, so dass es mir mit dem Schmerz in den Zehen den Kopf hochreißt, hätte ich den Namen über der Tür gar nicht gesehen: *Freunde fürs halbe Leben.*

11

»Wenn der Henker baumelt, lacht der Verurteilte.«
(Muck von Tokio Hotel)

Die Rothaarige sitzt ganz allein am Tresen und nuckelt an einer kleinen Flasche Bier. San Miguel. Als wären keine einheimischen Spitzensorten im Angebot. Es gibt hier, seltenes Lob der Gentrifizierung, sogar alles andere als alltägliches Zeug: Ich ordere eine Flasche *Ordinator* aus der Brauerei Dimpflmoser. Niederbayerisches Starkbier. Zum Bestellen drücke ich mich unnötig nah an ihr vorbei, obwohl sonst kaum einer am Tresen lehnt. Aber es ist dann doch sie, die mich anspricht.

»Ich habe dich vorher beim Slam in *Sofies Welt* gesehen. Du bist … Moment … hab's gleich …«

Mit der Zungenspitze im Mundwinkel penetriert sie die Oberfläche ihres Wischphones: Wisch, wisch, wisch – gleich wird sie mich gegoogelt und am Haken haben.

Ich setze mich auf den Barhocker direkt neben sie. Eins und eins macht zwei. Scheiß auf die Drei. Ausnahmsweise. »Du hast aber ein großes Handy«, necke ich sie. »Ist das nicht unpraktisch?«

»Geht so.« Ich pralle ab. Zumindest auf die Tour. Der größte Feind der Ironie ist die mangelnde Intelligenz.

»Ich finde dich nicht«, stellt sie fest und guckt ein bisschen betrübt. Wahrscheinlich haben die Neider sämtliche Einträge über mich löschen lassen. Das geht ja heutzutage, das hat die Frau des rausgeschmissenen Bundespräsidenten ebenfalls gemacht.

»Thomas68.« Ich helfe ihr auf die Sprünge.

Sie wischt. »Ja, richtig«, sagt sie. »Der Typ mit der großen Zahl. Und deinen Beitrag fand ich echt gut. Wie hieß der gleich noch mal?«

Bi-ba-buntes Helmchen. Revisited. Ich muss zugeben: Geschmack hat sie. Eine Eigenschaft, die unter jungen Menschen leider selten geworden ist. Ich sehe sie mir näher an. Rote Haare, die Haut weiß wie Schnee. Fehlen nur die schwarzen Lippen, dann wär sie Schneewittchens Gegenbild. Kurz jongliere ich mit dem Gedanken, sie mit Rotwein zu betanken – das hätte nach einer Weile den noch fehlenden Effekt gezeitigt. Aber ich fürchte, eine ganze Flasche Rotwein kann ich mir nicht leisten, höchstens ein Glas. Ich brauch ja schließlich auch noch was für mich.

Aber sie kann und will selbst bezahlen. Meine Getränke zum Teil sogar noch mit. Außerdem ist sie ausgesprochen niedlich. Putzig, drollig, süß. Zum Knuddeln und Herzen. *Does your mother know you're out?* Attraktivität funktioniert allerdings anders als dieses Derivat aus fünf Teilen Kindchen- und einem Teil Weibchenschema. Niedlich ist im Vergleich zu attraktiv doch fast die niedliche kleine Schwester von scheiße. Oder wäre es, würde sich nicht manchmal, in ganz seltenen Fällen, das tief verborgene eine Sechstel durchmendeln. Fast ist mir, als könnte hier ein solcher Fall gegeben sein. Ich glaube, es ist ihr Geruch. Der zieht mich an. Der banalste Grund ist ja oft der beste, egal ob für eine Anmache oder eine Kriegserklärung.

Was ich außerdem sympathisch finde: Sie duzt mich. Selbstverständlich in Berlin, sollte man denken, nur bin ich inzwischen anderes gewohnt. Ich warte im Grunde bloß noch darauf, dass die Kids mir in der U-Bahn ihren Platz anbieten. Auch Julia hat mich gesiezt, vor der Veranstaltung, als sie noch mit mir gesprochen hat. Ganz natürlich: »Also Sie sind Thomas69, ich hab schon viel von Ihnen gehört.« Gehört, gesehen, goodbye. Wahrscheinlich ist sie jetzt noch damit beschäftigt, die Parade ihrer Rektalschlange abzunehmen.

Franziska ist irgendwie anders. So heißt sie nämlich. Aus unerfindlichen Gründen habe ich Spaß an einer Unterhaltung. Womöglich erklärt sich das aus dem zuvor durchlittenen Popularitätsdefizit.

Wir kauen die Basics durch und spülen die Brocken mit einem Bier nach dem anderen herunter.

Sag mal. Ja. Bist du öfter bei Slams. Nein. Warum heute. Freunde mitgenommen. Wo. Jetzt. Allein hier. Ja. Warum. Bisschen gestritten. Warum. Egal. Wie fandest du. Prost. Nicht alles gut. Nicht alles. Diese Julia. Ja. War scheiße. Ja. Voll prätentiös. Magst du nicht. Letter-Bitch. Bin für Realismus. Realismus. Ja, die kleinen Dinge. Die kleinen Dinge. Alltag. Alltag. Kunst im Alltag. Kunst aus Alltag. Alltag als Kunst. Hä. Mittel der Darstellung. Klar. Mein ich doch. Prost. Nicht dumm. Dachtest du. Was. Dass ich dumm bin. Nein. Puh. Prost. Sag mal. Wie alt bist du denn eigentlich. Wieso. Bloß so. Vierundvierzig. Ach so. Wieso ach so. Na wegen dem. Achtundsechzig. Ach so. Klar. Sag mal. Ja. Hast du dich. Prost. Verrechnet. Nee wieso. Weil achtundsechzig. Plus vierundvierzig. Sind zwotausendzwölf. Ist doch erst Februar. Ach so. Sag mal. Was denn. Und du. Was ich. Wie alt bist du.

Fünfundzwanzig. Soso. Ein schwieriges Alter, und zwar für mich. Auf der einen Seite zu jung, weil wie gesagt zu niedlich. Auf der anderen Seite zu alt, um mein Welpenschutzprogramm zu aktivieren und, anstatt die Unterhaltung auf Abi-Noten, GNTM oder bulimistische Standardtechniken zu lenken, nicht eben doch ein bisschen zu baggern. Keine Ahnung, warum, schließlich ist es wohl nur eine Art Baggerautomatik, die instinktgezündet anspringt, an-, ab- und schließlich warmläuft. Grab, schaufel, wühl! Ich gehe streng nach den Prinzipien des Bergbaus vor. Mit schwerem Gerät (Bagger, Raupe, Tieflaber) versuche ich unter Ausnutzung ihrer Begeisterung (Industriesprengstoff) und ihrer Trunkenheit (Säuren und Chemikalien – das berüchtigte »Fracking«) schichtweise ihre Vorsicht, ihre Bedenken und ihren gesunden Menschenverstand abzutragen und eine Bresche in ihren Schutzwall aus freundlicher Coolness und befürchtetem erotischen Desinteresse zu schlagen.

Fortsetzung der Basics. Topic geographische Besonderheiten, sprich Wohnsituation. Kau, kau, kau. Schlürf, schlürf, schluck.

Prost. Sag mal. Ja. Öfter hier. Ja. Ganz in der Nähe. Was. Da wohne ich. Ach so. Weserstraße. Allein. Nein. Zu zweit. Nee, geht gar nicht. Wieso. Egal. Interessiert mich aber. Egal, sag ich. Schade. Vielleicht wann anders. O.k. Gut. In einer WG. Ach so. Riesenwohnung. Wie teuer. Prost. Zweitausend. Krass. Wieso. Irre teuer. Wieso. Findest du normal. Klar. Wie viele Leute. Zu fünft. Uuuuaah. Was. Könnte ich nicht. Könntest du nicht. Nee. Könnte ich nicht. Wieso. So ein Nerv. Okay. Echt absolut nicht. Voll die netten Leute. Bis jetzt. Wie. Bis jetzt nett. Prost. Quatschkopp. Selber. Geile Gegend. Na ja. Guter Laden hier. Na ja. Na ja. Ja, okay. Okay. Sagt er. Sag ich. Ja. Wo wohnst du denn.

»Ich hab die ganze Zeit bei so ner Alten gewohnt. Die hat mich ja dermaßen ausgenutzt, das glaubst du gar nicht. Hab praktisch den ganzen Haushalt für sie geschmissen – Kochen, Putzen, Saubermachen – und, ich weiß nicht, das ist ja vielleicht ein bisschen zu privat jetzt, weil, wir kennen uns ja gar nicht, aber ich musste auch … also …« Ich stottere richtiggehend vor Scham und Ekel, so sehr glaube ich den Quatsch gerade selbst, außerdem bin ich langsam ganz gut angetrunken. »… ihr praktisch zu Willen sein. Wenn sie wollte. Also sexuell. Jahrelang hab ich jederzeit für sie die Beine schmalgemacht. Kannst du dir das vorstellen? Und nach all dem dann vor ein paar Wochen der Hammer schlechthin: Setzt die mich doch aus einer irren Laune heraus mitten im Winter von einem Tag auf den anderen auf die Straße. Im Moment penne ich bei einer alten Freundin. Aber ihr Typ is'n totaler Fascho. Der versucht ständig Keile zwischen uns zu treiben. Ich fürchte, da muss ich auch bald raus.«

»Du bist lustig«, sagt sie. »Ich mag so Spinnereien. That's how fiction works.«

Okay. Völlig blöd ist sie nicht. Kann sie ja auch nicht sein, sie mag mich. Aber mit dieser überzogenen Sexgeschichte hab ich mir natürlich klare Abzüge in der Glaubwürdigkeit eingefangen. Egal, ich hatte das unbestimmte Bedürfnis, den Themenbereich in irgendeiner Form einzuführen. Ich mag es nun mal, wenn die Dinge vorangehen, und sei es zur Not auch nur den Bach runter. Neben dem Bach verläuft ein schmaler, ausgesprochen schlüpfriger Pfad. Den verfolge ich einfach weiter.

»Der Fascho rennt auch morgens immer völlig nackt durch die ganze Wohnung. Ich hab ihn zehnmal gebeten, mir den Anblick seiner Winznudel zu ersparen. Glaubst du, das hat irgendwas geholfen?«

Dieses Detail stimmt sogar, nur ein Detail im Detail habe ich minimal verändert: Pietchen verfügt in Wahrheit über den gewaltigsten Penis, den ich je gesehen habe. Sobald ich ihm und seinem Ding begegne, weiß ich nie, wem ich zuerst einen Guten Morgen wünschen soll. Also lasse ich es gleich ganz bleiben. Der Effekt wird noch durch seine kurzen Beine unterstützt, man wundert sich fast, dass er nicht bei jedem Schritt über das ellenlang schlackernde Geschlechtsteil stolpert.

»Iiiih«, lacht sie, halb belustigt, halb angewidert. »Das ist ja krass! So voll nackt, oder wie?« Sie bestätigt meine Vorurteile über ihre Generation: kennen nicht mehr die Namen der Leute, mit denen sie vögeln, aber gehen im Badeanzug in die Sauna.

Mein Leben. Dein Leben. Geburt, Schule, Beruf, Tod. Hoffentlich nicht. Prost. Haha. Du. Celle. Wo. Was wo. Zelle. Hamburg. Kenn ich. Hannover. Kenn ich nicht. Egal, nicht wichtig. Und du. Recklinghausen. Kenn ich. Schulzeit scheiße. Schulzeit schön. Abgebrochenes Studium. Germanistik. Lang her. Bachelor-Prüfung. Kulturwissenschaften. Bald. Tresenmann. Prost. Wo. Soft Rock Café. Kenn ich nicht. Schöneberg. Zugemacht. Lang her. Okay. Später Lieferfahrer. Was. Medikamente für Apotheken. Spannend. Dann Slammer. Ich weiß. Und du. Frei finanziert. Wie. Na, frei. Versteh ich nicht. Egal. Ja, egal. Ganz süß. Süß. Ja. Wer. Du. Huch. Ja. Du auch. Hick. Was. Ganz süß. Süß. Ja. Huch. Doch … (Stille) …

Freund. Nein. Nein. Doch. Doch. Bis neulich. Was. Passiert. Schaumparty. Klingt komisch. Nicht. Ja. Mit. Wem. Mir. Verstehe. Egal. Okay. Nicht wichtig. Gut. Und jetzt. Was. Wo jetzt hin. Huch. Hick. Prost. Warum. Na, wegen dem. Was. Nackten und so. Was für ein Nackter. Na, der Nazi. Ach so. Weiß nicht.

»Du könntest doch einfach ne Zeit lang bei uns wohnen«, schlägt sie vor.

»Ja, habt ihr denn ein Zimmer frei?«

»Nein, aber mein Bett ist breit genug und tagsüber bin ich meistens eh an der Uni.« Sie zuckt nicht mit der Wimper.

Ich schlucke. »Und für die anderen?« Meine Stimme klingt heiser. Hitze fährt mir in Gesicht und Unterleib. Ich bin offenbar gar nichts mehr gewöhnt. »Ist das denn für die in Ordnung?«

»Das geht schon klar. Die sind eh alle voll verpeilt. Überlass das nur mir. Ich mach das schon. Und vielleicht kannst du später sogar ein eigenes Zimmer haben.«

»Och, das brauche ich gar nicht.« Das glaube ich im Moment tatsächlich. Zwischen unsere Hocker passt mittlerweile kein Blatt Papier mehr. Ich korrigiere auf vier zu zwei Teile.

Sie überhört mich oder will mich überhören. »Sören geht dann auf die Malefizinseln. Für ein Orgasmus-Jahr …«

Das glaube ich so nicht. Sie muss inzwischen auch schon ganz schön betrunken sein. Das habe ich bis dahin gar nicht bemerkt. Wie eine Bahnschranke kippt sie von ihrem Hocker ganz allmählich und durchaus noch kontrolliert gegen mich, wo ihr Kopf an meiner Schulter liegen bleibt. Ich denke mir sie als Tangente und mich als Kurve, ich mag simple geometrische Figuren – die helfen mir, die innere Ordnung aufrechtzuerhalten. Ich habe das Gefühl, das ist gerade auch bitter nötig. Weil ich ihren Geruch wirklich mag, versuche ich, mich nicht zu rühren, obwohl die roten Haare in meiner Nase kitzeln. Bis ich nicht mehr kann und niesen muss, was ihrer Frisur ein wenig Festiger spendiert. Zum Glück ist sie kurz zuvor eingeschlafen und wacht erst durch den Lärm und die Erschütterung wieder auf, ohne die Ursache und damit die schleimige Dusche konkret zu realisieren.

»Was war das?«

»Nichts. Bloß ein kleines Erdbeben.« Sie zeigt keinerlei Regung, die erkennen lässt, ob sie das nun glaubt oder für einen Witz beziehungsweise diesen Witz für gelungen oder misslungen hält oder ob sie mich überhaupt verstanden hat. Ich riskiere einen Ausfall, lege meinen Arm um sie und drücke sie vorsichtig. Sie lässt sich das nicht nur gefallen, indem sie mir keine scheuert, sondern erwidert aktiv den Druck. Ein ganz kleines bisschen, doch ohne jeden Zweifel. Da gibt es für mich kein Vertun, denn das Spiel, das wir spielen, ist neben Darts und Autofahren der einzige Sport, dessen Ausübung unter Alkoholeinfluss entschieden an Qualität und Sicherheit gewinnt. Mit der Linken streiche ich ihr über den Schopf – Anbahnungs- und kosmetische Verdeckungsarbeit in einem.

»Was ich noch sagen wollte ...« Ihre Augen scheinen plötzlich seltsam schief in ihrem Gesicht zu sitzen. Das kann aber auch an meinen Augen liegen.

»Was?«

»Ich hab Hunger.«

»Ach so.«

»Nein, das wollte ich eigentlich nicht sagen.«

»Was denn?«

Sie überlegt. Lange. Dabei werden ihre Augen noch schiefer und ihr Mund wird spitz und tastet sich in Schlangenlinien durch die dicke Luft. Ich rätsele, was sie da vorhat.

Das eigentümliche an einem gelungenen ersten Kuss ist, dass man hinterher in den allerwenigsten Fällen verlässlich rekonstruieren kann, wer mit dem Scheiß überhaupt angefangen hat. Obwohl es immer wieder vorkommt, dass einer es unbefugt von sich behauptet oder auf den anderen schiebt. Ich finde auch, sobald man das sicher sagen kann, stimmt etwas nicht mit der Sache. Das macht die Angelegenheit irgendwie unrund. Ich bin auf jeden Fall niemand, der sich einen Kuss einfach nimmt. Das habe ich auch gar nicht nötig. Ich bin Thomas68.

Doch bei uns ist alles auf verschiedenste Weise rund. Ihre Lippen auf die eine, ihre Zunge auf die andere, ihre Zähne auf eine dritte Art. Die Drei ist gut. Auch der handgeprüfte Rest von ihr fühlt sich gut an und ebenfalls erstaunlich rund, wenn ich bedenke, wie schmal sie doch eigentlich wirkt. Sie macht Geräusche, die mir gut gefallen – der Barkeeper in der mittlerweile fast leeren Kneipe guckt sicher angewidert, und ich kann ihn verstehen, doch es ist mir gerade egal –, und nach gefühlt zehn Minuten intensiven Umtankens ist all ihre Spucke in meinem Mund und all meine Spucke in ihrem. Halbe-halbe, drei zu drei, alles gut. Kurz darauf ist hier endgültig Feierabend.

12

»Mahlet Zeit, mahlet Not.«
(Heraklit)

Sie hat dann aber doch Hunger und ich eigentlich auch.

»Was ist denn das hier?«, frage ich mehr entsetzt als verblüfft und meine den Laden, vor dem wir stehen. Franziska hat uns leicht torkelnd, doch zielstrebig hierhergeführt. Um einen winzigen Imbiss herum, dessen Innenwände augenscheinlich von einem Anstreicher auf Horrortrip gestaltet wurden, erstreckt sich fast über den gesamten Straßenzug hinweg eine Art angebaute Zeltstadt aus durchsichtigen dicken Plastikplanen. Im Inneren des Zeltes ist es durch Heizstrahler und Hunderte von Kunden derart warm, dass die sogar die Babymützen abgenommen haben, aus deren Kordeln sie in einem meditativ anmutenden Ritual riesige Kopfhörer entwirren. Im Stehen und im Sitzen mampfen die meisten etwas, das entfernte Ähnlichkeit mit Döner Kebab hat. Und richtig: *Keith's Doner Darling* steht auf einem Schild, das einen schnurrbärtigen Vogel Kiwi zeigt, der auf dem Kopf einen Fez trägt.

»Sind jetzt auch noch die Türken verrückt geworden?«

»Sag mal, hallo? Wie bist du denn drauf?« Ihre schiefen Äuglein schleudern Blitze. So aggressiv habe ich sie noch gar nicht erlebt, aber das ist ja auch kein Wunder, nachdem wir uns eben erst kennengelernt haben. »Steht das etwa in irgendeinem Scheißgesetz, dass nur Türken Döner machen dürfen? Keith ist natürlich Neuseeländer. Und er macht den besten Vollkorndöner mit Schokosoße in ganz Kreuzkölln!«

»Ist ja schon gut.«

Zum Bestellen betreten wir den eigentlichen Imbiss. Er ist brechend voll, und die Leute sind offensichtlich nicht in der Lage, eine schöne gerade Schlange zu bilden. Ich bin genervt von der mich umgebenden Blödheit. Der Laden brummt mir entschieden zu laut. Lieber wäre ich zu einem richtigen Türken gegangen.

Sämtliche Mitarbeiter tragen Brillen mit markanten Gestellen. Ob das hier ein Muss ist, wie bei *Fielmann*? Aber eher so ein Freiherr von Fielmann aus dem 18. Jahrhundert, der mit dem Slogan »Eynem jedem Tor sey ein eygenes Auckenglass« die hässlichsten und unbrauchbarsten Kassengestelle umsonst unter den Armen verteilte. Endlich sind wir dran. Ein hochgewachsener Vollbartfuzzi fragt Franziska nach ihrer Bestellung und bringt sie mit dieser doch durchaus erwartbaren Ansprache gewaltig aus der Fassung.

»Ich weiß nicht ... ich nehm dann ... hihi ... ööhh ... ääh ... also einen Mango-Chicken-Döner. Mit Ingwerpulver. That's it.«

Sie kichert so komisch, als ob dieser Bartschrat sie total nervös macht. Wieso spricht sie auf einmal Englisch? Und ausgerechnet die einzigen Wörter, die nun wirklich überflüssig sind.

»Das ist Keith«, flüstert sie mir ehrfürchtig zu, als würde sie gerade von Brad Pitt oder vom Papst bedient. Ich verstehe: Ach so, das ist also Keith himself, der Boss, die neueste und strahlendste Ikone des Neuköllner Nachtlebens.

Keith schenkt ihr ein knappes Lächeln, bevor er sich umdreht, um das Bestellte zuzubereiten. Den fertigen Döner wickelt er noch in essbares Papier ein, das ebenfalls das Wappen der Bude trägt, streut durch eine Herzchenschablone Ingwerpulver obendrauf und überreicht ihn Franziska. Dabei zwinkert er ihr noch einmal arrogant zu, sie errötet und macht sogar einen angedeuteten Knicks. Wirklich nicht zu glauben, was der Typ für ein Arschloch ist.

Bei einem Kollegen mit zwei zu Zöpfen geflochtenen Bartenden bestelle ich einen auf der Angebotstafel in Frakturschrift ausgewiesenen *Deutsch Doner* mit Kraut, Wurst und Raspeln von gebratenem Schweinefleisch zu sechs Euro achtzig. Und weil ich finde, dass wir noch nicht genug haben, dazu zwei badische Pils aus winzigen Fläschchen.

Wir stellen uns im Vorzelt zwischen die Bänke, die alle besetzt sind. Um uns herum babylonisches Sprachengewirr. Der Mangosaft läuft Franziska aus dem linken Mundwinkel und tropft auf ihre Chucks, die sie trotz der Kälte trägt. Sogar diesen Anblick finde ich erstaunlicherweise erotisch.

Mmmh. Du. Hick. Ja. Nichts. Warst du schon. Was. Nichts. Hast du schon. Was. Nichts. Mmmh. Vorher. Wo. Da in der. Kneipe. Was. Nichts. Aber. Ja. War schon ernst gemeint. Was. Na das. Was das. Das mit dem Wohnen. Hick. Ah. Ja. Von mir auch. Scheiße. Was. Na mit der Flasche. War doch leer. Ach so. Alles okay. Aber die Scherben. Egal. Die. Ja. Die gucken. Ja. Hick. Die gucken so komisch. Lass uns. Bald gehen. Ja. Ja.

Franziska gähnt schon wieder. Ich habe das Gefühl, dass sich unser Abend dem Ende zuneigt, und dränge zum Aufbruch. Erst im Gehen bemerke ich den Aufkleber am unteren Rand des Schaufensters: *Schwaben, Spanier und Amis raus aus dem Kiez! Neukölln den Neuköllnern. Liebe Grüße, die NsdAp!*

Eher schweigsam machen wir uns auf den Weg. Die Luft ist ein bisschen raus, und ich spüre, dass heute nicht mehr viel passieren wird. Schade und schön zugleich, denn überrascht von mir selbst, stelle ich fest, dass auch mir das für den Anfang genügt.

Was ist das: Ich werde alt, dem greisen Jäger zittert in Milde die Hand?

Blödsinn. Aber heute glaube ich ausnahmsweise an die Tugend des langen Atems. Meine Gelegenheit wird kommen, bald wohne ich mit ein wenig Glück und Geschick bei ihr und ihr bei. Die Idee eines tage- oder gar wochenlangen Vorgeplänkels entlockt mir den Hauch eines unaufgeregt freundlichen Schwanzwedelns. Vielleicht denke ich ja später im Bett noch ein bisschen an sie.

Ich begleite sie zur Ecke, an der sie rechts abbiegt, weil sie dort irgendwo wohnt, während ich weiter geradeaus muss, um den Nachtbus Richtung Norden zu erwischen.

»Also.«

»Also.«

»Ja, also.«

»Also, ja.«

Ein- und zweisilbige Worte der ausgebremsten Leidenschaft. Wir küssen uns noch einmal ausgiebig, sie schmeckt dabei nach Mangosaft und Franziska. Dann schiebt sie mich lapidar weg und latscht los, als wäre irgendwo ein Startschuss gefallen. Ich blicke ihr kurz hinterher, sie dreht sich nicht noch mal um. Aber ich hätte jetzt auch keine blutige Anfängerin erwartet, das wäre dann wirklich nicht mehr meine Baustelle. Und ich habe definitiv richtig geraten: Die schnelle Tour ist nicht ihr Ding, oder zumindest nicht heute. Da hätte ich sowieso umsonst gedrängelt und mich zum Affen gemacht – die Trauben sind süß, aber hängen zu hoch.

Ich hol sie mir schon noch runter. In meiner rechten Hosentasche taste ich nach dem H&M-Kassenbon, auf dessen Rückseite sie ihre Telefonnummer notiert hat. Warum sollte ich die nicht in Anspruch nehmen? Spätestens seit ich Hans-Peter Nichtraucher kenne, hält mich bei Doreen im Grunde gar nichts mehr.

13

»Im Garten der Liebe sind alle Blumen schön.«
(Joseph Goebbels)

Als ich gegen vier Uhr morgens zu Doreen nach Hause komme, ist alles auf eine merkwürdige Art anders. Ich bin anders. Ich fühle mich heilig, rein und gut. Wie ein Drache, der eine Jungfrau verschont und anschließend noch beim Löschen der Burg geholfen hat. Dass Franziska mich ohnehin nicht mitgenommen hätte und ich nur die zu erwartende Abfuhr vermieden habe, spielt für mich keine Rolle. Auch in der klugen Voraussicht liegt eine nicht zu unterschätzende Leistung.

Ich bin berauscht von meiner eigenen Zurückhaltung. Selbst das notorische Minuserlebnis Nachtbus vermochte meine Seele nicht zu besudeln. Obwohl ich ganz schön getankt habe, gebe ich mir schon auf der Treppe Mühe, leise zu sein, ebenso beim Aufschließen der Wohnungstür und auf dem Weg ins Bad. Ich will niemanden wecken und mich selber irgendwie auch nicht. Als hätte ich Weihwasser getrunken und nicht sieben *Ordinator*, ein Schwabenpils, einen *Jägermeister* und drei doppelte Wodka der Marke *Väterchen Ost*.

Ich putze mir sogar die Zähne, obwohl niemand zuguckt, geschweige denn auf der Klappmatratze in Doreens Wohnzimmer auf mich wartet.

Ich entkleide mich, lege meine Sachen in Form eines gleichschenkligen Dreiecks auf der Kommode neben dem Bücherregal ab, lösche das Licht und schlüpfe unter die Decke. Ganz still liege ich da, mit den Armen hinterm Kopf verschränkt, und sehe durch das vorhanglose Fenster friedlich dem dünnen Schnee dabei zu, wie er schräg durch den Lichtkegel der Straßenlaterne fitzelt. Zum ersten Mal seit meinem Auszug bei Annabel verspüre ich so etwas wie Ruhe und echte Zufriedenheit. Ich fühle mich in meinem eigenen Gemüt geborgen. Fehlt praktisch nur noch der Gutenachtkuss, aber den gab's ja schon vorher, und zwar mindestens in der Version FSK 16. Noch immer brennt er angenehm scharf auf meinen Lippen nach. Ingwer, Chili, Süße. Beim Zähneputzen habe ich streng darauf geachtet, ihn nicht versehentlich abzuwaschen. Meine Hände liegen brav auf der Decke, auch wenn sich das bei Bedarf noch jederzeit ändern ließe.

Um eine brauchbare Systematik zu kreieren, habe ich meine Wichsphantasien in drei Kategorien eingeteilt.

Kategorie I speist sich in erster Linie aus erlesenen Erinnerungen. Die Plots können dezent ausgeschmückt oder mit Weichzeichner verändert werden – auf Wunsch auch mit Hartzeichner –, aber letztlich ist es bodenständige Masturbationsarbeit auf der Grundlage von selbst Erlebtem. Realisierbarkeitsgrad hoch oder vorbei.

Die Kategorie II betrifft den Ersatzverkehr mithilfe reiner Imagination. Nichts kann, alles muss. Der Cast ist erlesen und meist vom Augenschein bekannt. Promis sind und waren nie dabei, ich hatte schon immer eine Vorliebe für echte Menschen (außerdem kann ich beim Wichsen keine Presse gebrauchen; Ausnahme mit dem Arbeitstitel »Interviewsituation ›Berliner Zeitung‹« aus der Kat. IIIb). Manche der Vorstellungen sind konservativ sinnlich, andere gewagt und wieder andere durch pornographische Sehkonventionen banalisiert. In der Hinsicht bin ich leider auch nur ein Kind unserer Zeit. Kategorie II verfügt über einen mäßigen Realisierbarkeitsgrad und kann in diesem Punkt auch mal fließend in Kategorie III übergehen.

In Kategorie III finden sich diejenigen Hirnficks wieder, die man nicht in Wirklichkeit erleben möchte. Der geschlossene Giftschrank, die Königsklasse, aber auch meine vielstrapazierte Lieblingskategorie. Das ist nur folgerichtig, denn was man unbedingt erleben möchte, kann man schließlich auch erleben.

Ich könnte diese Kategorie natürlich noch mal splitten und

eine Abteilung etablieren für diejenigen Phantasien, die sich nur deshalb ausschließen, weil sie zwar in sich wünschenswert, aber schlicht nicht praktikabel wären – sei es aus logistischen, anatomischen oder gesellschaftlichen Gründen. Doch die Einrichtung einer eigenen, vierten Kategorie würde mein bevorzugtes Dreiersystem zerstören und für das (noch bessere) Sechsersystem fehlen dann immer noch zwei Klassen. Deshalb habe ich mich nach reiflicher Überlegung für eine Einteilung in IIIa und IIIb entschieden – ich denke, das geht auch in Ordnung. Eine ziemlich aufregende Frau, deren Name ich aber trotzdem vergessen habe, meinte mal, ich täte ihr leid und ich wäre »absolut krank« in meinem »protestantisch-bürokratischen Wahn«, auch noch die »zweitschönste Sache der Welt in tote Formeln« zu pressen und obendrein meine eigenen »Träume zu zensieren«. Aber was wusste die schon, sie war doch selbst nur eine Phantasie. Ich benötige nun mal meine Strukturen, sonst flippe ich aus. Und wieso »zweitschönste Sache« – wo bleibt denn da der Fußball?

Außerdem sind die Formeln gar nicht tot. Franziska lehnt auf einer Wiese an einem Birnbaum. Sie trägt einen langen grünen Rock und blickt verträumt in eine unsichtbare Ferne. Auf ihrem roten Haar ruht ein aus bunten Wildblumen gewundener Kranz. Es ist Frühsommer, die Sonne scheint, im Hintergrund galoppiert wiehernd ein Pferd.

Die Kategorie kenne ich noch gar nicht. Das muss Kategorie Null sein, die platonische Abteilung, FSK ab sechs. Alles schön und gut, nur was hat dieser Kinderfasching hier in meinem Kopf zu suchen? Ich habe keinen Plan, ob mein Wichsphantasienzentrum jetzt von der ZDF-Intendanz fürs Zwanziguhrfünfzehnprogramm gehackt wurde, nachträglich doch das Welpenschutzprogramm angesprungen ist oder, der unwahrscheinlichste Fall, ich mein neutrales Interesse an Franziska als Mensch und Persönlichkeit entdeckt habe.

Das wiederum kaufe ich mir nicht ab. Schließlich stehe ich

durchaus noch unter dem spannungsgeladenen Eindruck des vergangenen Abends und irgendwie muss man ja einschlafen. In diesem Fall scheint mir Kategorie II angebracht zu sein. Das Pferd sieht zu, der Hauch einer Ahnung umspielt sein dummes Huftiergesicht. Danach schlafe ich tief und fest.

14

»Wer einen Taler auf die Straßenbahnschienen legt, erhält größeres Geld, wiewohl nicht mehr.«
(George Washington)

Am Tag nach der großen Eskalation im Hause der Doreen Kasperczak stehe ich vor dem alten Fabrikgebäude Weserstraße 347c, der Adresse, die mir Franziska angegeben hat, und scanne das Klingelschild nach ihrem Namen ab. Es ist erneut sehr kalt. Auf der anderen Straßenseite versucht so ein Hipster mit der Zungenspitze gefrorene Club Mate aus dem Flaschenhals zu zutzeln. Ich kann ihn instinktiv nicht leiden.

»Hey«, rufe ich ihm zu. »Deine Jeans sind kaputt.«

»Wo?« Er dreht sich um.

»Na da«, zeige ich nach da. »Und da und da und da – praktisch überall!«

»Ach so.« Er lacht. »Und ich dachte schon.«

»Was?«

»Dass meine Jeans kaputt sind.«

»Sind sie ja auch.«

»Worn-out, Mann. Ich glaub's echt nicht.«

Dem Arschloch hab ich's gezeigt. Brummelnd verzieht es sich um die nächste Ecke. »Ich fick dich in dein Hütchen«, murmle ich. Weil ein Hütchen trägt er ebenfalls, und obendrein sind seine Schnürsenkel offen. Das habe ich ihm nur deshalb nicht gesagt, damit er hoffentlich noch drüber stolpert und ordentlich auf die Fresse fällt.

Die nächste Ecke ist übrigens sehr schön wie eigentlich alle Ecken hier. Die Fassaden sind aufgehübscht, die Bars, Galerien und Läden neu. *Bücher & Weine* werben neben *Bücher & Spielzeug* und *Spielzeug & Weine*. Die Titel im Schaufenster sind englischsprachige Hardcover, die Weine aus biologischem Anbau und das Spielzeug aus Holz. Ich vermisse die Panzer meiner Kindheit: Leopard, Tiger, Chieftain. Unter einem Foto von Barbie und Ken prangt der Hinweis: *Wir müssen leider draußen bleiben.* Die Weserstraßenkinder dürfen ihre sozialen Geschlechter eigenständig aushandeln.

Das alles erinnert mich an Annabels Wohngegend. Nur etwas ist dann doch anders hier als in ihrem biodeutschen Rotweintrinkermilieu rund um den Chamissoplatz – es finden sich nämlich durchaus noch eine Menge nichtdeutscher Familiennamen: spanische, französische, englische. Türkische und arabische sind jedoch zunehmend Fehlanzeige. Alternativ arisierte Zone. Da freut sich Bürgermeister Bolle in seinem braunen Turm.

Ich werde fündig, atme einmal tief durch und klingle bei *McGuffin/Rodriguez/Chevalier/Johansson/Kornitzke. Kornitzke* ist Franziska, der einzige Name, den ich mir auch nach unserem Telefonat habe merken können. Dabei meinte ich anfangs schon herauszuhören, dass sie ein wenig überrascht war von meinem Anruf, aber dann doch nicht so sehr wie befürchtet. Selbstverständlich habe ich bei ihr großen Eindruck hinterlassen. Es wäre also kaum verwunderlich gewesen, wenn mein Charme und mein Charisma sie im Nachhinein doch überfordert hätten. So etwas passiert, das habe ich alles schon erlebt.

Natürlich hätte sie auch abwehrend reagieren können: »Häh, wer bist'n du? … Ach so, ey, Mann, bist du blöde, wir waren eben besoffen und haben rumgeknutscht, so what?« Auch das wäre kein Wunder gewesen, doch sie scheint zu ihrem Angebot zu stehen. Ein erster kleiner Punktsieg für die Jugend. Ich hätte ja gedacht, dass Verbindlichkeit für die als Nervenkrankheit gilt. Aber Franziska ist bestimmt eine Ausnahme. Sie hat dann auch wieder ein bisschen gesäuselt, gegurrt und gelacht, wie ich das von neulich Abend in so schöner Erinnerung behalten habe. Unterm Strich hatte ich gegen Ende des Gesprächs sogar das Gefühl, sie hat sich gefreut.

Die Voraussetzungen sind relativ klar: Dass ich ein Stückchen älter bin, lässt sich schwer verbergen, doch sie sollen ruhig denken, ich wäre trotzdem einer von ihnen. »Hey Leute, was geht ab? Ihr seid ja ein mächtig flotter Haufen hier …«

Das wird der passende Ton für den Einstieg sein. Sympathisch, frisch und jugendlich muss ich rüberkommen und auch irgendwie locker und interessiert. Sprich, ich werde abwechselnd Kreide und Scheiße fressen müssen, nachdem ich im Affekt meinen letzten Brückenkopf am Humboldthain gesprengt habe. Es geht also um einiges, wenn nicht alles. Hopp oder Topp, Lotterbett oder U-Bahnhof, Leben oder Tod. Aber es wird schon klappen. Franziska wird mir dabei helfen, das hat sie versprochen.

15

»Dem Eigenen sei das Eigene zu eigen.«
(Die Nichte von Hosni Mubarak)

»Was hörst du denn eigentlich für Musik?«

»Ferkel Sharkey.«

»Ist das Klassik?«

»Nein, ein Joke …«

So geht das jetzt schon mindestens eine geschlagene Stunde lang. Was für ein grauenhafter Marathon! Woher ich komme, wie lang ich bleibe, woher ich Franziska kenne, ob ich kochen, eine Glühbirne auswechseln und eine Geschirrspülmaschine bedienen kann, wieso, weshalb, warum. Wer viel fragt, ist dumm. Als ob wir hier den Euro-Rettungsdings verhandeln, dabei will ich doch nur einen verschissenen WG-Platz. Ach was, noch nicht mal einen vollwertigen WG-Platz, sondern nur eine vorübergehende Zwischenduldung in Franziskas Zimmerchen (und Bettchen!) mit eventueller Option auf ein eigenes. Ich hätte nicht übel Lust, die Veranstaltung hier abzubrechen.

Nur leider kann ich mir das seit gestern nicht mehr leisten. Nachdem sich nämlich Piet erst über die aus meinem Zimmer dringenden Nebengeräusche der Kategorie II beschwert und im weiteren Verlauf seiner Vorhaltungen mit einer primitiven Formulierung meine Würde angetastet hatte, ich ihn deshalb zur Revanche mit diversen Tiernamen und Körperteilbezeichnungen belegte, was er wiederum zum Anlass nahm, mir mit seinem erstaunlich harten Filzpantoffel gegen das Schienbein zu treten, so dass in der logischen Folge ein kurzes Ringen um die Besitzherrschaft über ein in seiner rechten Hand befindliches Glas Ginsterextrakt einsetzte, dessen Inhalt nach der raschen Entscheidung zu meinen Gunsten in seinem ausgedünnten Fusselschopf landete, wo es nun seinerseits eine kurzschlussähnliche Wechselwirkung mit dem Volume-Regler für seine Stimmbänder auszulösen schien, woraufhin seine akustisch alarmierte Freundin Doreen, die ja eigentlich schon viel länger meine Freundin ist, aber offensichtlich spielt es ja irgendeine geheimnisvolle Rolle, wer innerhalb einer Freundschaft über die üblichen Vertrauensbekundungen hinaus noch wessen Möse stimuliert, tendenziell die Partei für meinen eigentlich doch im fairen Wettstreit unterlegenen Kontrahenten ergriff, war ich tief beleidigt und zweifelte an den menschlichen Grundwerten. Also empfahl ich ihnen, sich selbst, einander, ihre Katzen und ihr ganzes Mobiliar anal, oral, vaginal sowie kreuzweise zu ficken und verabschiedete mich ausdrücklich »auf Nimmerwiedersehen«. Unter dem Strich war das taktisch unklug.

Und noch ein weiteres Motiv für mein Durchhaltevermögen zwickt mich zunehmend in Sack und Seele: Schon seit Larissa ist bei mir Schmalschwanz Bettenmeister – für meinen Geschmack entschieden zu lang. Franziska hat zwar nur etwas davon gesagt, dass wir ihr Bett teilen können. Ich bin mir jedoch sicher, dass mir ein beiderseitiges Stockholm-Syndrom das Weitere dann von alleine in die Hände spielt.

Wir sitzen um einen Tisch in einem riesigen Durchgangszimmer. Auf Stühlen und auf einem Sofa, auf dem anderen schnarcht bizarrerweise während des gesamten Gesprächs ein bärtiger Kanadier unter einem Schlafsack leise vor sich hin. Ich muss an meine Nacht im U-Bahnhof Südstern denken.

»Gerard aus Gaspé«, hat Franziska ihn mir gleich nach dem Reinkommen hinter seinem Rücken vorgestellt. »Couchsurfer. Der gehört nicht zur WG.« Dann fügte sie, aus mir unerfindlichen Gründen ins Englische switchend, »He is our monthly visitor«, hinzu, woraufhin eine dunkelhaarige Mitbewohnerin ihre Augen herablassend zur Decke verdrehte.

Natürlich hat sie mich nicht auf den Mund geküsst. Obwohl ich den Schnabel aufsperrte wie ein hungerndes Vögelchen, hat sie ihn geschickt umsteuert, um mir für den Bruchteil einer Sekunde die Wange anzubieten. Und sowieso ist heute alles anders, denn da sitzen noch Sören, Linda, Sheryl und Nick: ein Schwede, eine, wenn ich das richtig verstanden habe, Halbspanierin und Halbirgendwas, eine Amerikanerin aus Kansas und ein hellhäutiger Marokkaner oder so was Ähnliches. Auf mein »Hallo« hin haben sie cool genickt und der Erste (wie hieß der noch mal?) witschte so peripher die Pfote gegen meine. Als ich sie ergreifen wollte, hat er indigniert geguckt.

»Sorry«, habe ich gesagt und es bei den anderen auch beim Witschen belassen. Wenn es sein muss, lerne ich schnell.

Immerhin hängt sich Franziska ordentlich rein für mich. Das muss man ihr lassen. »Er könnte dann auch unseren gesamten Briefverkehr mit der Hausverwaltung übernehmen«, preist sie mich an wie ein hochkarätiges Nutztier. »Ich mein, wozu ist er Poet?«

Gut gemeint, Mädchen.

Der, der Sören (genau!) heißt, meldet sich zu Wort: »Franzi hat uns von deinem Dichterkram erzählt. Ich finde das ziemlich cool, dass du in deinem Alter noch so was Schräges machst.«

»Wie alt bist du denn überhaupt?«, mischt sich jetzt Linda ein.

Hm. Wie alt bin ich? Gute Frage. Aber auch nicht ganz leicht. Ich zögere, sie wahrheitsgemäß zu beantworten. Dann fällt mir ein, dass ich es sowieso schon Franziska erzählt habe, und ich öffne langsam den Mund.

»Prawley moron forry«, quakt Sheryl mitten in meine Sprechvorbereitungen hinein. Sie ist es, die vorher die Augen verdreht hat.

»Vot?« Ich verstehe nichts.

»Ich glaube, sie meint ›wahrscheinlich älter als vierzig‹«, eilt mir Franziska zu Hilfe, die es anscheinend selbst nicht ganz versteht. Das kann ja was geben: Die Leute hier können offenbar zum Teil noch nicht mal Deutsch. Obwohl die Quaktasche zumindest ein bisschen was verstehen muss, sonst könnte sie sich nicht auf die Frage beziehen. Aber vielleicht hat sie ja auch nur Hunger. Amis haben doch meistens Hunger.

»Das ist richtig«, gebe ich zu. »Ja, ich bin vierundvierzig. Aber es kommt ja immer drauf an, wie alt man sich fühlt.«

»Krass, ey. Voll der Dinosaurier!«

»Und: Wie alt fühlst du dich?« Lindas Frage klingt mitleidig.

Ich versuche einen Scherz: »Wie ein frisch geschlüpftes Küken. Nass, klebrig und ein bisschen steif.«

»Wir können dich ja ›Dino‹ nennen«, schlägt Nick vor. Der ist lustig. Das muss ich zugeben. Lustiger als meiner. Arabischer Humor. Alle lachen.

Ich lache nicht. Ich werde schön langsam sauer. Vielleicht wird mir auch deswegen zunehmend alles egal, und ich bringe endlich den Mut auf, die Frage zu stellen, die ich mich so lange nicht zu fragen traute. Und zwar aus dem einfachen Grund, weil ich Angst vor der Antwort hatte.

»Seid ihr jetzt eigentlich Hipster, oder was?«

Es gibt ein großes Hallo aus offenen Mündern, großen Hallos und hospitalistischen Gesten, die die Bärte und Brillen der Jungs zum Tanzen bringen.

»Nein, wir sind Hobbits aus dem Auenland.« Sören grinst, Sheryl quakt und gurgelt irgendwas Amerikanisches, das ich nicht verstehe. Von der Melodie her könnte es bedeuten: »Mein Schatz! Der Schatz gehört mir!« – ich weiß es nicht, ich habe *Herr der Ringe* immer nur auf Deutsch gesehen.

Nur Franziska bleibt ernst. »Wenn man auf Schubladen abfährt, die irgendwelche vollvergreisten öffentlichen Meinungsmacher gezimmert haben, würde man uns ganz vielleicht so nennen.«

Einen derart ausgefeilten Satz habe ich von ihr bislang nicht gehört. Inklusive Fachtermini aus dem Tischlerhandwerk klingt das kaum mehr nach wörtlicher Rede, sondern eher wie auswendig gelernt. Bestimmt existieren bereits einschlägige Rechtfertigungsbroschüren. Auf *Phoenix Youth* ist Verlass: Hipster wollen in der Tat auf keinen Fall Hipster genannt werden, ein Phänomen ähnlich wie bei stramm rechten Gesellen, die sagen: »Ich bin kein Nazi, aber ich finde, es gibt entschieden zu viele Ausländer in Deutschland.« Und offensichtlich sind es die jungen Herrschaften gewohnt, sich zu rechtfertigen. Das haben sie auch nötig.

»Kannst ja gleich ›Stipster‹ sagen.« Linda gackert wie ein junges Lockenhuhn, das soeben das Ei der Weisen ausgebrütet hat.

»Stipster?« Ich dehne das Wort auf exakt die affige Weise, die ich bereits im Laufe unserer Verhandlungen hier gelernt habe: »Ooooh … kayyy …?/2«

Also mit einem halben Fragezeichen. Ich glaube, die Betonung habe ich ganz gut hingekriegt. Jetzt bleibt nur noch zu hoffen, dass auch der Einsatz an sich einigermaßen passend gewählt ist. Ein Mensch mit Geistesbildung hätte sich an dieser Stelle vermutlich etwa so ausgedrückt: »Ich weiß nicht, wovon du sprichst, möchte das aber nicht direkt zugeben, um nicht für doof gehalten zu werden. Des Weiteren kalkuliere ich durchaus mit ein, dass ich gerade schlicht verarscht werden könnte, und möchte dich wissen lassen, dass ich auch um diese Möglichkeit weiß. Und zwar im Verhältnis von ungefähr 65 % verarscht und 33 % nicht verarscht bei zwei Prozent Enthaltungen.«

Genau das ist der Knackpunkt. Denn das Verhältnis, das ich auszudrücken gedenke, wird von der Länge der Silben, dem Bruchteil des Fragezeichens sowie davon, ob die Färbung der Aussprache mehr ins Deutsche (»okeh«) oder mehr ins Englische lappt, bestimmt. Dieses Verhältnis muss genau zur Situation passen. Mache ich hier einen Fehler, entlarve ich mich. Dann gehöre ich definitiv nicht dazu, werde mit Frizz-Limo-

Flaschen gesteinigt und mit einem lächerlich langen Schal an einer per Urban Gardening gezogenen südsibirischen Zierlärche aufgeknüpft.

Die anderen gucken noch immer belustigt, doch Franziska wirkt eher stolz, dass sie einem alten Mann über die Straße der Ahnungslosigkeit helfen kann. »Start-up-Hipster«, erklärt sie ernsthaft. »Also Leute, die weniger antikapitalistisch sind als die meisten von uns, aber die es irgendwie verstanden haben, dass es schon auch auf ne Art okay ist, mit okayen eigenen Projekten Geld zu verdienen, das man dann ja auch voll wieder in anderen okayen Projekten anlegen kann. Kapitalismus kann ja auch cool sein.«

Glück gehabt. Anscheinend hat keiner was gemerkt. Aber Hipster und antikapitalistisch? iPhone4, iPhone5, iPhone6; Subkultur, Clubkultur, Schluppkultur; XL-Brille, XXL-Brille, XXXL-Brille. Vielleicht meint sie ja, dass Stipster im Gegensatz zu Hipstern nicht von Mami und Papi unterstützt werden, sondern sich selber einen Job erfunden haben. Wenn ich an Annabel und mich denke, wäre ich im Vergleich wohl eher Hipster als Stipster.

»Oder Mammut«, schiebt Nick eine Bombe mit Langzeitzünder nach, aber der Witz hat sich verbraucht. Keiner lacht.

Ich muss das Prozedere unbedingt zu einem raschen Ende bringen, sonst raste ich noch aus. Dazu wäre es gut zu wissen, wer hier eigentlich der Chef ist. Im Krieg versucht man immer zuerst, die feindlichen Offiziere abzuknallen, deshalb tragen die im Kampf auch keine Schulterklappen. Habe ich mal gehört. Aber wer hat hier die hohen Rangabzeichen? Sören hat den dichteren Bart als Nick, dafür trägt der die größere Brille. Sheryl hat eine vollkommen kranke Teemütze mit Leopardenmuster auf, beherrscht jedoch die Landessprache nicht. Franziska hat mich hier angeschleppt, ist aber offenbar die Jüngste. Die auffällig hübsche Linda wiederum dürfte über einen IQ nur knapp im zweistelligen Bereich verfügen, scheint jedoch von den Jungs ungeachtet deren mutmaßlicher Homosexualität (Männerdekolletés!) ein wenig angehimmelt zu werden. Und in denen glaube ich bislang die größten Skeptiker auszumachen, was meinen Einzug hier betrifft. Gut, Sheryl verstehe ich einfach nicht.

Ich blicke Linda an. »Wir könnten das auch erst mal auf Probe versuchen. Damit ihr euch sicher seid. Das ist doch null Risiko. Denkt euch einfach, ich wär ein besonders hartnäckiger Couchsurfer.«

Doch so einfach ist es nicht. »Warum meinst du überhaupt, dass du hier wohnen solltest?«, fragt Sören, bevor Linda antworten kann. »Ich seh echt nicht, dass das passt. Also nur wegen so nem third grade Promibonus oder weil Franzi uns seit Tagen die Ohren heißlabert, wie gut du knutschst oder so. Das sind doch keine Argumente. Ich mein, du hast hier schon voll die grauen Haare und bist auch irgendwie so'n bisschen, wie soll ich sagen, sub-hip.« Sheryl gurgelt zustimmend. Was ich für einen Elfmeter hielt, entpuppt sich als falscher Einwurf in Höhe des eigenen Strafraums.

Ich bekomme weiche Knie. Die heikelsten Fragen haben sie ja noch gar nicht mal gestellt: Ob ich denn keine anderen Freunde hätte; wo denn in dieser Notlage meine tollen Slam-Kollegen wären und wie es sein könne, dass ein Mensch meines Alters auf fast schon muttiesk zu nennende Weise von einer einzigen Person abhängig war. Annabel. Darüber hinaus habe ich eigentlich nur Doreen. Hatte. »Der Starke ist am mächtigsten allein«, »Wer nicht da ist, kann auch nicht auf die Nerven gehen«, »Alle anderen sind Arschlöcher« – ich unterlasse es lieber, ihnen die Leitpsalmen aus meiner Einzelgänger-Bibel vorzubeten.

Auch Franziska wirkt auf einmal nervös: »Hallo? Wir haben das doch alles besprochen, ihr Mäuse? Und ich mein, er ist doch auch voll klug und voll witzig und so.« Sie schluckt. »Und auch voll nett …« Das mögliche Misslingen unserer Mission scheint ihr doch mehr zu Herzen zu gehen, als ich vorübergehend dachte.

»Mehrgenerationenhaus.« Eigentlich denke ich nur laut nach. Ein reichlich alberner Einfall. Normalerweise würde ich lachen, wie meistens über meine eigenen Witze, nur dazu ist mir gerade nicht zumute.

»Mehrgenerationenhaus?« Die Rückfrage kommt nahezu synchron aus drei verschiedenen Mündern.

»Na ja, das ist eben so ein Projekt, das eigentlich nur aufgreift, wie es früher sowieso war: dass mehrere Generationen unter einem Dach leben und dann von ihren unterschiedlichen Stärken wechselseitig profitieren. Also, dass die einen dann eben klug sind und ihre Erfahrungen weitergeben und die anderen können ihnen dafür den Rollstuhl schieben. So in der Richtung. Eine Idee, die gleichzeitig von morgen und von vorgestern ist.«

»Krasses Ding!« Sören staunt. »Das macht hier bestimmt noch keiner.«

Zustimmendes Raunen. Auf einmal weht mich der Hauch einer Ahnung an, was er mit »hier« und »noch keiner« meint und was das für die Leute überhaupt bedeutet: »Gleichzeitig von morgen und von vorgestern«. Das ist ultrahip. Das ist, worauf es ankommt. Vor allem aber kann das meine Rettung sein und meine Eintrittskarte.

Und so ist es auch. Das Raunen geht in allseitiges Nicken über und das Nicken endlich in die erlösenden Worte. »Also gut.« Linda seufzt, es klingt erleichtert und zufrieden. »Dann machen wir das so, wie Franzi gesagt hat: Du kannst bei uns auf der großen Couch im Sofazimmer schlafen. Für die Surfer haben wir ja noch die andere. Dann können wir in der nächsten Zeit eben nur einen nehmen. Auch nicht so schlimm. Die machen eh immer so viel kaputt.«

Zustimmend nicken die anderen. »Auf der großen Couch« also. Sie hat sich nicht getraut. Das ist mein erster Gedanke: Sie hat sich nicht getraut.

Ich schiele zu Franziska rüber. Die grinst mich an und senkt nicht etwa den Blick. Schnell ist sie wieder obenauf. Jetzt erst wird mir klar: Sie hat mich eiskalt reingelegt. Niemals hat sie vorgehabt, dass wir ihr Bett teilen. Warum eigentlich auch? Ich komme mir mit einem Mal ziemlich blöd vor. Nur mühsam gelingt es mir, die Contenance zu wahren. Dabei hilft es mir, verstärkt an Pietchen zu denken. Franziska ist mir sowieso zu jung und eigentlich gefällt sie mir auch nicht besonders. Dieses übertrieben fein geschnittene Gesicht, diese Weiblichkeit light, diese unnatürlich schönen grünen Augen. Außerdem brauche ich meinen eigenen Platz, ich muss mich ganz oft umdrehen.

»Super«, sage ich in einem Tonfall, der besser zu »Suppe« passt. Zu einer gehörig versalzenen Suppe noch dazu. »Meine Sachen habe ich schon mit.«

16

»Sind sie hier, sind sie da.«
(Albert Einstein)

»So jetzt: Schlossführung«, sagt Franziska. Sie wirkt erleichtert wie nach einer schweren Geburt, und es war ja auch eine. Wie ein großes, unbeholfenes altes Neugeborenes tapere ich hinter ihr her, ein Nestflüchter, der staunend die Umgebung der Gelegestelle inspiziert.

Mit dem Durchgangszimmer, in dem auch das Verhör stattfand, fangen wir an, denn in dem befinden wir uns noch. Dieser Hauptraum ist gigantisch. Ich schätze mal, an die hundert Quadratmeter groß. Sie nennen ihn »Sofazimmer«, doch »Bahnhofshalle« hätte besser gepasst. An der Vorderseite befindet sich parallel zum Eingangsflur, aber von diesem aus nicht zu betreten, eine geräumige Wohnküche, in der nicht weniger als drei Kühlschränke stehen. »WG-Kühlschrank, Einzelkühlschrank mit Privatfächern, Getränkekühlschrank«, zählt Franziska auf. Sie öffnet die Tür des WG-Kühlschranks, an dem eine Werbepostkarte mit einer Kuh hängt, die blöde lachend Milch trinkt. Ich schaue hinein: Kefir, Avocados, Biomilch. Käse, Käse, Käse. Keine Wurst.

»Wo ist die Wurst?«

»Wurst? Wie bist du denn drauf? Magst du keine Tiere?«

»Doch, doch«, beeile ich mich zu sagen und denke an Hince und Coonce, wie sie tot und leer um den Hals einer Schönheitschirurgengattin hängen, in den Augenhöhlen große Diamanten. Dann fällt mir ein: »Aber ich hab dich doch neulich einen Chicken-Döner essen sehen.«

»Da war ich betrunken.«

Am anderen Ende des Sofazimmers steht ein Kicker. Ein richtig schwerer alter Kneipenkickertisch. Schon beim Reinkommen ließ sein Anblick mein Herz höher schlagen, und jedes Mal, wenn ich auf Quatschfragen wie, »Sind deine coolen Klamotten gerade in der Reinigung?«, hin am liebsten auf der Stelle türmen wollte, habe ich eisern den Tisch fixiert. Wie ein verwundeter Soldat, der unter Dauerbeschuss tapfer weiter voranstürmt, ohne die brechenden Augen von der zu erobernden Höhe 14 zu wenden. Die Spielfiguren der einen Mannschaft tragen weiße Trikots, die der anderen braune: Ach du Scheiße, schon wieder St. Pauli! Gerade legt Linda aus unerfindlichen Gründen die Spielfläche mit Zeitungspapier aus. Was mir gefällt: Der Putzplan wird wöchentlich ausgekickert – das facht den Ehrgeiz ordentlich an.

Auf der von der Tür aus gesehen linken Seite stehen im rechten Winkel zueinander die beiden Sofas, zwei Stühle, davor ein kleiner Couchtisch. Nirgendwo ein Fernseher. Die Fenster in Küche und Sofazimmer gehen nach hinten raus, Südseite, mit Blick auf einen schmalen Hof, hinter dem sich eine große Laubenkolonie erstreckt. Auf der vom Eingang aus gesehen rechten Seite befinden sich, wie Klosterzellen aneinandergereiht, die Zimmer der Bewohner. In der Reihenfolge Linda, Nick, Franziska, Sheryl und Sören. Und alle nach vorn zur Straße raus.

Franziska öffnet die mittlere Tür: »Das ist meins.«

Das Zimmer ist eher schlauchförmig und vielleicht zwölf Quadratmeter klein. »Die sind alle gleich«, sagt sie, als sie meinen Blick bemerkt. »Sonst würden hier auch nicht fünf Zimmer plus Jay-Bad nebeneinander passen.« Was zum Kuckuck ist ein »Jay-Bad«? Die erste Eingebung – Schwulensauna – verwerfe ich, sie ergibt keinen Sinn. Zur Tür hin und auch noch über diese hinweg ist ein Hochbett gebaut, darunter steht ein Schreibtisch, auf dessen Mitte eine MacBook-Airpro3000-Angeberschachtel thront. In der Ecke eine Lavalampe: dass es diese utensilgewordene Geschmacklosigkeit immer noch gibt! Längs zwischen Bettpfosten und Fensterfront ist ein kleines

Sofa gequetscht, gegenüber befinden sich auf die gesamte Breite der Wand Regale, das Zimmer ist voll. Beiläufig überfliege ich den Buchbestand: zahlreiche literatur- und kulturwissenschaftliche Werke, je ein paar Exemplare der Spoken-Word-Publikationen *Planet Slam*, *Battlestab* und *Dichter gegen Denker*, das unsterbliche *Tschick* von Wolfgang Herrndorf und ein paar andere schlaue Bücher, aber leider – böses Foul! – auch das so obligatorische wie unsägliche *Käuzchen in Kreuzkölln* von dem stadtbekannten Arschloch Lenni Haumann. Am mit einer maroden Jalousie gekrönten Fenster schreit eine halbtote Zimmerpflanze stumm nach Erlösung durch den Gnadenguss. Und wieder kein Fernseher.

»Wo guckt ihr denn Fußball?«, frage ich mutlos.

»Schräg gegenüber«, antwortet sie zu meiner Überraschung. »In Manne's Sport's Bar. Voll der Retrokult. That's the real Neukölln, so wie's wohl früher war. Komplett abgefahrene Hartz-IV-Typen in original 90er Klamotten. Obwohl doch gerade 60er angesagt sind. Voll schräg und irgendwie auch süß. Du verstehst zwar oft null von diesem Icke-Sprech, aber gerade das ist ja auch megaauthentisch auf ne Art. Das macht immer irre Spaß da.«

»Hartz-IV-Typen?« Ihre Wortwahl gefällt mir nicht.

Sie merkt es nicht: »Na ja, du weißt schon, so kernige post working class people eben. Schade, dass damit im Sommer Schluss ist. Dann kommt da ein bayerisch-balinesischer Vegi-Whopperladen rein. Aber auf den freu ich mich natürlich auch.«

Sie freut sich. Das sieht schön aus, wenn sie sich freut. Ich mag das. Da gefällt sie mir gleich wieder. Wir kehren zurück ins Sofazimmer und sie schließt die Tür hinter uns.

»Kann ich die Führung mal kurz stören?«, fragt Sören, das schnurlose Festnetztelefon in der Hand, das nur für den Telefonverkehr zwischen der WG als Ganzem und der Außenwelt gedacht ist. Privat ist gleich mobil. »Ich mach grad den Getränke-

Call. Frizz Cola hab ich schon, Lemonaid, Fassbrause, Club Mate und was für Bier? Mit dem Tsingtao Cranberry war doch irgendwie keiner so richtig happy, oder? Vielleicht hat der Typ ja ne Idee.« Zu Franziska.

»Der Typ heißt Thomas«, sage ich.

»Der Typ heißt Dino«, sagt Nick.

Sören: »Vielleicht hat der Dino ja ne Idee?«

»Wie wär's mit Sternburg?«

»Mit was?«

»Sternburg«, schlage ich vor. »Das ist so ne billige Proll- und Punkersorte. Aber im Vergleich zu dem anderen Zeug von hier finde ich das sogar noch relativ erträglich. Nicht ganz so starker Beigeschmack nach Harnstoff.«

»Einheimisch, billig, Proll, Punk …« Sören sinniert. »Das klingt gut. Als ob das noch keiner hat. Damit können wir punkten, schätze ich mal. Allein so distinktionstechnisch. Ich bestell das mal.«

»Order doch auch noch einen Kasten Rhabarbersaft«, ruft Linda vom Kickertisch herüber, wo sie den braunen Spielern mit einem winzigen Pinsel rot-weiße Embleme auf die Hemden malt. »Dann können wir uns selber Rhabarbersaftschorle mixen.«

»Bist du verrückt?« Franziska stemmt die Fäuste in die Hüften. »Zu Hause sieht doch keiner, dass wir das trinken.«

»Hast recht.« Linda gibt nach.

»Ist doch egal«, meint Nick. »Das ist sowieso total zwotausendzwölf. Jetzt interessiert eigentlich nur noch die Frage, ob das schmeckt.«

»Wie: ›schmeckt‹?«

»Wieso ›schmeckt‹? Häh? Hallo?«

»Was sind denn das für Normalo-Kriterien?«

»The Germans think … gurgle …«

Nicht zum ersten Mal heute frage ich mich, wo ich hier bloß gelandet bin. Der Rhabarbersaft wird nicht bestellt.

Links hinter dem Kicker führt noch ein kleiner Flur zu zwei als Abstellkammern genutzten Räumen sowie einem Badezimmer, dem sogenannten Wirtschaftstrakt. Der Grundriss ist ungewöhnlich. Von der ehemaligen Fabriketage vorne gibt es hier einen Durchbruch zu einer kleinen Altbauwohnung im Nebenhaus, denn in diesem Teilstück sind die Decken niedriger als im Loft. Franziska öffnet die Tür zum Badezimmer.

Ich werfe einen Blick hinein. Sorgsam aneinandergereiht stehen Tiegelchen, Töpfchen und Fläschchen auf einem blitzsauberen Glasbord. Keine Wasserflecken, geschweige denn Schlimmeres. Weiß blitzt und blankt die Badewanne, eine Lichterkette aus Plastikorchideen taucht den Raum in einen warmen, nicht zu hellen Schimmer.

»Das Bad ist schön«, sage ich anerkennend.

»Ja«, stimmt sie zu. »Das finde ich auch. So …«, sie zupft mich am Ärmel, »… und jetzt zeige ich dir das Jungsbadezimmer. Das ist ja eh viel relevanter für dich.«

»Ach so?« Ich bin erstaunt. Wie passen denn postgender und nach Geschlechtern getrennte Badezimmer zusammen: »Ihr habt zwei Bäder: eins für Männer und eins für Frauen?«

Anstelle einer Antwort schubst sie mich sanft in Richtung eines Verschlags, der noch hinter dem mit einer schwedischen Flagge gekennzeichneten Zimmer von Sören liegt, das das letzte in der Reihe der Bewohnerzimmer ist.

»Hier könnt ihr machen, was ihr wollt«, sagt Franziska. Sie grinst schelmisch. »Im Stehen pissen, im Stehen kacken, im Stehen wichsen, was auch immer Jungs so brauchen.«

»Das sehe ich.« Und nicht nur das. Ich bin auch einigermaßen erschüttert von dem, was ich sehe. Der hygienische Zustand der Sanitäranlagen erinnert mich stark an vergangene Reisen in diverse Schwellen- und Entwicklungsländer. Weder scheinen hier die Putzdienstregelungen noch selbstregulierende Mechanismen irgendeiner Art zu greifen. Ich selbst bin ja eher vom Typ freiwilliger Sitzpinkler. Das mag vielleicht auch daran liegen, dass ich mich vom Sammelbegriff »Jungs« schlecht vertreten fühle. Ich bin ein Mann.

Franziska haut mir freundschaftlich auf den Arsch und lässt mich stehen.

Und so stehe ich dann auch. Eine ganze Weile. Was mich beunruhigt, ist, dass der Gemeinschaftsbereich weit mehr Fläche einnimmt als sämtliche Privatbereiche zusammen. Das entspricht nicht gerade meiner Vorstellung von einem produktiven Miteinander, das in meinen Augen in erster Linie auf dem Schutz des Individuums vorm Individuum basiert.

17

»Jeder will mit der dicken Frau schlafen,
aber keiner will mit ihr gesehen werden.«
(Sprichwort der Ute-Indianer)

Die vierte Nacht in meinem neuen Refugium ist mit Abstand die schlimmste. Das hätte ich nie und nimmer gedacht. Wie habe ich gestern Mittag noch aufgeatmet, als der kanadische Holzfäller mitsamt Gepäck, Gitarre und Rachenpolypen endlich zu australischen Musikerkumpels in die Tellstraße weiterzog. Drei Nächte knatterte, chapüühte und möhrte es zuvor vom Nachbarsofa mit der Lautstärke einer Motorsäge herüber. Selbst meine Mitbewohner mit ihrem Luxus eigener Zimmer und geschlossener Türen wiesen Morgen für Morgen zusätzliche Jahresringe unter den Augen auf und stellten am Küchentisch das in der WG bis dahin unbestrittene Couchsurfingmodell ernsthaft in Frage.

Doch Gerards Nachfolgerin toppt alles. So ein Persönchen wird allein physisch nicht in der Lage sein, laut zu schnarchen, war bei ihrem Anblick noch mein erster Gedanke. Und sie schnarcht auch nicht. Überhaupt nicht. Stattdessen fahre ich stündlich von spitzen Schreien geweckt hoch, denen gestammelte Stoßgebete und schließlich anhaltendes, halb ersticktes Schluchzen folgen. In Unkenntnis des zugrunde liegenden Traumas verzichte ich lieber darauf, im Dunkeln zu ihr zu schleichen, um ihr vom Rand ihrer Schlafstatt aus beruhigend den Rücken zu tätscheln. So bleibt mir nur, zu konstatieren: Ja, sie tut mir natürlich auch leid. Ja, es beunruhigt mich kolossal. Und, ja, vor allem aber raubt mir ihr Grauen den Schlaf und nebenbei, ruckzuck, den allerletzten Nerv – geteiltes Leid ist doppeltes Leid.

Zu allem Überfluss klötert am gefühlt sehr frühen Morgen

auch noch die Getränkelieferung an meinem Sofa vorbei und nach hinten links in eine der Abstellkammern des Wirtschaftstrakts, dem sogenannten Getränkelager. Sonst schlafe ich von *Sternburg* ja immer ein, diesmal wache ich eben davon auf. Ich höre die sonore Stimme des Getränkemanns und Franziskas dunkles Lachen. Eigentlich hat sie eine erstaunlich tiefe Stimme. Das möchte man bei ihrem Anblick zunächst gar nicht vermuten. Aber ich mag das ja. Ich bin kein Freund des Piepssoprans.

Als ich gegen elf wie gerädert in die Küche schlurfe, sitzen alle gut gelaunt um die fröhlich schnatternde mexikanische Couchsurferin herum. Matilda Esperanza aus Ciudad Juàrez ist das blühende Leben in Person. Offen strahlt sie mich an. Das gibt es doch nicht! Habe ich das ganze Folterknastszenario nur geträumt? Ich gieße mir einen Kaffee in meinen HSV-Becher und lächle sie vorsichtig an. Mich beschleicht eine diffuse Furcht, dass sie im nächsten Moment losschreit und eine Knarre, eine Handgranate oder einen Rosenkranz aus der Tasche zieht.

Sie sagt irgendwas auf Spanisch und ich nicke sinnlos. Hasta la vista, Baby. Spanisch scheint in diesem Moment die Küchensprache zu sein und die scheinen alle Anwesenden zu beherrschen, sogar Sheryl. Nur ich bin wieder der aus der Epoche gefallene Idiot, der in seiner Schulzeit mit der ausschließlich für Speisekarten und sodomitische Sexpraktiken zu gebrauchenden Zweitfremdsprache Französisch traktiert wurde. Von der hinkenden Frau Weissgerber, die uns zwang, sie mit »Madame« anzusprechen und ein Lied namens »Coq au vin« oder so ähnlich zu singen. Entsprechend habe ich bis auf die Kernwortschatzelemente »Croissant« und »Cretin«, »Merde« und »Merci« praktisch alles vergessen.

Dann wird wieder ins Deutsche gewechselt, mit ein bisschen Englisch zwischendurch. Es geht ziemlich hoch her, denn es gibt originelle Neuigkeiten: Der nach dem Urteil der Anwesenden auf eine ordinäre Art ansehnliche Getränkemann hat

Franziska, die ja die Kisten in Empfang genommen hat, noch für heute Abend nach einem Date gefragt, und sie hat aus Spaß zugestimmt.

Alle schreien und lachen laut durcheinander. Details, die in meinem Weltbild untrennbar mit dem Etikett »Privatsache« verhaftet sind, werden gnadenlos ausgehandelt: Von »Knackarsch«, mutmaßlich tätowiertem Keltenkreuz plus Drachen »auf dem Erwin« sowie »gewaxten cojones« ist da die Rede, auch von »Sozialexperiment« respektive »Sexperiment«. Sie machen sich lustig über den armen Jungen und seinen schlichten Status. Ein Kalauer jagt den nächsten, wie in einer Sitcom – nur die Lacher vom Band sind durch selbstgemachte ersetzt.

»Der stellt dich doch gleich seiner Mutter vor: Frau Hoffmann!«, kräht Linda in Anspielung auf die Firma Getränke *Hoffmann*. Hahaha.

Nick: »Und dann zeigt er dir seine Flaschensammlung.« Hahaha. Kreisch.

Sheryl: »Gurgle, gurgle, gurgle ...« Hahaha. Kreisch, wieher. Ich lächle gequält, weil ich mal wieder nichts verstanden habe.

Witzstunde beendet. Nun kommt die komplementäre Kombination von frechem Grinsen und roten Ohren zur Sprache, die bei Franziska, wie sie sagt, wohl instinktiv den Ausschlag gegeben hat. »Ich fand das irgendwie süß«, sagt sie in einem Tonfall, den ich alles andere als süß finde. »Das hatte so ne subproletarische Clearness.« Ich mochte sie schon mal mehr als in diesem Moment. Zum Ausgleich dafür noch nie weniger.

»Getränkeboy ...« Unvermittelt beginnt Sören, einen Song zu improvisieren. »Be my toy, Getränkeboy!« Mit den Fingern trommelt er gekonnt den Rhythmus an der Kante des Küchentischs. Die sind hier alle so wahnsinnig begabt. Und frei. Und locker. In der weiteren Erörterung fallen noch die Worte »Fickerlaubnis«, »Flaschendrehen«, »Saftlieferung« und »Pfandannahme« – der Kontext ist unverkennbar frivol.

Ich trinke meinen Kaffee aus und empfehle mich in Richtung Sofazimmer. »Getränkeboy, be my toy!«, schallt mir der Refrain des Tages aus mehreren Kehlen hinterher, dazwischen unterdrücktes Kichern und Prusten. Ich höre auch Matilda Esperanzas Stimme heraus, die erkenne ich buchstäblich im Schlaf.

In der folgenden Nacht ist sie immerhin deutlich ruhiger. Cerveza alemán, cerveza gutt. Ich kann trotzdem nicht richtig schlafen. Erst weiß ich nicht, warum, doch dann ertappe ich mich dabei, dass ich auf die Wohnungstür achte. Genauer gesagt, darauf, ob Franziska heimkommt, wann sie heimkommt und mit wem sie heimkommt. Auf eine mir selber peinliche Art beschäftigt mich ihr mutwilliges Geplänkel mit dem Getränkemann. Fast könnte ich sagen, es stört mich. Was geht bloß in mir vor: Das Töchterchen ist zum ersten Mal mit einem Jungen aus und Papi wälzt sich ruhelos im Bett? Das könnte man fast meinen. Igitt.

Es dürfte schon auf vier Uhr morgens zugehen, als ich den Schlüssel in der Tür höre. Ein unterdrücktes Husten im Gang, Geraschel – ich lausche angestrengt: wohl nur von einer Person – und strumpfsockiges Gezehenspitze auf leicht knarzenden Dielen Richtung Franziskas Zimmer. Ich seufze auf. Die Zehenspitzen machen halt, wenden dann im Neunziggradwinkel und trippeln direkt auf mich zu.

Ein Schatten setzt sich auf eine Sofakante, greift sanft nach einem Arm der darauf liegenden Gestalt und flüstert mit schwerer Zunge: »Alles in Ordnung, Thomas?« In diesem Moment brüllt Matilda Esperanza los.

18

»Statt nachzudenken, schreibe ich lieber Gedichte.«
(Iwan der Schreckliche)

Ein eisiger Hauch lässt die knapp fünfhundert Menschen, die sich in der Neuköllner Karl-Marx-Straße versammelt haben, bibbern. Ich dürfte kaum der Einzige sein, der längst sein Kommen bereut. Trillerpfeifen ertönen, aus dem Lautsprecherwagen quäkt blechern eine sich häufig verlesende und weitgehend unverständliche Stimme. Ich verstehe nur: »*Müssen wir … ist es unbedingt … Unterdrückung … System … Ausbeutung … Kapital darum … Mieten … Profitmaximierung … Käferchen.*«

Bei »Käferchen« bin ich mir allerdings schon nicht mehr sicher. Das will irgendwie nicht passen, aber es ist mir auch egal. Ich bin sowieso nur aus gruppendynamischen Erwägungen zu meiner ersten gemeinsamen WG-Unternehmung mitgekommen: einer Demo gegen Verdrängung, steigende Mieten und andere gentrifizierungsbedingte Entwicklungen im Bezirk.

Nach unserem Beschluss heute Morgen haben wir dem neuen Couchsurfer, Anders aus Trondheim, noch einen Napf Honig-Shruggies mit Milch ans Sofa gestellt und sind dann alle zusammen losgezogen. Am Rathaus Neukölln beginnt die Demo, die das Kopf-an-Kopf-Rennen mit Schwarzlicht-Minigolf im Görlitzer Park, Gruselkabinett am Anhalter Bahnhof, Ostzoo oder »einfach nur kiffen und chillen« (Platz zwei) knapp für sich entschieden hat. Wenn ich links und rechts in die ausdruckslosen Gesichter meiner frierenden Wohnis blicke, die im Hipster-Block mitschlurfen, als ginge es für die geschlagene Armee von Stalingrad in die Gefangenschaft, wäre ihnen jetzt alles andere außer dem Tierpark lieber als die Anti-Gentrifizierungsdemo. Wer hat eigentlich den Vorschlag zu diesem eigenwilligen Sonntagszeitvertreib gemacht? Nick?

Ich wundere mich ohnehin, warum wir überhaupt hier sind. Immerhin halte ich meine Mitbewohner definitiv für merkwürdig gekleidete Indikatoren der Gentrifizierungsspirale und somit an ihr nicht gerade unbeteiligt. Doch offenbar ist alles relativ und der Forderungskatalog der Hipster-Fraktion auch entsprechend.

»Wir wollen hier nicht noch mehr Schwaben«, kriecht mir eine Scheißhausparole à la Anatols Leute nach der anderen in die Ohren. Bockmist schlägt Brücken zwischen Generationen. Und damit nicht genug, schallt nun auch noch Sprechgesang direkt aus unserer Mitte: »Schwabe, kauf kein Häusle ein, nimm die Weckle und geh heim!«

Das finden alle lustig, da wird allen wieder warm. Franziska ruft neben mir laut mit, ihre Wangen leuchten. Ich ärgere mich über mich selbst, als mir klar wird, dass ich sie fasziniert anstarre. Als ob Liebreiz jeglichen noch so doofen Inhalt stäche. Mit dem fabulösen Sündenbock-Synonym »Schwabe« hat hier keiner ein Problem, schließlich stammt Franziska aus NRW und die anderen sowieso nicht aus Deutschland. Auch wenn sie sich im Schema so verhalten: Solange auch nur eine x-beliebige andere Bevölkerungsgruppe quasi die Rolle des Ewigen Juden bedient, sind sie selbst fein aus dem Schneider.

Eine weitere Forderung ist die Aufrechterhaltung des ehemaligen Flugplatzes Tempelhof als Jonglierwiese, Urban Gardening Zone und überhaupt eine Art Abenteuerspielplatz für sehr große Kinder. Außerdem – hier wird es wirklich abenteuerlich – eine Mietpreisgrenze von zwölf Euro. Nettokalt, da könnte man als Betrag genauso gut eine vor Schreck auf die Seite gefallene Acht einsetzen. Nervös beobachte ich den Rest des Demo-Zuges vor uns, doch zum Glück schreit der selber so laut, und zwar ganz andere Dinge, dass sie den neoliberalen Wahnsinn gar nicht hören können.

Wenigstens ist der Hipster-Block der einzige, der nicht von einem nervigen Polizeikordon gesäumt wird. Er ist praktisch unsichtbar. Kein Wunder, schließlich gibt es, wie ich ja jetzt weiß, gar keine Hipster. Also kann es auch keinen Hipster-Block geben. Die Bullen glauben wohl, der gehört nicht mehr zur Demo und die ganzen jungen Menschen mit den Stoffbeuteln wollen bloß zum Einkaufen. Hoffentlich denken die schwarz gekleideten Aktivisten vor uns dasselbe, sonst dürfte hier bald so manche Riesenbrille splittern. Hipster auf einer Antigentrifizierungsdemo – das ist fast so, als hätten sich Nazis in einen Aufmarsch der Antifa geschmuggelt.

In den vorderen Reihen kommt Unruhe auf, Geschrei, offenbar wird um ein Transparent gerangelt. Über uns knattert ein Hubschrauber vom BGS.

»Ist das aufregend«, freut sich Franziska. Zumindest sie scheint zu wissen, warum sie heute hier ist. Und auch Nick wirkt überaus engagiert: *Eigentum ist Diebstahl*, leuchtet es vom Retina-Display seines iPad 3 (das alte fürs Schwimmbad und die Straße) und *Haut die Bullen platt wie Brötchen!* Mit ernster Miene hält er das Tablet vor sich in die Höhe: Transparentherstellung 2.0.

Hoffentlich sieht das keiner, denke ich mir. Und natürlich hoffe ich, dass MICH keiner sieht, der eventuell mit mir früher mal auf die Straße gegangen ist, um gemeinsam mit anderen ernsthaften Menschen ernsthafte Anliegen zu vertreten. *Legalize it, don't criticise it …*

Die Demo ist auf dem Hermannplatz angekommen, dem Ort der Abschlusskundgebung. Aus dem Lauti quäkt es wichtig, keiner aus meiner WG hört zu. In diesem Moment sind sie mir wieder ein kleines Stück sympathischer geworden. »Dahinten ist doch Jan. Und Steve. Und Sylvie!« Franziska packt mich aufgeregt am Arm.

»Wer ist Jan?«, frage ich. »Und Sylvie? Und Steve?«

»Jan, Steve und Sylvie sind Leute von uns«, stellt sie die Reihenfolge richtig, als käme es exakt auf diese an. Und was meint sie mit »Leute von uns«?

»Huhu, Jan«, ruft sie und winkt Richtung *Blumen Vietcong* an der Ecke Sonnenallee. Ein hochgewachsener Typ winkt zurück und kommt auf uns zu. Leuchtend blaue Riesenbrille im bartumrandeten Gesicht, ein ewig langer Schal um den Hals und dazu so eine Art Offiziersjacke aus dem Dreißigjährigen Krieg. Blauer Samt, Goldborten und untertellergroße Knöpfe. Umarmung, Küsschen, spitze Schreie.

»Das ist Thomas«, stellt Franziska mich vor. »Ein krass genialer Dichter.« Wir witschen unsere Hände gegeneinander, Jan öffnet den Mund und ist schwul, und in diesem Moment bricht um uns herum ein bisschen die Hölle los. Ein Böller explodiert Ecke Hasenheide, dann noch zwei vor Karstadt, ohrenbetäubendes Gepfeife, Tatütata und die ersten Verhaftungen: Da will wohl jemand ganz schnell ins Warme.

Die Lage beruhigt sich äußerlich wieder, die Parteien belauern sich. Es rumort auf dem Platz, über die Zufahrtsstraßen werden weitere Polizeikräfte herangeführt. Und auch die Polizei hat offensichtlich einen Lautsprecherwagen, den man noch dazu besser versteht als unseren.

»Wir fordern Sie auf, die Versammlung zu beenden und sich in nördlicher Richtung, also auf den Kottbusser Damm hin zu entfernen. Andernfalls werden wir die Versammlung auflösen. Es ist jetzt ölf Uhr achtzehn. Dies war die erste Durchsage.«

Wir gehen dann auch mal. Uns ist sowieso furchtbar kalt. Wir verabschieden uns vom Karnevalsprinzen, sammeln Sören, Linda, Nick und Sheryl ein und schlagen uns über den Kottbusser Damm durch bis zur Weserstraße 347c. Alle strahlen das Gefühl aus, aber mal so richtig was geleistet und somit eine Belohnung verdient zu haben. »Jetzt eine heiße Badewanne«, ächzt Linda wohlig. Sheryl quakt irgendetwas von »Hot Stuff«. Mir ist ja alles recht, bloß warm sollte es sein.

Weil es im Jungsbadezimmer nur die versiffte Dusche gibt, dürfen wir ausnahmsweise das Damenbad mitbenutzen. Auf dem Sofa genehmigen wir uns ein paar Becher »Hot Stuff«, heißer Pitú mit Milch und kalifornischem Oleanderhonig, und warten auf das jeweils zugeteilte Wannenzeitfenster. Behaglichkeit macht sich breit. Die Heizung bollert, Anders schlummert blond und wuschelig wie ein Golden Retriever am Kaminfeuer zu unseren Füßen, das Heißgetränk schießt angenehm in die Birne. Sheryl, die als Erste gebadet hat, sorgt in der Küche für den Nachschub nach Grandma's Geheimrezept. Das versöhnt mich für heute auch mit ihrer Person, so einfach bin ich manchmal doch gestrickt.

»Du bist dran.« Franziska kommt ins Sofazimmer, barfuß, mit einem leuchtend grünen Handtuch um den Leib geschlungen. Die Haare hat sie mit einem kleineren, ebenfalls grünen Handtuch gebändigt, und unter diesem Turban lugen einzelne rote Strähnen hervor. Hypnotisiert betrachte ich ihren schmalen weißen Hals, die feinen Linien ihrer zierlichen Schultern und Oberarme, des klar akzentuierten Schlüsselbeins, an dem noch ein paar Wassertropfen perlen, den darunter beginnenden Ansatz zweier Wölbungen, die unter dem Handtuch …

»Ist was?«, möchte sie wissen. Weder unfreundlich noch empört, eher vage interessiert.

»Nö. Wieso?« Meine Replik kommt wie aus der Pistole geschossen – gut, dass ich den Mund schon offen hatte. »Guck ich so glasig? Vielleicht hab ich schon ein bisschen viel von dem Hot Stuff …«

»Ach so.« Sie dreht sich um, kurz sehe ich die Tätowierung eines schielenden Murmeltiers zwischen den Schulterblättern, und trippelt in ihr Zimmer. Dabei hinterlässt sie kleine nasse Tapser auf dem Parkett, höchstens Größe 36 schätze ich mal, mehr auf gar keinen Fall.

19

»Achte die Meise. Sie kann dein Bruder sein.«
(Astrid Lindgren)

Spätnachts bin ich mit Franziska allein in der Küche. Das hat sich zufällig ergeben: Wir sind fast zur selben Zeit nach Hause gekommen, haben dem Bierschmacht zu Ehren den Käsekühlschrank geplündert und uns je ein weiteres Bier aufs Fensterbrett gestellt. Ich finde es schön mit ihr allein, sie ist in dieser feindlichen Umgebung nach wie vor mein Rettungsanker. Ich mag sie wirklich. Zugleich reizt sie mich aber auch mehr denn je. Vielleicht hat diese Nichtbettgeschichte uns beiden sogar gutgetan.

Wir gucken aus dem Fenster, das Licht ist aus, nur hinter uns auf dem Tisch brennt eine Kerze. Obwohl gar kein Stromausfall herrscht; das war Franziskas Idee. Die Stimmung ist friedlich, drinnen wie draußen, der feuchte fette Spätwinterschnee macht alles still – das funktioniert seltsamerweise auch über die Augen. Im Vergleich wäre das fast so, als ob einer mit dem Arsch isst und davon satt wird.

Auf der Rückseite unseres Blocks nimmt, rechter Hand begrenzt vom Quergebäude des Altbaus, dessen oberste Etage unseren Wirtschaftstrakt beheimatet, eine Schrebergartenanlage die von alliierten Bombern geschaffene Brache ein: Die Laubenkolonie *Germania* mit einer schwarz-weiß-roten Flagge, in deren weißer Mitte ein grünes Apfelbäumchen prangt. Kaum zu glauben, dass dieses Areal vermutlich auch noch eine Art Bestandschutz genießt. Wenn die Piloten das gewusst hätten, wären sie voll beladen wieder zurückgeflogen und hätten ihre Fracht ins Meer geklinkt. Von der Küche aus hat man einen guten Blick auf das Elend.

»Wenn die Dächer von den Hütten im Winter dann so schneebedeckt sind«, sagt Franziska verträumt, »und wir hängen hier bekifft in der Küche ab, dann spinnen wir manchmal so rum, dass wir hier oben die Aufseher sind und das da unten alles so Lagerbaracken. Weil da ja auch so komische Wege sind und nur zwei so Funzellaternen.«

»Na, ihr habt ja Humor«, fällt mir dazu ein. »Helau, Alaaf, Narrhallamarsch.«

»Ich sag doch, dass wir dann bekifft sind, Mister Superkorrekt. Also ich mein, bei dem, was du manchmal so an voll zynischem Kram vom Stapel lässt. So mit den Nazikatzen und auch, dass es Hipster gibt und so …«

Aber ich sehe ihrem Gesicht mit den kaum merklich zitternden Lippen an, dass sie doch ein wenig schuldbewusst ist. Schlimmer noch, wirkt sie in diesem Moment wie ein vom Lehrer getadeltes Schulmädchen.

Das gefällt mir nicht. Es hat so was Demütigendes. Das will ich nicht. Ich will sie nicht demütigen und nicht gedemütigt sehen. Komisch eigentlich, denke ich mir, normalerweise demütige ich Menschen doch ganz gern. Maßregeln, zurechtweisen, besser wissen. Allerdings eher solche, die es in meinen Augen auch verdient haben. Das verleiht einem immer ein Gefühl der Macht. Eine gelungene Demütigung ist wirksamer und erhabener als jeder Schlag in die Fresse. Macht auch weniger Krach.

»Guck mal, da büxt uns doch gerade ein Häftling aus«, sage ich schnell und zeige auf eine Gestalt, die dort unten auf dem verschneiten Weg auf ihre Laube zutorkelt. In den Hütten muss es schon ganz schön kalt sein. Franziska schluckt. Sie tut mir leid. Das kleine Ding. Kurz überlege ich, ob ich das Fenster aufreißen und: »Jude, stillgestanden«, brüllen soll, um ihr den Schwarzen Peter zu nehmen. Aber ich kann und will mich doch nicht dazu hinreißen lassen. Außerdem bin ich nicht bekifft.

Auch wenn ich es jetzt gerne wäre, um meine leichte Empörung vom Nervengift in wunderbar abdriftende Bahnen,

Schnörkelkurse und Sackgassen schicken zu lassen. Statt Räuber und Gendarm spielen sie also KZ-Wärter und Gefangener. Ist denn mittlerweile alles an zivilisatorischen Werten aufgekündigt, was in halbwegs vernünftigen Kreisen einmal Konsens schien: Political Correctness, deutsche Schuld, alles in der Richtung? Und zwar nicht etwa, weil man rechts wäre – das wäre immerhin noch in sich schlüssig –, sondern nur weil ein paar Twentysomethings glauben, in ihrer kleinen durchgestylten Welt wäre alles fix und fertig ausgehandelt. Dazu kommt der Argwohn gegenüber allem, was auch nur entfernt dogmatisch klingen könnte. Oder weil sie einfach immer schlauer sein wollen und zu diesem Zweck auch noch in Frage stellen würden, dass die Erde rund und keine Scheibe ist. Alles ist nur noch »post«: Postastronomisch, postfeministisch, postkapitalistisch, traritrara, die Post ist da! Ein Glück, dass ich selber noch den Durchblick habe. Da kristallisiert sich eine anspruchsvolle Aufgabe heraus: Ich werde die Kinder, die mich adoptiert haben, erziehen, mit weichem Herz und harter Hand oder meinetwegen auch umgekehrt.

Aber natürlich haben sie es auch nicht leicht. Die Sorge, was aus ihnen werden soll, verdrängt jeden vernünftigen Gedanken – das sieht man ja allein schon am Geschmack. Denn im Normalfall droht ein lebenslanges Praktikantendasein. Nur wenn sie ganz viel Glück haben, dürfen sie von morgens bis abends auf einem Schleudersessel in irgendeinem Glasturm sitzen, wo sie irgendeine postindustrielle Scheiße zusammenknechten, die keiner braucht und die doch wahnsinnig wichtig ist. Sie müssen Englisch sprechen, Spanisch lesen und C# schreiben. Sie arbeiten in Teams mit Hierarchien, die so flach sind, dass man ständig unbemerkt drüberstolpert. Jeden zweiten Tag werden sie grundlos rausgeschmissen und dürfen sich ein neues Glashaus suchen.

Ich könnte das nicht. Ich könnte mich nicht anpassen, ich könnte mich nicht verstellen, ich könnte mich niemals ein-, geschweige denn unterordnen. Ein Glück, dass ich die Ära einer völlig ungebremsten, allgemeinen Zwangsverpflichtung nicht mehr erleben werde – die Gnade der frühen Geburt.

»Ach, ich hab jetzt auch grad keine Lust mehr auf den doofen Lagerscheiß.« Franziska blickt stumm in die Dunkelheit hinaus. Ein trauriges kleines Hühnchen, das aus seinem Käfig starrt. Blöder Vergleich, aber es ist ja auch eine blöde Situation – daher passt er dann auch wieder. Ich lege meinen Arm um ihre Schulter und streiche ihr mit einer Hand sanft über den Kopf.

»Ist schon okay«, behaupte ich. »War doch nur Spaß.«

Keine Taktik, nur Trost. Das fühlt sich echt an – es gibt Momente, da denke ich, aus mir könnte auf meine alten Tage doch noch ein windelweicher Empath werden. Baby, ich füttere deine Seele mit Schokoladenpudding. So stehen wir eine Weile nahezu reglos da. Die Spannung löst sich mit dem ersten richtigen Kuss seit dem Abend im *Freunde fürs halbe Leben*.

20

»Gib dem Stinkschwein Saures,
so zahlt es dir mit halber Münze heim.«
(Ernst Thälmann)

Am zwölften März schäle ich mich nach einem nur von Demo und Putzdienst unterbrochenen Winterschlaf neben wechselnden Couchsurfern aus Wolldecken und geschlossenen Räumen heraus ins Freie. Heute ist der erste Tag in meiner neuen Umgebung, der einen Hauch von Frühling verbreitet. Es ist buchstäblich ein Unterschied wie Tag und Nacht, als es der verkaterte Zivildienstleistende Jahreszeit erstmals wieder schafft, die fette alte Tante Zentralgestirn schon am Vormittag über die steilen Giebel der engen Straße hinauszuwuchten. Sofort sieht die Welt ganz anders aus.

Es ist eine Welt der Frühstücksläden, die ich erst jetzt so richtig wahrnehme. In Fleece und Flausch gepackte Mädchen blinzeln auf unbequemen Holzstühlen in eine Sonne, die noch nicht wärmt oder gar bräunt. Nur der Kopf schaut oben raus, doch das genügt, um zu sehen, dass diese Saison vermutlich Pippi-Langstrumpf-Zöpfe angesagt sind. Theoretisch könnte es sich zwar auch um eine individuelle Note handeln, doch nach einem knappen Monat habe ich längst gelernt, wie abwegig schon der bloße Gedanke an die Existenz einer individuellen Note der Neubewohner und Besucher hier im Viertel ist.

Okay, Neu-Neuköllner bin ich selber. Ich meine eher die Zugezogenen unter dreißig, die als Allererstes zielstrebig hierherkommen und nicht einmal ahnen, dass es gar nicht so weit von hier auch noch ein Wilmersdorf gibt und ein Karlshorst, ein Marzahn und ein Charlottenburg, und dass dort seit Jahrhunderten ganz normale Leute leben, lieben und arbeiten, dahinvegetieren, von Herzen hassen und in der Seele arbeitslos sind. Kurz, dass es ein Berlin fern ihres Abenteuerspielplatzes gibt. Aber eigentlich ist es ja auch gar nicht so wichtig, wer was weiß. Soll sich doch jeder seine eigene Stadt in der Stadt bauen – meine habe ich sowieso noch nicht entdeckt.

Gedankenverloren greife ich mir links und rechts in den Winterspeck und beneide die extrem dürren jungen Männer vor den Cafés: Es muss toll sein, im Sitzen Fett zu verbrennen. Allein durchs reine Posen beschäftigt man in scheinbarer Ruhe mehr Muskelpartien als beim Boxtraining, nur um eine szenekompatible Haltung zu erlangen. Ich könnte das nicht.

Ich setze mich vor ein Café namens *Brainfood* und beobachte die Vorübergehenden. Beobachten ist vielleicht das falsche Wort. Ungeniert starre ich mit offenem Mund auf eine irre Freakparade: Lebende Strichmännchen staksen wie Beinamputierte, deren Gliedmaßen durch dünne Stelzen aus Hosenstoff ersetzt wurden, storchenbeinig über den Gehweg. Türkisfarbene Mäntel wallen über Kniebundlederhosen, die wiederum mit neongelben Hosenträgern nur mühsam an den kaum angedeuteten Schultern der leptosomen Spinner aufgehängt sind. Neben den obligatorischen Vollbärten sieht man Schnurrbärte, wie sie die Monty Pythons trugen, wenn sie Franzosen mimten. Die üblichen Schals oder geckenhafte Halstücher. Frauen in Hotpants mit ebenfalls Hosenträgern, altmodischen Kniestrümpfen und unter den Kniestrümpfen der Kühle wegen breitgeringelten Strumpfhosen. Dazu tragen beide Geschlechter megahässliche Botten aus Wildleder, Filz oder filzähnlichem Material. Eine Armee von Individualisten mit herrlich individuellen Uniformen der Individualität.

Mir fällt ein weitaus näherliegender Vergleich ein. Früher sind so die Dorftrottel rumgelaufen und vielleicht heißt »Hipster« ja auch direkt übersetzt: die Dorftrottel unserer Zeit. Ich weiß es nicht, mein Englisch ist leider nicht das allerbeste. Das ist vermutlich auch das, was Sheryl immer sagt, wenn ich sie nicht verstehe.

Mir ist natürlich klar: Das alles ist ironisch gebrochen gemeint, ob Einzelstück oder wahnwitzige Kombination. Ich bin ja nicht von vorgestern. Doch was ist das für eine grausame Auslegung des guten alten Ironiebegriffs. Für mich ist Ironie heilig. Sie hat etwas mit Herz, Hirn und Hintergedanken zu tun. Man kann nicht einfach hingehen, einem kleinen Kind, einer alten Oma oder dem Kleidungsstil mit dem Hammer den Schädel einschlagen und sich danach hinstellen und sagen: »Haha, das ist bloß Ironie, weil ich das gar nicht selber bin, sondern nur mit ironisch zitierten Versatzstücken arbeite, die meine wahre Persönlichkeit kontrapunktisch spiegeln.« Oder in den Worten der Betroffenen ausgedrückt: »Was willst du? Das ist doch voll gut!«

Vielleicht mag das bei jemandem, der sie gut kennt, im Ansatz noch hinhauen. Ein Fremder hingegen sieht nur einen Hammermörder mit Nerdbrille inmitten einer riesigen Blutlache des guten Geschmacks stehen.

Ich möchte einen schwarzen Tee haben. Das möchte ich sonst nie, aber heute möchte ich das. Ich glaube, der hilft mir jetzt gegen die innere Kälte, die ich mit einem Mal verspüre. Daran können auch die Schweineheizstrahler mit dem Schweinekerosin nichts ändern, von denen ich dachte, sie wären längst verboten.

»What'e kind'e of tea?«, fragt die Kellnerin mit italienischem Akzent. »Chai Latte? Matcha? Rapunzel? Oregano-Palisander? Eh?«

Ich bin verwirrt.

»Also schwarz eben. Meßmer-Tee vielleicht …? Einfach heißes Wasser mit so'm Beutel drin. Ach, bring mir meinetwegen irgendwas.«

Und das bekomme ich dann auch. Während ich vor einem dampfenden Becher sitze, in dessen eingebautem Teesieb undefinierbare Strünke eines fremdartigen Strauchgewächses (Rhododendron?) schwimmen, schlendert auf der Straßenseite gegenüber Sheryl vorüber, neben sich eine Freundin mit einer fliederfarbenen Teemütze auf dem Kopf.

Ich winke unentschlossen, doch sie streift mich nur mit einem Sekundenblick und geht wortlos weiter. Sie hat mich nicht erkannt, womöglich nicht erkennen wollen. Oder es war gar nicht Sheryl. Die sehen alle so verschieden aus, dass sie schon wieder gleich wirken.

21

»Wir trinken die Angst der Biere.«
(Kleopatra)

Linda, Sheryl und Franziska schrubben schon seit Stunden in der Küche zur Musik vom Laptop skurrile Gemüsesorten, die ich für Holz- oder Wurzelreste gehalten hätte. Ich muss an die Erzählungen meiner Oma denken, wie sie »im Kriech« Schnitzel mit Kartoffeln und Sauce gegessen hatte, danach noch Kaffee und Nachtisch, und alles war aus Steckrüben. Teller und Besteck inklusive.

Die Herren stehen wie zu Opas Zeiten daneben, trinken *Sternburg* und spielen Taschenbillard. Das ist es wahrscheinlich, was sie unter dem vielzitierten Schlagwort »Postgender« verstehen: anstatt wahlweise Festigung oder Veränderung der Verhältnisse schlicht deren Negierung. Das ist nicht links, das ist nicht rechts, das tut einfach nur weh.

Ich frage meine Mitbewohnerinnen, ob ich helfen kann. Gemüseschneiden oder so. Auf Fleisch mache ich mir hier ohnehin keine Hoffnung mehr – dafür habe ich mir heute Mittag am Hermannplatz-Imbiss schon mal das *Sparmenü 3* reingezogen: *1 Currywurst, 1 Bulette, 1 Pommes* zum Spitzenpreis von zwei Euro neunzig. Sheryl drückt mir drei Zwiebeln in die Hand. Ich soll sie in kleine Würfel schneiden. Zumindest verstehe ich sie so.

»Der Dino weint, weil alle seine Kumpels ausgestorben sind.« Nick lacht.

»Dinosaur is crying – ooohhh – all night long …« Sören feilt schon wieder an einem Song. Ich stelle pantomimisch einen Messerwerfer dar.

»Rings!«, herrscht mich Sheryl an, »Ringen!«, als sie mein vollendetes Werk sieht, und verdreht die Augen Richtung

Zimmerdecke. »The Germans are …«, gurgelt sie weiter, doch den Rest verstehe ich nicht.

Die Frauen schichten das Gemüse in zwei große Kasserollen, würzen das Karnickelfutter und gießen etwas heiße Brühe drüber. Übereinandergestellt passen die beiden Formen gerade mal so in den Ofen.

Es klingelt. Wir, das heißt die anderen, haben zu unserem, das heißt ihrem, allwöchentlichen WG-Abendessen noch Sylvie, Steve und Jan eingeladen, die Pflügerstraßen-WG. Entschuldigung. Ich meine natürlich Jan, Steve und Sylvie. Franziska wischt sich die Hände ab und geht in den Flur. Zu fünft kommen sie zurück, denn die Besucher haben noch Piotr mitgebracht, ihren polnischen Couchsurfer. Weil wir gerade Anna aus Lublin dahaben und sich die beiden unterhalten und miteinander spielen können. Normalerweise haben Couchsurfer eher den Status eines vorübergehend in Pflege genommenen Haustiers und sitzen nicht mit am Tisch. Aber heute wird mal eine Ausnahme gemacht. Die Spontanität ist des Hipsters Steckenpferd.

Alle stehen in der Küche und im Sofazimmer herum und loben das *Sternburg*. Jan gibt sich keine Mühe, seinen Neid zu verbergen. Er dreht und wendet die Flasche in seinen Händen, studiert wieder und wieder das Etikett, als versuche er, den Warencode zu entschlüsseln. »Ein Bier bester Brautradition«, liest er stockend vom ungewohnten Medium ab. Papier ist nun mal kein Display.

»Wir sind die Ersten, Freunde.« Sören platzt fast vor Stolz. »Das hat unser Retro-Man hier aufgetan«, fügt er fairerweise hinzu: »Dino. Wir sind jetzt ein MGH.«

»MGH?« Jan peilt nichts. Ich versuche, nicht zu schadenfroh zu grinsen.

»Mann.« Sören verdreht die Augen. »Multigenerational House natürlich.«

Auch Sylvie und Steve wenden sich mir zu. Beziehungsweise

Steve und Sylvie – ich bin mir bei der Reihenfolge nicht sicher, solange Jan nicht mitgenannt wird. Erstmals nehmen, von der kurzen Begrüßung abgesehen, die Besucher definitiv Notiz von mir. Sie checken mich neugierig ab, man könnte es fast respektvoll nennen. Meine Mitbewohner scharen sich demonstrativ um mich. Ich bin ihre Geheimwaffe. Das hab ich spätestens jetzt begriffen. Ich muss nur jeden ollen Schrott ausgraben, von dem kein normaler Mensch mehr wissen will, und der wird daraufhin zum Hype erklärt. So ticken Hipster. Alle liegen mir zu Füßen. Ich werde mich unabkömmlich machen und bleiben können, solange ich will. Mindestens so lange, bis ich endlich bei Franziska gelandet bin. Mein Ehrgeiz ist geweckt, und ich lege mir einen Schlachtplan zurecht: Stufe eins wird (finanziert von Doreens Abschiedsgeld) eine Einladung ins Kino sein. Sie darf von mir aus auch den Film aussuchen – Hauptsache, es ist dunkel.

Das Essen ist fertig. Bei Tisch geht es um die neuesten Scheiben von Vampire Weekend und Cock Factory, goldene Leggins mit Micky-Maus-Aufdruck und darum, dass »Britz das neue heiße Ding« wird. Gut, offenbar noch nicht mal das ganz neue. Eine wilde Diskussion entbrennt.

»Wenn Britz fast schon wieder trendy ist und Buckoff das neueste Ding, warum rennen wir dann eigentlich noch ständig in Kreuzkölln rum?«

»Wieso Buckoff, Alter? Buckoff ist doch fast schon Baedeker inzwischen. Aber dahinter kommt noch Rudoff oder so. Das muss schon voll so banlieueмäßig sein, aber natürlich made in Germany. Da kannst du echte Nazis spotten, das ist schon spooky. Klar, musst du da auch mal verschärft flitzen, weil die so old school homophob sind, aber das gehört ja auch irgendwie dazu bei denen. Hab ich neulich ne Doku drüber auf *Phoenix Youth* gesehen. Dazu kommt noch, dass Rudoff ne Superanbindung an den Easyjet-Airport hat. Du kannst von da direkt von einer Party weiter nach Barcelona hoppen und umgekehrt.«

»Echt? Wie geil ist das denn!«

Man einigt sich schließlich darauf, dass auch in Buckow noch längst nicht alle Claims abgesteckt sind. Weit ab der Juri-Schlünz-Steige soll es durchaus Flecken geben, die nie ein Hipster betrat. An weiteren wichtigen Themen wird natürlich verhandelt, wer mit wem, wo, wann, warum, wie und wie lange. Dazu das neue Titelthema der *Vice*: *Wird Filterkaffee das neue Kokain?* Ergebnis: Wohl eher nicht.

Linda guckt zu mir herüber. »Was machst du denn für ein Gesicht: Schmeckt's dir nicht?«

»Doch. Phantastisch.« Die Lüge ist der große Bruder der Wahrheit, die von den gesellschaftlichen Zwängen verkloppt zu werden droht. »Es fühlt sich nur ein bisschen unangenehm an. Ich vermeide immer schon automatisch, auf der linken Seite zu essen – da wo die neue Brücke ist.«

»Häh? Was ist denn das für eine Rudolf-Steiner-Scheiße?« Sie schüttelt den Kopf. Halb befremdet, halb belustigt.

Zunächst verstehe ich nur Bahnhof, doch schnell geht mir ein Licht auf. Sie hält »die neue Brücke« für ein architektonisches Merkmal und meine Weigerung, in dessen Nähe zu essen, für eine manieristische Marotte. Auch wenn ich denke, dass sie eher Feng-Shui meint als Rudolf Steiner. Aber das sehe ich ihr gern nach.

»Nein, mit Brücke meine ich Zahnersatz.«

»Ach so, du meinst so Füllungen. Da hab ich auch schon vier Stück oder so. Ich hab leider voll die schlechten Zähne.«

»Nee, eher ganze Zähne. Mir fehlen an einer Stelle gleich drei nebeneinander, so dass ich da vor kurzem eine Brücke reingekriegt habe. Und die drückt jetzt eben.«

»Ganze Zähne? Klingt ja wie meine Uroma – das ist ja krass!« Linda schüttelt sich. »Nen Herzschrittmacher hast du aber nicht, oder? Nicht, dass wir dich nicht erschrecken dürfen oder so was.« Sie zwinkert mir zu. »Nimmst du eigentlich vorm Vögeln Viagra oder was es da sonst so für chemische Stützhilfen gibt?«

So wie sie das fragt, mutet es überhaupt nicht fies an. Sondern eher wie ein Mittelding aus ehrlicher Besorgnis und zugetaner Neckerei. Immerhin setzt sie damit ja voraus, dass ich noch sexuell aktiv bin.

»Nö«, sage ich. »Das geht gerade mal noch so.«

»Das ist …«

»Oh, shut up, Bitchita!« Zum ersten Mal bekomme ich Sheryls bevorzugten Kosenamen für Linda zu Gehör. Es wird längst nicht das letzte Mal bleiben.

Die anderen kichern, soweit sie überhaupt zugehört haben. Bloß Franziska hebt kurz die Augenbrauen.

22

»Hasst du in der Zeit, so hasst du in der Not.«
(Florence Nightingale)

Der Film *Berlin Battle* spielt in einem fiktiven Berliner Club namens *Zwerg Hein*. Ein Horrorstreifen: DJ Peter Alkbrenner, der seit Jahren unbemerkt tot über der Crowd thront, verabreicht sämtlichen Besuchern des Clubs mithilfe einer Nebelmaschine eine Droge, die alle zu Zombies macht, wie er selbst einer ist. Nur die Toilettenfrau Sabine sowie zwei britische Hipster überstehen hinter geschlossener Klotür den Anschlag. Während sich auf der Tanzfläche die entfesselte Meute gegenseitig zerfleischt, beratschlagen die drei mithilfe einer Abhau-App über die beste Möglichkeit zur Flucht.

»Uuaah, das ist so eklig«, flüstert Franziska neben mir. Es schüttelt sie richtig. In der Reihe vor uns verlässt ein Hipster-Pärchen fluchtartig das Kino. »Die Orks sind echt der komplette Downer.«

Ich finde ja, dass die Zombies eher nach 80er Jahre Kreuzberger Sponti-Szene aussehen oder wie Mitglieder der DDR-Rockband Kronenkranich, aber das ist bestimmt auch so beabsichtigt. In den Augen der Clubber sind das ja praktisch Untote. Vermutlich handelt es sich hier um eine Metapher. Ich muss an Anatol denken, an Bernd und an Willi, all die Zombies aus meiner Vergangenheit.

»Oh Mann, da krieg ich heut Nacht garantiert voll die Alpträume.«

Sie jammert mittlerweile in Zimmerlautstärke. Auf der Leinwand quellen die Untoten aus dem *Zwerg Hein* ans helle Tageslicht und kapern brüllend ein Taxi: »Rixpack Hostel! Carl Marx Street!«

»Das ist ja voll bei uns in der Nähe«, quiekt Franziska. »Da häng ich nachher echt die Kette vor.«

»Geht's vielleicht auch eine kleine Spur leiser?« Köpfe drehen sich zu uns um, recken sich zu uns vor oder von der Seite zu uns hin. »Habt ihr ein Problem?« – »Geht's noch?« – »Ruhe!« – »Schnauze!«

»Das Fascho-Treffen mit der Schweigeminute für die gefallenen Kameraden ist zwei Häuser weiter, ihr Blockwartheinis.« Im Grunde finde ich, dass sie vollkommen recht haben. Gequatsche im Kino geht mir auch immer auf den Senkel. Bis eben hätte ich Leute, die sich im Kino wie Franziska aufführen, für entweder komplette Arschlöcher oder für geistesgestört gehalten. Aber das ist nun mal Franziska und die Krümelkacker haben zu ihr »Schnauze« gesagt.

»Pass doch mal auf deine hysterische Tante auf, du Vollhonk!«

Ich hätte gute Lust, die Sache eskalieren zu lassen, doch das wäre taktisch unklug. Ich habe heute noch was vor.

»Pscht«, sage ich. »Ich würde gern den Film sehen.«

»Ja, ich auch«, stimmt Franziska zu. Sie ergreift meine Hand. Ihre zum Glück kurzgeschnittenen Fingernägel krallen sich in mein Fleisch. DJ Alkbrenner schlägt mit einer Axt die Klotür ein. Die GPS-gestützte App funktioniert nicht, das Signal ist zu schwach. Jetzt gibt's gleich richtig auf die Fresse. Franziska schlägt die Hände vors Gesicht.

Der Film ist zu Ende, alle sind tot. Hand in Hand verlassen wir Saal 2 des *Moviemento* am Kottbusser Damm. Im Foyer erblicke ich eine Freundin von Annabel. Ich ducke mich hinter den Popcorn-Behälter, bis sie in einem anderen Saal verschwunden ist, in dem wahrscheinlich irgendein bodenloses Arthouse-Geschwurbel mit altaramäischen Untertiteln läuft.

»Was machst du da?«, will Franziska wissen.

Ich rede mich mit einem sich anbahnenden Hexenschuss

heraus, den ich durch rasches Bücken gerade noch so weggebogen hätte. Wir gehen die Treppen hinunter und auf die Straße. Hier ist Kreuzberg. Ach, Kreuzberg – wie ich das vermisse! Da laufen zwar auch jede Menge Knalltüten rum, aber ein paar Unbeugsame hören doch nicht auf, dem Eindringling Widerstand zu leisten. Wir überqueren die Straße und sind wieder in Neukölln.

Stufe zwei. Für einen mehrfachen Absacker entscheiden wir uns für das *Böse Mädchen kommen überallhin. Im Traum *lol** in der Sanderstraße. In dem Hipster-Schuppen, einem vormaligen Hundefriseur, versuche ich Franziska so betrunken zu machen wie an dem Abend, an dem wir uns kennengelernt haben. Das misslingt. *Berlin Battle* hat sie derart mitgenommen, dass das Adrenalin den Rausch verhindert. Sie spricht von nichts anderem – ihre Pupillen sind geweitet wie nach einem Fliegerangriff. Erst nach drei Stunden küssen wir uns wenigstens ein bisschen. Allerdings eher so wie Oma und Enkel zur Begrüßung. Kurz darauf brechen wir auf.

Jetzt zeigen die Getränke doch ein wenig Wirkung. Ich laufe nicht mehr ganz sicher und remple einen Typen aus Versehen an. Er sagt: »Was willst du? Ich ficke deine Mutter.« Ich sage: »Ist gut, Mann.« Er läuft weiter, und Franziska fragt mich: »Der schläft echt mit deiner Mutter? Der sah so jung aus. Und woher kennt ihr euch denn?« Und ich sage: »Au Mann. Vergiss es. Das sagt man eben so. Wie lange wohnst du jetzt schon hier?« Und sie sagt: »Zwei Jahre.« Und ich sage: »Sag ich ja: Vergiss es einfach.« Und sie sagt: »Manchmal finde ich die Berliner voll unfreundlich. Aber auf der anderen Seite bin ich dann froh, weil ich da dran merke, dass es hier überhaupt noch echte Berliner gibt.« Sie blickt zur Seite, und an der Art, wie sie zur Seite blickt, raffe ich erst jetzt, dass sie mich die ganze Zeit verarscht hat.

Das verbessert die Stimmung. Zu Hause angekommen, machen wir nur vorn im Flur das Licht an, aus Rücksicht gegenüber der Junior Vanity Controllerin Stine aus Esbjerg, die auf dem Sofa neben meinem schläft. Die duscht zweimal täglich und schnarcht nicht. Für drei Tage habe ich wohl einigermaßen Glück gehabt.

Das nun noch entschieden gesteigert wird: »Pennst du heute Nacht bei mir?«, fragt Franziska. »Och bittebittebitte. Ich kann sonst nach dem Film nicht einschlafen.«

Wir holen uns noch je ein *Sternburg* aus der Küche und setzen uns in ihrem Zimmer auf das Sofa. Die Lavalampe blubbert rotviolett. Das sieht eigentlich gar nicht mal so schlimm aus. Aus dem Laptop tönt Musik.

»Du hörst die Stooges?« Ich bin überrascht. Wenn ich die Musik meiner Großeltern hören würde, wär's wahrscheinlich ein Parademarsch. Oder Mozart. Oder ein Parademarsch von Mozart.

»Natürlich, was denn sonst?«

Irgendwann ist das Bier ausgetrunken, die Musik ist ausgehört und die Worte sind ausgeredet. Wir ziehen uns aus bis auf Hemd und Unterhose. Der Trick, mit dem sie sich den BH aus dem T-Shirt-Ärmel fädelt, sieht sexy und elegant aus. Entfesselungskunst meets Burleske, obwohl doch mehr aus Scham denn aus dem Gegenteil geboren. Wir klettern die Leiter hoch aufs Bett, sie lässt mir als Gast den Vortritt. Ah, nur eine große Bettdecke. Ich krabble durch auf die Wandseite, sie folgt mir und löscht das Licht.

Stufe drei. Das Bett vibriert richtiggehend. Wie kann man wegen so einem Schwachsinn nur so zittern? Aber mir soll's recht sein.

»Kannst du dich ein bisschen an mich kuscheln?«, fragt sie. »Nur so ein bisschen. Damit ich's warm hab.«

Ihr Vorschlag gefällt mir. Sie liegt auf der Seite, mit dem Rücken zu mir. Ich drücke mich von hinten an sie heran. Sie nimmt meine linke Hand und legt sie sich auf ihre Taille. Bei mir regt sich was, dummerweise, ganz mechanisch. Ich habe das Gefühl, das kommt jetzt nicht gut. Noch nicht zumindest. Das passt nicht. Kuscheln.

Ich stelle mir vor, wie ich auf einer verschneiten Standspur in Sachsen-Anhalt versuche, im schmutzigen Motorraum eines havarierten Ford Fiesta, Baujahr 83, Dinge zu reparieren, von denen ich nicht die geringste Ahnung habe. Das hilft eigentlich immer. Auch wenn es ein bisschen schade um den Moment ist. Ich wäre jetzt schon lieber mit allen Sinnen da, wo ich bin, und nicht zwischen Zündkerzen und weiß der Henker, wie der ganze Schrott da heißt.

Sie atmet gleichmäßiger. Jedenfalls hört sie auf zu zittern. Ich lasse meine Hand auf ihrer Seite liegen, wärme mit dem Bauch ihren Rücken und halte weiter südwärts einen adäquaten Sicherheitsabstand. Bald schmerzt das Hohlkreuz, doch ich halte tapfer die Stellung zwischen Ausfahrt Eisleben und Ausfahrt Irxleben. Nach einer Weile atmet sie ein bisschen schneller, oder täusche ich mich?

Ich kann so nicht schlafen. Zwar bin ich meiner Sache erstaunlich unsicher, doch käme es mir schwanzlos vor, die Situation nicht wenigstens vorsichtig auf eine Art Entscheidung hin abzuklopfen. So oder so. Ohne die Entenstellung aufzugeben, lasse ich meine Handfläche sachte erst ein Stück ihre Seite herunterwandern und dann nach vorne, wo ihr verrutschtes Shirt einen kleinen Streifen blanken Bauchs freigibt. Das fühlt sich gut an. Sie grunzt, aber eine offizielle Protestnote bleibt aus. Etappenziel erreicht: Basislager.

Hier verschnaufe ich ein bisschen, um Mut und Energie für den nächsten anspruchsvollen Abschnitt zu schöpfen. Dann streichle ich ganz zart die nackte Haut. Aufregend, gefährlich und immer noch keine Stromstöße, keine Sanktionen, kein Wehgeschrei, nichts. Meine Fingerspitzen erreichen den unteren Rippenbogen, ich bin auf dem Weg zum Pol, ich bin Amundsen.

»Vollkontakt verboten!« Ich fürchte, das ist Franziskas Stimme. Meine ist es nicht.

Sie klopft mir auf die Finger, eher scherzhaft und doch bestimmt, und zieht sich das Shirt von mittlerweile Halbmast wieder ganz herunter. Apropos Halbmast.

»Glaubst du, ich merk nix? Gute Nacht!«

»Gute Nacht!« Ich habe mich getäuscht. Kann passieren, ist schon Robert F. Scott passiert. Ein wenig beschämt drehe ich mich um und bin zugleich erleichtert, endlich meine unbequeme Haltung zu verlassen. Wir bewahren Kontakt, Arsch an Ärschchen. Sie schläft ein, ich nicht. Motorraum, Motorraum, Motorraum …

23

»Die Hähnchenbräterei ist der FKK-Strand der toten Tiere.«
(Jesus Christus)

»Lass uns mal frühstücken«, sagt Franziska und streckt sich. Sie schlägt die Decke beiseite, robbt zur Leiter und steigt diese hinunter. Unten angekommen bückt sie sich nach T-Shirt und Slip, die dort auf dem Boden liegen. Meine Blicke betatschen sie von hinten: Das merkwürdige Murmeltier-Tattoo. Das bereits zuvor meine Nerven beruhigende quadratische Pflaster am Oberarm, denn es gibt für mich noch weitaus üblere Gefahren als tödliche Geschlechtskrankheiten. Der süße Hintern. Die Beine bis zum Boden. Überhaupt ist das alles erstaunlich viel Figur für erstaunlich wenig Mensch. Das finde ich in dieser Kombination schon ganz schön scharf. Und nicht nur ihren Anblick, sondern auch noch dessen Vorgeschichte.

Am Morgen ist es dann nämlich doch ganz einfach passiert. Weil ich später eingeschlafen bin als sie, bin ich auch später aufgewacht. Ich weiß nicht, ob vom Tageslicht, das durch die Risse der zerfledderten Bambusjalousie hereindrang, oder von der feingliedrigen Hand, die sich via Beinöffnung von hinten weit in meine Boxershorts voranschob. In jedem Fall bin ich ziemlich schnell wach geworden, auch wenn ich mich zunächst weiter schlafend stellte – das »Geile Faultier« aus dem *Kamasutra*. Das aber schnell enttarnt wurde, denn im Eifer des Gefechts entfuhr mir doch ein leiser Laut. Erwischt. Ich habe mich also umgedreht, nur um mit den Lippen direkt in den tiefen Kuss einer kleinen nackten Frau zu fallen. Stufe vier. Vollkontakt erlaubt.

Jetzt, eine gute Stunde später, ist sie wieder angezogen. Das heißt, mit dem Zeug, das auf dem Boden lag, plus BH plus Jogginghose von Forever 21. Barfuß, auf Zehenspitzen, dreht sie eine halbe Pirouette zu mir hin und zwinkert mir zu.

»Das hab ich echt gebraucht.«

»Und war was dann das vorige Nacht?« Ich bin verwirrt.

»Hm?«

»Und was war das dann vorige Nacht?«, verbessere ich mich.

»Ach so.« Sie rafft ihre Haare zu einem Pferdeschwanz zusammen und bändigt ihn mit einem grünen Haargummi. »Ich mag keinen Sex unter Alk-Einfluss. Schon gar nicht beim ersten Mal. Kuscheln ja, Vögeln nein.«

In meinen Augen eine skurrile Einstellung. Es erscheint mir gehörig praxisfern, dass man, da man ja anscheinend schon mal aufeinander abfährt, es nicht gerade angeschickert laufen lässt. Das ist doch ein bewährtes Hausmittel für die Spielentwicklung. Aber gut, die Frau ist unergründlich. Es sieht fast so aus, als stünde mir ein enthaltsamer Lebensabschnitt bevor. Oder wir warten immer bis zum nächsten Morgen. Hat ebenfalls was. Ich schäle mich aus der Decke und ziehe mir auch was an. Als wir aus Franziskas Zimmer kommen, laufen wir Sheryl beinah in die Arme. Wir sagen »Guten Morgen« und sie antwortet etwas. Dem Wortlaut nach einen Morgengruß, der Mimik nach eine Verwünschung.

Als wir frisch geduscht zusammen in die Küche kommen, herrscht am Frühstückstisch seltsames Schweigen. Alle sind da und alle sind irgendwie komisch. Sie sitzen um den großen Tisch herum wie ein junges Gericht, das nichts sagt, wenig weiß und nichts zu fordern hat.

Zu urteilen natürlich erst recht nichts. Genau das ist ihr Dilemma. Sie können nicht direkt was sagen. Schließlich sind sie jung und hip und haben mit kleinlichen Bedenken nichts am Hut. Zumindest glauben sie das. Wer es mit wem treibt, spielt normalerweise nur als willkommener Gossip eine Rolle. Da können sie jetzt nicht plötzlich einen auf Taliban machen. Trotzdem fühle ich mich ein bisschen wie vor einem Pädophilen-Tribunal. Dabei wissen sie doch ganz genau, dass ihre Franziska es faustdick hinter den Öhrchen hat.

Eben wie alle anderen hier, zum Beispiel Sheryl. Die hat eigens viele Tausend Meilen Land und Wasser zwischen sich und ihre von fanatischen Kreationisten geknutete Heimat gelegt, um sich unbehelligt von irgendeiner Evangelikalen-Scharia zu entfalten. Und so hört sich das auch durchaus an, wenn man da nachts an ihrem Zimmer vorbeikommt, um sich in Gummistiefeln aufs »Jay-Bad« zu wagen. Auf der anderen Seite ist bei ihr immer das Licht aus, wenn sie da mit irgendwelchen langzahnigen Expats-Girls, seltener -Boys, zugange ist. Ich weiß das, weil sie als Einzige eine Milchglasscheibe in der Tür hat.

Ansonsten scheinen Diskretion und Intimsphäre für die Bande Fremdwörter zu sein. Nur allzu gut sind mir die obszönen Mutmaßungen zum Thema Getränkemann im Gedächtnis geblieben. Manchmal kann ich nur noch mit roten Ohren die Flucht ergreifen. Untereinander quatschen sie in der Küche, beim Kickern, abends, egal wo und wann, in einem fort über peinliche oder lustige Erfahrungen sowie Überkreuzvergleiche (obwohl man doch vom Fußball weiß, wie sehr die hinken) von mehr oder weniger allen gemeinsam bekannten Gelegenheitslovern.

Nur mich lassen sie – Ausnahme am ehesten noch Linda – dabei weitgehend außen vor. Manchmal wird es still, wenn ich den Raum betrete, und ich weiß Bescheid. Ob es daran liegt, dass sie denken, ich hätte keine Erlebnisse oder zu viele oder ganz andere oder die falschen? Oder daran, dass ich sie an ihre Eltern erinnere und allein der Gedanke sie schaudern lässt? Aber das kann es auch nicht sein, denn mit den Alten (nicht mit »Mama und Papa«, sondern »dem Knut und der Heidi« – »Tausendundeine-Nacht-Heidi« wie sie 1977 ohne jedes Augenzwinkern in den Hippie-Höhlen auf La Palma hieß) haben sie früher doch alles offen ausdiskutiert, im Gegensatz zu meiner Generation. Jedenfalls stelle ich mir das so vor.

Fakt ist: Gerade diejenigen unter ihnen, denen ich ohnehin unheimlich bin, haben mit meiner Verbindung zu Franziska, ihrer kleinen Franzi, dem WG-Nesthäkchen, jetzt ein echtes Problem. Das spüre ich. Ich bin ein Eindringling. Am Ende sind sie eben auch nicht wirklich cooler. Nur anders.

Mir kann das allerdings schnuppe sein – die werden sich schon dran gewöhnen. Das müssen sie auch, denn wie es aussieht, will Franziska mich ab sofort und fest in ihrem Hochbett installieren. Das war alles andere als klar, Nüchternheit hin oder her. Realistisch hätte man von einem einmaligen Ausrutscher oder einer Notfallsituation ausgehen müssen. Manchmal braucht man eben eine Wärmeflasche aus Mensch. Doch sie habe sich an mich gewöhnt, sagt sie, nach nur einer Nacht. Sonst komplimentiere sie die Typen immer hinaus, bevor sie sich »wie so Speckkäferlarven« schlaffertig einnisteten. Dass sie neben mir ruhig einschlafen könne, sei »total ungewöhnlich« und »voll das Zeichen«. Es sei »irgendwie voll so wie bei einem alten Teddybären«, den man verloren geglaubt habe, und erst nach dessen Wiederfinden, völlig verstaubt unter dem Bett, könne man wieder richtig schlafen.

Wenn das mal kein Kompliment ist. Jedenfalls ziehe ich richtiggehend in ihr Zimmer ein. Das ist schon eine reichlich enge Kiste, doch erstaunlicherweise gefällt sie mir recht gut. Also nicht nur die Kiste, sondern vor allem auch Franziska, das möchte ich nicht leugnen. Meine neue Lage könnte ich noch sehr gut eine Weile aushalten. Ich muss nur aufpassen, dass ich meine Überlegenheit nicht gar so weit raushängen lasse. Am besten versuche ich, gut Freund mit allen zu sein und mich ein bisschen anzupassen. Und natürlich muss ich darauf achten, dass sie sich nicht am Ende noch in mich verliebt. Das Gerede und Geheul und wieder Gerede und nochmals Geheul fehlte mir gerade. Hinten kackt die Ente.

24

»Bekifft schlafen ist wie besoffen pimpern.«
(Martin Luther)

»Ich glaube, ich war über zehn Jahre fest mit ihr zusammen.« Ich liege neben Franziska auf dem Hochbett und habe die Augen starr zur nahen Decke gerichtet. Dort fixieren sie einen winzigen dunklen Fleck, der eine tote Mücke sein könnte. Das kann ich von hier aus nicht erkennen, weil die Gleitsichtbrille, die ich seit einem halben Jahr trage, nicht fürs liegende Sehen gedacht ist. Derjenige, der der Mücke dort den Rest gegeben hat, hat keine Leiter mehr dazu gebraucht. Aber vielleicht ist sie auch eines natürlichen Todes gestorben. Ich scheitere an dem Versuch, aus der Lage der Mücke zu zwei entfernten kleinen Wasserflecken ein systematisches Muster herauszulesen. Das ist ungewöhnlich. Normalerweise schaffe ich das immer.

Meine Augen tränen, ich kann nichts machen, ich habe einen Laberflash. »Das war so vor irgendeinem WM-Endspiel, ich weiß nicht mehr genau wann, also welche, wart mal, Frankreich, Argentinien, Dortmund, Brasilien, ich denke '54, oder nee, eher '98, '54 ist ja Quatsch, Mann, und ich hatte es eilig und wollte mir das Spiel im *Café Arsch* angucken, kennst du natürlich gar nicht mehr, Katzbachstraße neben *Ricos Plattenladen*, und war da auch verabredet, ganz schön spät dran, und bin also ziemlich geheizt, und da lag auf dem Radweg so eine leere Cola-Dose, also genau in der Mitte, mit der Breitseite zu mir, sah irgendwie voll verlockend aus, und ich wollte da also praktisch wie aus so nem komischen Spieltrieb mitten drüberkacheln und treff das Teil auch voll in der Mitte, und das zieht sich dann direkt um die Felge, krallt sich wie so ein kleiner Schraubstock rasend schnell drum rum und wird so praktisch mit der Umdrehung vom Rad hochgeschlorkt, bis es von den Bremsklötzen gestoppt wird, also die Dose, und das passiert alles quasi im Bruchteil einer Sekunde, zack, in derselben Zeit stoppt entsprechend das ganze Fahrrad von dreißig auf null, wumms, und ich, platsch, so volle Pulle über den Lenker geflogen, aber gut abgerollt, war ja jünger und hab auch mal Handball gespielt, am Kreis und außen, da lernst du das Abrollen, also zum Glück nichts passiert, nichts gebrochen, nur Schürfwunden, na ja, das Rad halt total im Arsch und ich so in dem Zustand in die Kneipe, das Spiel lief schon, alles war völlig voll, aber die eine Frau, ich kannte die gar nicht, ne Freundin von einer entfernten Bekannten, von Sabine, meine ich, die sieht mich und ich seh wohl aus wie ein geknickter Pudel und dazu blass wie ein Schluck Wasser in der Kurve, Ellbogen aufgeschürft und so, und die bietet mir ihren Platz an und sagt, sie setzt sich dann halt einfach auf meinen Schoß, ob das okay ist, das wär ja wohl okay, und ich sag ja, obwohl sie ja total fremd ist und ich war damals noch echt schüchterner und so, aber sie lächelt total schön, die hat ja so einen komischen vorgeschobenen oberen Schneidezahn, das mochte ich immer total, und ich hab wohl sowieso nen Schock und bin deshalb irgendwie anders als sonst, ich meine, ich hätte ja auch gerade volle Pulle sterben können, also was soll das Ganze, hab ich mir dann wohl gedacht, ich weiß auch nicht mehr, wer da überhaupt gespielt, geschweige denn gewonnen hat. Oder Unentschieden, ach nee, geht ja nicht, war ja Endspiel. So hab ich sie jedenfalls kennengelernt, aber es hat dann doch noch ein paar Jahre gedauert irgendwie mit Hin und Her und Hin, bis wir endgültig zusammen waren. Schon ne tolle Geschichte auf ne Art …«

Franziska antwortet nicht. Sie schläft.

Vielleicht hätten wir den Joint nicht rauchen sollen. Nicht den vor dem Sex und auch nicht den danach. Ich habe ein komisches Gefühl. War das da eben meine Stimme? Meine Grammatik war es auf gar keinen Fall. Franziska schnarcht.

Nicht wie ein kehlkopfkranker Bierkutscher, sondern so ein süßes, leises Mädchenschnarchen. Ich bin ein bisschen gerührt. Von ihr, von mir, von meiner Geschichte. Im Nebenzimmer höre ich Nick auf seiner Nasenflöte üben. Guantanamera.

25

»Dünkel und Gehässigkeit sind die Ballaststoffe im Stuhl des Erbarmens.«

(Dr. Oetker)

Nick ist komisch. Deutsch spricht er grammatisch fehlerfrei, worüber ich mich zunächst gewundert habe. Wegen seines von kehligen Rachenlauten dominierten Akzents, ähnlich dem von Annabels Ex-Liebhaber, dachte ich anfangs, er wäre Araber aus dem Maghreb, denn Französisch spricht er ebenfalls ausgezeichnet. Okay, der blasse Teint passt jetzt nicht so gut dazu, aber Hipster gehen ja auch nicht gerne in die Sonne. Erst an seiner Einstellung zum Thema »Minarette« habe ich schließlich gemerkt, dass er Schweizer ist.

Er ist überhaupt der Einzige hier, der auch mal ein Wort zu politischen Themen verliert. Abseits seiner rechtskonservativen Moscheen-Meinung vertritt er eine verwirrende Cross-over-Weltanschauung irgendwo zwischen Anarchismus, Maoismus und freier Marktwirtschaft. Oft treibt er sich stundenlang auf dem Abenteuerspielplatz in der Hasenheide herum, um kleine Kinder »für die Revolution zu briefen« (»Revolution« spricht er grundsätzlich englisch aus). Das hat ihm auch schon mal eine Anzeige eingebracht, doch seine einflussreichen Eltern konnten die peinliche Angelegenheit rasch wieder kitten. Was die betrifft: Wo es so viel schneit, werden Kinder sicher oft zu heiß gebadet.

Seine Alten müssen Kohle haben wie Heu. Zum Beispiel haben sie der WG einfach so den Kickertisch reingestellt und materiell auch entscheidend zur Erschließung des Wirtschaftstrakts beigetragen. Um das Maß vollzumachen, übernehmen sie obendrein einen Teil der Gesamtmiete, nur um ihrem Sohn ein Biotop bereitzustellen, in dem er sich wohlfühlt. Davon profitieren also alle hier, außer mir, der ich ja ohnehin nichts bezahle. Keiner weiß, was diese Genfer eigentlich für Leute sind. »Diplomaten«, raunen die einen, »Banker« die anderen und »Ganoven« die dritten. Über die Wahrheit hüllt sich Nick Chevalier in Schweigen.

Über alles andere spricht er dafür umso mehr. Der Eindruck verstärkt sich noch durch seine schleppende Sprechweise. So nehmen die ausufernden Reden noch einmal den doppelten Raum des Notwendigen ein. Wenn ich zu Beginn eines Satzes rausgehe und eine halbe Stunde später wieder ins Sofazimmer komme, kriege ich manchmal noch das Ende mit. Das alles mag auch mit seinem Drogenkonsum zusammenhängen, das will ich nicht ausschließen.

Was mich neben dem Gelaber nervt, ist seine Nasenflöte, auf der er täglich ungefähr sechs Stunden übt. Von Marianne Rosenberg bis Metallica ist an Stilrichtungen alles dabei. Sein zweites Steckenpferd ist Informatik. Quasi nebenher führt er so ein suspektes Start-up-Unternehmen, dessen Tagesgeschäft komplett in den Händen von Praktikanten, Ein-Euro-Jobbern und ehemaligen Strafgefangenen zu liegen scheint. Er hat eben bei aller verwöhnten Verdorbenheit auch eine echte soziale Ader. Wenn einer der Gauner in die WG kommt, um sich von Nick geheimnisvolle Umschläge mit Geld abzuholen, verdünnisieren sich alle Bewohner in ihre Zimmer. Bloß Franziska nicht, die es blöd findet, Menschen voreingenommen gegenüberzutreten, »nur weil sie jetzt vielleicht superscheiße sind oder gefährlich oder bekloppt«.

Furchterregend wirkt auf mich auch das handgeschnitzte Holzklötzchenstrategiespiel, das er unter der Drohung angeschleppt hat, es mit uns nach Einbruch der warmen Jahreszeit jeden Tag im Park zu spielen, selbstverständlich im Schatten. Davor graust mir jetzt schon. Ich hasse dieses künstliche Hihi und Haha, dieses gruppendynamische Hineinsteigern in gar nichts. Ich hasse Spiele. Ausnahmsweise wünsche ich mir einen langen Winter, was Ende März jedoch ein frommer Wunsch bleiben dürfte.

Aber obwohl er mich weiterhin hartnäckig »Dino« nennt, mag ich seine freundliche Durchgeknalltheit, die ich mir zunutze mache, indem ich ihm nach und nach meine gesamte prähistorische Elektronik verkaufe. Ein bisschen erinnert er mich an den jungen Frank Zappa sowie Bert aus der Sesamstraße. Auch hat er immer etwas Leckeres zu rauchen und teilt das bereitwillig mit jedem von uns, der gerade mit ihm im Sofazimmer sitzt. Da sehe ich ihm gern nach, dass er sich kleidet wie ein Haufen Scheiße, das tun die anderen ja auch.

Nur ich verweigere mich bisher noch. Zwar sagt keiner etwas in der Richtung, doch ich spüre den zunehmenden Anpassungsdruck. Früher oder später komme ich wahrscheinlich nicht um eine leichte Modifikation meines Ichs herum, will ich nicht nur geduldet, sondern auch anerkannt werden. Geheimwaffe hin oder her. Und solange der Sommer nicht gekommen ist, sehe ich mich gezwungen, das zu wollen. Danach nehme ich zur Not auch den Park als Schlafzimmer, den Himmel als Dach und die Sterne als kleine unfähige Nachttischlampen. Es wird schon nicht regnen. Franziska? Ja, die würde ich wohl schon vermissen. Aber die kann mich ja besuchen kommen.

Dafür, dass er schwul ist, lässt Nick erstaunlich viele Frauen als Beifutter mitgehen. Denn obwohl das doch wunderbar retro wäre, scheint eine festgelegte Orientierung nicht als hip zu gelten. Und er kommt einfach bei allen seiner Altersklasse super an, egal ob Männlein oder Weiblein, Tier, Pflanze oder Straßenlaterne. Kein Wunder. Wenn ich mir lediglich den Zonenpfarrerbart wegdenke, das Trottelhütchen, die Riesenbrille, den mich stets an die Hitlerjugend gemahnenden Undercut, das Batik-T-Shirt, die schwarze Gemeinderatsstoffhose und die Schuhe, sähe er schon ziemlich gut aus. Rate ich jetzt mal so. Die Schuhe sind übrigens sein größter Stolz: »Laufschuh des Jahres 1982 in der *Runner's World*«, teilt er mir voller Stolz auf meine Frage hin mit, wie lang er noch in den zerfallenen Vorkriegspuschen rumzulatschen gedenke.

Erstaunlicherweise ist er gar nicht mal so unsportlich. In seinen Kreisen gibt es nicht wenige Mit-Hipster, die das auf keinen Fall spitzkriegen dürfen. Sonst ist er unten durch. Zweimal die Woche klotzt er im Fitnessstudio ran und seit Neuestem besitzt er so einen Fixie-Renner ohne Bremsen und Gangschaltung. Der macht bei uns den Flur eng, denn solange es draußen noch recht frisch ist, kommt eine Benutzung für ihn nicht in Frage.

Fürs Skateboard ist es ihm hingegen warm genug. »Ich hab dich auf deinem Rollbrett gesehen«, sage ich jedes Mal zu ihm, wenn ich mich auf dem Heimweg gerade noch in einen Hauseingang drücken kann, während er vor meinen Augen eine Schneise der Verwüstung unter Senioren, Kindern und Hunden hinterlässt. Ich weiß selber, dass man seit ungefähr vierzig Jahren auch in Deutschland Skatebord sagt. Ich will ihn nur ärgern.

Das gelingt mir aber nicht. »Ja, mein Rollbrett«, sagt er dann gutmütig in seiner stets leicht debil klingenden Sprache. Ich könnte mir vorstellen, dass es in der Schweiz immer noch so heißt, oder auch schon wieder.

Nach Franziska ist er mittlerweile derjenige, von dem ich am ehesten das Gefühl habe, es ist für ihn völlig okay, dass ich hier wohne. Na gut, mit Abstrichen auch von Linda, doch aus Sören werde ich nicht schlau. Der ist bestenfalls neutral, obwohl ich doch so viel für unser Image leiste: Nach dem *Sternburg* habe ich *Fix und Foxi* eingeführt, und als Nächstes werde ich wohl Fanta hypen. Oder *Derrick* – ich muss das nur mit Begriffen wie »Season One« und englischen Untertiteln verknüpfen. Bei Sheryl kann ich mich allerdings auf den Kopf stellen und das als neuen Dancemove verkaufen – da hilft alles nichts: Sie kann mich nicht leiden.

26

»Grau ist die Blume der Bitterkeit,
ihr Wasser die Träne,
ihr Dünger das Leid.«
(Otto Waalkes)

Beim Grunzburg-Slam habe ich immer mitgemacht, seit es ihn gibt. Ich bin ein Mann der ersten Stunde. »Grunzburg-Slam mit Thomas68« ist ein stehender Begriff. Ich habe die Anfänge Mitte der 90er vor fünf Zuschauern in einer zugigen Realschulaula erlebt, als ein blindes Mädchen ein halbstündiges Gedicht über den Mohrrübensalat ihrer Oma vorgelesen hat; ich war beim fünfzehnjährigen Jubiläum in der Stadthalle mit Konfettikanone; ich war immer mit dabei. Meistens auch als geladener Gast, also Hotel und Fahrtkosten frei, dazu ein Hunni. Zuletzt Euro, davor D-Mark, davor Reichsmark. Den Grunzburg-Slam dürfte ich locker an die zwölfmal gewonnen haben – um die exakte Zahl nachzuprüfen, müsste ich erst einmal die kleinen Nasenbären aus Goldblech nachzählen, die man dort als Sieger jedes Mal bekommt, aber ist ja auch egal. Ich will nur klarmachen, wie sehr mich Schlickys Mail trifft.

Schlicky ist der Nachfolger von Günther Brenner, der den Slam jahrelang organisiert hat. Der alte Günni war super, aber mit Schlicky komme ich nicht so gut zurecht. Klar, ich bin da zuletzt regelmäßig in der Vorrunde rausgeflogen. Mit Supertexten eigentlich, aber das Publikum ist mit der Zeit komisch geworden. Ziemlich jung auch, und irgendwie immer leichter durch Effekthaschereien zu beeindrucken. Das Konzentrationsvermögen schwindet, der Sinn für Tiefe geht verloren, ich weiß nicht. Liegt bestimmt an den neuen Medien.

Jedenfalls kommt er voriges Jahr nach der Veranstaltung mit einem feisten Grinsen Beck's Stage, klopft mir gönnerhaft auf die Schulter und sagt: »Na, ih-ah-alter Meister.« Ich hätte ihm eine scheuern können, wenn ich zu dem Zeitpunkt nicht schon längst zu betrunken gewesen wäre. Hab dann nur mit einem faden »Na« geantwortet. Ich glaube, Schlicky ist noch ziemlich jung.

Und nun ärgere ich mich tierisch über seine Mail, die er mir endlich auf meine Antwortmail hin geschickt hat, die ich ihm wiederum auf seine Mailboxmessage vom Januar geschrieben habe. Ich war eigentlich ziemlich sachlich, für meine Verhältnisse. Freundschaftlich fast. Habe ihn nur vorsichtig an meine Verdienste für den Grunzburg-Slam erinnert, an den Wert des gereimten Gedichts und auch das mit dem Konzentrationsvermögen erwähnt. Pose, Rhythmus und Style seien eben nicht alles. Das Wort zähle doch, das reine, unbestechliche Wort. Dass man ein Publikum eben fordern und erziehen müsse, habe ich geschrieben, wenn man nicht in Kürze nur noch eine Horde grunzender und vollkommen verblödeter Vergnügungsorks im Auditorium sitzen haben wolle, die wie ein einziges riesiges, aus vielen Köpfen mit Schlumpfmützen bestehendes Schwein gierig den ganzen Rap- und Freestylemüll herunterschlängen. Und dann erst die »Lyriker« mit ihren Gedichten, die sich nicht reimen, und die »Storyteller«, zum Teil sogar Langweiler von den »Lesebühnen«, die im empfindlichen Ökosystem Poetry-Slam gnadenlos dynamitfischen. An seine Verantwortung habe ich appelliert und gesagt, dass ich es ja durchaus verstehe, dass er sich in seinem kindischen Alter gern bei jungen Germanistikstudentinnen einschleimen möchte, aber dass die Kunst nun mal einen höheren Wert an sich darstelle als animalisches Herumgeficke mit billiger Beute. Eine Erkenntnis, die sich, sollte er trotz seiner syphilitischen Erscheinung wider Erwarten eines Tages so alt werden wie ich, sogar eines absoluten Spatzenhirns wie des seinen bemächtigen dürfte. Ich fürchte, in diesem Moment ist es dann doch ein wenig mit mir durchgegangen.

Seine Mail stammt vom zweiten April, knapp drei Wochen vor Beginn des Grunzburg-Slams:

*lieber thomas68, danke für deine mail. ;-) echt witzig, was du schreibst, so kennen wir dich und so schätzen wir dich. ☺ bist ja anscheinend fast schon wieder der alte ;-) *jodl* das publikum wird dich echt vermissen, glaube ich, ich mein schade, das feld ist voll, gereimte gedichte laufen eh nicht, und es sind echt ein paar gute newcomer am start, lillyfee aus dortmund, felix schreiber, so eine julia, auch aus berlin übrigens, muss voll die kometin sein, und dann auch noch ein paar alte cracks wie thomas76, der es vor seiner pensionierung wohl noch mal wissen will *lol* also nicht böse sein, gern wannanders wieder vielleicht. ich wünsche dir einen angenehmen lebensabend *rofl* nichts für ungut ☺))) love, schlicky*

Delete.

27

»Jemand mit Bikini am Strand fällt doch auch keinen Frauen in den Rücken, die zur Prostitution gezwungen werden.«
(Andreas, *taz*-Leser)

Es ist Wochenende. Wir gehen Hand in Hand über den Flohmarkt am Landwehrkanal. Besser gesagt, den *Flowmarkt*. Den *Nowkoelln Flowmarkt*. Ich will Franziska gerade fragen, wer zum Teufel auf diesen völlig bescheuerten Namen gekommen ist und warum, als sie abrupt stehen bleibt und mir spontan ihre dünnen Ärmchen um den Hals schlingt.

»Ist das nicht geil hier? So voll ohne den Mief von normalen Flohmärkten. Das macht doch allein schon der Name klar!«

Wir küssen uns, das heißt, sie küsst mich. Ziemlich intensiv, mit Zunge und Fingerspiel unterm neuen Holzfällerhemd, doch die Leute um uns herum bleiben gut im Flow, als wäre das normal für sie. Für mich ist es das aber nicht. Ich verabscheue hemmungsloses Rumgeschnäbel im öffentlichen Raum, mit der absoluten Ausnahmelizenz fürs jeweilige »erste Mal«. Ich bin ja nicht mehr fünfzehn. Dennoch lasse ich es mir gefallen. Warum?

Fast habe ich darüber auch vergessen, ihr ironisch zuzustimmen. »Ja, der macht das klar. Glasklar«, beeile ich mich zu sagen. Ich bin ein bisschen verwirrt, wie zuletzt öfters. Mein Leben, meine Vorstellungen, meine Werte werden ordentlich durchgerührt.

Kunstvoll zerlumpte junge Menschen schweben wie in Trance um uns herum. An den Ständen fassen sie Sachen an, die andere Menschen offenbar in Trance angefertigt haben, stoßen kurze spitze Schreie der Verzückung aus und legen sie dann schief zurück. Die Verkäufer sind fast nur damit beschäftigt, die Dinge wieder zurechtzurücken, was dem ganzen Treiben den

Anstrich einer improvisierten Performance verleiht. Anstelle der Händler würde ich ausflippen. Außerdem kapiere ich nicht, was hier überhaupt verkauft wird. Zum Beispiel dieses Holzbrett, auf dem ein Vogel abgebildet ist, der einen Schlüssel in den Krallen hält: Ist das ebenfalls Hipster-Zubehör?

Auch die Namen für den obligatorischen Flohmarktfraß verdeutlichen den Anspruch der Veranstaltung: Statt Bier gibt es »Birnen-Cider« oder »frisch gepresstes Weizengras« (»Shot € 2,50«), die China-Pfanne heißt hier »Merguez-Tomaten-Quiche« und die Quarkkeulchen heißen »Galettes«. Das klingt gar nicht gut. Ich hoffe, dass die Frenchies keine Rasierklingen in den Teig gemischt haben.

Die Sträucher sind endlich grün und auch die Weiden. Die sind immer die ersten. Die Platanen, Kastanien und Linden werden nicht mehr lange brauchen. Vögel zwitschern um die Wette, das Jungvolk um uns herum lächelt einander an wie besoffen. Es herrscht Brut- und Brunftzeit. Nur ich bin heute seltsam antizyklisch aufgelegt. Meine Hand in Franziskas fühlt sich schwitzig an, und ich ziehe sie wieder zurück, um mir die Nase zu putzen, die das gar nicht nötig hat. Warum bin ich hier? Wer ist die Person an meiner Hand? Auf einmal kommt sie mir wieder unheimlich fremd vor und so wahnsinnig jung.

Annabel hat immer gesagt: Ein älterer Typ wirkt durch eine sehr viel jüngere Frau noch älter. Unvorteilhaft. Das wäre ein nahezu identischer Effekt wie bei einem Dicken mit quergestreifter Kleidung. Ich habe länger nicht an sie gedacht. Wie es wohl meinem Längsstreifenhörnchen in seiner geräumigen Dachgeschosswohnung geht? Hat sie vielleicht schon einen Neuen am Start? Glaube ich nicht, glaube ich doch, keine Ahnung – das ist für mich offenbar das Gefühl des Tages.

»Ich denke, ich gehe mal ein Bier trinken«, sage ich spontan. *Ich* gehe, so als ob sie gerade nicht dazugehört.

»Au ja.« Franziska freut sich. »Hier in der Nähe ist ein supersüßer Laden.«

Wir nehmen also eine Kneipe am Ufer, gleich um die Ecke, die früher mal ein schmutziger Imbiss mit der Spezialität Nach-Brühe-schmeckende-Rostbratwurst-in-labbriger-Schrippe war. Sogar der Name ist geblieben – *Fettfräse* –, die neuen Besitzer haben lediglich ein 2.0 drangehängt. Am Ambiente haben sie hingegen mehr verändert. Der Außentresen der Bude ist mit roten Barhockern versehen, auf denen weitere Edellumpen sitzen und *Cremant* schlürfen. Das kiesbestreute Areal ist mit Bierbänken bestückt, und auf eine der beinahe vollbesetzten Bänke setzen wir uns, nachdem unsere Frage, ob hier noch frei sei, mit einem undefinierten Grunzen beantwortet wurde, das alles heißen kann außer: »Klar doch, bitte gern.«

Franziska sieht so aus, als ob sie das normal findet.

Nach einer gefühlten Ewigkeit erscheint eine Bedienung mit viel Blech im Gesicht. Sie duzt Franziska und redet mich mit »Sie« an. Ich bestelle ein Hefeweizen, und Franziska fragt: »Habt ihr Berlin Snow?«

»Klar.« Die Kellnerin wirkt fast entrüstet. »Green Shot, Red Shot oder Smurf Shot?«

»Smurf, bitte!«

Ich bin immer noch merkwürdig verlegen und versuche eine Unterhaltung zu beginnen, die ich selber dann möglichst nicht weiterführen muss, ich will ja nur in Ruhe ein Bier trinken. Dazu krame ich in meinem Kopf nach möglichen Allerweltsthemen.

»Was machen eigentlich deine Alten?«

»Meine Mutter ist Psychiaterin in einem Heim für berufsunfähige Leichtmatrosen. In Kiel.«

»Und dein Vater?«

»Mein Vater ist ein Schwein.«

Ein Schwein also. Grunz, grunz. Komischer Beruf. Da hat er bestimmt mit der Verwertung von Küchenabfällen zu tun. Doch im Ernst: Sie ist also ein postmodernes, postfeministisches Mädchen, das sich von niemandem was sagen und dabei von einem Schwein mit sechshundert Euro monatlich alimentieren lässt. Was soll's – es gibt ja auch genügend Staaten, die von den USA unterstützt werden. Man muss einfach groß denken, und das tut sie bestimmt. Aber das Thema scheint es nicht wirklich zu bringen, so kurz angebunden, wie sie ist.

Ich wechsle das Sujet. Zum Glück drängt uns die Frühlingswärme ein anderes förmlich auf. Franziska zieht sich ihren unsäglichen Omapullover mit dem V-Ausschnitt über den Kopf. Ich helfe ihr, indem ich das darunter zum Vorschein kommende Trägertop unten an einem Zipfel festhalte, damit es nicht komplett nach oben rutscht.

»Was soll eigentlich diese Ratte mit dem Silberblick?«

»Die was?«

»Na dieses Vieh auf deinem Rücken. Das wollt' ich dich schon lange fragen.«

»Au Mann.« Sie wirkt jetzt echt beleidigt. »Hallo? Das ist keine Ratte! Das ist Shri Poteshvar!«

»Schrie Was?«

»Shri Poteshvar. Der Heilige Hase. Der ist in Indien eine voll wichtige Gottheit für … Moment, just a second …«, sie überlegt konzentriert, »… also für die Balance von Seele, Verdauung und Abstraktionsvermögen.«

»Und wieso schielt der so?«

»Mann, der schielt nicht … also, der schielt … also, ich musste bei der Outline von der Pupille plötzlich niesen, und dann haben wir das andere eben auch …«

An den Tischen direkt am Kanal entsteht auf einmal Unruhe. Auch wir blicken hin: Ein älterer, völlig nackter Mann balanciert nicht ungraziös auf dem Geländer, hinter dem steil die Uferböschung abfällt. Ich glaube, ihn zu kennen, weiß aber zunächst nicht, woher. Dann fällt es mir wieder ein: Der war doch Hausmeister bei Annabel. Ein echt kranker Typ. Wie hieß der gleich noch mal? Ach ja: Achim. Achim Krüger.

Im nächsten Moment springt er mit einem mächtigen Satz direkt vom Geländer in das um diese Jahreszeit bestimmt eiskalte Wasser. Arschbombe. Es platscht laut, Leute schreien »Oh my god!« oder »Naked!« – das sind die Amerikaner – oder lachen – das sind die Franzosen – oder rümpfen stumm die Nase – das sind die Schweizer. Und die haben recht, denn in dieser Schweineplörre holt man sich in null Komma nichts eine Blutvergiftung. Ausgenommen allenfalls die Ratten oder eben Annabels Hausmeister, von dem ich weiß, dass er doch bloß reingesprungen ist, um seine Netze auf Fang hin zu kontrollieren. Bald ist Mittagszeit. Es hat alles seine Ordnung, hier ist schließlich immer noch Neukölln. Das vergisst man ja inzwischen gern.

An einer Rettungsleiter verlässt der Fischer das Nass, in der linken einen über und über mit Geschwüren bedeckten Aal. Na dann Mahlzeit. Alles beruhigt sich wieder, die Bedienung schlappt mit den Getränken herbei. Meines kommt noch in einem herkömmlichen Weißbierglas, doch Franziskas schwappt tiefblau in einer eigentümlichen Glasschale, wie ich sie zuletzt circa 1988 vor dem *Café Kranzler* gesehen habe.

»Das ist doch Berliner Weiße?«, bemerke ich perplex.

»Wie nennst du das?« Franziska ist erstaunt.

»Na, Berliner Weiße mit Schuss: Das ist so ein Heinrich-Zille-Traditionsgetränk, das seit dem Krieg nur noch von Omis und Touristen getrunken wird. Und heute nicht mal mehr von denen.«

Sie schiebt ihre schmalen Schultern nach vorn und zieht gleichzeitig den Hals ein. »Kann schon sein, dass es vor dem Irakkrieg – oder scheiße, who knows – mal so was Ähnliches in der Richtung gab. Aber wenn die damals das korrekte Branding verpasst haben, ist das doch praktisch nicht existent. Roger and over.«

Hui, ganz schön heftige Reaktion auf ganz schön gar nichts. Ich beschließe, nichts zu erwidern, damit sie aus ihrer Schildkrötenstellung herauskommt. Hier den Papi Allwissend zu spielen, ist sicher keine gute Taktik.

»By the way …« Sie schlürft geräuschvoll aus dem Strohhalm, der in der blauen Plörre steckt. »What shall's?«

Nicht nur an ihr ist mir aufgefallen, dass es trotz des manischen Gebrauchs englischer Phrasen à la »b.t.w« oder »o.m.g« mit den weiteren Sprachkenntnissen oft überraschend wenig weit her ist. Das wiederum killt komplett eines meiner wenigen positiven Vorurteile über ihre Altersgruppe. Ich hatte nämlich gedacht, die hätten alle spätestens seit dem Kindergarten Englischunterricht gehabt. Hatten sie ja bestimmt auch. Aber danach haben sie wahrscheinlich Deutsch und Englisch zugunsten von Philosophie und Kasperletheater abgewählt.

Als Franziska kurz auf dem Klo ist, richte ich die Bierdeckel, auf denen unsere Getränke stehen, dergestalt aus, dass sie aneinandergelegt ein längliches Rechteck bilden. Die Gläser rücke ich jeweils nach links und nach rechts so an die äußeren Ränder des Rechtecks, dass sie sich wie Kreise zu Tangenten verhalten. Erschöpft, aber zufrieden warte ich auf das schöne Mädchen. Mein schönes Mädchen. Ich bin wieder im Gleichgewicht.

Von einem Wahlplakat für die Bezirksverordnetenversammlung glotzt das feiste Gesicht des alten, und wenn es nach ihm geht, auch neuen Neuköllner Bürgermeisters: *Wählt Wilfried Bolle!*

Gewählt habe ich immer gern. Egal wen. Ich mag diese Mischung aus Mief und Feierlichkeit in den zu Wahllokalen umfunktionierten Grundschulen, die müden Gesichter der Wahlhelfer, die behelfsmäßige Intimität der Wahlkabinen, die einen schon allein vom Ambiente her daran erinnert, wo man sich befindet: in einem Lazarett der Demokratie. Vielleicht sollte ich endlich mal meinen Wohnsitz ummelden. Schließlich habe ich vor, länger zu bleiben. Mit dem Bier schwindet langsam auch die Fremdheit wieder.

28

»Salz ist der Zucker der bösen Menschen!«
(Voltaire)

Ausgerechnet Thomas76. Erst kupfert er meinen Namen ab und dann landet er auch noch einen Überraschungscoup beim Grunzburg-Slam. Passenderweise an Führers Geburtstag. Ich hatte das Ergebnis gar nicht wissen wollen und extra nicht auf deren Seite nachgeguckt, aber Facebook bläst mir die Info nur so um die Ohren: *Triumphaler Auftritt von Thomas76. Mit Melancholie, Witz und wütendem Furor gelingt dem Altmeister ein unerwartetes Revival des Storytellings. Der Kleinepopel-Verlag gratuliert seinem Mann der ersten Stunde.* Darunter die endlose Kommentarflut der Schleimer: *Gratuliere, Thomas!* Oder: *Niemand hat es mehr verdient als du!* Oder: *Thommy, du bist der Größte!* Oder, am übelsten: *War wie immer superschön, mit dir zusammen aufzutreten. Besonders die Feier danach [<3] Und endlich mal ohne langweilige Alt-68er ;-) Love Rebbi.*

Rebekka Rabbit. Die Dark Lady des Slam-Zirkus, die »Slampe«, wie viele sie hinter nicht allzu gründlich vorgehaltener Hand nennen. Kaum zu glauben, dass ich sie auch mal kurz ganz gut fand, aber als Kind fand ich ja auch klebrige Bonbons und Dieter Hallervorden toll. Dass Geschmackssicherheit untrennbar mit Reife und Erfahrung zusammenhängt, sehe ich nicht zuletzt an meinen Wohnis.

Thomas76 soll sich in letzter Zeit verändert haben. So weit dringt der Gestank aus der Gerüchteküche noch immer zu mir durch. Dem Vernehmen nach versucht sich dieser bis dato bis zum Depressionsverdacht lethargische Typ neuerdings in Tandemfallschirmsprung, Tiefseetauchen und zwischenmenschlichem Gespräch. Offenbar hat ihm sein Therapeut geraten, von seinem Leben etwas wollen zu wollen.

An diesen Punkt war meiner nie gekommen. Noch nicht mal bis zu der Sache mit dem Konfirmanden auf dem Kudamm, weswegen ich ihn doch eigentlich aufgesucht hatte. Bewährungsauflage hin oder her, aber die Angelegenheit hatte mich schon bedrückt. Ich wollte ja gar nicht meinen Vater rächen, das alles war wirklich nur ein dummer Unfall. Teufel Alkohol.

Stattdessen hängte er sich an albernen Nebensächlichkeiten auf. Thematisierte beispielsweise von Anfang an meine Angewohnheit, die Füße stets in einem bestimmten Winkel zum Patientensessel auszurichten und diese Haltung während der gesamten Sitzung beizubehalten. Auch, dass ich mir zueinander in Bezug stehende Sachlagen gerne als Matroschka ineinandergeschachtelt vorstelle, schien ihn sehr zu interessieren. Ob ich ein besonderes Verhältnis zu bestimmten Zahlen hätte? Und ob ich aus Bierdeckeln, Kugelschreibern und anderen Gegenständen regelmäßig geometrische Figuren bilden würde?

Aha. Er notierte ein Wort, dass ich über Kopf als *zwanghaft* zu identifizieren glaubte. Es hätte aber genauso gut *Zwetschge* oder irgendein Kompositum mit *Zwerg* sein können, denn nur bei den Anfangsbuchstaben Z und W war ich mir ziemlich sicher. Zwergenhaft? Zwergensaft? Zwieback? Ich suchte, sortierte und verwarf mögliche Wortkandidaten, während der Shrink seierte: Demnach (*wemnach* eigentlich? Zwiebelsaft?) risse ich mit selbstzerstörerischen, unmoralischen oder antibürgerlichen Verhaltensweisen immer wieder lustvoll mein Gebäude aus stützenden Zwangsneurosen ein, mit dem unterschwelligen Ziel, durch Schaffung von Chaos die eigene Ordnung zu bekämpfen, mit der ich wiederum zuvor wahnhaft versucht hätte, meine innere Haltlosigkeit auszubügeln. Des Weiteren konstatierte er ein schon traumatisch zu nennendes Ablehnungsverhältnis gegenüber Religionen im Allgemeinen und dem Protestantismus im Besonderen. Mein ohnmächtiger Hass auf Gott sei glühender als der tiefreligiöser Menschen auf den Teufel. Um aber jemanden dermaßen zu hassen und für jedes eigene Missgeschick ausschließlich verantwortlich zu machen, müsse man automatisch stark an dessen Existenz glauben. So gesehen, sei ich gläubiger als der Papst. Nur eben negativ. Ob ich wisse, woran das liegen könnte?

Nein, dachte ich. Sag schon. Arschloch.

»Mangelndes Selbstwertgefühl«, raunte er wiederholt wie nicht gescheit. »Mangelndes Selbstwertgefühl sowie analneurotisches Sekundärsyndrom.«

Mein mangelndes Selbstwertgefühl haut dir gleich in die Fresse, du Wichskanone, dachte ich regelmäßig. Was es dann aber doch bleiben ließ. Stattdessen saß ich da und staunte leise vor mich hin. Vielleicht hatte er ja doch recht.

»Ach ja, und Zwergensaft.« Wieder und wieder streifte er auch das weite Feld meines Alkohol- und Drogengebrauchs mit der erkennbaren Absicht, es gründlich zu beackern. Hier lag anscheinend ein nicht unerheblicher Teil des Chaos, das er meinte. Und er ging sogar noch weiter: Auch in meinem Liebesleben wären deutliche Hinweise auf »kompensatorischen Suchtkonsum« zu erkennen.

»Frauen kann man nicht rauchen«, war sein Lieblings-Bonmot, das er in diesem Zusammenhang gern und häufig von sich gab. Sein Grinsen sollte wohl Mitgefühl ausstrahlen. Mir erschien es süffisant und hässlich.

Wenn ich ihm dann sagte, dass ich echt kein krankhafter Macho- und Nachstellertyp sei, winkte er nur ab.

»Entscheidend ist im Kopf. Was da abgeht. Es muss ja auch nicht immer plumpe Belästigung sein. Schließlich gibt es noch jede Menge anderer Formen des Disrespekts. Stichwort ›Positiver Sexismus‹. Hihi«, keckerte er.

Was gab es da zu keckern? Der Typ war verrückt. Im Grunde müsste man jedem Therapeuten einen eigenen Klapsonkel beiordnen. Und dem wiederum auch einen. Eine Matroschka aus Psychotherapeuten.

Er spitzte seinen Mund und verstellte albern die Stimme: »Ist die liebe Frau böse? Schimpft die liebe Frau? Schläft die liebe Frau mit einem andern? Lässt die liebe Frau Sie nicht ran? Kocht sie schon wieder Brokkoli?« Speichel rann aus seinem Froschmaul, ehe er normal, soweit das einem Wahnsinnigen wie ihm überhaupt möglich ist, weitersprach: »An diesem Punkt schützt Sie Ihr mangelndes Selbstwertgefühl sogar. Und nicht nur Sie, mein lieber Schwan.« Und suhlte und schabte sich wie eine Sau in seinem blaugrau bezogenen Ohrensessel, der meinem gegenüberstand, leicht schräg zueinander versetzt, damit man sich nicht ständig in die Augen blicken musste.

Ich bin aber kein Schwan und schon gar nicht seiner und erst recht kein lieber. Außerdem hatte ich keine Lust, mit ihm über Frauen zu sprechen.

»Und erst recht nicht über meine Mutter«, war mein letzter Satz, bevor ich mich als geheilt entließ – scheiß auf den toten Konfirmanden. »Die hat es auch nicht leicht.«

Dabei glaube ich im Nachhinein, er hatte meine Mutter nie auch nur mit einer Silbe erwähnt.

29

»Die aufgeschlagene Augenbraue eines Boxers ist schöner und edler als das gepuderte Näschen einer Prinzessin.«

(Hubert Burda)

Am Morgen des zehnten Mai wache ich auf und das Geld ist alle. Die letzten zweihundert Euro, die mir Doreen geliehen hat, die dreihundert vom Verkauf meiner antiken Spiegelreflexkamera an Nick und auch die fünfhundert von Mutter. Ich hatte ihr weisgemacht, dass mir die EC-Karte sowie sämtliche Kreditkarten gestohlen worden waren und die Prüfung meiner Bank vor Neuerteilung eine halbe Ewigkeit in Anspruch nähme. Ganz besonders natürlich bei guten Kunden wie mir. Da sind die dann immer extrem gründlich, weil sie wissen, dass sie andernfalls einen Riesenärger bekommen – Akademiker sind nun mal sehr kritisch. So habe ich Mutter das erzählt.

»Das Geld ist alle«, sage ich zu Franziska.

»Wie: ›alle‹?«

Sie gähnt und lässt dabei ihre Plomben sehen. Es sind bewundernswert wenige. Außerdem riecht sie nicht. Nie und unter keinen Umständen. Es ist wirklich phantastisch. Nicht aus dem Mund und nicht irgendwo anders her, nicht mal, wenn sie getrunken hat und geraucht und am Abend zu faul war, sich die Zähne zu putzen, und zwei Tage nicht geduscht hat. Auch nach dem Sex nicht. Ganz egal. Nur ein kleines bisschen nach sich selber und das ist gut. Sie hat eben noch nicht angefangen, bei lebendigem Leib zu verfaulen. So wie ich. Oder, wenn auch in weit geringerem Maße, leider irgendwann auch Annabel.

»Wie meinst du das: ›alle‹?«

»Na, ich hab kein Geld mehr. Währung, Zahlungsmittel, Valuta, Devisen, Euro. Nichts. Also vielleicht gerade mal noch dreißig Cent oder so.«

»Seit heute Morgen oder wie?« Sie setzt sich im Bett auf und stopft sich ein Kissen hinter den Rücken. So ans Kopfende gelehnt blickt sie mich mit der eingeschränkten Auffassungsgabe der soeben frisch Erwachten an. Das finde ich sonst immer sehr niedlich, doch im Moment verdrängt die Sorge das Entzücken.

»Nee, wahrscheinlich seit gestern Abend. Nachdem ich mein letztes Bier bezahlt habe. Ich hab da bloß noch nicht groß drüber nachgedacht. Aber morgens sieht die Welt ja immer ganz anders aus.«

»Du meinst: besser?«

»Nein, bei mir schlechter. Der Morgen ist doch die Ratte unter den Tageszeiten. Am Abend ein König, am Morgen ein Bettler. Im wahrsten Sinn des Wortes.«

So nah geht mir meine Situation, dass Franziskas engagierte Versuche, mich zu einer morgendlichen Partnerübung zu animieren, komplett ins Leere laufen. Dabei klappt das sonst immer, seit wir damit angefangen haben, und zuverlässig wie ein Lichtschalter: Sie knipst und ich leuchte oder umgekehrt – das läuft buchstäblich wie geschmiert.

Aber jetzt geht gar nichts. Erstaunlich, wie sehr wir die kranken Mechanismen unserer Zivilisation verinnerlicht haben, so dass materielles, persönliches und körperliches Versagen automatisch eins werden. Noch verblüffender – allerdings nur für den außenstehenden Beobachter – ist, dass ich drohendes Unheil mal wieder so lange ausblenden konnte. Und jetzt ist es definitiv da. Franziska arbeitet mit Herz, Hand und Mund gegen den Lauf der Welt, doch vergebens. Schließlich gibt sie auf.

Beim Frühstück in der Küche werden unsere langen Gesichter registriert. Denn wir sind nicht allein, worüber ich in dem Moment gar nicht mal unfroh bin. Sören trinkt mit uns am Tisch seinen zehnten Espresso, und Sheryl besprüht eine Schale Erdbeeren mit Balsamico-Essig. Erst fragen ihre Augen und dann ihre Münder: Was denn los sei mit uns?

Franziska fängt fast an zu heulen. Sie erzählt von komischer Stimmung und von meinen Geldsorgen und dass ich eben keinen hochgekriegt habe, obwohl sie sich »echt Mühe gegeben« hätte.

»Forty-four«, kommentiert Sheryl achselzuckend. Verrückterweise verschlucke ich mich just in dem Moment übel an meinen Ginger-Shruggies. Sören muss mir auf den Rücken dreschen, damit ich nicht sterbe. Das ist schon die zweite Nothilfe dieser Art, nachdem mir vorige Woche *Sternburg* in Nase und Luftröhre geriet, als Franziska und Linda am Küchentisch ausschweifend über die Geschmacksveränderung (»irgendwie salziger«) von Sperma je nach Alkoholisierungsgrad des Spenders fachsimpelten. Dazu fielen jede Menge Männernamen, die im weiteren Verlauf des Diskurses unter einem entsprechenden, auf ein kariertes Blatt Papier gekritzelten Kurvendiagramm landeten. Dabei waren die beiden auch noch nüchtern. Erfahrungsgemäß wanderte ein Foto des Elaborats anschließend durch sämtliche soziale Netzwerke. Ich habe es nicht nachgeprüft.

Allerdings geht es hier um meine Person, und in diesem Fall ist Franziskas Eröffnung auch den anderen zu viel. In diesem Punkt hat sich nichts geändert. So wechselt Sheryl nun abrupt das Thema. Ich glaube, dem Gegurgel zu entnehmen, dass eine Bar in der Nähe eine zusätzliche Tresenkraft gebrauchen könne.

»Hast du so was schon mal gemacht?« Sören grinst. Ein wenig hochmütig.

»Vor tausend Jahren mal«, gebe ich zu. »In Schöneberg. Aber das wird sich ja nicht groß geändert haben.«

Erstaunlicherweise gefällt mir der Gedanke, einer ganz gewöhnlichen Arbeit nachzugehen, gar nicht mal so übel. Habe ich lange nicht mehr gemacht und eigentlich auch keine Sekunde vermisst. Doch eine geheimnisvolle Kraft in mir, von deren Existenz ich bis dahin nicht das Geringste ahnte, treibt mich dazu, den anderen, allen voran Franziska, zu zeigen, dass ich flexibel, spontan und energiegeladen bin. Natürlich wird mir die schnöde Alltagstätigkeit Kraft und Kreativität rauben, die ich für meine Kunst nötiger hätte, welche wiederum der Gemeinschaft einen weitaus größeren Nutzen brächte als ein paar gespülte Gläser, die schließlich jeder Idiot reinigen kann. Aber sie sollen nicht denken, dass ich eine jammernde, alte Drohne bin. Dafür halten sie mich nämlich. Das ist mir schon klar, auch wenn ich jede Woche ihre gottverdammte Wohnung putze. Die kickern wie die kleinen Teufel.

»Denk an deinen Rücken«, mahnt Franziska besorgt. »Ich kann dir auch noch was leihen.«

Sören grinst schon wieder. Sheryl ebenfalls. Meine Gesichtshaut wird heiß. Vor Peinlichkeit, aber ein bisschen auch vor Zorn: Haben die überhaupt schon mal gearbeitet? Also ich meine irgendetwas anderes als Magisterarbeiten zu copypasten, in Callcentern Leute zu betrügen oder sinnlose Installationen aus Raum, Klang und Scheiße vorzuführen?

»Meinem Rücken geht's super«, sage ich und schlucke die an mir nagenden Vorwürfe herunter. Franziska ahnt bestimmt nicht, wie sehr sie mich bloßgestellt hat. »Um welche Bar geht's denn hier?«

»The Sille Äck«, sagt Sheryl. »Houbräcktstraße.«

»Das Zille-Eck?« Ich bin baff. »Das ist doch *der* Megaprollschuppen schlechthin.«

Sheryl verdreht wortlos die Augen. Sie versteht wirklich alles. Sie versteht ein Adverb wie »schlechthin«, das im Online-Duden mit einer Häufigkeitsstufe von bestenfalls drei aufgeführt sein dürfte, und sie versteht ein selbst gebasteltes Mammutkompositum wie »Megaprollschuppen«. Trotzdem ist sie sich durchweg zu fein, mit uns in der Landessprache zu kommunizieren.

»Nicht mehr«, erläutert Franziska. »Den Laden hat vor kurzem Sergio übernommen. Das ist dieser Portugiese aus Thessaloniki, der vorher das *Bread & Butter* Reuter, Ecke Pflüger hatte. Du weißt schon: Diesen lactosefreien Biobäcker …«

Ich weiß nicht.

»Egal. Jedenfalls ist das dermaßen irre da. Die haben praktisch den ganzen Hartz-IV-Stuff da drin gelassen – von der Schlager-Jukebox bis zu den Plastikblumen auf dem Tisch. Und was der Hammer ist: An den kleinen Tisch neben der Tür zum Klo haben sie zwei so alte Kneipenberliner hingesetzt. Also einfach die dabehalten, die vorher schon drin waren, und die werden dann von den neuen Gästen so mit Drinks versorgt und dann hören alle zu, was die so sagen und so. Das ist voll der Burner. Und das ganze Konzept trägt sich auch noch voll selbst, sagt Sergio. Eine echte Win-win-Situation für alle.«

»Also wie in Manne's Sport's Bar, oder wie?«

»Nee, nee.« Sie schüttelt den Kopf. »Bei Manne gehört den Oldies ja auch noch direkt der Laden. Das ist Real Life. Voll analog. Deshalb muss er ja auch weg. Die beiden im Zille-Eck sind im Vergleich eher so atmosphärische Elemente. Ein bisschen so wie du für unsere WG …«

Das versetzt mir einen weiteren Stich. Und zwar deshalb, weil es wahr ist. Franziska merkt es nicht.

»… Und die Zille-Leute passen tierisch auf, dass da nicht noch mehr von denen einsickern, weil in dem Moment hört der Spaß natürlich ganz schnell auf. Also am Anfang gibt's als Warnung noch heimlich ein paar E's ins Bier, aber später kommt dann irgendwann schon die Polizei. Hausfriedensbruch und positiver Drogentest. Klar ist das auch ein bisschen blöd, aber geht ja nicht anders. Ich mein, das ist ja auch irgendwo Business.«

Ich kann nicht unbedingt behaupten, dass mir mein potentieller Arbeitsplatz mit jedem ihrer Worte sympathischer wird. Aber vielleicht haben sie ja recht: Die Zeiten ändern sich, und wer sich nicht mit ihnen ändert, geht unter. Ganz davon abgesehen hätte ich sowieso keine Lust, in einer Altberliner

Eckkneipe das Erbrochene der von der Gesellschaft Erbrochenen aufzuwischen. Da ist diese abgeschmackte Hipster-Location bestimmt das kleinere Übel.

»Can I meet that guy?«, wende ich mich an Sheryl. Sie hebt die Hände an die Ohren und zuckt bedauernd mit den Schultern.

»Kann ich mit dem Typen mal sprechen?«, frage ich. »Mit Sergio?«

Sie nickt. »Yes, you can.«

Warum sie ausgerechnet mir den Job zuschustert, ist mir schleierhaft. Vielleicht ist sie einfach nur genervt davon, dass ich so oft zu Hause rumhänge. Besonders, wenn keiner von den anderen da ist. Sie schleicht dann immer in so einer Art Alarmmodus herum, als hätte sie Angst, dass ich jeden Moment über sie herfalle, die Bude leer räume oder tote Schweine in den Kühlschrank stopfe. Ich bin ihr definitiv suspekt.

30

»Schicke den Mohr durch das Tal der Tränen,
und er kehrt das Waffeleisen gegen dich.«
(Carolin Reiber)

Es ist richtig heiß geworden. Erst kommt der Frühling nicht aus dem Quark und dann macht er gleich einen auf Sahelzone. Gegen den schlimmsten Durst habe ich mir im *Weser-Späti* eine Fanta geholt. Die trinke ich seit meinen Kindertagen, und ich bin erstaunt, dass es das Produkt noch immer gibt. Allzumal ich meiner Einschätzung nach der einzige überlebende Konsument dieses flüssigen Anachronismus sein dürfte. Mit der halb leeren Plastikflasche in der Hand schlage ich zum vereinbarten Termin vor dem *Zille-Eck* auf.

Um fünf Uhr nachmittags ist wenig los. Ein paar Stühle stehen vor der Kneipe, die augenscheinlich gerade erst geöffnet wurde. Auf einem sitzt ein braun gebrannter Typ im schwarzen Muskelshirt, scharf rasierte Koteletten, ein alter Strohhut auf dem Kopf und definitiv kein Hipster, ich schätze ihn auf Mitte dreißig.

»Sergio?« Ich gebe ihm die Hand. »Ich bin Thomas. Ich hoffe, Sheryl hat dich vorgewarnt?«

Er drückt meine rechte. »Der Umsatz: Das ist das Wichtigste.«

Gut, er weiß immerhin, warum ich gekommen bin, und bietet mir einen Stuhl an seinem Königstischchen gleich neben dem Eingang an. Schweigend mustert mich mein Gegenüber. Ich möchte gerade die Stille brechen, als in der Ferne ein seltsames Geräusch ertönt, ein schnelles und gleichmäßiges »Krasch, krasch, krasch«. Es hört sich an, als ob sich ein Regiment Gebirgsjäger im Laufschritt durch den verharschten Schnee kämpft. Ende Mai?

»Karneval der Kulturen«, erklärt Sergio, der meine Verwunderung bemerkt.

»Karneval der Kulturen? Das ist doch mindestens einen Kilometer weg.«

Er zuckt mit den Schultern. »Das klingt eben so, wenn zehntausend Zwangsvergnügte gleichzeitig mit dem Strohhalm das Eis in ihren Caipirinhas zerstampfen.« Er wendet sich an eine Rothaarige, die soeben vor die Tür tritt. »Fiona, dear: Bring us two Cortados.« Starker Akzent.

»Please«, herrscht sie ihn an.

»Please«, lacht Sergio. Als sie sich umdreht, schlägt er ihr mit der flachen Hand schwungvoll auf den Hintern. Es klatscht richtig, doch sie zuckt nicht mal zusammen. Ich wundere mich nicht schlecht. An ihrer Stelle hätte ich meine Schürze abgenommen, ihn damit erwürgt oder ihm den Pimmel abgebunden, und wäre gegangen – Bedienungen werden in der Gegend überall gesucht. Aber vielleicht ist das Ganze ja auch so ein ironisch gebrochenes Spiel zwischen zwei Altvertrauten, das ich nicht verstehe. Ich beschließe, erst mal defensiv zu bleiben, obwohl es mich im Streitvokabular juckt.

»Hast du deine Urinprobe mitgebracht?« Sergio zeigt auf die Flasche in meiner Hand. »Keine Sorge, ich hab beste Verbindungen zum Gesundheitsamt.«

»Urinprobe?« Ich gucke meine Hand an, ungläubig, als wäre sie eine Prothese. Dann fällt der Groschen. »Das ist Fanta.«

»Wie??«

»F.A.N.T.A.«

»F.A.N.T.A.?«

»Faule Apfelsinen Nicht Trinken Achtung!« Einen besseren Einfall habe ich auf die Schnelle nicht.

Das ist auch nicht nötig, Sergio scheint ohnehin begeistert. Er nimmt mir die Plastikpulle aus der Hand, streichelt sie mit den Fingern, betrachtet sie neugierig und platziert sie dann äußerst behutsam vor sich auf dem Tisch. Dort mustert er sie weiter wie ein Heiligtum. Als er schließlich den Mund öffnet, klingt seine Stimme rau, brüchig, als habe er Mühe, seine Ehrfurcht zu überwinden: »Der Name, die Form der Flasche ... und dann erst mal die Farbe von dem Gesöff. Das ist doch exakt der Goldene Schnitt.«

Ich grüble noch darüber, welche Vor- und Nachteile es haben kann, wenn der eigene Chef in einer der medizinischen Fachliteratur bislang nicht bekannten Dimension verrückt ist, als unsere Kaffees kommen.

»Das ist Fiona«, stellt Sergio vor. »Fiona, das ist ... wie heißt du noch mal?«

»Äh, Dino.«

»Fiona, das ist dein neuer Kollege Dino.« Wir haben noch gar nicht über die Konditionen gesprochen.

»Freut mich«, sagt sie. Auf Deutsch.

Ich reiche ihr die Hand, die sie ergreift, um mich daran zu sich zu ziehen und mir ein kurzes Küsschen auf den Herpes zu tschilpen. »Wir sind jetzt Kollegen«, sagt sie, wohl weil sie merkt, dass ich mich minimal verspanne. Dann geht sie wieder hinein.

»Stock im Arsch?«, fragt Sergio mitfühlend. »Den operieren wir dir hier garantiert ganz schnell raus. Aber ohne Betäubung: Vor drei Uhr morgens gilt für die Spätschicht Alkoholverbot.«

Beim Kaffee erklärt er mir alles. Grundlohn von acht Euro die Stunde, dazu Trinkgeld plus Umsatzbeteiligung. Das ist gar nicht übel. Es gibt zwei Schichten, eine von siebzehn bis dreiundzwanzig Uhr und eine von dreiundzwanzig Uhr bis Ultimo. Hinten gibt es für die Zeit bis zehn eine kleine Küche für Hackepeterschrippen, Buletten und Nudelsalat – dort arbeitet Hermine, eine halb blinde Neuköllner Rentnerin. Aber vorne werde ich allein im Laden sein, nur an Wochenenden arbeiten wir zu zweit. Spätestens dann werde ich neben Fiona auch noch alle anderen Kollegen kennenlernen: Susan aus New Jersey, Adrian aus Ecuador und Jens aus Sankt Peter-Ording. Außerdem wäre er, Sergio, selber meist vor Ort und würde helfen, wo er könne.

Fiona, die seine letzten Worte mithört, weil sie gerade unsere Gläser abräumt, lacht sehr laut und dreckig. Ich glaube, ich mag sie.

Wir gehen rein, und es sieht tatsächlich alles noch so aus wie im alten *Zille-Eck*. Stehfässer mit Barhockern, Emailleschilder mit Reklame für Schultheiß, Persiko und Asbach Uralt. Schwere nach dem Zigarettenrauch von Jahrzehnten stinkende Vorhänge vor den Fenstern. An der Wand hängt sogar so ein Schränkchen vom ehemaligen Sparverein.

»In den Fächern bewahren wir jetzt immer die im Suff verlorenen Piercings der Stammgäste auf«, erläutert Sergio. »Soweit wir sie zuordnen können.«

Weitere Basics: Die Frühschicht sollte sich darum kümmern, dass bis sieben die Lokalfaktoten Hotte und Wolle ihre Plätze eingenommen haben und mit Mollen (»keine Ahnung, so nennen die das«) versorgt werden. Falls einer von ihnen verhindert ist, muss sie in der *Koma-Baude* am Hertzbergplatz Ersatz herbeitelefonieren. Sonst geben die Traveller Abzüge in den einschlägigen Internetforen. Die Spätschicht wiederum hat im Sommer draußen die Stühle anzuketten, zum Feierabend die Rollläden runterzulassen sowie abzuschließen.

Und die Zapfhähne?

»Die reinigt der Heilige Geist.« Sergio grinst. »Nur einmal im Monat hat der frei. Am zehnten. Aber die meisten trinken ja sowieso Flaschenbier, und die beiden Penner haben Mägen aus Stahl.«

Er stellt sich und mir noch je ein halb volles Wasserglas mit Brandy hin. Wir stoßen auf gute Zusammenarbeit an, Fiona mit einem Glas Cola und Hermine, die zur Begrüßung zu uns gestoßen ist, mit Club Mate.

Auf Ex. Als ich gehe, schwanke ich ein bisschen. In meinem

Rücken telefoniert Sergio und will acht Kisten bestellen: »Wie heißt das Zeug noch mal, Dino?«

»Welches Zeug?«

»Die Urinprobe.«

»Ach so: Fanta.«

Kommenden Donnerstag habe ich meine erste Spätschicht.

31

»Wenn der Typ voll ist, läuft der Mund über.«
(Cunnilingus der Ältere)

Es ist Anfang Juni, das Wetter unverändert schön. Doreen und ich sitzen an einem kleinen Holztisch vor dem Café *Dornsößchen* in der Spielstraße. Sie möchte endlich die Gegend kennenlernen, in der ich jetzt wohne, schließlich habe sie »schon jede Menge Scheiße« darüber gehört. Außerdem ist sie neugierig, wie es mir geht und was seit meinem Auszug aus ihrem Wohnzimmer alles so passiert ist. Die dummen Worte, die damals fielen, sind weggetaut wie Schnee von gestern. Heute ist sie einfach nur neugierig. Auch wenn ich mich nicht erinnern kann: Ich muss am Telefon wohl Andeutungen gemacht haben.

»Liebesleben:« – wie ein Kommando fällt das Stichwort. Mit Doppelpunkt, und ich soll das Sprechformular gefälligst ausfüllen. Sie hat sich noch nie lang mit einleitendem Small Talk aufgehalten.

Das geht mir zu schnell. Ich blocke elegant ab und erkläre ihr stattdessen, dass wir uns hier quasi im inoffiziellen Geburtszentrum des Kiezes befinden, der Buggy-Meile Friedelstraße. So heiße die Straße nämlich in Wirklichkeit. Bis neulich Nacht, während die Papis zu Hause auf die Kleinen aufpassten, plötzlich ein Haufen Anarcho-Muttis mit Papier, Filzern, Klebstoff und Trittleitern aufgetaucht ist und auf sämtlichen Straßenschildern Buchstaben ersetzt und überklebt hat: *Spielstraße* ist jetzt überall zu lesen.

»Was auch besser passt«, resümiere ich. »Aber wahrscheinlich wäre es weniger kompliziert gewesen, die Schilder komplett neu zu machen. Und als Nächstes legen sie auf der Fahrbahn bestimmt auch noch so Genickbrecherschwellen für zu schnelle Radfahrer an. Oder Fallgruben.«

Am Nebentisch bekommen zwei Frauen, die ihre Buggys wie eine Wagenburg um sich herum auf den Gehweg geschoben haben, große Ohren. Als sie bemerken, dass sie beobachtet werden, senken sie ihre Rüssel rasch wieder in die Becher, aus denen eine nach Ingwer stinkende heiße Flüssigkeit dampft.

Ich nehme einen Schluck aus meiner Wodka-Mate, Doreen einen aus ihrem Bier. Morgen hat sie Frühschicht im Krankenhaus, deshalb trinken wir schon am Nachmittag. Wenn die Schicht nicht wäre, hätten wir sicher auch einen anderen Grund gefunden. Not macht erfinderisch.

»Trinkst'n da überhaupt für ne Checkerbrause, du Vogel?«, will sie wissen, als ob sie meine Getränkewahl erst jetzt bemerkt. »Ich hoffe, du verblödest hier jetzt nicht komplett. Ist da wenigstens Alkohol drin?«

»Ja.«

Mit einer Erleichterung, die höchstens zur Hälfte gespielt ist, stößt sie die Luft durch die Zähne. Ich zünde mir die dritte Zigarette an. Doreen lässt sich davon anstecken, wie ich erfreut feststelle: Der schädliche Einfluss von Pietchen reicht dann wohl doch nicht über seine physische Anwesenheit hinaus. Wir rauchen synchron. Die mir am nächsten sitzende Frau hebt wieder den Blick und starrt mich böse an. Ich kenne das. Diese aggressive Unentspanntheit ist typisch für den Nikotinentzug. Wahrscheinlich hat sie selber keine Zigaretten. Freundlich biete ich ihr eine an.

»Das geht hier nicht!« Sie zischt wütend, ein Geräusch ähnlich dem einer tropischen Fauchschabe.

»Was geht hier nicht?«

»Ihr könnt hier nicht einfach rauchen!«

»Aber wir sitzen doch draußen«, sagt Doreen verblüfft.

»Du siehst doch, dass wir das können«, ergänze ich weniger diplomatisch.

»Wo Kinder sind, ist immer drinnen«, mischt sich nun die

andere ein. »Das ist hier jetzt einfach nicht mehr euer Asi-Viertel. Da müsst ihr euch mal langsam dran gewöhnen.«

Die entschlossene Geste, mit der Doreen nach ihrem Glas greift, sieht mir nach verdammt hoher Vorstufe der Eskalation aus. Soweit kenne ich sie. Dabei ist es doch ohnehin mein Asi-Viertel und nicht ihres. Über die erste Stoßrichtung des Angriffs bin ich dann allerdings doch überrascht.

»Ich geb deinem Kind mal einen Schluck zu trinken.« Sie steht auf und nähert sich mit ihrem halb vollen Glas dem Kinderwagen. Ich halte den Atem an, obwohl ich weiß, dass sie dem Kind nichts tun wird. Doreen liebt Kinder. So sehr sogar, dass sie sie ein Leben lang mit jeder denkbaren vor- und nachträglichen Verhütungsmethode vor sich und ihren realistisch eingeschätzten Mutterfähigkeiten geschützt hat.

»Untersteh dich, du frustrierte Schlampe!« Die Drinnentante springt auf. So ein klares Vokabular hätte ich ihr gar nicht zugetraut.

Dann geht alles ganz schnell. Es wird ein bisschen geschubst und mehr geschubst und viel geschubst. Ein bisschen geschrien und doll geschrien, an Zöpfchen gezerrt, sehr, und auch zwei gut gesetzte Backpfeifen werden verteilt. Das Rouge steht dem Feind nicht übel, denn Doreen gewinnt natürlich. Sie hat auch die Kämpfe gegen die Publikumsjury immer gewonnen, ob nach K.o. oder nach Punkten.

Ich trenne schließlich die Athletinnen und lege zehn Euro auf den Tisch, für die Getränke und das kaputte Bierglas.

»Lass uns zu Hotte's Trink-Ranch gehen«, flehe ich Doreen an. »Da haben wir garantiert unsere Ruhe. Da war ich sogar schon mit Franziska drin.«

Und so ist es auch: paradiesische Ruhe. Mein Liebesleben ist zum Glück vergessen, erst recht nach meiner Eröffnung, dass ich seit Anfang des Monats selber regelmäßig Kneipenschichten fahre. Vor Begeisterung scheuert sie mir fast eine, nur um gleich darauf in einer Art Übersprungshandlung mit beiden Händen meinen Kopf zu packen, ihn grob zu sich heranzuziehen und mir feste auf die Stirn zu schmatzen.

»Du? In einer Kneipe? An der Quelle? Warum sagst du das nicht gleich? Dann hätten wir doch einfach dahin gehen können. Das wär ja auch billiger gewesen. Außerdem will ich das unbedingt sehen: Du mit Tablett und so einem knappen Schürzchen um! Au Mann, sexy-hexy ...«

Sie lacht. So gefällt sie mir gleich viel besser. Das Gefühl, dass sie fast schon wieder die Alte ist, hatte ich schon vorher bei der Schlacht mit den Muttis. Hätte ihr peaciger Typ das gesehen, würde er sie wahrscheinlich von Blauhelmen verhaften lassen. Allein schon zu ihrem eigenen Schutz, wenn er mitkriegt, wie viel sie hier qualmt. Zu Hause darf sie bestimmt gar nicht rauchen, oder welchen Grund könnte es sonst geben, dass sie selbstvergessen zwei Kippen auf einmal zwischen den Lippen hängen hat.

»Das hätte dir garantiert nicht gefallen da«, sage ich. »Das ist so eine ehemalige Eckpinte, aus der sie, ohne groß was zu verändern, den absoluten Szeneschuppen gemacht haben. Da gehen zum Beispiel die ganzen Kids von meiner WG hin. Und Franziska bleibt auch oft, bis ich Feierabend habe. Außer sie muss früh zur Uni.«

»Das passt dann doch ganz gut zu dir.« Sie streichelt ihr Kinn mit Daumen und Zeigefinger. »Franziska hier, Franziska da, deine komischen Klamotten, deine ›Kids‹, deine WG ... apropinchen«, fragt sie zuckersüß, »glaubst du wirklich, dass du jedes Mal, wenn du deinen Pinsel in so einen Topf mit frischer Farbe tauchst, damit am Anstrich deiner ewigen Jugend bastelst?«

Huch. Jetzt hat sie mich doch. Dabei habe ich gar nichts gesagt, oder? Wir trinken hier jetzt schon eine ganze Weile. Der Punkt, an dem die saftigsten Geheimnisse vom steigenden Alkoholpegel aus dem Sicherheitsventil gepresst werden, dürfte bald gekommen sein. Oder sind wir da, von mir unbemerkt, längst angelangt?

»Wieso komische Klamotten? Das ist doch einfach ›Urban Outfitters‹.« Ein Ausweichmanöver. Noch immer ringe ich tapfer mit dem steigenden Offenbarungsdruck.

»Für mich sieht das eher aus wie Urban-Psychiatrie.« An der Steilvorlage bin ich selber schuld, weil ich »Urban« wie in »Urban-Krankenhaus« ausspreche. »Und dann erst diese Uhu-Brille: So was hab ich an dir noch nie gesehen.«

»Das ist ganz normal Fielmann«, behaupte ich. Stimmt ja auch fast. Das Gerät stammt tatsächlich aus der Asservatenkammer von *Fielmann*. Auslaufmodell »Herbert Wehner«, Kasse 1975, und dort irgendwie vergessen. Für teures Geld habe ich mir Gleitsichtgläser mit leichtem Grünton einbauen lassen. Sogar Sören beneidet mich darum.

Sie schweigt. Überraschend scheint sie keine Lust zu haben, auf meine frische Farbe zurückzukommen. Dabei mag sie Klatsch und ist mit meiner kleinen Schwäche für junges Gemüse eigentlich immer recht humorvoll umgegangen. »Solange sie wissen, was sie tun, bist du nur ein *kleines* Arschloch« – das war so ungefähr ihr Standpunkt. Nun wirkt sie auf einmal fast enttäuscht. Über mich. So jung war das Gemüse aber auch noch nie, natürlich relativ gesehen. Wenn irgendjemand in der Lage ist, das Gras wachsen zu hören, dann ist sie das, und das Geräusch kann sie wohl gerade nicht so gut ertragen. Schade eigentlich. Ich bin jetzt nämlich langsam in der Stimmung, die schmutzigschönsten Details vor ihr auszubreiten und zu einem Mosaik meiner gegenwärtigen Glückseligkeit zusammenzufügen. Doch die nächsten Biere, die Hotte bringt, sind zugleich die letzten.

32

»Wenn der Mandrill brüllt, schweigen die Stummen.«
(Greta Garbo)

Am Samstag gehen Franziska und ich in die Hasenheide. Damit haben wir dieselbe Idee wie zweitausend Neugierige, die mit dem *Lonely Planet* in der Hand die Dealer, den Streichelzoo und die *Hasenschänke* besichtigen. Wir haben noch etwas Zeit. Erst gegen vier sind wir mit den anderen bei der »Manson-Eiche« verabredet, deren Name von ihrer angeblichen Ähnlichkeit mit Marylin Manson herrührt. Nebenbei bietet sie auch noch den meisten Schatten.

Es ist nämlich schwierig, einen freien Schattenplatz zu finden, der groß genug für alle ist. Denn Hipster dürfen nicht braun werden. Ich habe keine Ahnung, ob sie sonst verspottet, exhipsterifiziert oder nach Reinickendorf verbannt werden. Ich weiß nur, dass es ein absolutes No-Go ist. Draußen zu sein ist wohl noch okay, vor allem in Verbindung mit Urban Gardening. Auch frische Luft scheint zumindest neutralen Status zu besitzen, doch direkte Sonneneinstrahlung »sucks« (Sheryl).

»Voll schön, die Sonne«, schwärmt Franziska dennoch. Mit dem doppelten Schutz von Ray-Ban und Baumschatten am Ponygehege hat sie aber auch gut reden. Zu kleingeblümten Keds trägt sie einen knapp knöchellangen grünen Rock im Boho-Chic, den ich noch nie an ihr gesehen habe. Oder höchstens mal in einer Phantasie, in der – verrückter Zufall – am Rande ebenfalls ein Pferd vorkam. Sie sieht jedenfalls toll aus. Überhaupt fällt es den Hipsterinnen offenbar viel schwerer, kleidungstechnisch zu vertrotteln, als den Hipstern.

Wir gucken den Kindern zu, die, von ihren Eltern gehalten, auf der untersten Sprosse des Lattenzauns stehen und gebannt das langweilige Treiben der Pferdeartigen verfolgen. Ein kleines Mädchen flippt vor Aufregung schier aus, als es einen Esel direkt auf sich zulaufen sieht: »Das kommt voll auf mich zu – fast wie in 3D!«

»So süß«, kommentiert Franziska.

»Süß?« Ich frage mich ja eher, wie man einem Kind, das so doof ist, die Wirklichkeit für die schwache Kopie eines Trickfilms zu halten, jemals Lesen und Schreiben beibringen will. Für so ein Blag muss man dann sein Leben lang da sein. Bespielen, betreuen, bezahlen. Dabei kann ich seit vier Wochen überhaupt erst für mich selber sorgen.

»Ja, supersüß.« Und leiser: »So was in der Richtung will ich auch mal haben.«

»Oh, nee!«, entfährt es mir. Unwillkürlich wie ein Furz, da kann ich einfach nichts dagegen machen. Ich werde genauer: »Ich mein, für so'n Scheiß ist das Leben doch echt zu kurz!« Das macht es allerdings nicht besser.

Sie nimmt die Sonnenbrille ab. »Ja, deins vielleicht – da könntest du recht haben. Und sag mal, was hast *du* denn überhaupt damit zu tun, wenn ich das will? Wer glaubst du eigentlich, wer du bist?«

Tja, wer bin ich? Ein geharnischter Hundertsassa, ein Hengst im Karpfenteich, Thomas68. Einer der besten Indie-Lyriker aller Zeiten. Der im Moment ein wenig perplex ist. Nicht nur wegen ihrer Aggressivität. Die kann ich ja noch halbwegs nachvollziehen, ich habe bei ihr offenkundig Grenzen überschritten. Umso weniger verstehe ich dann jedoch das Kinderthema. In ihrem Alter, bei ihrem Lebensstil, mit ihren Vorstellungen von Unabhängigkeit und Freiheit. Das passt doch vorne und hinten nicht zusammen, das ist doch bloß hormonell- oder reklamegepushte Schnullernostalgie. Für Annabel stellten sich solche Fragen gar nicht, die hat sich sterilisieren lassen. Übrigens ohne zuvor mit mir zu reden.

Wir stehen zwei Minuten schweigend nebeneinander und sehen, jeder für sich, einem dunkelbraunen Pferd beim Kacken zu. Das dauert. Dann nimmt sie meine Hand und drückt sie leicht. »Sorry. Ich glaub, ich bin grad ein bisschen gereizt.«

Zum Glück klingeln fast gleichzeitig unsere Telefone und sie kann sich an jemand anderem abreagieren. Genau das tut sie auch in einem Maße, das mich staunen lässt. Wir haben beide Elternanrufe, und während ich meine Mutter mit Engelszungen beschwöre, ihren geplanten Besuch bei mir in frühestens zehn Wochen abzuhalten, weil ich »so viele Arbeiten von Studenten korrigieren« müsse, fordert Franziska in herrischem Ton buchstäblich »eine Gehaltserhöhung« auf achthundert Euro. Das muss ihr Alter sein. Das Schwein. Wenn ich er wäre, würde ich ihr was grunzen.

Es wird Zeit, zur Manson-Eiche zu gehen. Dort treffen wir unsere Wohnis in kompletter Mannschaftsstärke, dazu Jan, Steve und Sylvie. Richtig so? Richtig so. Sie haben ihren neuen Mitbewohner Philippe aus Bordeaux mitgebracht, keinen Couchsurfer, sondern einen Vollwertmenschen. Ich schätze ihn auf Ende dreißig – es war sonnenklar, dass unsere WG nicht das einzige MGH bleiben würde. Hoffentlich werden es nicht zu viele, sonst schmeißen sie uns Ältere bloß wieder raus. Aus der Mode, aus dem Haus. Philippe spricht kein Deutsch und alle unterhalten sich auf Englisch. Dabei spricht er ein Englisch wie die Normannen kurz nach der Eroberung Großbritanniens. Ich meckere ein bisschen vor mich hin.

»Dir geht es ja noch gut!«, weist mich Franziska zurecht. »In anderen WGs wird überhaupt kein Wort Deutsch gesprochen. Oft noch nicht mal Englisch!« Ich habe das Gefühl, sie ist immer noch angesäuert. Oder schon wieder.

»Du kannst doch selber kein Englisch«, merke ich an.

»Häh? Hallo? Ich hab Elli-Leistungskurs gehabt!«

»Nein, ich meine: Du sprichst schlecht Englisch und verstehst es auch nicht gut. Ich wollte gar nicht wissen, was auf deinem Zeugnis steht. Buchstaben sind geduldig. Und Zahlen auch!«

Sie versetzt mir einen Tritt gegen die Wade, und Sheryl, die das sieht, freut sich. Vielleicht, weil ich recht habe, vielleicht aber auch, weil wir uns streiten. Wir streiten aber nicht richtig, wir streiten vertraut. So weit ist es nun schon.

Auf einem Wegwerfgrill verkohlen die ersten Gemüsespieße. Nur totes Gemüse ist gutes Gemüse. Sollen sich die anderen darum reißen, eine Konkurrenz stelle ich nur im Rennen um den mitgebrachten Bierkasten dar. Es ist warm. Ärmel werden hochgekrempelt und T-Shirts ausgezogen. Tattoos, wohin das Auge blickt. Der aktuelle Renner scheinen Warenbarcode-Tätowierungen zu sein. Fast alle sind mit diesen Balken übersät, bloß Franziska nicht: Die hat nur ihr Murmeltier, und für meinen Geschmack genügt das völlig. Ich lerne, dass der Code für H-Milch mit 1,5 % Fettgehalt out ist (Sören: »Ich lass mir das weglasern.«), der für Vollmilch der Fettstufe 3,5 % von *Mark Brandenburg* dafür der heiße Scheiß schlechthin.

Allein von den albernen Aktivitäten, die um mich herum ausbrechen wie tückische Krankheiten, wird mein guter Wille zur WG-Sozialisation auf eine harte Probe gestellt. Sören packt Rundteile, Streben und Schlaufen aus einem großen Koffer, steckt sie zu einem Ganzen zusammen und hängt sich mit Händen und Füßen darin auf. O mein Gott, o mein Führer: ein Rhönrad! Warum ist mir das nicht eingefallen?

Hinter meinem Hohn blitzt Neid auf. »Was wollt ihr denn mit diesem Eva-Braun-Gedächtnis-Hamsterrad?«

»Hä? Noch nie ein Fun Wheel gesehen?« Sören rollt Richtung Hauptweg, beschreibt dort eine elegante Kurve um zwei Dealer herum und fährt wieder zurück.

Ein paar Meter abseits jongliert Steve mit vier Keulen, Sheryl und Linda spielen Speedminton, eine Art Federball für Hektiker. Sheryl gerät fix aus der Puste – ich löse sie ab, treffe aber leider keinen einzigen Shuttle, und Franziska übernimmt. Hoffentlich sieht mich kein Bekannter, wie ich hier zum Gaudium der Baumratten den Hampelmann de luxe gebe. Vom

Rand des Geschehens beobachte ich das unwürdige Spektakel im Zirkus Grünanlage. Die Möchtegernartisten spannen zwischen zwei Bäumen eine Slackline und balancieren barfuß darauf herum. Das sieht eigentlich nicht schwer aus.

»Versuch's doch auch mal, Dino.« Von seiner Decke mit Maos Porträt winkt Nick aufmunternd mit seiner frisch gestopften Kawumm herüber. An deren Vorgänger habe ich auch schon zweimal gezogen. Dazu ein Bier, ich fühle mich mutig und entspannt.

Mit dem rechten Fuß trete ich vorsichtig aufs Seil. Es wackelt. »Das wackelt wie verrückt«, bemerke ich fachkundig. Ich stehe noch gar nicht richtig drauf, eben weil das nicht geht, als ich schon versuche, das linke Bein nachzuziehen.

»Bei Erwachsenen lässt der Gleichgewichtssinn eben nach.« Beschämt rapple ich mich auf und schleiche zurück zu meiner Decke. Blödes Gekicher. Aber Hauptsache, ich habe mich aufgeschlossen und gesellig gezeigt – Franziska hat diesbezüglich bereits kritische Andeutungen gemacht. Nur ihretwegen bin ich hier – den anderen ist meine Anwesenheit bestenfalls egal –, und mit dem Seilscheiß glaube ich das Schlimmste überstanden zu haben.

»So«, verkündet Nick und schüttelt einen Haufen Holz aus einem Leinensack und auf die Wiese. »Wenn ich bitten darf.« Das Schlimmste alias das gefürchtete Holzklötzchenstrategiespiel. Die Klötze haben kunstvoll gearbeitete Köpfe von Bergbauern, Kühen und Gemsen. Bestimmt hat die irgend so ein Alm-Öhi in der Schweiz geschnitzt.

Wir teilen uns in zwei Teams auf. Die eine Mannschaft besteht aus Franziska, Sheryl, Sören, Nick und Linda, die andere aus Syl… aus Jan, Steve und Sylvie sowie Philippe und mir. Also Weserstraße gegen Pflügerstraße, nur ich bin ausgegliedert, weil wohl irgendwie übrig. Der Rest. Ich fühle mich in meine Grundschulzeit zurückversetzt, als ich beim Fußball stets als Letzter gewählt wurde, und dann wurde trotzdem noch gemault: Ob meine Mannschaft denn nicht lieber mit einem Spieler weniger antreten dürfe? Ich war ein dickes Kind und ein bisschen bin ich das auch immer noch.

Es ist ein grässlich asymmetrisches Spiel: Nicht genug, dass jedes Team aus fünf Spielern besteht, müssen wir mit den Wurfhölzern auch noch auf fünf Klötze schmeißen. Die weiteren Regeln kann ich mir nicht merken, sie interessieren mich auch nicht. Ich schlappe einfach so mit, und immer wenn jemand sagt, »du bist dran«, werfe ich unmotiviert mein Stöckchen weg, und sie sammeln es wieder ein wie Hunde.

Während ich aufpassen muss, dass ich nicht einschlafe und auch nicht allzu böse Miene zum blöden Spiel mache, sind meine Mitspieler mit Feuereifer bei der Sache. »Los jetzt« – »zeig's ihnen« – »flacher werfen« – »jaa!« – »jetzt haben wir sie«, und immer wieder dieses dämliche High-Five-Abklatschen, bei dem ich meistens danebenschlage, weil mein räumliches Sehvermögen eingeschränkt ist. Wie man zuvor auch schon beim Speedminton beklagen durfte.

Bierpause. »Hey, Dings, schmeiß mir mal so'n Sterni rüber!« Die sagen jetzt sogar »Sterni« zum *Sternburg*. Das habe ich ihnen beigebracht. Ich komme mir vor wie ein Dompteur, ein Übervater – sie sind meine Kreaturen. Aber leider, ich kraule mir grübelnd den wild sprießenden Versuch eines Vollbarts, bin ich zunehmend ebenso die ihre. Außerdem wäre es mir sehr lieb, Jan würde mich nicht »Dings« nennen. Da ist mir sogar »Dino« lieber.

»Dino«, sage ich und reiche ihm die Flasche rüber.

Da ich in ihrer Mannschaft war, komme ich mit den Pflügerstraßen-Leuten ins Gespräch. Vor allem mit Sylvie, einer gewaltigen Blondine mit Franzosenzopf. Nach meinen bisherigen Beobachtungen dürfte sie die erlaubten Standardmaße für Hipster-Girls weit überschreiten. Aber wahrscheinlich existieren da gar keine Richtwerte, wie es ja auch keine Hipster gibt, die man messen könnte.

Sylvies Mutter betreibt ein kleines Hotel mit fairen Zimmerpreisen in einem Mecklenburgischen Badeort namens Pausenklon. Das interessiert mich, da könnte man eigentlich auch mal hinfahren. Ich schiele zu Franziska hinüber, die wie eine tote Katze auf dem Rücken liegend Arme und Beine in die Luft streckt. Ist das dieses Yogilates, von dem jetzt immer alle sprechen? Mit ihr ans Meer. Mal eine Woche nichts als Strand und Bett und Strand und wieder Bett. Gebratener Hering und Mecklenburgischer Rotwein. Ich kriege einen leichten Ständer.

»Da knuddelt dich jemand an.« Sylvie deutet auf meine Hose.

Ich bin peinlich berührt, doch zum Glück hat sie sonst keiner gehört. Schließlich beneiden mich hier einige um mein ziegelsteingroßes Motorola-Handy von 1998, auch weil sie wissen, dass das nicht einmal vibriert. Und was bedeutet eigentlich »anknuddeln«?

Bei den Pflügstern geht es in jeder Beziehung deutlich schlichter zu als bei uns. Sie hausen in einer dunklen Dreieinhalbzimmerwohnung im Hochparterre, jobben alle und kommen offenbar mit reichlich wenig Geld zurecht. Es klappt also auch ohne das Sponsoring-Programm diverser Schweizer, Schweine und sonstiger Eltern. Bei der Anti-Gentrifizierungsdemo im Winter hätten wir uns eigentlich parteiweise kloppen müssen. Aber was unterschiedliche Voraussetzungen und Lebensentwürfe betrifft, üben sich meine Pappenheimer in als Toleranz getarnter Gleichgültigkeit, solange sie nur an mir verborgenen Codes erkennen, wen sie für ihresgleichen halten.

Ich stelle mir eine Blaskapelle auf einer asphaltierten Strandpromenade vor sowie einen halb nackten Schmerbauch mit falscher Kapitänsmütze und einer Umhängetasche, der in fischigem Dialekt witzelnd die Kurtaxe eintreibt. Rasch senkt sich mein Stimmungszeiger wieder Richtung null.

»Ich plane gerade meinen Urlaub«, sage ich, aber Sylvie hört schon gar nicht mehr zu.

33

»Selig sind die geistig. Amen.«
(John Wayne)

Gegen zehn, es ist noch nicht mal richtig dunkel, mache ich mich auf den Weg zur Spätschicht. Leider zu Fuß, denn mein Fahrrad steht noch immer im Hof bei Annabel. Mittlerweile nervt das kolossal. Aber erst war das Wetter schlecht, dann habe ich's vergessen und später irgendwie verdrängt. Nach mehreren Misserfolgen hatte ich irgendwann keine Lust mehr, mit ihr Kontakt aufzunehmen. So wie man meistens keine Lust hat, zu sterben, also genau genommen eher eine Art von Angst. Mir ist, als hätte ich noch eine Hängepartie am Laufen, von der ich weiß, dass ich sie nach einem letzten Zug verlieren werde. Ich verliere aber nicht gern.

Weil Wochenende ist, hilft mir Fiona. Sie macht heute anderthalb Schichten am Stück, und ich arbeite gern mit ihr. Lieber als mit Adrian, der ein völliger Chaot ist, oder mit der trägen Susan. Es ist aber auch die Hölle los, drinnen und draußen. Wir wuseln herum, haben die Sache im Griff, wir sind ein gutes Team.

Fiona kommt aus der westirischen Region Carneval (?) oder so. Ich verstehe sie etwa gleich schlecht, egal ob sie Deutsch oder Englisch spricht. Ihr Deutsch klingt allerdings bezaubernd in seiner bizarren Kombination aus fließend und grammatikalisch unstrukturiert – um es beschönigend zu sagen. Immerzu schwärmt sie von ihrer Heimat; es muss dort unglaublich schön sein. Das kann ich mir gar nicht vorstellen. Eine Landschaft, in der es so oft regnet, ist für mich von vornherein durchgefallen. Was helfen mir das Grün, die Schafe und die Steilküsten, wenn mir gleichzeitig der Regenschirm wegfliegt? Den beschlagenen Blick der Iren auf die Realität kann ich mir nur mit ihrem

Hang zu Melancholie, Whiskey und wahnhafter Heimatverbundenheit erklären. Zum Dortbleiben reicht es, wie man sieht, dann aber letztlich doch nicht.

Obwohl Fiona tierisch nett ist, gut aussieht und wie Franziska rote Haare hat, worauf ich einfach stehe, ebenso wie auf grüne Augen, bin ich entspannend uninteressiert. Wir sind eben Kollegen. Kann natürlich auch sein, dass sie denkt, ich wäre bloß so ein schwanzloser Lurch. Nur weil ich nicht wie ein Berserker auf sie losgehe. Die Wahrheit ist jedoch, dass meine amouröse Autonomie zu wackeln beginnt wie lang nicht mehr. Wenn ich (was ich aus gutem Grund hasse) ehrlich zu mir bin, bin ich schon ein bisschen auf Franziska fixiert. Das dämpft meine Umtriebe. Und ich weiß beim besten Willen nicht, warum. Sie ist doch nur ein Mädchen. Oder?

Zu später Stunde kommt sie mit ihrer Freundin Marie vorbei und macht einen auf First Lady. Franziska und auch die anderen sind jetzt öfter hier, und sie gibt sich auffällig Mühe, nach außen hin zu demonstrieren, wie nah wir uns sind. Bei jeder Gelegenheit drückt, kost und umhalst sie mich – Gesten, die »meins« schreien. Mein Status ist gestiegen. Ich konstatiere: Was ich mache, gilt als anerkannt. Nicht so sehr wie Startupper oder Künstler, aber doch gleich dahinter. Ich bin der Typ, der im *Zille-Eck* arbeitet, der zurzeit wohl angesagtesten Szenebar Neuköllns. Das ist was, damit können auch die anderen angeben: »Unser Dino ist übrigens …«

Denn man sagt es nicht gern laut, weil nach außen hin ist alles easy, aber ein alternder Versager mit uncoolem Job würde ein Stigma für unsere WG und einen Drop im Ranking gegenüber den anderen Hipster-WGs bedeuten. Doch so bin ich fast ein Star. Brauche ich da den verschissenen Slam-Zirkus überhaupt noch, die Ignoranz des Publikums, die Arroganz der Kollegen?

Hier kann ich eine Welt zumindest mitgestalten. Die Schnarchnasenserie *Derrick* ist tatsächlich der Renner in Neuköllner Hipsterkreisen geworden. In den Straßen mehren sich Halbkoteletten, Hängelippen, Salz-Pfeffer-Mäntel und vom Tätowierer eigens aufgespritzte kindskopfgroße Tränensäcke. Hipster-Girls versuchen, sich den Look depressiver Grünwalder Bankiersgattinnen aus den frühen 80ern anzueignen. Möbel aus Resopal beherrschen die Inneneinrichtungen der WGs. Und wo reibt sich der Doktor Frankenstein dieser aus den stinkenden Leichen kultureller Fehlentwicklungen gebastelten Trends teuflisch vergnügt die Hände? In der Weserstraße 347c, vierte Etage rechts, drittes Zimmer rechts, bei Kornitzke. Beziehungsweise viereinhalbte Etage, das meiste denke ich mir schließlich auf dem Hochbett aus.

Für viele Hipster, die Filme machen – besser: machen wollen –, wird *Derrick* stilbildend: blasse Farben, blasse Figuren und hingegähnte Dialoge. Je hölzerner, desto kunstvoller, lautet die Devise. Darsteller, die Schauspieler spielen, die Akteure mimen. Valiumsedierte Hochsteckfrisuren steuern hinter Sonnenbrillen schlafend alte BMW-Cabrios. Und auch *Der Kommissar* mit Erik Ode, ein Grauen in Schwarz-Weiß sogar noch weit vor meiner Zeit, pushe ich erfolgreich. Odes Filmsatz: »Die junge Frau war marihuanasüchtig«, wird in der WG zum Running Gag. Bei jedem bekifften Binge-Watching mit *Derrick*, dem *Kommissar* oder dem *Beat Club* von Radio Bremen bringt garantiert einer von uns im Sofazimmer den Satz, und für die nächste halbe Stunde kriegt sich keiner mehr ein. Das ist allemal besser als der Mist mit den Lageraufsehern.

Gegen Morgen – Franziska ist längst weg – habe ich eine seltsame Begegnung der anderen Art. An einem der Stehfässer lehnt ein gedrungener Typ, vor sich ein Bier, und glotzt mich komisch an. Der ist mir in dem Trubel gar nicht aufgefallen – Fiona muss ihn bedient haben. Haben Wolle und Hotte Zuwachs bekommen? Kurz überlege ich, ob ich ihn, wie von Sergio angeordnet, zum Gehen auffordern soll, um das fragile Gleichgewicht unserer ganz speziellen Atmosphäre wiederherzustellen. Doch die beiden Kneipenfaktoten sitzen seelenruhig an ihrem Tisch, um sich herum eine gebannt fotografierende Traube junger Touristen, und nehmen keinerlei Notiz vom Störenfried.

»Kennst du mich nicht mehr, Herr Ober von der gentrifizierten Gestalt? Oder heißt das hier Barmann? Oder GJ: Getränke-Jockey?« Der Penner spricht mich an. Mit einer typischen Gerd-Stimme. Es ist Gerd. Die Kerle altern aber auch alle so was von verteufelt schlecht. Hätte er nichts gesagt, hätte ich ihn bestimmt nicht erkannt.

»Hallo, Gerd«, sage ich schwach. »Darf's noch was sein?« Ich komme hinter dem Tresen hervor und begebe mich zu seinem Fass.

»Ein großes Schulli. Das gibt's hier ja immerhin noch. Obwohl, wenn ich mich hier so umsehe …« Er sieht sich um. »… gehört das sowieso nur zur großen Altberlin-Show. Hereins-paziert, Herrschaften, sehen Sie, s-taunen Sie: Zille sin Milljöh!« Ich habe es schon früher immer gehasst, wenn er mit seinem holsteinischen Akzent zu berlinern versuchte.

Ich gebe Fiona, die schon eine ganze Weile mit einer Freundin quatscht, ein Zeichen: Dass ich jetzt meinerseits mit einem Freund zu quatschen gedenke und sie sich bitte um den Getränkenachschub kümmern solle, und zwar zunächst um den für meinen Freund. Dabei ist Gerd gar kein Freund. Nie gewesen.

»Was macht eigentlich Anatol?« Ich versuche ein gemeinsames Thema zu finden.

Gerd rückt näher an mich heran, ganz nah. Er stinkt tierisch aus dem Maul. Auf seiner linken Wange bildet die Teleangiektasie den Umriss von Afrika, auf der rechten den heutigen Dax-Index. Den habe ich vorhin zufällig auf dem iPhone eines unserer Gäste gesehen. »Anatol ist …«

Tot? Denke ich emotionslos.

Er rückt noch näher ran als ganz nah. Ich drehe meine Nase zur Seite. »Anatol ist im Untergrund«, raunt Gerd. »Wegen dieser ganzen Scheiße hier.« Er fuchtelt mit der Hand durch die dicke Luft und schmeißt dabei fast sein frisches Bier um. Er ist betrunken. So kenne ich ihn.

»Wegen der Scheiße im Untergrund: Du meinst, er ist in der Kanalisation?« Schwacher Scherz. Außerdem hasse ich es ja selber, wenn Leute mich absichtlich falsch verstehen. Trotzdem hasse ich mich jetzt nicht.

»Quatsch.« Er funkelt mich wütend an. »Du hast mich genau vers-tanden. Es geht darum, was die Affen hier aus unserem schönen Berlin machen.« Er stammt aus Lübeck. »Du kennst doch das Prinzip der NsdAp. Du warst doch auch ein paarmal im Nirvana mit dabei.«

Ich erinnere mich ungern und mit Grausen. Eifernde, geifernde Männer in dunklen Wollpullovern an klobigen Holztischen. Selten mal eine Frau und wenn, dann wünschte man sie sich gleich wieder weit weg. Und sie sich selber ganz gewiss ebenfalls.

Gerd gerät in Rage. Er spuckt beim Sprechen. »Und die Politik sieht nur zu. Natürlich haben die ein Interesse dran, dass nur noch neoliberale Possenreißer durch die Gegend s-tolpern. Das ist ihre Klientel, das ist aktive Systemerhaltung. In der Prignitz …« Er senkt die Stimme, blickt sich um, sein Blick flackert, meine Güte, ist der Mann durch! Noch verschwörerischer bläst er mir seinen heißen Zwiebelatem ins Ohr: »… soll es sogar schon Lager für Politische geben. Gentrifizierungsgegner (er spricht das G französisch aus), Antifa und so. Inzwischen musst du schon untertauchen, sobald du nur ein paar S-puckies mit ›Schwaben raus‹ an die Kneipenfenster klebst.«

Der spinnt doch – das ist allerdings keine neue Erkenntnis. Mit einer Frage versuche ich mein winziges Scherflein zur Errettung der Welt vor dem Wahnsinn beizutragen. »Habt ihr eigentlich schon mal drüber nachgedacht, dass es auch an eurem Namen liegen könnte?«

Gerd glotzt. »Hä? Gerd, Willi, Anatol: Wo ist das Problem?«

»Ich meine an NsdAp?«

»Au weia.« Er schlägt sich mit der flachen Hand vor den Kopf. »Das ist ja wohl wirklich auch dem letzten Idioten klar, dass wir mit dem Bezug nur s-pielen. Eben gerade, um auf den Ernst der Lage hinzuweisen.«

»Wie du meinst. Ich muss mal wieder arbeiten.« Ich mache Anstalten, mich vom Stehtisch zu entfernen.

Gerd bleckt höhnisch die Zähne. »Du bist doch jetzt auch einer von denen. Das seh ich doch schon an deinen abartigen Klamotten. Der Buschfunk trommelt übrigens, dass du so ne minderjährige Hipstergöre am S-tart hast. Vor Gericht würde man das ›Befangenheit‹ nennen.«

»Sie ist keine Hipstergöre«, sage ich. »Hipster? Was soll das überhaupt sein? Und ihr seid weder das Maß aller Dinge, noch könnt ihr die Zeit zurückdrehen.« Ich bin ein wenig erschrocken, was für eine Phrase mir da eben aus dem Mund gepurzelt ist. Damit könnte ich fast beim *Focus* anfangen. So habe ich es aber nicht gemeint.

»Ihr kommt auch noch dran.« Soll das eine Drohung sein? »Sieh dich vor, mein Freund. Danke fürs Bier.«

Endlich ist er weg. Aber ich wüsste trotzdem gern, was er mit »abartigen Klamotten« gemeint hat. Noch dazu, da er wie üblich Wollsocken in Herrensandalen trug. Sollte es mir gelingen, diesen Look als Modegag zu verhipstern, fräßen sie mir wirklich alles aus der Hand bis hin zum Massenselbstmord als Retrozitat auf Jonestown.

34

»Zeigt die Ampel Rot: Gehe.
Zeigt die Ampel Grün: Stehe.
Sieh, was geschieht.«
(Samuel Beckett)

Sheryl ist doof. Das finde ich manchmal. Also nicht doof im Sinne von unintelligent, das keinesfalls, aber ich finde, sie verhält sich doof. Mir und neuerdings auch Franziska gegenüber. Ich kann das gar nicht so genau festmachen: Es sind immer nur kurze Blicke oder Gesten, die mir zeigen, dass mir da jemand misstraut und findet, dass ich nicht hierhergehöre. Und ihr Englisch geht mir auf die Nerven (sofern man das Gegurgel überhaupt so nennen kann), auch wenn ich mich da langsam reinfrickle. Ich gebe mir schon Mühe mit ihr, so ist es ja nicht.

Sheryl ist Künstlerin. Sie malt, stellt aus und veranstaltet Performances oder organisiert Performances und Ausstellungen. In zwei Wochen stellt sie im *Zille-Eck* Werke ihrer Freundin Meryl Baker aus, die Stillleben mit Hasen und verschiedenen Gemüsen malt. Schenkt man dem Küchengeplauder Glauben, haben die beiden neuerdings auch ein Verhältnis. Das Gerücht wird nicht unbedingt dadurch entkräftet, dass Sheryl Organisatorin, Kuratorin sowie einzige Rednerin bei der Vernissage sein wird. Ich hoffe, dass ich am betreffenden Abend keine Schicht habe, zur Not tausche ich mit Fiona oder Adrian. Ich habe keinen Bock auf den Laden voller aufgeregt quakender Kunst-Amis.

Wegen eines Schichtwechsels mit Sergio zu telefonieren ist eine derart unangenehme Aussicht, dass ich es danach als reines Kinderspiel empfinde, nun endlich doch noch mal bei Annabel anzurufen. So als müsste Herkules nach dem Ausmisten des Augiasstalls als nächste Aufgabe nur noch seine

Tasse in die Spülmaschine räumen. Vergleichbar unkompliziert ist auch das Gespräch. Und kurz dazu. Wir treffen uns in drei Tagen bei ihr im Hof. Tschüs, ich dich auch, du mich auch.

Sheryl McGuffin ist fest in der Berliner Expats-Community verankert. Die leben hier wie in einer Blase, nahezu hermetisch von der Realität ihres Gastlandes abgeschottet. Innerhalb dieser Blase werden die irrsinnigsten Parallelwahrheiten unwidersprochen geboren und pflanzen sich anschließend blitzschnell fort, zum Beispiel: Dass in Deutschland Mörder nach spätestens einem Jahr Haft entlassen werden oder statt einer Gefängnisstrafe zur Belohnung in der Karibik segeln dürfen. (Amerikanischer) Subtext: die deutsche Ponyhofjustiz, die verlernt hat, Pferdediebe am nächsten Baum aufzuknüpfen.

Zentral- und Fortpflanzungsorgan Nummer eins für solcherlei frisiertes Fachwissen über die Krauts ist der *Drag's Berliner*, eine vornehmlich queere Wochenschrift von und für Expats. *The Germans think … the Germans are … the Germans should …* – so beginnt fast jeder zweite Artikel, in dem unter der selbstgerechten Prämisse, dass per se kein Rassismus sein kann, was sich gegen wohlhabende weiße Angehörige klassischer Arschlochnationen richtet, schiefe Beobachtungen zu Verallgemeinerungen verdichtet werden. Soweit die bewährte Methodik. Der gute alte Hautfarbenrassismus gilt als nicht mehr pc und, weit wichtiger noch, nicht als hip. Aber irgendwo muss der ganze Hass ja hin und die Unzufriedenheit darüber, dass unsere Welt in ihrer Komplexität so schwer zu erfassen ist.

Sheryl hat beim *Drag's Berliner* eine federführende Position inne. Irgendwas mit Subchief Coordination Manager oder so. Vielleicht irritiert sie, dass ich das Blatt immer »Drecksberliner« ausspreche, aber damit beabsichtige ich gar kein inhaltliches Statement. Ich gebe mir nur keine Mühe mit der Aussprache. Das ist alles. Besser man hört gleich meinen eindeutigen Naziakzent, als wenn ich wie ein Papagei versuche,

Rhythmus und Phonetik zu imitieren, dabei vielleicht noch »südstaatenamerikanisch« zu klingen, und am Ende doch nur wieder alles falsch mache. Das wirkt bloß affig und impliziert eine feige Angst vorm Scheitern. So sprechen die deutschen Hipster.

Warum sie nicht obendrein noch mit ihrer Posse zusammenwohnt, ist mir unklar. In unserer WG sind wir ja doch eher gemischt, sogar eine Deutsche ist dabei – mit mir sind es zwei, das ist Sheryl auch sichtlich einer zu viel. Overkrauted. Ich glaube, sie will uns beobachten und erforschen. Offenbar fühlt sie sich als eine Art Undercoveragentin und stets ein wenig über den Dingen stehend. Genau das hat sie im Grunde mit mir gemein und vielleicht ist eben das zugleich auch der Punkt, der uns trennt.

Manchmal finde ich sie auch ganz schön schrill. Im positiven Sinne. So hat sie mal einen von den Start-up-Sträflingen, der bei uns vorbeikam, um sich von Nick Geld abzuholen, gefragt, ob er für sie kurz sein Hemd öffnen könne. Sie würde ihn nämlich gern für ihren Zyklus »Nackte Schuld« malen und sich zuvor einen kleinen Eindruck über seinen Körperbau verschaffen wollen. Die Reihe behandelt vor allem Motive wie Adam und Eva, Äpfel, Schlangen, Panzer und unbezahlte Gasag-Rechnungen. Der Strolch hat sie natürlich nicht verstanden, er konnte kein Englisch. Hat sie also angefangen, selber an seinen Knöpfen rumzufummeln, so dass er schnell Reißaus genommen hat – eines der wenigen Male, dass die »Mordbuben«, wie Nick seine begnadigten Höchststrafler gern verniedlichend nennt, mehr Angst vor uns hatten, als wir sonst vor ihnen.

35

»Wo der Bär in den Wald scheißt,
wächst kein Gras mehr.«
(Marie Curie)

Annabel erwartet mich im Hof neben dem Fahrradständer. Unter der Hecke bei den Mülltonnen liegt mit den Füßen nach oben eine tote Amsel. Ihr Anblick erfüllt mich mit Genugtuung. Die Umarmung mit meiner Ex fällt kühler aus als zwischen sozialistischen Regierungschefs. Den Treffpunkt im Hof hat sie bestimmt, ich soll wohl nicht mit nach oben kommen. Vor meinem Rad steht eine kellerfeuchte Pappschachtel mit meinen letzten Habseligkeiten. Die »Hammer Hackfresse«, meine Winterhandschuhe, ein kaputter Micky-Maus-Wecker sowie ein paar alte Vinylscheiben und CDs: Neil Young, Violent Femmes, Goldene Zitronen. Obenauf meine alten Tagebücher.

»Brauchst du Geld?«, fragt sie als Erstes.

»Nein, danke.« Ich bin verblüfft. So einfach wäre das gewesen? Dann hätte ich ja erst recht nicht so lange darüber nachdenken müssen, ob ich von meinem ersten Lohn einen Fernseher plus DVD-Player anschaffe. Aber für die *Derrick*-Sessions ging's nicht anders. Bei uns glotzen ja alle per Mac, und mein Dampfklapprechner schafft es kaum, Windows XP hochzufahren. Außerdem muss ich nach der Schließung von *Manne's Sport's Bar* irgendwo Fußball gucken, ohne dafür durch die halbe Stadt zu gurken.

»Hätte ich gedacht.«

»Ich arbeite jetzt.«

»*Du* arbeitest?«

»Ja, in einer Kneipe.«

»Na, das passt ja.« Sie greift oben in die Kiste und nimmt

eine der abgegriffenen Kladden in die Hand. »Die Mutter sitzt am Bett und weint. Sie sorgt sich um mein Überleben«, liest sie daraus vor. Ihr spöttischer Zug um den Mund gefällt mir nicht. Sonst sieht sie eigentlich überraschend gut aus. Sogar geradezu großartig. »Und dann wieder seitenlanges Gefasel von herbeiphantasierten Fahrradunfällen. Meistens in Verbindung mit irgendeiner Trulla. Und du meinst, ich sitz dann an deinem Bett? Als deine Mutti? Du bist echt nicht ganz dicht! So was von selbstmitleidig! Wie ein Nazi, der den Krieg verloren hat!«

»Wenn hier einer Nazivergleiche macht, dann bin ich das«, sage ich und spähe unauffällig nach der Fensterscheibe einer Parterrewohnung. Zu gern würde ich wissen, ob ich gerade einen roten Kopf habe. Er fühlt sich jedenfalls so an. Ich versuche, einen Konter zu fahren: »Erst kontrollierst du mein Handy und jetzt liest du auch noch meine Tagebücher? Das find *ich* so was von daneben, das kann ich gar nicht beschreiben.«

»Erzähl du mir nichts von daneben.« Sie bleibt ungerührt. »Bei dem halben Dutzend deiner Danebens, die allein in diesem Schmierheft stehen, hab ich aber mal locker zwei eigene gut.« Sie wedelt mit dem Tagebuch, bevor sie es achtlos zurück auf den Stapel mit den anderen klatscht. Dabei rutscht es herunter in den Dreck. Ich hebe es auf, wische es am Hemd ab, knicke es einmal um und stecke es in die linke hintere Hosentasche. Ein halbes Dutzend Danebens. Das sind sechs. Eigentlich eine schöne Zahl.

»Es ist nicht, was du denkst.« Erneut der alte fade Scherz.

Nicht ganz unerwartet implodiert er. Annabels Miene verfinstert sich noch weiter. »Es war mir immer klar, dass ich bei dir ab und an ein Auge zudrücken musste«, sagt sie. »Aber darum geht's hier gar nicht. Ich hab dich mehr oder weniger ausgehalten, und du lässt praktisch pausenlos die Puppen tanzen. So war das nicht vereinbart. Du hast mich schlicht nonstop verarscht.«

Ich glaube, ich geh besser. Ich stecke den Schlüssel in das schwere Schloss meiner alten Rostgurke, von der ich hoffe, dass sie mich überhaupt noch von hier wegträgt. Da fehlt vor allem Kettenöl. Das Schloss klemmt, ich fange an zu schwitzen. Annabel labert mir weiter in den Rücken. Corinna habe mich schon im Frühjahr »mit so einem Mädchen« im *Moviemento* gesehen. Was ihre Freundin erzählt habe, hätte ihr »glatt die Schuhe ausgezogen«.

»Du alterst echt würdelos«, kommentiert sie das offenbar von Corinna Übermittelte. »Guck dir bloß mal deine alberne Hipsterhose an, wie du da fast mit deinen dicken Beinen rausplatzt. Das ist traurig. Das ist richtig, richtig traurig. Glaub nicht, dass es mir egal ist, was du machst und was aus dir wird oder ob du an Arschkrebs stirbst oder an Syphilis. Dazu bist du mir viel zu wichtig und dazu wirst du mir auch zu wichtig bleiben.«

Wie jetzt: an Arschkrebs sterben oder würdelos altern? Da geht doch nur eins von beiden. Und was wäre überhaupt die Alternative: würdevoll altern? Das ist doch ein Widerspruch in sich. Alter kennt nun mal keine Würde. Und das mit der Hose ist sowieso Quatsch. Ich probiere eben gerade mal was anderes aus als diese ständigen Schlotterjeans und Cargobuxen.

»Was hat sie denn erzählt?« Ich schwitze noch mehr. Scheißalter, Scheißrost.

»Probleme mit deinem Ego hattest du ja schon immer.« Annabel guckt überlegen. Das kann sie gut. Gemocht habe ich es nie. »Aber die anderen früher hatten wenigstens schon Brüste. Oder mehr als das – ich sag nur: Bella. Na, du weißt schon, die aus der Rigaer. Die waren dann nicht achtzehn oder so. Wenn überhaupt. Hoffentlich! Sobald man nicht mehr auf dich aufpasst, fängst du gleich irgendeine Pädo-Scheiße an. Nimmst du jetzt eigentlich auch Heroin oder knackst Autos? Sag mal, bitte: Spinnst du inzwischen total? Was ist das denn für eine traurige Show! Es tut mir einfach weh, das mitanzusehen.«

Ihre Freundin Corinna konnte ich noch nie leiden. Blöde Sau. Wahrscheinlich stand sie heimlich auf mich, aber die alte Warzenkröte hätte bei mir nie und nimmer eine Chance gehabt. Und nun hat sie die Gunst der Stunde gern genutzt. Das Treffen mit Annabel habe ich mir anders vorgestellt.

»Franziska ist fünfundzwanzig.« Ich hoffe, das klingt gelassen. Ich bin nämlich sauer. »Und in gut sieben Monaten wird sie auch schon sechsundzwanzig. Also im Januar.«

»Fünfzehn oder fünfundzwanzig.« Annabel schüttelt den Kopf. »Das kommt doch ungefähr aufs selbe raus.« Dann sagt sie in ruhigerem Tonfall, sie habe in letzter Zeit endlich wieder zu sich selbst gefunden. Nicht zuletzt mithilfe einer Person, die ihr mittlerweile ziemlich nahestünde. Diese Ausgeglichenheit aber wäre ich jetzt drauf und dran, wieder zunichtezumachen. Und eben weil es ihr wehtäte, habe sie keinen Bock, weiterhin Zeuge dieser meiner traurigen Show zu sein, und bäte mich fürderhin, einen gehörigen Abstand von ihr einzuhalten.

»Okay.« Ich bin verdattert. Irgendetwas sticht. »Zu sich gefunden« klingt für mich verdammt nach einem sämtliche Sinne befriedigenden Dauerfick. »Das mit der Person, die dir nahesteht und so«, sage ich, »Nazigall, ick hör dir stampfen: Ein neuer Typ?«

»Das soll jetzt nicht mehr deine Sorge sein.«

Endlich geht das Schloss auf. Ich bücke mich tiefer, um es aus den Speichen zu fädeln. Dabei fällt mein Blick auf Annabels Beine unter dem knapp knielangen Rock, so etwas konnte sie immer gut tragen. Mir fällt auf, wie sorgsam die Beine rasiert sind und wie sauber in einem spektakulären Buchengrün lackiert die Zehennägel. Anstatt in den obligatorischen Flip-Flops stecken ihre Füße in eleganten Ledersandalen. Gut, das ist mir persönlich gleich, ich bin nicht so ein Klamottenchauvi. Für mich muss nur das Gesamtpaket stimmen. Aber hier sagt mir doch etwas klar, dass da jemand ganz bewusst zurück auf dem Markt ist.

Im Gegensatz zu mir? »Du bist noch fetter geworden«, stellt sie fest. »Und auch ein bisschen blass für die Jahreszeit. Ist mir echt schleierhaft, was so ein Mädchen an dir finden will. Wieso sucht die sich nicht nen hübschen Lover in ihrem Alter? So in der Richtung wie dieser kleine Popidiot mit dem Äffchen. Wie hieß der gleich noch mal?«

Piet?

»Ach ja, genau: Justin Bieber. So jemand …«

Wortlos zwänge ich die Umzugskiste auf den Gepäckträger und schiebe das Rad Richtung Hofdurchfahrt. Am Tor bleibe ich stehen und winke zaghaft, doch Annabel hat sich längst umgedreht, um irgendwas in den Müll zu schmeißen. Wahrscheinlich die Amsel. Oder ganz was anderes.

36

»Auf dem Radweg des Glücks lauern die Scherben
der gebrochenen Herzen.«
(Stephen Hawking)

Weinen in der Nacht

Ich wache auf von meinem Weinen in der Nacht
Was hast du nur mit mir gemacht
Warum nur hast du mich verlassen
Wo sind in deinem Schrank die Tassen

Ich wache auf von meinem Weinen in der Nicht
Und du bist fort mit allem Licht
Das du mir warst und immerdar
Für mich sein wirst, das ist klar

Ich wache auf von meinem Weinen in der Nucht
Kurz habe ich dich sehr verflucht
Du Schlampe, Fotze, blöde Sau
Ach nein, verzeih, das war nicht schlau

Ich wache auf von meinem Weinen in der Necht
Komm doch zurück, mir geht's so schlecht
Ich winsle, bettle, fleh um Gnade
Das ist doch alles furchtbar schade

Ich wache auf von meinem Weinen in der Nocht
Im Herzen brennt ein kleiner Docht
Ertrinkt im Wachs der Niedertracht
Ich schlafe ein von meinem Weinen in der Nacht

Aus der Anthologie: *Dichter statt Denker III – Jahrbuch des Slam*
(Hrsg.: Günther Brenner, Kleinepopelverlag, 2002)
Halbfinaltext im Bad Dürkheimer *Dagobert*

37

»Wird die Sau durchs Dorf getrieben,
winken die Eber am Zaun.«
(Immanuel Kant)

Halb sitzend, halb liegend fläzt sich Franziska nur in Unterhose und mit dem Laptop auf dem Schoß in das Sofa neben dem halb geöffneten Doppelfenster. Draußen ist es heiß. Von der Weserstraße weht eine leichte Brise herein und verziert ihren schneeweißen Körper mit Gänsehaut Körnung zwölf bis vierzehn.

Sie hat es gut, denn sie kann gleichzeitig tippen oder surfen und sich wie beiläufig räkeln, während mein Hirn bei ihrem Anblick komplett vernebelt. Ich sitze an ihrem Schreibtisch, und ich kann so nicht arbeiten.

»Geht's noch, alter Mann?« Sie blickt auf. Unschuldige grüne Augen. Neben ihr auf der Sofalehne sitzt Brian, der Stoffpinguin, den ich ihr auf den Neuköllner Maientagen geangelt habe.

»Ja, geht super«, lüge ich und drehe mich ein Stück weg, damit sie nicht sieht, wie sich meine graue Gábor-Király-Gedächtnishose im Schritt ausbeult. Ich muss an das Bild vom Esel mit der Möhre denken. Die Wagenlenkerin ist Franziska, der davorgespannte Esel bin ich, und die Möhre gehört ebenfalls mir, wenn auch nicht so richtig. Ich habe nichts unter Kontrolle und frage mich, wie es überhaupt so weit kommen konnte. Noch vor wenigen Monaten fühlte ich mich vollkommen unabhängig von Annabel, Larissa, Bella, Tatütata und Tralala. Von Franziska sowieso. Die kannte ich gar nicht und dabei wäre es vielleicht besser auch geblieben.

Ich tue so, als ob ich arbeite, dabei ist mein Kopf ganz woanders. Damit das nicht so auffällt, hacke ich in unregelmäßigen Abständen »fuck, fuck, fuck …« in die Tastatur.

»Schreibst'n da gerade?«, fragt Franziska, klappt ihren Monitor leicht zu sich heran und klemmt sich den oberen Rand unter die kleinen Brüste, um einen langen Hals in meine Richtung machen zu können.

»Ein Gedicht«, sage ich und auf eine Art stimmt das ja auch – jedenfalls reimt sich alles.

Ich kann nicht leugnen, dass meine emotionsarme Siegermentalität einen Knacks bekommen hat. Wozu sollte ich das auch abstreiten? Es ist ja niemand hier, der meine Gedanken mitliest. Die sind immer noch frei und gehören nur mir. Eine fast schmerzhafte Unruhe hat mich erfasst, irgendwo zwischen zu viel Kaffee getrunken, im Zahnarztstuhl mit einer Wurzelbehandlung vor Augen und beim Schwarzfahren erwischt. Was ist bloß los mit mir? Fuck, fack, faq! Frequently asked questions:

1.: Was ist bloß los mit mir? (Official Version)

2.: Hat das was mit diesem Girl zu tun, von dem ich anfangs dachte, dass ich es lässig in der Pfeife rauche?

3.: Habe ich sie unterschätzt?

4.: Täuscht mich mein Eindruck, oder versuche ich längst, ihr über die Grenze der Selbstverleugnung hinaus zu gefallen?

5.: Bin das noch ich?

6.: Warum mache ich das?

7.: Bin ich komplett bescheuert?

8.: Wie komm ich da wieder raus?

9.: Will ich das überhaupt?

Ich fürchte, es gibt auf all diese Fragen exakt eine einzige gemeinsame Antwort: Ich bin verknallt. Nichtstandesgemäß, nichtaltersgemäß, nichtwunschgemäß. Dabei war ich mir so sicher, dass ich gegen regressive Verhaltensweisen dieser Art für alle Zeiten immun wäre. Die Impfstoffe heißen Erfahrung, Lebensweisheit sowie eine Spur gesunder Zynismus. Real existierende Liebe bedeutet für mich in Analogie zum real existierenden Sozialismus Beherrschung, Berechnung und Flexibilität in der praktischen Auslegung und keine aggressive Form von galoppierender Hirnschwindsucht. Sie bedeutet für mich, da zu sein, wenn man nicht gerade weg ist – mehr nicht. »Auslegung« steht ziemlich weit oben in den Top Ten meiner Lieblingswörter. In einer Welt, in der wirre Mörderbanden heilige Bücher auslegen, bis das Papier schreit, auf dem sie gedruckt wurden, darf ich ja wohl gerade noch für mich das kleine dumme L-Wort auslegen.

Habe ich gedacht.

»Du Süßer, du …« Franziska klappt den Monitor wieder nach vorne und die Tittchen nach hinten. Senkt den Blick, schreibt.

Habe ich gedacht, ich Süßer, ich. Dass ich also seit über zwanzig Jahren ein für alle Mal mit der Loserscheiße durch bin. Seit die Blöde Sau damals mit dem Vollarsch durchgebrannt ist. Heute schäme ich mich in Grund und Boden, wenn ich nur daran denke, wie sehr ich mich von einem Nichts, einem Spuk aus Einbildung und sentimentalen Projektionen, habe aus der Bahn werfen lassen. Mir wird unangenehm heiß allein bei dem Gedanken an mein damals entstandenes Gedicht *Weinen in der Nacht*. Dass ich den stinkenden Seeleneiter überall vortrug, mir dabei offen und gefühlig vorkam und dann auch noch in einer *Dichter und Denker*-Anthologie veröffentlichte, schlägt dem Fass die Krone ins Gesicht. Wie gern hätte ich schon bald danach die gesamte Auflage aufgekauft und verbrannt, doch natürlich konnte ich mir das nicht leisten. Am allerabgeschmacktesten jedoch ist die Erinnerung an Abende allein zu Hause, an denen ich zu schlechtem Parkdealer-Dope und billigem Rotwein quasi in Endlosschleife U2 hörte: *With or without you*. Diesen Paradeanlass für den Gnadenschuss hätte ich gern verdrängt, doch leider hat sich der peinliche Käse in mein Hirn gefräst wie ein Hakenkreuz aus Füllertinte, das sich ein armer Junge bei einer Komasaufveranstaltung auf dem Spielplatz in den Oberarm gestochen hat.

Beim *Holy-Shit-Shopping* vorvorigen Winter habe ich die Blöde Sau nach langen Jahren zufällig wiedergesehen, zusammen mit einem Glatzkopf, dem der Hals aus einem weißen Hemdkragen quoll. Sie hat uns kurz vorgestellt, und die Qualle hat mir mit ihrer widerlich weichen Pfote die Hand gedrückt: Was ich so mache? Dies und das, habe ich gesagt, IT und E.T. und nebenher Künstler. Da hat er sich gewundert und die Blöde Sau ebenfalls. Sie ist ja ungefähr mein Jahrgang – da trennt sich jetzt massiv die Spreu vom Weizen. Ihr Anblick war schlicht Senfgas für die Sinne. Ich habe mich darüber gefreut. Neben mir stand die gut aussehende Annabel und hat gestaunt. Ich habe demonstrativ den Arm um sie gelegt, und wir haben den beiden hinterhergeguckt, wie sie langsam davon- und ihrem Ende entgegenstolperten.

Und hier und jetzt? Ich muss mich schnellstens wiederfinden, ich kenne mich echt nicht mehr: Manchmal frage ich Franziska, wie es ihr geht, und es gibt in dem Moment tatsächlich nichts, was mich mehr interessieren würde. Dabei wird meine Stimme weich, ganz von allein, weil ich das will. Es steckt kein Trick dahinter. Ich muss mich nicht überwinden, nur weil ich irgendwas erreichen möchte. Die sieben Geißlein sind mir egal. Ich richte meine Zeit nach ihr aus. Ich will bei ihr sein. Ich könnte sie stundenlang anglotzen.

»Zieh dich mal an«, sage ich. »Du erkältest dich noch.«

38

»Keiner gibt keinem keines umsonst.«
(Christoph Kolumbus)

»Schtt!«, zischt Franziska, als ich am frühen Nachmittag ins Sofazimmer komme.

Um ein Haar plärre ich los – es gelingt mir gerade noch, mich zu fangen. Die zurückliegende Spätschicht im *Zille-Eck* hat schwere Spuren hinterlassen, was mich, speziell zu dieser Tageszeit, stets nah am Wasser bauen lässt. Ich vertrage in dieser Verfassung auch überhaupt keine Kritik, noch nicht mal die kleinste Form der Zurechtweisung. Der Affentanz vor, um und auf dem Tresen ging bis heute kurz vor elf, nachdem gegen Morgen noch ein topindividueller Reisebus mit Italo-Hipstern eingetroffen war. Plötzlich war der Laden wieder gerammelt voll. Noch später kamen Freunde von Sergio rum, und ich wette, dass auch jede Menge Nasivin Forte mit im Rennen war. Beschwören kann ich es nicht, weil ich keine Zeit hatte, aufs Klo zu gehen. Aber die Leute wurden von Minute zu Minute ekelhafter.

»Was guckst du denn da?«

»So'n Literaturdings aus Klagenfurt. Kennst du wahrscheinlich nicht. Nennt sich Bachmann-Wettbewerb.«

»Scheiße, schon wieder ein Jahr rum?«

»Schschttt!! Verdammt!«

Ich halte den Schnabel und setzte mich neben sie aufs kleine Sofa. Auf dem großen liegt Ron aus Neuseeland. Dem jungen Couchsurfer läuft der Sabber aus dem offenen Mund, neben seiner Schlafstatt steht auf dem Boden unangetastet ein Schälchen Shruggies mit Wasabi-Flavour. Erst vor drei Stunden habe ich direkt vor seiner wunden Nase das *Zille-Eck* zugesperrt. Vor uns im Fernsehen sitzt eine junge Frau an einem Tisch und liest. Ihr Gesicht kommt mir vage bekannt vor.

»… ›Töchterchen‹. Sagte Großvater. Und wusch sich in einer großen blauen Emailleschüssel mit vielfach angeschlagenem Rand. Auf deren Grund ein Storch abgebildet war. Vor dem ich mich als kleines Kind. Immer gefürchtet hatte. Ich lächelte in mich hinein. Gefühligkeiten strömten. Wie lange her war doch jene Zeit. Fast so lang wie andere Zeiten. Von denen noch die Rede sein wird. Die rauen. Von der Erntearbeit schmutzigen Hände. In die sich so viele feine und grobe Linien eingegraben hatten. Straßen auf der Landkarte des Lebens. Die ich von klein auf fasziniert betrachtet hatte. Immer und immer wieder. Egal. Ob von draußen der Landregen ans Fenster prasselte. Oder die heiße Augustsonne auf die gelben Felder von Schlawicka Murmanskaja herniederbrannte. ›Töchterchen‹. Wenn die Schwalben ihren Jungen frische Maikäfer bringen. Dann wird es Sommer bei uns in Schlawicka Murmanskaja. In Pocneliceceskice. In Czszcicetckijasderogrod. Und all den Dörfern rundum.«

Sie blickt auf, direkt in die Kamera, und lächelt. Beifall ertönt im Studio. Aha, das war wohl das Ende. Ihr Name wird eingeblendet: Julia Römer.

»Scheiße«, sage ich.

»Fein gewürzte Buchstabensuppe – formidabel eingehaltene Plausibilitätsversprechen –«, schnarrt ein dürrhalsiger Knacker. Sein Jury-Kollege nickt.

»Wieso Scheiße«, fragt Franziska erstaunt. »Das war voll gut. In dem Buch geht es irgendwie um ihre Urgroßmutter oder so, aus Niederpreußen oder Ostschlesien oder weißderwitzki was. Musst du dir mal vorstellen: Das spielt praktisch voll in Russland oder in der Gegend – ist doch der Hammer, oder? Voll so die abgefahrene Spurensuche nach irgendwelchen Roots. Ich mag das ja total.«

Ich mag das sehr viel weniger und sage das auch. »Wenn du in der Schule mit einem verranzten Diercke Weltatlas dagesessen hättest, in dem noch das Deutsche Reich in den gestrichelten Grenzen von 1937 eingezeichnet war, hättest du wahrscheinlich auch ein anderes Verhältnis zur Geschichte.«

»Wie?« Franziska reißt die Äuglein auf. »Da war noch die DDR drin? Krass!«

Groß und rund. Ich beschließe, das einfach sehr niedlich zu finden, mir warm ums Herz werden zu lassen, deshalb erneut fast in Tränen auszubrechen und vor allem aber nicht weiter auf den geopolitischen Gehalt ihrer Worte einzugehen. Auch dass sie die Autorin schon kennt und mal als »Letter-Bitch« abgestempelt hat, binde ich ihr nicht auf die Nase. Nur so ganz kann ich dann doch nicht an mich halten.

»Merkst du denn nicht, wie die uns alle verarschen?« Mein Ansatz ist eher ein kulturkritischer. »Das ist doch einfach nur ein Modetrend der Buchindustrie. Also, dass Jungautoren mit ihrem über Bande legitimierten Opfer- und Vertriebenengeheul auf den Gebeinen der Mitläufer surfen, die ihre Vorfahren waren. Und mit diesem Bauerntrick kriegen sie auch noch die Zeilennutten vom Feuilleton.«

»Du bist doch bloß neidisch, dass du nicht auch da sitzt. Mit deinen Gedichten.« Franziskas Lachen klingt fast ein bisschen hämisch. Das denke ich im ersten Moment. Doch dann kneift sie mir seitlich in eine Speckfalte und sagt. »Ich fänd's ja schön. Das wär so toll. Da würde ich mitkommen und wir wohnen in so nem Dorfgasthaus mit Blick auf Tirol und die Berge, und morgens im Bett lecken wir uns gegenseitig den Kaiserschmarrn vom Körper. Und draußen jodeln die Kühe. Wie geil wär das denn?«

Die Aussicht finde ich allerdings derart verlockend, dass mein alter Ehrgeiz wieder aufflammt, den ich nach dem Grunzburg-Debakel endgültig zu Grabe getragen glaubte. Aus dem buddelt er sich nun heraus und steht wie ein Untoter vor meinem inneren Auge: Mit frischer Erde verdreckt, Fleischfetzen hängen aus dem fahlen Gesicht, deklamierend: »Bi-babuntes Helmchen …« Das Publikum jubelt. Die Jury kann vor Begeisterung kaum mehr die Tafeln hochhalten: Zehnmal die Zehn.

»*Zauberhafte Literatur – melodiös, exakt, verträumt* –« Die bebrillte Jury-Tante, die das sagt, hat einen österreichischen Akzent, was man besonders bei dem Wort »verträumt« merkt. Der Habitus gleicht dem einer Erdkundereferendarin, die sich von Achtklässlern mit schweinischen Andeutungen mobben lässt.

»Igitt!« Ein empörter Laut schreckt mich auf. Franziska deutet auf das Sofa mit dem schlafenden Ron. »Kannst du das bitte wegmachen?«

»Was denn?«

»Na, dem hängen da voll die Klöten aus den Boxers. Siehst du das nicht? Megauncool!«

Tatsächlich. Die Decke ist verrutscht und legt den Blick auf ein paar pralle Eier frei, die rosig rasiert im Schein der schräg durchs Fenster fallenden Nachmittagssonne glänzen. *Too much information*, würde das der Angelsachse nennen. Doch ich bin eigentlich ganz dankbar für den kostenlosen Rasiertipp – ich muss noch so viel lernen. Franziska hat ja nie was gesagt. Das zeigt mal wieder, wie tolerant sie ist. Da kann ich ihr ruhig auch mal ein Stück entgegenkommen. Fürs Erste ziehe ich die Decke sorgsam über Rons *private parts*. Wie ebenfalls der Angelsachse sagen würde. Ich werde hier noch richtig polyglott.

»Danke.« Franziska atmet auf. »Puh.«

Übrigens hat sie mich auf eine Idee gebracht, als sie von dem Dorfgasthaus schwadronierte.

»I have a dream«, sage ich pathetisch.

»Was denn?«

»Wollen wir nicht wirklich mal für ein paar Tage verreisen? Nur wir zwei? Raus hier aus diesem WG- und Uni- und Kneipen- und überhaupt dem ganzen Trott. An die Ostsee oder so. Camping oder Stasi-Absteige, ganz wie du willst. Von mir aus auch in die Pension von Sylvies Mama. Und die sind da bestimmt auch nicht mehr alle nackig heutzutage, keine Angst.«

»Ich hab keine Angst. Ich hab nie Angst. Vor gar nichts. Und mit dir zusammen schon dreimal nicht.«

Das glaube ich ihr sogar – mit der Ausnahme Gruselfilme. Und auch da bin ich mir mittlerweile nicht mehr sicher, ob sie das damals im Kino nicht einfach nur gespielt hat, weil sie einen Plan durchzog, von dem ich lächerlicherweise glaubte, er wäre meiner. Ihre Furchtlosigkeit fasziniert mich. Ich selber habe manchmal das Gefühl, ach was, die Befürchtung, vor so ziemlich allem Angst zu haben. Nur die Angst vor dem Tod ist mit der Zeit als einzige geringer geworden. Das eine wie das andere dürfte wohl am Alter liegen. Jetzt gerade habe ich zum Beispiel Angst, dass sie meine Idee bescheuert finden könnte.

»Aber die Idee finde ich auch gut«, sagt sie. »Lass uns das doch einfach machen.«

39

»Kuchen aus Sand ist wie Bier aus Berlin.«
(Kevin Bocuse)

Top Picks: *Low level stylish, ungekünstelt und über die Maßen populär ist das* Zille-Eck, *Kreuzkölln's by now wohl lässigste Location. »Chill-Faktor positiv« heißt es in der Hobrechtstraße, der pulsierenden Schlagader des In-Districts. Hier herrscht eine unambitionierte, äußerst authentische Atmosphäre, die den improvisierten Type of Fun verkörpert, der zurzeit das Branding der City ausmacht. Das Understatement stellt man hier ganz selbstverständlich wie ein superleichtes Phone zur Schau. Das grandios simple Konzept des charmanten, witzigen Treffpunkts, der Schriftsteller, Künstler und andere People aus der alternativen Bohème-Scene anzieht, lautet: »Umsatz« – so beschreibt der smarte Inhaber Sergio, ein absolutes Original (er ist übrigens ein Landsmann des Portugiesen Roberto, der das nahe gelegene* Coquesac *betreibt!), seinen flirrenden to-be-place. Man kann drinnen (!) und draußen rauchen wie im Florenz der 70er Jahre und sich dabei fühlen wie ein alter französischer Schauspieler. Hier neben hübschen Traveller-Girls eine* Fanta *(eine Art Orangeade aus den Seventies – der Hype!) oder einen gut gemixten* Fuji *(Coke mit* Weinbrand, *einem braunen Industriesprit aus dem Cold War) schlürfen und die herrlich eckigen Bewegungen der nameninspirierenden Kneipenmaskottchen »Wolle« und »Hotte« (don't feed!) bewundern – was will man mehr!*

»Hast du so einen Scheiß schon mal gelesen?« Sergio feixt. Ich mag sein breites Grinsen, obwohl er irgendwie ja schon ein kleines Arschloch ist. »Aber okay: Für den Umsatz ist es super.«

Ich lege den *Lonely Planet* für Berlin-Südost (Kreuzberg, Neukölln, Treptow, Köpenick), den er mir gleich beim Betreten des *Zille-Ecks* mit den Worten »das musst du dir mal reinziehen« in die Hand gedrückt hat, zurück auf den Tresen.

»Der Umsatz« – das war nicht nur das allererste Wort von Sergio, es wird mit Sicherheit auch das letzte sein, das er an mich richtet, bevor ich gehe.

»Schön, schön«, sage ich.

»Schön? Gar kein Ausdruck! Wir sind gleichzeitig in den Rubriken ›Essen & Trinken‹, ›Nachtleben‹, ›Sehenswürdigkeiten‹ und in der, die im englischsprachigen *LP* immer ›Dangers & Annoyances‹ heißt. Aber das Beste kommt noch …« Er wirft sich in die Brust, wie er das immer tut, wenn er sich wegen irgendeiner »Leistung« für ganz besonders genial hält. Das kenn ich schon. Gleich wird er mir sagen, warum diesmal. Ob ich will oder nicht. »Ich hab dann nämlich pressewirksam rumkrakeelt, dass wir den Eintrag in der nächsten Auflage bitte nicht mehr drinhaben wollen. Weil unsere Gäste so wahnsinnig interessant und exklusiv und so wären, und die das dann stört, wenn da jeder Jack Normaltraveller bei uns reinschneit. Völliger Bullshit natürlich, aber die haben das gleich voll gefressen. Das hat uns nicht nur kostenlose Credibility verschafft, sondern deshalb auch noch – tatatataa …«, bläst er eine imaginäre Fanfare, »… einen Eintrag im kommenden *Secret Planet*. Und der ist ja grad viel wichtiger. Alle Läden, die auch nur minimal was auf sich halten, haben das so gemacht: Presseerklärung, distanziert, losgesagt und – husch – rüber in den *SP*. Und zwar mit exakt demselben Text wie vorher. Der *LP* ist total out. Wer will da noch drinstehen außer der Reichstagskombüse oder so? Zwei Fliegen also mit einer Klatsche!«

»Klappe.«

»Okay, ich hör schon auf.« Sergio zieht die rechte Augenbraue hoch. Er denkt immer, er sieht dann aus wie The Rock, aber er sieht einfach nur so aus wie Sergio, der die rechte Augenbraue hochzieht.

»Nein, ich meine: Das heißt ›zwei Fliegen mit einer Klappe‹.«

»Bist'n Klugscheißer, hm?« Linke Augenbraue. Jack Nicholson. »Spül mal lieber die Zapfhähne aus – heute ist der Monatszehnte.«

Schon relativ bald ist es voll vorm Laden. Das schöne Wetter zieht, und ich habe Frühschicht, was sonst eher die Ausnahme ist. Die Spätschicht mag ich lieber. Die ist zwar stressiger, aber man verdient auch mehr. Das heißt, solange ich umsonst in Franziskas Zimmer schlafe, komme ich inklusive Schuldentilgung (Mutter, Doreen, Franziska, Anwalt, Eltern des Konfirmanden) mit zwei, drei Schichten in der Woche super hin. Wie oft und wann ich dann genau arbeite, kann ich bei rechtzeitiger Ansage einigermaßen selbst bestimmen – nur Schichttausch wird nicht gern gesehen. Ansonsten ist Sergio flexibel wie in allem – außer beim Umsatz.

Franziska wird mich nach der Schicht abholen, das macht sie in letzter Zeit öfter. Ich hoffe ja, dass Adrian, der nachher die Spätschicht übernimmt, nicht zu verpeilt ist, um überhaupt zu erscheinen. Das passiert leider regelmäßig. Manchmal hilft mir Franziska dann ein Weilchen. Es macht ihr Spaß, sie weiß inzwischen, wo die Sachen stehen und wie man ein Schultheiß zapft, und Sergio ist es sowieso egal, wer hier knechtet. Hauptsache, irgendwer arbeitet und der Umsatz stimmt.

An einem Tisch sitzen drei Mädchen und bestellen zum dritten Mal braunen Tequila. Dazu eine Flasche Wasser, vernünftig, die Sonne steht noch ziemlich hoch am Himmel. Sie daddeln mit ihren Wischphones herum. Offenbar schreiben sie sich gerade gegenseitig auf Facebook. Als Hipster würde ich sie nicht bezeichnen, für die ist Facebook ebenso wie WhatsApp und Snapchat längst von vorgestern. Gestern ist Peersistance, DropSecret oder Naughty Speech Allowance, und was heute ist, weiß ich sowieso nicht mehr. Rohrpost vielleicht. Für Hipster sind die drei auch zu jung. Ich muss noch mal kurz rein – Zimt vergessen –, und als ich wieder an ihrem Tisch zurück bin, unterhalten sie sich ausnahmsweise analog.

»Ey, das haben schon zehn Leute geliked – wie kann man das denn liken, ey?«

»Aber du hast das doch selber geliked.«

»Na, ich muss doch sowieso alles liken, was der reinstellt.«

»Siehst du: Und wenn du was likest, liken das alle anderen auch.«

So wird es sein. Ich wende mich ab mit Grausen. Beim Anblick von Teenagern frage ich mich stets, wie absurd es eigentlich ist, dass man sich in dem Alter für cool halten kann.

Wolle und Hotte verspäten sich. Als sie um acht noch immer nicht da sind, machen wir uns langsam Sorgen. Ein paar junge Touristen deuten in ihre aufgeschlagenen *Lonely Planets* und murren in einer Sprache, die ich nicht verstehe. Sergio beschwichtigt sie in schätzungsweise derselben Sprache. Dann zieht er sich hinter den Tresen zurück, um zu telefonieren.

Fünf Minuten später steht Wolle vor der Tür. Er wirkt derangiert, will meinen, noch derangierter als sonst.

Sergio schnauzt ihn an: »Sag mal, wo bleibst du denn? Ein paar Gäste sind gleich wieder gegangen. Ohne was zu trinken! Und wieso bist du allein? Wo ist der andere?«

Da ist er bei Wolle aber an den Falschen geraten. »Pass ma uff, Keule. Hotte ist krank. Und zwar übelst. Und wenn dir wat nich passt, du Vo'el, kann ick ooch glei' wieder jehn.«

Sofort lenkt Sergio ein. »War nicht so gemeint, mein Lieber. Ab jetzt, rein in die gute Stube. Das Pils steht schon unterm Hahn.« Immerhin geht es um den Umsatz – für den knickt er sogar vor einem alten Trinker ein. So ist er. Der Erfolg gibt ihm recht.

Wolle schlurft an seinen Platz neben dem Durchgang zu den Toiletten, während ich pflichtgemäß in der *Koma-Baude* anrufe: »Wir haben da ein Problem …«

Sie schicken uns die alte Emmy. Die nach Urin riecht und die Wolle erfahrungsgemäß nicht leiden kann. Aber da muss er jetzt durch. Es hat ja auch einen Vorteil: Die beiden keifen sich an, das ist für die Gäste fast der doppelte Spaß. Die meisten verstehen kein Wort, doch sie spüren, dass hier etwas überaus Authentisches geschieht. »Pure Berlin culture«, höre ich jemanden sagen. Wolle, im Allgemeinen eher vom Typ friedlicher Genießer, trinkt hastiger als sonst. Bereits gegen elf ist er sturzblau und bricht plötzlich in Tränen aus.

»Hotte«, schluchzt er. »Hotte, ick hab so Angst um dir!«

»Bestimmt was mit der Leber«, flüstert Sergio mir zu.

Wohl im Versuch, seinen übergroßen Schmerz zu lindern, wirft sich Wolle mit dem Oberkörper auf die Tischplatte. Sein Glas stürzt um, rollt langsam zur Tischkante und zerschellt schließlich am Boden. Der Schnodder läuft ihm aus der Nase. Die Anwesenden lachen, machen Selfies und filmen ihn mit ihren Phones. Schöne Grüße aus der Hauptstadt des Nachtlebens. Emmy genießt die Aufmerksamkeit und prostet in die Linsen.

Da kommt Bewegung in die Menge. Eine kleine Gestalt schubst schimpfend die Leute beiseite und kämpft sich durch bis zum Faktotentisch. Sie beugt sich über Wolle, legt ihm den Arm um die Schultern und faucht in die Runde der Schaulustigen: »Das geht aber mal so was von gar nicht! Hallo? Ich mein, der ist doch total traurig oder wie! Sieht das denn keiner?«

Es ist Franziska. Die Gäste glotzen verständnislos. Sie wiederholt – »hello?« – ihre Ansage in ihrem komischen Englisch, das immer so ein kleines Stückchen drüber ist, das R zu stark gerollt, das W zu tief, das A zu schräg. Aber daran liegt es nicht, dass die Atmosphäre weiterhin von unsichtbar durch den Raum schwirrenden Fragezeichen durchtränkt ist. Die nun folgende spanische Version klingt in meinen Ohren wie Kirchenlatein nach der dritten Kanne Kaffee, doch sie scheint endlich zu wirken: Die Umstehenden stecken ihre Handys ein und zerstreuen sich wieder. Auch Wolle beruhigt sich.

Als ich mit der Kehrschaufel an den Tisch komme, um die

Scherben aufzufegen und Franziska zu begrüßen, bekomme ich ebenfalls noch einen mit.

»Und du guckst da einfach zu?«

»Na ja«, sage ich und fuchtle nervös mit den Armen. »Ich muss hier arbeiten.«

»Na, dann arbeite mal. Ich halt dich nicht auf.«

Sergio blickt ihr kopfschüttelnd hinterher. Ich werde heute wohl nicht abgeholt, egal, ob Adrian nachher noch kommt oder nicht. Ein bisschen schuldbewusst bin ich ja schon, was bei mir eine fast so seltene Regung ist wie artverwandte Opfer-Feelings à la Mitleid oder Reue. Franziskas Auftritt hat mir allerdings gefallen.

40

»Dein Popo stinkt.«
(Strafenkatalog der Beamtenbeleidigung; 30 Tagessätze)

Versöhnung ist ein süßer Brei,
Gekocht aus den Früchten der Entschuldigung.
Ich habe gefehlt, Liebste,
Und jetzt fehlst du mir.
Fehl ist das Loch im Vorhandensein,
Fehler ist männlich.
Fehl sie mir
Ist ein komischer Imperativ,
Den ich sprach,
Als sie schlief.
Dann war ich weg.

Aus der Anthologie: *Das geile Gedicht – Vom Minnesang zum Freestyle* (Hrsg.: Günther Brenner, Kleinepopelverlag, 2001)

»Ist das neu?«, fragt Franziska. Sie wirkt wieder versöhnt.

Als ich vorige Nacht (Adrian gab sich gegen eins dann immerhin die Ehre) heimkam, sah das noch anders aus. Da sich die Türen der Bewohnerzimmer nicht abschließen lassen, hing an ihrer ein karierter DIN-A4-Zettel, auf dem mit Lippenstift oder rotem Edding oder Blut geschmiert *Abgeschlossen* stand und kleiner darunter ein Strichmännchen mit Pimmel: *Wir müssen leider draußen bleiben.* Ich hatte aber keinen Bock auf das Sofa neben dem ohrenscheinlich tuberkulosekranken Roy aus Newcastle und habe mich deshalb trotzdem in ihr Zimmer geschlichen, mich ausgezogen und bin zu ihr aufs Hochbett geklettert. Sie hat so getan, als schliefe sie, mit dem Rücken zu mir. Als ich sie vorsichtig mit den Fingerspitzen berührte, hat sie mir ohne jede Vorwarnung heftig auf die Hand geschlagen. Ich habe mich ganz schön erschreckt.

Doch jetzt ist es Nachmittag. Die Uni hat Semesterferien und da lässt sie es noch lockerer angehen als sonst. Wenn ich es richtig verstanden habe, schreibt sie ohnehin bereits an ihrer Abschlussarbeit. Also Magister oder Diplom oder Bachelor, wie auch immer das jetzt heißt. Das Thema hat sogar irgendwas mit Poetry-Slam zu tun, aber Genaueres wollte sie mir nicht sagen, obwohl ich entgegen meiner Gewohnheit nachgebohrt habe. »Zu viel Gequatsche über ungelegte Eier bringt bloß Unglück«, hat sie abgewehrt. So esoterisch kenne ich sie sonst gar nicht, das schielende Murmeltier nehme ich da mal aus.

»Also, direkt brandneu ist es nicht«, sage ich, »weil ich hab dich damals ja noch nicht gekannt, aber es ist für dich und ich hab's heute Vormittag extra rausgesucht, als du noch schmollend in der Kiste gelegen hast.«

»Ach was.« Sie schmiegt sich an mich. »Das ist so supersüß. Echt emo. Nur das Ende hat voll so'n bisschen bad vibrations.«

Ihre Ausdrucksweise lässt mich manchmal immer noch zusammenzucken. Ebenso wie die Frage, ob ich etwa noch DVDs gucke, als sie vorgestern meine CDs entdeckt hat.

»C-Was?«

»CDs. Damit kann man Musik hören. Mit einem CD-Player oder Computer.«

»Computer? Wie in so'm Raumschiff oder wie?«

Ich verzichte darauf, ihr den Unterschied zwischen Äpfeln und Birnen zu erklären. Vinylplatten sind ihr hingegen geläufig. Die sind offenbar hip. Aber ich sehe über solche Irritationen gerne hinweg, solange ich dafür Dinge behaupten kann, wie dass ich jemandem im Voraus ein Gedicht gewidmet hätte. Hauptsache, es klingt romantisch, und schon werden dem gesunden Menschenverstand Scheuklappen aus roten Rosen angelegt. Frauen wollen belogen werden wie sonst nur Sterbenskranke über ihren Zustand. Das konnte mein Therapeut auch nicht glauben, aber es ist so.

Sie stutzt. »Aber das reimt sich ja gar nicht. Sonst reimen sich deine Gedichte doch immer.«

Gut aufgepasst, Fräulein Franziska. »Da hatte ich meine experimentelle Phase. Grundsätzlich finde ich zwar, ein Gedicht ohne Reim ist ein kastrierter Casanova, aber ich hab's trotzdem halbwegs hingekriegt. Ein Reim ist ja auch noch drin, so als augenzwinkernde Reminiszenz an mein Gesamtschaffen.«

So bescheiden. Das kommt gut an. »Du bist so klug«, sagt sie, »dafür könnte ich dich küssen«, und tut es auch. Ich küsse zurück und dann sie wieder und ich wieder. So küssen wir uns.

Ich sage ihr nicht, dass meine experimentellste Phase erst noch ansteht. Meine Revival-Laune neulich beim Betrachten der Bachmann-Farce war nur das kurze Aufflackern eines Strohfeuers vor dem endgültigen Erlöschen. Ich werde nämlich aufhören mit dem Slam und keine weiteren Perlen mehr vor die Säue werfen. Bachmann, Flachmann, Schwachmann. Doch das soll sie in fünf Tagen selber live miterleben. Da stehe ich noch einmal anlässlich des Klassikers »Dichter gegen Denker« auf der Bühne des *Rotz* in Schöneberg. Ein letztes Mal. Mir reicht's. Ich habe den Kneipenjob, den ich okay finde, und dazu noch eine phantastische Geschäftsidee im Hinterkopf. Um der Wahrheit die Ehre zu geben, war es Franziskas Einfall: Ich werde meine gesammelten Aphorismen per Siebdruck auf Stoffbeutel aufbringen lassen und die zum Beispiel auf dem *Nowkoelln Flowmarkt* verkaufen. Das wird mich reich machen, reich und berühmt. Aber erst muss ich, scheiß Kicker, mal wieder die ganze Wohnung putzen.

41

»Der Schelm im Publikum tötet den Clown.«
(Vader Abraham)

Beim Slam »Dichter gegen Denker« trifft sich traditionell alles, was in der Szene Rang und Namen hat. Nils Knutemöller, Mäander Stolp, aus Freiburg LaraLies!, der hässliche Thomas76 aus Biberach, Peggy Patriot aus Hamburg, auch mehrere Schweizer und Österreicher sind da. Und natürlich wurde pro forma Julia Römer angefragt, aber die antwortet auf solche Banalitäten gar nicht mehr. Sie schwebt längst in anderen Sphären. Ich selber war gar nicht erst eingeladen und musste meine Wild Card mit einem Kartoffelstempel fälschen, doch diese Erniedrigung ficht mich nicht mehr an. Das riesige *Rotz* ist mit siebenhundert Leuten gerammelt voll. Franziska hat fast die gesamte WG mitgeschleift, nur Sheryl fehlt.

Auf dem Hinterhof mache ich am Aschenbecher neben dem Notausgang Sprechübungen: »Zeisig. Zeisig. Zeisig. Blunt. Blunt. Blunt. Erfroren. Erfroren. Erfroren. Malch. Malch. Malch. Tamarinde. Tamarinde. Tamarinde. Sälz. Sälz. Sälz …«

»Du bist wie guter Wein. Deine Texte werden mit dem Alter immer besser«, kommentiert Lillyfee, die, von mir zunächst unbemerkt, zum Rauchen herausgekommen ist. »Überaus harter Realismus und trotzdem voller Poesie.« Sie grinst hässlich. Es ist schon frappierend, wie die Bosheit aus einem eigentlich hübschen Gesicht im Nu eine widerwärtige Fratze zaubert. Die passt immerhin gut zu ihrem bekloppten Kampfnamen.

»Das sind Sprechübungen«, sage ich. Zum einen bin ich nicht schlagfertig, wenn ich mich auf einen Auftritt konzentriere. Zum anderen hoffe ich, dass sie wiederum denkt, dass ich sie für dermaßen doof halte, dass ich denken muss, dass sie meine Zungengymnastik tatsächlich für einen Text hält. Somit hätte ich mich als schlagfertig erwiesen, ohne mir die geringste Mühe gegeben zu haben. Aber die ist sie mir ohnehin nicht wert.

»War ein Scherz.« Sie bläst den Rauch aus ihrem überschminkten Schmollmund und merkt nicht, dass sie verloren hat. Wer Witze erklärt, hat immer verloren. Es wird hoffentlich nicht ihre letzte Niederlage des Abends gewesen sein.

Und für mich nicht der letzte Sieg. Auch wenn Dabeisein diesmal tatsächlich alles ist. Franziska zu Ehren werde ich das Liebesgedicht vortragen, das ihr so gut gefällt. Das dauert zwar nur achtzehn Sekunden, der Nachhall wird jedoch umso gewaltiger sein. Dass das Juwel gut und gern zwölf Jahre auf dem Buckel haben dürfte, juckt mich nicht. Es ist in diesen Kreisen nicht ungewöhnlich, wieder und wieder seine ollsten Kamellen zum Besten zu geben. Die meisten Kollegen führen nur drei oder vier erfolgreiche Nummern im Köcher, mit denen sie ein Leben lang durchs Land touren. Ich sag nur: *Bi-ba-buntes Helmchen*.

Mittlerweile bin ich richtiggehend beschwingt von meiner Entscheidung, aus diesem Affenzirkus auszuscheiden. Das hätte ich mir bis vor kurzem nicht träumen lassen, der Slam war doch mein Leben. Dachte ich. Aber irgendwas hat meine Einstellung verändert. Ich bin gelassener und zugleich frischer und jugendlicher geworden. Andere Dinge sind mir wichtig. Franziska zum Beispiel. Oder Franzi. Und nicht zu vergessen, mein Möhrenköpfchen. Das war jetzt aber ironisch.

Das Einzige, was mir den Gedanken an das Ende vergällt, ist, dass ich schätzungsweise drei Sekunden später vergessen sein werde. Die schnelllebige Zeit frisst jede Erinnerung. Die Leute, die mir einst zugejubelt haben und heute meinen Namen nicht mehr kennen, sollten sich mal ein Beispiel an traditionsbewussten Bierschwemmengästen nehmen, die noch Jahrzehnte später ihren verarmten Fußballeridolen von einst bereitwillig das Totsaufen bezahlen, um sich zum tausendsten Mal die Wunder von Bern oder Córdoba anzuhören.

Es wird langsam Zeit. Im Backstage bietet mir ein unbekanntes Mädchen ihren Sitzplatz an. Ich bin zu geistesabwesend, um beleidigt zu sein. Außerdem schmerzt mein Rücken. Dankend setze ich mich und verfolge den um mich herumplätschernden Szenetratsch.

Rebekka Rabbit ist schwanger, doch von welchem Slammer, weiß man nicht, die Kölner Slam-Postille *Battlestab* steht vor dem Aus und Mäander Stolp wurde in Wismar nach der Veranstaltung von einer Oma der Krückstock ins Gesicht geschlagen, die sich von seinem »Rentner-Rap« beleidigt fühlte.

»Das hat die völlig falsch verstanden«, kräht der Jungdichter. Sein rechtes Jochbein ist noch sichtlich angeschwollen. »Ich hab doch nur gerappt, dass die Alten ganz gemütlich sterben sollen, damit Platz für die Jungen ist. Voll kritisch wegen Überbevölkerung in der Welt und Afrika und so!«

Peggy gibt ihm recht. »Ich mein, das sieht man doch an ihrer reaction, dass du da voll nen Nerv getroffen hast. Hunde, die treten, beißen nicht.« Sie muss wissen, wovon sie spricht. Um authentische Grenzerfahrungen zu sammeln und diese in Poesie umzusetzen, hat sie erst ihren Freund grundlos rausgeschmissen und danach den gemeinsamen Hund von ihrem Balkon in Wilhelmsburg geworfen. Der sich daraus entwickelnde Zyklus aus Herzschmerz und Gewalt weist bereits einen beachtlichen Umfang auf.

»Nichts hat die kapiert.« Rumpelnd schubst Mäander die eben geleerte Club Mate in den Kasten zurück. »Gar nichts. Schwerhörige Gruftzicke.«

Gespielt arglos stelle ich die Zwischenfrage: »Warum versuchst du dein Zeug nicht einfach mal mit ganz normaler Betonung vorzulesen? Und nicht so künstlich geleiert. Dann würde man wenigstens den Text verstehen. Auch die Omis.«

»Mach doch ›Lesebühne‹.« Der geflügelte Satzstummel gilt

hier als größte denkbare Beschimpfung. Mir macht das nichts mehr aus. Überraschend, aber daran merke ich, dass ich innerlich schon abgeschlossen habe. Ich nicke sogar Roy Blech freundlich zu, einem älteren Storyteller, dessen Beiträge im Wesentlichen von Inhalten wie »Haha, ich habe A-A gemacht« dominiert werden. Bezeichnenderweise kommt er damit beim Publikum großartig an. Ich halte ihn ja einfach nur für krank, allenfalls noch für gefährlich. Das könnte so ein Kandidat sein, der sich die »Lesebühne« zur Gnadenbrotwiese wählt, sobald er hier mit seinem Dünnschiss nicht mehr durchkommt.

Inzwischen steht auch die ausgeloste Reihenfolge fest. Ich lese als Vorletzter. Das ist normalerweise eine gute Position. Heute empfinde ich sie als Bestrafung, denn das bedeutet, dass ich mir den ganzen Scheiß fast bis zum Ende anhören muss. Mich interessiert doch gar nicht mehr, wer dieses Trauerspiel gewinnt.

Es geht los. Ich höre die Leute johlen, während die Beiträge nur als unzusammenhängende Fetzen an mein Ohr dringen. Da mich diese Bruchstücke fast noch mehr zu langweilen drohen als Prosa, Lyrik und Freestyle selber, begebe ich mich nun doch nach vorne und lausche gemeinsam mit den meisten anderen Mitbewerbern hinter dem Seitenvorhang neben der Bühne.

… Zwölfte Etage Hochhaus.
Die Liebe im Keller.
Mein Schatz verlässt mich im Fahrstuhl,
mein Hund mich im Flug.
Flughund. Hugflund.
Tief unten ein kleiner roter Fleck.
Mein Freund oder mein Hund?
Meine Liebe oder mein Leben?

Peggy Patriots letzte Worte gehen im rauschenden Beifall unter. Sie hat eine echte Marke gesetzt, das hört man. Aber man begreift es nicht, ich jedenfalls nicht. Sie hinterlegt den Vortrag bloß mit dem ihr eigenen brüchigen Schmelz und schon fahren die Leute auf diesen verkitschten Käse ab. *La vache qui rit*, Schmelzkäse à la Peggy. Da lacht die Kuh.

Nach ungefähr zehn weiteren Wagenladungen Gülle aus Buchstabenresten ist meine Zeit gekommen. Zwei einleitende Worte genügen: »Für Franziska.« Irgendwo im hinteren Teil des Saals quiekt es aus dem Dunkeln. Ich bin eiskalt und brauche sogar nur siebzehn Sekunden. »Dann war ich weg«, schließe ich doppeldeutig und verabschiede mich mit den Worten: »So. Fresst das, ihr Dreckschweine! Guten Appetit und fröhliches Ersticken! Ich hasse euch, ich habe euch immer gehasst und ihr könnt mich mal alle!«

Heute gibt es keine Publikums-Jury, sondern ein Applausometer, und das ist mein Glück. Als ich die Dumpfbacken beleidige, rasten sie schier aus vor Begeisterung, ein Beleg ihres Dumpfbackentums. Habe ich endlich das Erfolgsrezept der Zukunft gefunden? Soll ich vielleicht doch weitermachen?

»Und weil ihr mich mal alle könnt, erkläre ich hiermit meinen Rücktritt. Von allen Slams und für alle Zeiten!«

Das Applausometer schlägt oben an. Aus seinem Inneren dringt das kakophonische Rattern und Krachen zweier Zahnräder, die sich asynchron aneinander abarbeiten. Im Saal riecht es nach verschmortem Plastik, Rauch steigt aus dem Gehäuse. Ein neues, stärkeres Gerät muss für den letzten Künstler des Abends herangeschafft werden. Mäander Stolp.

Aber scheißegal. Ich habe gewonnen.

… Senior, noch kein Tor?
Dann tritt ab, in dein Grab.
Du hast den Krieg mit dem Iran angefangen und die Mauer um den Prenzlauer Berg gebaut,
damit hast du uns jungen Menschen ein für alle Mal komplettkrass die Zukunft versaut,

du bist eine Bitch mit einem Rollwagen
das wollte ich dir schon immer in dein Gesicht hinein sagen
du alter Schalter
du verfallter Falter
du versuchst mich zu batteln mit dritten und vierten Zähnen
du dead toy, da kann ich nur lachen und gähnen

Stolp verbeugt sich, das Publikum johlt. Für den zweiten Platz könnte es reichen. Doch leider hat er noch ein weiteres Ass im Ärmel.

»Ich widme diesen Text meinem scheidenden Kollegen Thomas68.« Damit zieht er sie alle auf seine Seite: die Kollegen, die Leute vom *Rotz* und schlimmer noch: das Publikum. Die Freude über meinen Abschied ist offenbar so groß, dass man allein damit »Dichter gegen Denker« bestreiten kann, den bedeutendsten Slam nach den Deutschen Meisterschaften. Selbst das neue Turbo-Applausometer von der Senatsverwaltung für Umwelt und Stadtentwicklung, mit dem sonst die Lärmwerte in der Einflugschneise des Flughafens Tegel gemessen werden, ist fast am Anschlag. Die Ratten schaffen es auch noch, aus meinem Beinahe-Triumph eine Niederlage zu machen.

Ich habe doch nicht gewonnen. Er hat.

Aufgeregtes Geschnatter im Backstage. Mäander präsentiert stolz den Siegerpreis, ein vergoldetes Taschentuch, doch ich stehle ihm die Show. Alle umringen mich und sind auf einmal scheißfreundlich zu mir. De mortuis nil nisi bene.

»Hihi, ich habe gepupst.« Roy guckt verschmitzt.

Ich ziehe noch ein Freibier aus dem Kasten, befreie mich aus den falschen Umarmungen der Schwachmaten und mache, dass ich wegkomme. Draußen warten Franziska und meine Homies auf mich. Die sind jetzt meine Familie. Die anderen sind es sowieso nie gewesen.

Und, ach ja: Wein schreibt keine Texte, weder junger noch alter. Wer sagt da noch, dass ich nicht schlagfertig bin.

42

»Eine Maus im Minirock entkommt der Katze.«
(Ludwig XV.)

In Benzin steigen wir von der Regionalbahn in den Bummelzug nach Pausenklon um. Das Gefährt der NMLE (Nordmecklenburgischer Langsam-Express) ist einer jener bunten kleinen Dieselzüge, die als moderne Erben der »Ferkeltaxen« auf nicht elektrifizierten Routen die Ärsche der Welt miteinander verbinden. Ich fahre gern in diesen Triebwagen mit den großzügigen Panaromafenstern. Das ist eine gemächliche Form des Reisens, die für mich schon einen Teil des Urlaubs ausmacht.

»Ist es noch wa-heit?«, fragt Franziska. »Sind wir bald da-ha?«

Au Mann.

»Ich hab Hunger, ich hab Durst, ich will ein Eis, ich hab eingekackt.«

Fast wäre ich ihr auf den Leim gegangen. Ich habe mein neues Modell *Franziska XS, Baujahr 88*, noch längst nicht durchschaut. Echtes Kennenlernen ist eben eine Sisyphosarbeit, deren Bewältigung meine generelle Distanziertheit Menschen gegenüber auch nicht gerade erleichtert. Daher wollte ich mir den Aufwand eigentlich schon vor Annabel für alle Zeiten sparen, doch das Leben ist kein Wunschkonzert. Außerdem hätte ich gedacht, bei sehr jungen Leuten wäre das viel einfacher: kaum beschriebene Festplatten, eine niedrige Neurosendichte, unkomplizierte Charaktere – kurz, eine zweiseitige Gebrauchsanweisung statt des achtbändigen Leitfadens für die reife Frau.

Aber Pustekuchen. Auch hier schon Tiefen und Untiefen, wohin man nur blickt: Launen, Eigenheiten, Wunden, Geheimnisse, Vergangenheit. Dennoch neige ich nach wie vor dazu,

Franziska zu unterschätzen. Aber unterschwellig dann auch wieder nicht, denn sonst wäre ich wohl kaum verknallt. Verknalltheit bedeutet immer Macht für den anderen, die sich mit einem süßen Knackarsch alleine nicht erreichen lässt. Es sei denn, der Verknallte ist vielleicht hundert oder sonst wie eine arme Sau.

Franziska schneidet Grimassen vor einem kleinen Jungen, der im Hochsommer eine Pudelmütze trägt. Die Hipster werden auch immer jünger. Wir rauschen durch Felder, sattgrüne Wiesen und mit Wartehäuschen versehene Bedarfshaltestellen. Noch nicht einmal die Menschen aus der Gegend wollen dort aussteigen, und solche, die potentiell zusteigen könnten, sind bestimmt längst ausgewandert.

Vom Bahnhof Pausenklon/Meckerow schlurfen wir mit schwerem Gepäck (Rotwein, Hängematten, Bücher, Laptops, noch mehr Rotwein) in den nahe gelegenen Ort. An der Adresse, die uns Sylvie angegeben hat, erwartet uns eine unangenehme Überraschung. Wo das Hotel ihrer Mutter stehen sollte, befindet sich eine bis auf die Grundmauern niedergebrannte Ruine.

»Boah, voll Guido Knopp hier«, staunt Franziska. Ob Sylvie das weiß? Zum Glück haben wir nicht kostenpflichtig reserviert, sonst würden wir jetzt alt aussehen.

Das kleine Hotel daneben steht aber noch. Und erneut haben wir Glück, denn dort sind gerade Gäste wegen eines Großbrands auf dem Nachbargrundstück abgereist. Das haben die feuerscheuen Angsthasen jedenfalls als Grund angegeben. Uns soll es recht sein.

»Sie reisen mit Ihrer Tochter?«

»Was?« Ich schrecke hoch. Bin im Stehen fast eingenickt.

An der Rezeption ein Mann mit dunkler Hornbrille. Weißes Hemd, dunkelblaue Krawatte, schütteres blondes Haar.

»Ob Sie Ihr Ei morgen gekocht haben wollen?« Wie im Krankenhaus.

»Wie? Das wollen Sie heute schon wissen? Gibt es kein Frühstücksbuffet?«

»Nein. Zwei Brötchen, eine Scheibe Schwarzbrot, Wurst, Käse, Marmelade. Dazu echter Bohnenkaffee.«

Echter Bohnenkaffee: Au Mann, da freu ich mich aber!

Franziska scheint sich in der Tat zu freuen. Sie flüstert: »Voll exotisch hier. All-exclusive. Wie so'n Survival-Trip! Wie geil ist das denn?«

Nicht so.

Weh-Lahn? Was ist das? Ach so, Internetz – sagen Sie das doch gleich. Nein, haben wir nicht. Ich glaube, der Chef hat so was. Der wohnt im Nachbardorf.

Zimmer drei. Der Raum ist schlicht, hat aber immerhin ein echtes Doppelbett und einen kleinen Fernseher. Ich liebe diese alten Hotels ohne Rauchmelder. Stattdessen hatten sie im Osten ja die Stasi. Ich kann doch wohl noch selber entscheiden, ob ich nachts meine Nase aus dem Fenster hänge, um ein letztes Gutenachtzigarettchen zu schmauchen. Natürlich macht man das nicht mitten im Zimmer, eh klar. In den Westhotels, also auch in den Westhotels im Osten, kann man ja noch nicht mal mehr das Fenster öffnen. Stattdessen brummt die ganze Nacht die Klimaanlage.

Immer wenn ich »Westen« und »Osten« sage, guckt Franziska mich an wie ein Auto. Und manchmal spricht sie auch so. Heult dann auf im Rückwärtsgang. In ihrem Alter spielt das offenbar alles keine Rolle mehr, dabei wurden durch die Wiedervereinigung doch nicht die Himmelsrichtungen abgeschafft.

Draußen steht die Sonne schon auf Westsüdwest. Wir packen schnell die Sachen aus, schmeißen sie aufs Bett und stopfen eine Flasche Wein sowie zwei Badelaken in den mitgebrachten Stoffbeutel. Der Strand ruft.

43

»Wo der Hanswurst wohnt, steht auch sein Name auf dem Klingelschild.«
(Axel C. Springer)

Und es ward Abend und es ward Morgen: dritter Tag. So kultig Franziska das Vorkriegsfrühstück auch fand, vermisst sie nun doch ihre gewohnten Shruggies, die aus Gerstengrütze gebrannten Hipsterfrühstücksflocken (von *Macintosh*, *Abercrombie* oder *Kellog's Youth*) in verschiedenen Geschmacksrichtungen. Lustlos kaut sie auf einem pappigen Brötchen mit Marmelade herum. Um aus der Not eine Tugend zu machen, hat sie die Schrippe vorher fotografiert und per Phone in die Welt hinausgeschickt. Die ersten Kommentare lassen nicht lang auf sich warten: *bist du im knast??? – pappe is the new food – wtf! #fusion oder wie? – crazy shit! – ich glaub, ich kotz gleich! …*

Wir besprechen den Tag. Wir könnten uns Fahrräder leihen und damit zum Kleintierzoo in Meckerow fahren oder mit so einer Dünnbrett- oder Schmalspurbahn nach Woslin tuckern, wo die Nazis ein geheimes Giftgaslabor in die Kreidefelsen gesprengt haben. Wir könnten aber auch einfach an den Strand gehen. Wie jeden Tag.

Franziska will im Schatten bleiben. Deshalb haben wir einen Strandabschnitt mit Steilküste gewählt, selbst mit dem Risiko, eventuell verschüttet zu werden. Wenn wir nahe an den Kalkfelsen bleiben, bekommen wir erst gegen Abend direkte Sonneneinstrahlung. Das ist okay. Braun ist doch Nazi. Früher hätte ich mich ja in die Sonne geknallt, bis die Epidermis Blasen schlägt. Jetzt bleibe ich friedlich bei ihr liegen und lasse ihr zuliebe auch die Badehose an. Ich will hier keinen auf Altfreak machen, selbst wenn nicht weit von uns tatsächlich noch ein paar Nackte ihrer blanken Kunst frönen. Viele sind es jedoch nicht. Das scheint mir, wie ich es Franziska auch versprochen hatte, nicht mehr groß in Mode zu sein. Die Handvoll Ausreißer trägt sie mit Fassung, allzumal die meisten von ihnen sichtlich nur noch wenige Sommer nackt zu tanzen haben.

Eine gut fünfzigjährige Frau sammelt am Strand Pfandflaschen. Als sie an unserem Platz vorbeikommt, macht sie einen verwirrten Eindruck. Die aufgesprungenen Lippen flattern unkontrolliert bei fortwährend leichtem Speichelfluss, ihre Haare wirken am Schopf angesengt. Wortlos reiche ich ihr eine Wasserbuddel aus Plastik. »Guten Appetit«, bedankt sie sich. Dabei essen wir gar nicht.

»Was war das denn?«, fragt Franziska schläfrig.

»Ich glaube, das war Sylvies Mutter.«

»Meinst du? Echt?«

»Kann sein, kann aber auch nicht sein.« Ich mache ein listiges Gesicht.

»Vielleicht sollten wir Sylvie mal ne SMS schicken? Oder vielleicht ist das auch blöd? Sie weiß bestimmt schon Bescheid und will dann auch nicht die ganze Zeit an so nen Nerv erinnert werden.«

»Nee, bestimmt nicht. Ich fänd das auch irgendwie übergriffig.«

»Okay. So be it.« Franziska nimmt ihre Lektüre wieder auf. Sie liest in der jüngsten und wohl auch letzten Ausgabe des *Battlestab*. Mir ist ein bisschen langweilig. Mit einem Plastikeimerchen, das ich am anderen Strandende einem Kind gestohlen habe, fange ich im flachen Wasser eine kleine Scholle. Der habe ich Sand auf den Eimerboden getan, damit sie es schön hat, bevor sie stirbt.

Franziska staunt, als ich mit dem Fang zurückkomme und ihn vor ihr auf das Handtuch stelle. »Oh, ist die süß! Wie heißt die?«

»Sophie«, sage ich. »Das kann man sich gut merken. Die können wir dann zu Hause im Eimer aufs Fensterbrett im

Sofazimmer stellen, damit sie es hell hat und auf die Gärten gucken kann.«

»Wieso kann man sich das gut merken?«

»Ach, vergiss es.« Ich nehme den Eimer und latsche damit vor zur Wasserlinie. Dort schütte ich das Fischlein mitsamt seinem Badewasser zurück ins Meer. Es plitscht. Ich blicke ihm nach, wie es sich eilig in Sicherheit wellt und windet.

»Warum hast du das gemacht?«, will Franziska wissen, als ich, den leeren Behälter in der Hand schlenkernd, wieder bei ihr bin.

»Weil die das nie und nimmer überlebt hätte: weder den engen Eimer noch die Reise noch das Sofazimmer. Du dummes kleines Huhn.«

Das ist zärtlich gemeint und nicht von oben herab. Sie fasst es zum Glück auch so auf. Das habe ich schon anders erlebt, da kann sie empfindlich sein. Unseren Altersunterschied erkennt sie meistens nur in eine Richtung an: Ich bin der Alte.

Wir gehen erst, als es fast schon dunkel ist. Im *Fischerkrug* bestelle ich gebratenen Zander mit Kartoffelsalat. Hausgemacht. Franziska zieht die Stirn kraus. Ihre Smaragdaugen scrollen die Speisekarte rauf und runter.

»Das ist das einzige vegetarische Gericht«, entschuldige ich meine Wahl.

»Das ist nicht vegetarisch. Musst du gar nicht an Sophie denken?«

»Nein«, gebe ich zu. »Nicht wirklich. War ja außerdem ne Scholle und kein Zander. Aber nimm doch Jägerschnitzel.«

Sie runzelt erneut die Stirn. Und bestellt ebenfalls Zander.

Zurück im Zimmer mache ich uns eine Flasche Wein auf. Franziska hat sich fürs abendliche Eincreme-Ritual entkleidet und bäuchlings auf das breite Doppelbett gelegt. Sie ist furchtbar müde. Die frische Luft. Und den ganzen Tag Sonne, wenn auch nur aus sicherer Entfernung.

So ein Pflegezeug. Aloha oe verdun. Erst die Arme. Gründlich auch die Hände, schön zwischen den Fingern. Die Schultern. Schrie Dingsdar. Das schielt grad so wie du. Ach so. Müde. Den Rücken. Den Hintern. Hmh. Hintern popintern. Die Beine, Oberschenkel, Unterschenkel. Die Füße. Hi. Hihi. Das kitzelt. Hihihi. Die Beine wieder hoch, retour. Unterschenkel, Oberschenkel. Diesmal auch die Innenseiten. Was ich mache? Viel Creme auf Zeige- und Mittelfinger. Nichts. Wo man überall Sonnenbrand haben kann. Gar nichts. Sie zuckt. Ja, das ist bestimmt unangenehm. Sie zuckt noch mehr und windet sich. Aber gesund. Ein glitschiger Fisch, der entkommen will und nicht entkommen kann und nicht entkommen will. Muss leider sein. Ein Notfall. Lassen Sie mich durch, ich bin Arzt. Genau, Gynäkologe. Woher wussten Sie. Und nicht entkommt.

Sie ist erschöpft. Schläft ein wie ein Mann. Ich lege mich daneben, sehe ihr beim Schlafen zu und nippe am Wein abwechselnd aus unseren beiden Gläsern. Später können wir ja noch was anderes probieren, zu zweit. Die Schneewittchen-Nummer vielleicht? Die ist aufregend. Oder Hund und Katze. Aber das hat alles keine Eile. Wir haben hier so viel Zeit.

44

»Kaffee ist das Kokain des Bescheidenen.«
(Ursula von der Leyen)

Die Sonne ist schon fast untergegangen, es ist unser sechster Abend hier. Der letzte. Schade eigentlich, aber ich hatte gleich darauf bestanden, dass wir exakt sechs Tage bleiben. Das ist eine gute Zahl, die man im Nachhinein nicht einfach ändern darf. Franziska war einverstanden. Ich fürchte aber, sie rechnet nicht damit, dass ich so stur und zahlengläubig bin. Gewiss geht sie davon aus, dass ich sie morgen früh mit dem Vorschlag einer Verlängerung überrasche. Da werde ich sie enttäuschen müssen, nicht zuletzt, weil Sergio ruft.

Doch im Moment ist alles gut. Wir sitzen am Wasser nebeneinander im Sand und blicken schweigend aufs Meer hinaus. Mittlerweile können wir sogar schon miteinander schweigen, ohne dass es peinlich wird. Eine hohe und nicht oft erreichte Form des blinden Verständnisses. Dann aber formen sich hinter ihrer Stirn sichtlich Gedanken zu Worten, die schließlich unbedingt gesprochen werden wollen.

»Ich mein, ich will doch auf jeden Fall noch mal'n Kind oder so.«

Ein Kind oder so. Darf's auch ein bisschen weniger sein? So wie sie das sagt, anscheinend schon. Vielleicht tut es ja auch ein Vogel. Ich schenke ihr einfach einen dicken, kleinen Vogel, der in seinem Käfig die Sonette William Sparrows rezitiert.

Um zunächst Zeit zu gewinnen, sage ich nur: »Mhm.« Selbstverständlich denke ich nicht im Traum daran, meine verbeulten Spermien jemals wieder in das Rattenrennen von Befruchtung, Geburt, Hausaufgaben, Berufsleben, Ehescheidung, Arthrose und einem einsamen Tod zwischen schlecht geölten Pflegerobotern um das Jahr 2110 herum zu schicken.

Jetzt fragt sie nicht mehr, wer ich eigentlich bin und was ich mir überhaupt einbilde. Zum einen sicher, weil ich diesmal nicht »Och nee« antworte – ein einfaches »Mhm« ist da neutraler und kann schließlich alles bedeuten. Vielleicht hat sie mich mittlerweile aber auch schon – bewusst oder unbewusst – in ihre Zukunftspläne integriert. Zumindest was diesen hier betrifft, hoffe ich sehr, ich bilde mir das nur ein.

»Schau, die Möwe«, lenke ich sie ab.

»Was ist mit der?«

»Nichts.«

Auf ihren Schultern über dem Murmeltier zeigt sich trotz meiner Eincreme-Künste und des Schattens ein leichter Sonnenbrand. An den Armen ebenfalls. Wo ist eigentlich das Östrogen-Pflaster? Mit den Zehen des rechten Fußes gräbt sie ein Loch in den Sand. Während sie emsig scharrt, schnattert sie in einem fort weiter.

»Klar wär das voll früh auf ne Art. Also auch für dich. Nur theoretisch jetzt. Also, nee, für dich ja eher spät. Aber ich zum Beispiel hab ja voll die jungen Eltern. Deshalb heiß ich ja auch Franziska. Die standen eben auf so Retronames. Voll modern. Die, die heute ihre Pathfinder durch den Reuterkiez schieben, nennen ihre Babys sogar schon wieder Mandy und Kevin und so …«

Ich will gar nicht wissen, wie jung ihre Eltern sind. Am Ende habe ich noch mit denen zusammen die Schulbank gedrückt. Oder mit ihrer Mutter, immerhin könnte ich ja ihr, huch … aber dann müsste sie … nee … das wüsste ich aber, und ich war sowieso ein Spätzünder.

Stattdessen frage ich: »Was sind denn Pathfinder?«

»So ultracoole, wahnsinnig teure Kinderwagen. Die sehen aus wie original aus dem 19. Jahrhundert. Nen Wendekreis wie ein Schlachtschiff, hab ich mir sagen lassen, aber natürlich ein absolutes Must-have.«

»Du kennst Mütter? Oder von wem hast du dir das sagen lassen?«

»Klar kenn ich welche. Martina zum Beispiel. Die geht schon straight auf Mitte dreißig zu. Ich hab eben auch noch andere Seniorenfreunde.« Ohne Vorwarnung greift sie mir in die Seite und kneift mich saftig in eine Hüftspeckfalte.

»Aua.«

»Die ist aber keine von diesen angewrackten 30plus-Bitches, die sich ›Mädels‹ nennen, weil sie eigentlich total Angst vorm Erwachsenwerden haben. Also nicht, dass du so was denkst.«

»Nee, denk ich nicht.«

»Übrigens hat die sich neulich vor so nem Mother & Child Coffeeshop mit so einer abgespaceten Kettenraucher-Omi gekloppt, die da einfach voll ihr Kind anzünden wollte. Echt krass, was da für Freaks frei rumlaufen.«

»Ja, krass.« Ich kann das gar nicht glauben.

Mit dem linken Fuß schaufelt sie das Loch wieder zu und nimmt noch einen Schluck aus der Rotweinpulle.

»Voll warm.«

Sie schüttelt sich und wechselt das Thema, doch es wird nicht angenehmer, denn sie knüpft an die Einführung zu meinem einseitig elaborierten Partnerschaftskonzept mit Annabel an, die ich ihr heute Morgen beim Frühstück gegeben habe. Was sie sich seitdem gefragt hätte: »Warum habt ihr das eigentlich nicht offen gemacht? So wie normale Leute?«

Sie stellt oft so simple, kluge Fragen. Was soll ich darauf antworten: Weil wir bequeme und unflexible Feiglinge sind? Weil wir Angst hatten, einander auf dem Pokertisch der Möglichkeiten zu verlieren? Weil ich nie einstecken wollte, was ich austeilte? Oder schlicht, weil wir beide der Meinung waren, dass man sich nicht ständig jeden Scheiß direkt aufs Brot schmieren muss wie irgendwelche Kinder in ihrer WG-Küche?

»Ich bin ein Spießer«, fasse ich zusammen.

»Wie meinst du?«

»Das ist nicht dein Ernst, oder: dass du nicht weißt, was ein Spießer ist?«

»Na ja, ich kenn das jetzt eher so, dass das so'n Typ ist, der keine Drogen nimmt, First-Hand-Klamotten trägt, Schlagermarschmusik hört und nicht die Piraten wählt. Aber das bist ja nicht du. Und wenn du das wärst, dann wär das ja sicher auch wieder auf ne coole Art retro gemeint. So wie die Schlagermarschmusik aus der Box im Zille-Eck. Oder?« Sie guckt mich zweifelnd an und fährt fort: »Und ich mein, wegen mir kannst du ja auch machen, was du willst. Also, ich mach das sowieso, dass das mal vollkommen klar ist. Auch wenn ich schon finde, dass wir jetzt erst mal auf ne Art zusammen sind, oder? Sind wir doch?«

Ja, sind wir.

45

»Wasche den Pelz des Bären
nicht bei mehr als dreißig Grad.«
(Henry Kissinger)

Bernd wischt sich mit seinem braunen Schal den Bierschaum aus dem Neuntagebart.

»Wo wohnst du jetzt noch mal: in der Sesamstraße?«

»Weeh-serr-straße, hab ich gesagt. Nuschle ich so?«

Ich weiß, dass Bernd mich genau verstanden hat. Seine Frage ist reine Schikane und ein absoluter Kommunikationskiller. Ich hasse es, wenn Leute meinen, auf Teufel komm raus witzig sein zu müssen, indem sie das eben Gehörte in scheinbar lustiger Form verfälscht wiedergeben. Bei ihm hat die Unhöflichkeit allerdings einen triftigen Grund. Er tut so, als habe er sich verhört, weil er die Gegend verabscheut. Abgrundtief.

»Wer Kreuzkölln sagt, trägt doch heimlich rosa Höschen«, ist seine Meinung, und insgeheim gebe ich ihm sogar recht. Oder ich würde ihm recht geben, wäre ich nicht zuletzt viel toleranter und flexibler geworden. Scheiß auf rosa Höschen, anything goes, blaue Höschen, keine Höschen, wir haben uns eben auseinanderentwickelt: Er wird alt und ich werde seit Neuestem jeden Tag ein Stückchen jünger. Unsere gemeinsame Vergangenheit liegt ohnehin unglaublich weit zurück. Vor Jahren haben wir beide Arzneimittel für Apotheken ausgefahren, bis mir auf dem Kudamm dieser verfickte Konfirmand vors Auto gelaufen ist. Ich war auch nicht ganz nüchtern, zugegeben, wenngleich der Blutalkoholgehalt gerade mal im unteren Promillebereich lag. Aber Justitia zeigt sich in solchen Fällen leider kleinlich. Seitdem fährt nur noch er.

»Blass bist du geworden.« Bernd sieht mich prüfend an und bringt seine Worte, Terrakottaarmeen aus im Keramikofen gehärtetem Scheißdreck, in Stellung: »Blass und dünn. Also für deine Verhältnisse natürlich. Ich dachte, du warst an der Ostsee. Und wahrscheinlich isst du auch kein Fleisch mehr.«

»Ich esse auch kein Fleisch mehr.«

»Wegen der Tiere?«

»Nein, wegen der Mitbewohner.«

»Oh, Mann!« Er schüttelt sich. Blickt wie ein strangulierter Hamster. Vielleicht sollte er mal nach seiner Schilddrüse sehen. Oder in den Spiegel. »Und du wohnst da echt mit so jungen Menschen zusammen?« Er spuckt das Wortpaar »junge Menschen« aus wie andere »alte Nazis«.

»Die sind total in Ordnung«, verteidige ich sie lahm. Sie und mich. »Natürlich ein bisschen chaotisch, klar. Bewusstsein, Stil, Geschmack – da fehlt es logischerweise noch an einem erwachsenen Konzept. Aber gerade deshalb kann ich da noch einiges bewegen. Das macht ja auch Spaß, zu leiten und Verantwortung zu übernehmen. Besonders den Jungs habe ich schon so viel beigebracht. Die wissen ja noch nicht mal, wie man richtig saubermacht. Und du müsstest nur mal sehen, wie Franziska an meinen Lippen hängt.«

»Franziska?«

»Die ist voll nett. Bei der wohne ich mit im Zimmer, seit ich vor Annabels beschissenen Launen getürmt bin – du kennst sie ja. Aber nur so lange, bis das von Sören frei wird, wenn der für ein Erasmus-Jahr nach Barcelona geht.«

»*Voll* nett? Und in *einem* Zimmer? Und wie alt ist die Alte, wenn ich fragen darf?«

Eigentlich darf er nicht fragen. Mir fällt nur keine plausible Begründung ein.

»Fünfundzwanzig.« Ich verbessere mich: »In knapp sechs Monaten wird sie sechsundzwanzig. Also im Januar.«

Komisch. Früher ist mir nie aufgefallen, wie unglaublich hässlich Bernd aussieht, wenn er lacht. Weit schlimmer noch als Annabel, wenn sie weint. Er verzieht sein Gesicht zu einer grauenhaften Fratze, aus der die schadhaften Zähne ragen wie getroffene Kirchtürme im Bombenkrieg. Dazu ein wieherndes Kreischen, das durch Mark und Bein geht. Ich sehe seine ungesund belegte Zunge und das flatternde Gaumenzäpfchen.

Warum tötet niemand diesen Mann? Hilfesuchend blicke ich mich um, doch an den anderen Tischen im *Nirvana* schenkt uns keiner Beachtung.

»Noch ein Bier, Bernd?«, ruft Klara vom Tresen herüber. Offenbar missdeutet sie die Zeichen aus der Hölle. Bernd kann nicht antworten, weil er nach Luft schnappt.

»Mein lieber Schwan«, bringt er schließlich heraus. Er hechelt immer noch, so dass »lieber« klingt wie »liehihihi« und dann »Bär«. Außerdem sabbert er. Augenscheinlich kann er bei aller gespielten Geringschätzung seinen Neid nicht verbergen. Er nimmt einen tiefen Schluck aus seinem Glas und fragt, ob »das gute Kind« denn auch eine »schön rasierte Muschi« habe. Um dann übergangslos zu einem biologistischen Diskurs über das Primatenmännchen im Allgemeinen anzusetzen: Das alte Alphatier, der Silberrücken, wie er im dichtesten Teil der Baumkrone sitzt, wo die besten Früchte hängen und die wenigsten Leoparden herumspringen. Dort nagelt er die schönsten Weibchen, je jünger, desto besser, während die anderen Männchen mit langen Fressen von den Nachbarästen aus zugucken. Doch irgendwann wird der Alte schwächer. Er kann nicht mehr so gut die Nächte durchmachen, der Silberrücken tut weh, die Weibchen tuscheln schon, und die jungen Männchen werden frech. Wenn er sich jetzt nicht zurückzieht, auf einen anderen Baum oder ins Nirwana, schubsen sie ihn gnadenlos vom Ast. Und unten wartet schon der Leopard und sagt Danke. Oder würde Danke sagen, hätte er nicht den Mund so voll. Bernd erklärt die Welt.

»Gerd hat also recht«, schließt er seinen Vortrag. »Für so doof hätte ich dich gar nicht gehalten.«

Ich bin ja selber ein großer Fan von biologistischen Ansätzen. Man kann damit alles erklären, alles rechtfertigen und alles in Schubladen schieben. Das mag ich. Schubladen sind notwendige Utensilien, um Ordnung und Sauberkeit zu schaffen. Auch im Kopf. Gerade im Kopf. Doch wenn andere sich daran versuchen, kann ich das überhaupt nicht leiden. Erst recht nicht bei Bernd. So ein frustrierter alter Sack.

Doch das Schlimmste kommt noch: »Ich kann mir echt nicht vorstellen, dass der Lolita beim Anblick von deinem morschen Mast das Fotzenwasser steigt.«

Ich korrigiere innerlich – schmutziger alter Sack – und mache ein Häkchen dran. Dann trinke ich mein Bier aus und stecke mein Feuerzeug in die Zigarettenschachtel. Die Schachtel werfe ich in meinen neuen Stoffbeutel mit dem Slogan *Umverteilung: Jetzt!*. Den Beutel stopfe ich in die Seitentasche meiner Vintage-Forza (Flohmarkt am Boxi). Die Forza ziehe ich an und als Letztes setze ich mir die neue Truckermütze auf den Kopf. Dann erst erhebe ich mich.

»Tritratralala – Kasperle ist wieder da«, kommentiert der müffelnde Greis meinen deutlich verbesserten Kleidungsstil.

»Ich glaub, ich komm nicht mehr in diesen Laden«, verkünde ich zum Abschied. »Hier riecht es doch in jeder Ecke nach Intoleranz, Tod und Verfall.« So aufrecht und würdevoll, wie es mir noch möglich ist, nachdem ich mir gestern Abend beim unvorsichtigen Verkanten des Rasierers in die empfindliche Haut des Hodensacks geschnitten habe, schreite ich zum Ausgang.

»Hipster wird's nicht«, höre ich Bernd hinter mir wiehern. »Hi-hi-hi-hipster wird's nicht ...« Hinter mir schließt sich die Tür des *Nirvana*. Garantiert zum letzten Mal.

46

»Wie man in den Wald hineinruft,
hat es doch keinen Zweck.«
(Gérard Depardieu)

Franziska und ich gehen für die WG einkaufen. Zuerst zu *Body & Soul*, dem Bioladen in der Pannierstraße, um übel schmeckende Gemüsesorten zu erwerben, Brennnesseln, Mangold, Disteln. Dazu Körner, Käse, Kefir, den ganzen Dreck. Danach geht es weiter zum Supermarkt, weil man den Biowein in der Veggi-Klitsche einfach nur knicken kann und um das *Gut & Günstig*-Schweinegulasch aus der Dose abzugreifen. Übrigens beten wir jetzt auch vor den Mahlzeiten. Meine Idee, alle waren begeistert. Retrohype sticht sogar Veganismus, Atheismus und ganz allgemein Resthirn. Allerdings leidet meine diebische Freude über die untergeschobenen Kuckuckskinder des Distinktionswahns zunehmend unter dessen grauenhaften Folgen.

Vor dem Edeka lauern drei Punks. Mir fällt auf, wie anachronistisch die mittlerweile auf mich wirken. Sie müssen eigens aus Marzahn oder Hakenfelde angereist sein, wohin sie das Jobcenter wegen der Mietkosten outgesourct hat. Hier aber lohnt sich das Schnorren mehr: Für ein Foto verlangen sie von Touristen zwei Euro. Doch jetzt sind gerade keine Touris da. Ein Punk mit grünen Riesenstacheln auf dem Schädel schiebt sich Franziska in den Weg.

»Haste mal nen Euro?«

»Hey, Bettler: Feil mal'n bisschen an deinem wording!«

Er stiert sie verständnislos an. Ich fand das jetzt auch eine Spur zu arrogant von ihr. Auf der anderen Seite war sein Tonfall ebenfalls unfreundlich.

»Das war doch kein Bettler, sondern ein Punk«, stelle ich wenigstens richtig, als wir den Laden betreten.

»Hä? Was ist denn da der Unterschied? Wenn einer bettelt, ist er ein Bettler. Wenn einer bäckt ist er ein Bäcker. Wenn einer punkt, gibt es nicht. Also ist er ein Bettler.«

Wo sie recht hat, hat sie recht. Im Vorraum des Supermarkts wartet bei den Kassen schon der nächste Kandidat mit einem Stapel der *Brücke* unterm Arm. Er trägt eine blaue Krawatte zu einem fadenscheinigen Armani-Sakko. »Der Graf.«

Erfreut tritt er mir entgegen. »Ah, junger Mann – wie schön, Sie zu sehen. Und ganz besonders in dieser Verfassung! Ihr Leben scheint sich wieder gefestigt zu haben. Die adrette Kleidung. Der geschmackvolle Bart. Diese zauberhafte junge Dame an Ihrer Seite. Die Liebe ist oft die einzige Rettung für uns Menschenkinder: Ihre Verlobte, nehme ich an?«

Franziska fühlt sich geschmeichelt. Sie lächelt ihn an und vollführt einen angedeuteten Knicks. Wie damals beim Doner-Schwachkopf Keith.

Da nehme ich ihm doch gleich mal den Wind aus den Segeln. »Lass mich in Ruhe! Ich kenn dich nicht.«

Er wirkt nicht gekränkt. »Noch ehe der Hahn gekräht hat, wirst du mich dreimal verraten haben.« Ohne Hast wendet er sich ab und geht seiner Wege.

»Du hast ihn gekannt. Ich hab's dir voll angesehen.« Franziska klingt vorwurfsvoll. Auch enttäuscht.

»Na und? Was denkst du denn? Dass ich jetzt hier einen auf Friend mit meinen ganzen alten Pennerkumpeln mache? Das sind nicht meine Pennerkumpel. Wir haben unsere Welt und die haben ihre. Du willst immer alles verstehen und mit allen Menschen eins sein. Obwohl du überhaupt keine Ahnung von ihnen hast, noch weniger als ich. Das ist alles komplett unrealistisch. Du siehst echt zu viele Avaaz-Clips.« Ich habe kaum den Schnabel zugeklappt, da wundere ich mich schon über meine ruppige Reaktion.

»Manchmal denk ich, du bist irgendwie voll eingebildet. Allem gegenüber, was anders ist als du. Auch uns Jüngeren. Da kommen dann immer diese sturen Besserwisserlyrics. Das ist mir jetzt schon ein paarmal aufgefallen. In dem Moment denk ich dann, du bist doch echt voll alt.«

»Du musst gerade reden.«

»Wieso?«

»Also mir rollt es echt die Fußnägel hoch, wenn du jeden Arbeitslosen, jeden Trinker, jeden Eckkneipenbesucher, jeden nicht so super Angezogenen, also im Grunde jeden ärmeren oder auch nur älteren Menschen einfach als ›Hartz-IV-Typen‹ bezeichnest.«

Jetzt streiten wir.

»Na und? Bleib mal locker! Ich mag sie wenigstens und ich hab Mitleid! Siehst du doch auch an uns. Aber du, du versuchst Engagement immer nur durch vorsintflutliches Korrektgequatsche zu ersetzen. Dabei sind die Leute dir doch scheißegal!«

»Siehst du doch auch an uns« – touché, das tut weh. Und reimt sich. Geschockt rede ich mich in eine Sackgasse.

»Besser scheißegal als so ein scheißbürgerliches Mitleid von oben herab. Deine Scheißmama ist bestimmt in so nem Scheiß-Lions Club. Damit bevormundest du die Leute und nimmst sie nicht ernst. Das ist wie so ein ›positiver‹ Rassismus. Entmündigend. Dabei steckt doch allein im Zugeständnis einer passiven Rassismusfähigkeit der erste Rassismus gleich schon mit drin. Wenn mir aber jemand scheißegal ist, dann nehm ich ihn für voll. Weil mir nämlich jeder scheißegal ist. Und damit ist wieder jeder gleich.«

»Jeder gleich entwertet. Ganz toll!«

»Das ist doch viel ehrlicher so. Ich bin nun mal kein Filmemacher, der einen auf sensibel macht und so eine vorweihnachtliche Heulsusennummer abdreht, mit einem Obdachlosen in der Hauptrolle, in dem natürlich ein wahnsinnig toller Kern steckt und der dann von einem Schauspieler gespielt wird, der auf dem Set nach Blümchenwasser duftet und in einem von der Kostümbildnerin künstlich mit Heilerde verdreckten Penner-Outfit von Dolce & Dingenskirchen steckt. Die Maske malt seine Zähne schwarz an blabla … und bei der Recherche spricht dieser als sozialkritisch gefürchtete Regisseur dann fünf Minuten lang von seinen Bodyguards bewacht mit Pennern und hängt mords die Betroffenheit raus, weil gleichzeitig auch noch für Phoenix Youth eine Doku über ihn und sein Projekt gedreht wird, und hinterher, wenn keiner mehr hinguckt, wäscht er sich eine halbe Stunde lang die Hände und schwallt dabei den Seifenspender mit erzreaktionärer Scheiße voll. Da findest du die Arschlöcher. Da suchst du sie bloß nicht. Hör mir doch auf!«

»Du machst dir das so bequem.«

»Mache ich nicht.« Das hätte ich nicht sagen sollen. Sondern lieber einfach mal schweigen, dann wäre das Thema ganz von selbst verblasst und schließlich verschwunden. So aber fühlt sie sich immer mehr provoziert.

»Du bist manchmal soo selbstgerecht. Das hass ich so krass! Dabei merke ich doch daran, wie viel du auf einmal quatschst und dabei total wenig sagst, wie unsicher du bist. Voll die Defensive. Weil normal redest du wenig und sagst echt viel damit, so voll reif und voll klug und voll analytisch und so, ich mein, das ist ja irgendwie auch, was ich voll mag an dir, eigentlich, normal.«

Na großartig: Eine Fünfundzwanzigjährige erzählt mir, dass ich unsicher bin. Darauf habe ich gerade noch gewartet. Und das Blöde ist: Sie hat recht. Ich bin unsicherer als sie, ein Grübler. Ihre beneidenswerte Naivität macht alles, was sie denkt, so wunderbar geradeaus. Selbst eine unsägliche Formulierung wie »diese Hartz-IV-Leute« verströmt aus ihrem Mund so viel Unschuld des guten Willens, dass ihr dafür keiner an den Karren fährt. Sie hat die Moral gepachtet, sie ist die Gute, nur weil sie jung ist. Im Prinzip ist das schon fast wie bei dieser halb debilen Familienministerin: »Die Frau sei dem Manne untertan, blabla, rhabarberrhabarber« – und drauf alle anderen bloß so: »Och mönsch, guck mal, wie die spricht, das kleine, kleine Mündchen, ochgottchen, ist die süüüß …« So sind die Zeiten. Das ist ungerecht. Ich war in ihrem Alter schon voller Schwermut und Düsternis, ein reifer Mensch. Und dick und hässlich noch dazu. Keiner fand mich süß. Was habe ich Gott eigentlich getan? Aber was mangelnde Empathie anderen Menschen gegenüber anbelangt, braucht sie mir trotzdem nichts zu erzählen. Ärger steigt in mir auf. »Und was habt ihr mit dem armen Getränketypen gemacht?«

»Welchem Getränketypen?«

»Na, dem damals, als ich relativ neu bei euch eingezogen war und noch auf der Couch geschlafen habe.«

»Ach dem. Svennie. Jetzt fällt mir sogar der Name wieder ein. Das hab ich völlig verdrängt.«

»Ihr habt ihn jedenfalls total verarscht. Hinter seinem Rücken. ›Wenn der so fickt, wie er arbeitet, blabla …‹ Echt so'n bisschen ekelhaft. Meiner Meinung nach. Was habt ihr bloß mit dem gemacht? Vor allem aber: Was hast du mit dem gemacht?«

»Ach, darum geht's dir. Du bist ja voll eifersüchtig – jetzt schnall ich das erst! Ich hab ihn jedenfalls nicht verarscht – das waren sowieso mehr die anderen. Und alles andere geht dich nichts an. Ich mein, wir sind doch hier kein fucking Ehepaar oder so. Hallo? Wie bist du denn drauf?«

»Ich bin nicht eifersüchtig. Das ist was für Spießer und Schwächlinge.« Ich hoffe, dass sie sich nicht mehr daran erinnert, dass ich, Fähnchen im Wind, vor gar nicht mal so langer Zeit eben das behauptet habe: ein Spießer zu sein.

»Umso besser – dann kann ich's dir ja auch sagen. Fyfi …«

»Häh?«

»For your fucking interest: Im Grunde hat er versucht, mich zu verarschen. Der war dann – fact! – nur so'n Pick-up-Artist. Aber ich bin zum Glück nicht drauf reingefallen. Hab's nämlich gleich an der Art gemerkt, wie er mich geleckt hat. Wie so'n BWLer. Ich wär fast eingeschlafen.«

Ich muss ziemlich blöd aus der Wäsche gucken, denn sie lacht sich schier kaputt.

»Sche-herz!«

»Scherz?«

»Ja, Mann – war'n Joke.« Sie grient. »Du bist *doch* eifersüchtig.«

»Und das mit dem Mitleid vorher?« Meine Stimme ist belegt. »War das auch ein Scherz?«

Sie antwortet nur mit einer Gegenfrage: »Was ist ein ›Lions Club‹?«

47

»Der Käfer auf dem Rücken ist die weiße Fahne der Natur.«
(Inge Meysel)

Bi-ba-buntes Helmchen

Auf der Straße fährt ein Mann
Mit bi-ba-buntem Helmchen auf
Da scheiße ich doch völlig drauf
Weil ich auch sehr gut ohne kann.

Der Knilch hat Angst um seinen Kopf
Und alle die Gedanken drin
Er wäre wohl nicht gerne hin
Was für ein zauberhafter Tropf.

Da kommt ein Auto um die Ecke
Rasend schnell und rücksichtsfrei
Darin der Bösewichter drei
Und knallen ihn voll in die Hecke.

Kaputt sind Rückgrat, Bein und Arme
Ein Wehgeschrei, das Gott erbarme
Und, denkt sich jetzt ein jeder Schelm:
Was nützte nun dem Kerl sein Helm?

48

»Im Abgrund lauert die Tiefe.«
(Bill Gates)

Der Idiot fährt mich, ohne zu bremsen, einfach an. Dabei habe ich doch Grün. Reflexartig schubse ich ihn mit beiden Händen, er kippt mitsamt seinem Fahrrad in Zeitlupentempo zur Seite um. Wie eine Bahnschranke. Zu unser beider Glück ist er nur Schrittgeschwindigkeit gefahren.

»Are you fucking mad?«, schreie ich ihn an.

»Che cosa fai?« Der Fremde wirkt völlig verdattert.

Mist. Zwar besuche ich seit etwa vier Wochen den Anfängerkurs »Spanisch für Hipster« bei Rosa Hernández an der VHS Neukölln, aber für derart komplizierte Fragesätze reicht es wohl noch nicht. »Me llamo Thomasito«, ist bereits der Gipfel meiner Kenntnisse. Und dass ich mir aus guter Erfahrung angewöhnt habe, in Fällen wie diesem gleich von vornherein Englisch zu sprechen, hilft mir gerade auch nicht weiter.

»Hau ab.« Ich reibe mir das schmerzende Knie. »Hau einfach ab, Mann!«

Er richtet sein Mietfahrrad von *Rix Bikes* wieder auf und setzt sich auf den zu tief eingestellten Sattel. Sitzt nun halb unter mir wie Sancho Panza vor Don Quijote. Kurz denke ich, er schubst mich gleich zurück, doch dann fährt er einfach davon. »Cazzo!«

»Du mich auch«, murmle ich ihm hinterher. Ganz glücklich bin ich nicht. Er war sich sichtlich keiner Schuld bewusst. Das ärgert mich zum einen und macht mich fassungslos. Zum anderen aber frage ich mich: Wie mag ich dann bloß auf ihn gewirkt haben? Höchstwahrscheinlich wie ein grimmiger Teutone, der ihn ohne jeden Grund vom Rad gestoßen und mit zackigen Kläfflauten abgekanzelt hat. Zwar stand neulich im *Drag's Ber-*

liner, dass Deutsche, die Englisch sprechen, allesamt so klingen, als ob sie einen extrem kleinen Schwanz hätten. Ich bin mir jedoch sicher, dass ich mich eher wie ein Nazi aus einem amerikanischen Kriegsfilm anhöre. Aber das kommt wohl ohnehin aufs selbe raus.

Glücklicherweise sind die *Ordinator* Edelstoff im Jutebeutel heil geblieben. Damit bin ich auf dem Weg ins Urban-Krankenhaus, um Nick zu besuchen. Der hat sich auf seinem neuen Fixie mit einem Auto angelegt, weil er nicht wusste, dass die Dinger keine Bremsen haben. Ergebnis: Distale Fibulafraktur. Er musste ja unbedingt so tun, als wäre er Mitglied der Fahrradkuriermafia. Die findet er unendlich cool. Für den Job selber wäre er viel zu faul. Und wozu denn auch? Sein Beruf ist Sohn, seine Sonderqualifikation Einzelkind, und der Gehaltsscheck kommt in Schweizer Franken. Manchmal erhält er auch noch unerklärliche Boni, aber unerklärlich sind Boni ja per se.

Das Gute an seinem Unfall ist, dass das Holzklötzchenstrategiespiel, dessen Namen ich mir nicht merken kann und will, erst mal bis auf Weiteres auf Eis liegt. Die anderen sehen das inzwischen auch so, obwohl es keiner ausspricht. Da sind wir uns ausnahmsweise alle einig.

Ohne weitere Zwischenfälle erreiche ich das Krankenhaus und frage an der Pforte nach der Zimmernummer. In der vierten Etage klopfe ich an die Tür eines Krankenzimmers der Orthopädie, drücke auf ein forsches »Herein« hin die Klinke und quietsche mit verstellter Stimme in den Raum: »Hallo, Großmutter, hier ist das Rotkäppchen mit Keksen und Bier.«

»Ah, Dino!« Nick freut sich. »Dinokäppchen! Komm rein!«

Ich ziehe die Tür hinter mir zu und sehe mich um: ein Einzelzimmer mit Aussicht auf den Kanal, Plasmabildschirm, Zimmerservice sowieso.

»Die drei P's: Privatpatient. Premium. Platin.« Er hat meinen erstaunten Blick aufgefangen und zuckt mit den Schultern ob dieser bedeutungslosen Grille des Schicksals. »Revolution!«

Er ballt die Faust und reckt sie schwungvoll in die Höhe. Beschädigt ist ja nur das Bein.

»Revolution?« Den Zusammenhang versteh ich nicht.

»Die Nachtschwester müsstest du erst mal sehen!« Er ignoriert meine Frage und untersucht den Beutel, den ich neben ihm aufs Bett gestellt habe. Die Flaschen nimmt er raus und schiebt sie in die zweitunterste Schublade seines Blechnachtschränkchens. Als er mir den Beutel zurückgibt, verstellt auch er die Stimme: »Danke, Rotkäppchen. Aber die Kekse kannst du wieder in den Wald mitnehmen. Der Wolf hat sicher voll den Hunger.«

Der Großmutter scheint es ja schon wieder ganz gut zu gehen. Kein Wunder, sie soll morgen entlassen werden. Mein Anstandsbesuch erfolgt gerade noch rechtzeitig.

Es klopft, Nick ruft »Herein« und ein kräftiger junger Pfleger betritt das Krankenzimmer.

»Alles gut, Herr Chevalier?«

»Alles bestens.« Nick zwinkert ihn an. »Ach ja, einen Flaschenöffner könnte ich noch gebrauchen.«

»Wird besorgt.« Der Pfleger zwinkert zurück. Im Hinausgehen wackelt er kokett mit dem Hintern.

»Das war die Nachtschwester.«

Gut, dass ich die jetzt auch mal gesehen habe.

49

»Katze, lass das Mausen sein –
komm herunter, reih dich ein.«
(Rembrandt)

»Und wie geht es Annabel?«, will Mutter wissen. »Ich find's ja so schade, dass ich sie diesmal gar nicht sehen kann.«

Wir sitzen in einer Konditorei an der Bergmannstraße, gleich um die Ecke von Annabels Wohnung. Mutter mag die Gegend, für sie ist dieses Esotanten-Eldorado der Inbegriff von Berlin. Ich esse New-York-Cheesecake und trinke eine Latte Macchiato. Sie trinkt schwarzen Tee und zerdrückt ihre Schwarzwälder Kirschtorte, mehr denn dass sie sie zerteilt. Wenn ich am Ostbahnhof die Rücklichter des Zuges sehe, der sie in ihr Celler Loch zurückbringt, schlage ich drei verdammte Kreuze – eines für jeden Tag ihres Aufenthalts hier.

»Ja, das ist blöd«, sage ich und versuche, mein Gesicht in Mopsfalten zu knautschen. »Auch das mit der Wohnung. Die hätte ich dir wahnsinnig gern gezeigt. Für die Küche haben wir echt ne Superlösung gefunden.«

Ich habe ihr nicht gesagt, dass wir für alles andere ebenfalls eine Superlösung gefunden haben und dass wir seit sieben Monaten nicht mehr zusammen sind. Für diese Information gönne ich mir einen langen Aufschub in Form eines zweijährigen Nachsendeauftrags. Des Weiteren habe ich Mutter davon in Kenntnis gesetzt, dass »die Bundespost« uns einfach unsere alte Festnetznummer weggenommen hat, weil sie die woanders brauchte. Bestechung gebe es nun mal auch in Deutschland. Dafür habe ich ihr meine neue mitgeteilt, die ich, nachdem ich »von Pontius zu Pilatus telefoniert habe«, zum Glück dann immerhin bekommen hätte. Das hat Mutter ziemlich empört.

»Komische Vorwahl«, sinniert sie und rührt in ihrer Tasse,

als wolle sie den Tee zu Butter schlagen. »Null eins sieben vier: Wer hat denn so was? Das klingt irgendwie nach Osten. Die haben ja zum Teil auch ganz verrückte Postleitzahlen. Sogar mit Null vorne. Dabei ist die Null doch gar keine richtige Zahl. Schlimm …«

»Wir hatten doch die Bezirksreform«, erkläre ich. »Kreuzberg gehört seitdem zu Ostberlin.«

Mutter nickt. »Das ist schlimm. Das ist alles sehr, sehr schlimm«, sagt sie so sinnlos wie gedankenverloren. Sie gewinnt den inhaltlichen Bezug zurück: »Aber immerhin ist es ja ganz praktisch, dass sich Annabel gerade dann um ihre kranke Freundin in Konstanz kümmern muss, wenn in eurer Wohnung neue Telefonleitungen verlegt werden. Auch wenn das mit der Freundin natürlich schade ist, die Arme! Was war das gleich noch mal: ›chronische Angina Pectoris‹? Schlimm … Dafür finde ich es phantastisch von deinem Professor, dass er dich solange bei sich wohnen lässt. Ihr scheint ja ein richtig gutes Verhältnis zu haben.«

Der Professor. Professor Krüger. »Der Achim«, habe ich gegenüber Mutter fallen lassen. So dicke sind wir, soll sie ruhig denken. Wie sie ja auch schon glaubt, während meines angeblichen (»vierten«!) Aufbaustudiums in neuzeitlicher Philosophie (»plus Promo«, wie ich lässig dazusage) verdiente ich mir den Lebensunterhalt als wissenschaftlicher Mitarbeiter. Dr. Dr. Dr. Thomas Guttmann, die rechte Hand von Professor Achim Krüger.

»Was ich dir noch sagen wollte«, sagt Mutter. »Aber nicht böse sein. Bitte.«

»Nein, ich bin nicht böse.« Ich weiß ohnehin, was kommt.

»Wenn du doch inzwischen so gut zurechtkommst im Leben und dein Professor so große Stücke auf dich hält und du bald den Lehrstuhl von diesem Professor Johansson übernehmen kannst, der nach Barcelona geht, und Annabel ist doch auch schon … also, wie alt ist sie noch mal?«

»Neununddreißig.«

»Dann wird es doch langsam wirklich Zeit. Wenn ihr noch Kinder haben wollt. Dein Vater und ich ...«

Mein Vater und sie sind meine Eltern. Ein Pastorenpaar aus Celle. Ich bin ihr einziges Kind und musste gefühlt nonstop beten. Komm, Herr Jesus, und sei unser Gast, und segne, was du uns bescheret hast. Amen.

Als kleiner Junge habe ich das Wort »bescheret« nie verstanden. Ich hatte dabei immer eine Schere im Sinn, die ich dem Kontext beim besten Willen nicht zuzuordnen vermochte. Das Problem blockierte zeitweise alles andere – Schule, Spiel und menschlichen Reifeprozess. Doch ich traute mich nicht zu fragen, denn in Glaubensdingen verstanden die Alten wenig Spaß. In anderen Dingen ebenfalls. Jedenfalls gewöhnte ich mir erst das Fragen ab, gab zum Ausgleich auch keine Antworten mehr, wurde überzeugter Antichrist und machte mich so früh vom Acker, wie es der Gesetzgeber zuließ. Als Vater bei einem Streit um die Auslegung der Zehn Gebote von einem seiner Konfirmanden erschossen wurde, wohnte ich längst schon in Berlin. Der Fall ging fett durch die Presse, eine Zeit lang war ich im *Nirvana* ein gefragter Mann.

»Meine Fresse, Mutter! Wenn du es genau wissen willst: Wir versuchen es doch schon die ganze Zeit. Wenn du verstehst, was ich meine ...«

Sie schlägt die Augen nieder. »So genau wollte ich es nun wirklich nicht wissen, Thomas.«

Das wollte sie noch nie. Schließlich sind Annabel und ich nicht verheiratet, da möchte man bei aller Liebe nicht so genau wissen, was und wie und so. Sonst könnte ich mich mit ihr ja über die verschweißten Eileiter einer Frau unterhalten, mit der ich nicht einmal mehr Telefonkontakt habe. Sicherer verhüten geht nicht.

Ich ärgere mich mal wieder über Mutter, doch auch ein bisschen über mich selber. Bei näherer Betrachtung gibt es keinen triftigen Grund dafür, warum ich die verlogene Situation ohne Not immer weiter in den Sand gefahren habe. Höchstens den, dass ich mich gern an meinem eigenen Lügen-Monopoly berausche: Zuzusehen, wie sich Lügengebäude zu stattlichen Lügenstraßen und schließlich -metropolen ballen, bis sie in meinem Kopf mehr und mehr wahr werden und ich fast schon selber daran glaube, macht auch einfach Spaß. Natürlich wäre es ein Leichtes gewesen, anstelle des komplizierten Konstanz-Telefon-Universitäts-Komplexes irgendeine Unfruchtbarkeitsfabel zu erfinden. Die hätte mittelfristig auch dem Trennungs-Outing eine formidable Reichsautobahn asphaltieren können: Schließlich würde die Pastorenwitwe Guttmann nur allzu gern noch zwei, drei stramme Enkel in den Armen halten, bevor sie wohlgemut vor ihren dämlichen HERRn tritt.

Darüber denkt sie wahrscheinlich gerade nach. Um im nächsten Augenblick schon wieder ganz woanders zu sein: »Was hast du jetzt eigentlich für komische Sachen an?«, fragt sie. »Und der Bart. Und die Haare erst. Wie so ein Nationalsozialist. Junge, schön ist das nicht!«

»Das hat man hier jetzt so.«

50

»Das Gesicht des Glücks ist schmutzig,
doch sein Lachen ist schön.«
(Willy Messerschmitt)

Sören ist Schwede. Schwede, Musikstudent und Musiker, das sagt eigentlich schon alles. Für mich ist er nach Sheryl eindeutig die Nummer zwei der WG-internen Dino-Skeptiker. Er ist zwar auf eine arrogante Art superfreundlich, doch ist gerade das seine Methode, unmissverständlich klarzumachen, dass er einem um Längen überlegenen Volk angehört. Also im Prinzip wie ein Nazi, womit ich keinesfalls sagen will, dass Sören ein Nazi wäre. Das ist schlicht nicht sein Stil, obwohl der Retroeffekt durchaus vorhanden wäre. Aber da hier Politik nicht gut angesehen ist, läuft auch Nazi nicht. Man müsste die Message eben extrem eindampfen und auf Stil- und Modeelemente reduzieren, dann könnte es vielleicht gehen. Hitlerbärte und bunte Armbinden wären sogar wie prädestiniert, der HJ-Undercut ist ja schon da.

Von seiner Retro- und Fashion-Macke abgesehen, ist Sören Johansson ein unglaublich klarer Mensch. Oder anders ausgedrückt: Er ist komplett ironiefrei. Um ihn zu provozieren, lasse ich fast täglich die Stranglers mit *»Let's talk about Sweden – the only country, where the clouds are interesting …«* laut aus Franziskas geöffneter Zweimannzelle ins Sofazimmer schallen. Das Blöde ist nur, dass man niemanden ärgern kann, der nicht versteht, dass er gerade geärgert werden soll. »Du hast recht«, teilt er mir mit stolzer Miene mit, »die Wolken in Schweden sind wirklich unglaublich interessant. Viel interessanter als in allen anderen Ländern.« Und dann zählt er jedes Mal auf: Es gebe im Schwedischen unzählige verschiedene Wörter für Wolken. »Knöftan« für Wolken, aus deren Umrissen sich Tierköpfe deuten lassen, »Pöftan« für in Rippenform zerfaserte Wolkengebilde, »Möftan« für vorüberziehende und »Röftan« für in Kürze abregnende Unwetterwolken, »Löftan« für aufreißende Wolken, in denen sich erste blaue Himmelsflecken zeigen und so weiter … im weiteren Verlauf seiner Ausführungen schlafe ich in der Regel ein.

Entsprechend sind auch meine Diskussionen mit ihm von Reife und Ernsthaftigkeit geprägt. So ist er im Gegensatz zu den anderen noch bei Facebook. Aber als ich ihm eine Freundschaftsanfrage schicke, hat er Hemmungen, sie zu bestätigen. »Weil ich weiß ja nicht, was du für komische Friends hast«, ist sein Argument. »Am Ende sind die dann noch älter als du und posten die ganze Zeit Clips von uralten Songwritern, Bilder von Grabsteinen und sehr alten Katzen und machen da voll die old school comments, so in der Richtung, wie ungerecht die Welt ist und so.«

Wenn ich ihm aber sage, es sei schon gut, er solle die Anfrage eben einfach nicht beantworten oder ablehnen, bittet er mich, die Anfrage zurückzuziehen. Das würde unser beider Gesicht wahren.

So ein Blödsinn. Das Gesicht wahren. Auf Facebook! Das ist mir doch so was von egal. Ich hab ihm die Anfrage sowieso nur geschickt, weil ich nett sein wollte, nachdem ich ihn neulich wegen seines Honecker-Hütchens verlacht und er den Spott ausnahmsweise auch als solchen aufgefasst hatte. Danach hätte ich sein unverständliches Römtömtöm mit den Wickies daheim ohnehin verborgen. Allerdings habe ich keinen Schimmer, wie man eine Freundschaftsanfrage zurückzieht. Das sage ich ihm auch.

Schließlich nimmt er die Anfrage doch an. »Auf Probe« schiebt er mich in die Gruppe der schwarz markierten Erzfeinde, für die auf ewig jede Meldung unsichtbar bleibt, und zwar in beide Richtungen – darauf einigen wir uns. Er schlägt mir sogar die Seite seiner neuen Band After Show Party vor und lädt mich zur Record Release Party ein. Zusammen mit nur zehntausend anderen Friends. Zuerst dachte ich ja, ich wäre zu einer After Show Party eingeladen. Aber so heißt wirklich nur die Band. Das dürfte noch die eine oder andere Verwechslung geben.

Die Band ist auch der Grund, warum Sören nun doch in der Stadt bleibt, ich nicht sein Zimmer übernehme und mir weiterhin mit Franziska deren zwölf Quadratmeter teile. Er spielt mit fünf schwedischen Hipstern – Lasse, Lisa, Britta, Inga und Ole – zusammen, und seit er dabei ist, schießt die Kombo mit Karacho durch die Decke. Sein Vorgänger Bosse ist in der Gosse gelandet. Chrystal Meth, aber er soll vorher schon ein Arsch gewesen sein. Sören ist eher zufällig als Ersatz eingestiegen und hat sich im Handumdrehen nicht nur als neuer Sänger, sondern auch als Texter profiliert. Der neue Megahit, der After Show Party in nur kurzer Zeit so richtig groß gemacht hat, geht auf seine Kappe.

51

»Weint der Mann im Mond,
schweigen die Sterne.«
(Vati)

Das *Lido* am Schlesischen Tor ist laut *Hipster-Radio4U* seit Wochen ausverkauft. Wo ich bin, sind anscheinend immer alle. Die WG ist ebenfalls da und Franziska sowieso. In der Zeit vor Sören haben After Show Party gern im Neuköllner *Heimathafen* gespielt, doch auf meine Nachfrage hin hat er nur abgewinkt: »Wir performen doch nicht vor Slammern, Fans von 2raumwohnung und anderen Rentnern, Alter – bist du bescheuert?«

Um neun ist die Halle noch halb leer. Als erste Vorband kommt so ein Opi mit Hut auf die Bühne, der einen Haufen angejahrter Begleitmusiker mitgebracht hat. Er wird als Heiner Lauterbach & Band angekündigt. Ich hätte ihn fast nicht erkannt – er sieht schrecklicher aus denn je. Die Jungen kennen ihn sowieso nicht, was für ihn eigentlich von Vorteil sein müsste. Dennoch wird er schon beim zweiten Song von der Bühne gebuht. Die Mädchen vom Plärr Bitch Projekt kommen da schon besser an. Die Schweinfurterinnen rocken die sich nun zunehmend füllende Halle mit ehrlichem Metal. Sie erinnern mich ein bisschen an L7, nur mit kurzen Haaren und fränkischem Dialekt.

Im Anschluss gibt es eine lange Umbaupause. Zeit zum Bierholen. Sheryl bringt eine Runde, und ich muss noch mal los, weil kein Becher für mich dabei ist. Als ich an einem der Tresen anstehe, kommen die Schweden auf die Bühne.

Gegen den Sturm, den ihr Auftritt entfacht, waren die Beatles in Tokio ein laues Lüftchen. Inga an der natürlich ironisch gedachten Triple Neck heizt ein, Lisa lässt das Schlagzeug krachen, Britta spielt den Bass. Gebrochen wird der fette Sound von Lasses keltischer Harfe und Oles E-Cello. Ich finde die ersten Songs nur so lala, im Grunde eine Art Britpop mit Einsprengseln von Minnesang und Gothic Rock, während Franziska voll mitgeht.

Nach dem Song *Wunderbar Wonderbra* fährt ein Gabelstapler eine Palette mit Bierkisten auf die Bühne. Erwartungsvolle Stille. Sören klettert auf den Stapel, setzt sich und beginnt zu singen. A cappella.

He comes in the morning
And brings us our superb Sternburg beer
Young guy, yellow orange face like the Fanta bottles in the fridge of the Weser-Späti
Dirty Berlin talk …

(Erkennendes Lachen im Publikum. Wahrscheinlich können sie eh schon kein Deutsch, und Berliner Dialekt verstehen sie erst recht nicht. »Icke« ruft jemand aus dem Dunkeln. Das Gelächter wird lauter, einzelne anfeuernde Pfiffe ertönen.)

… Takes with him the money and the Pfand
And our cute little girl for a date
As a precious prize
And she says: …

(Schleppend und leise setzt die Band ein. Lisa tupft weich den Jazzbesen, Inga entlockt einer Akustik-Gitarre karg gestreute Schmelztöne. Die Spannung steigt, man merkt, die Leute erwarten den Refrain, und als er kommt, singen außer mir alle mit:)

Getränkeboy, be my toy
Getränkeboy, gimme joy …

Krachend explodiert der Sound. Auf der Leinwand im Hintergrund läuft ruckelnd eine Gif-Animation, in der eine Art Harpyie versucht, eine kleine Katze mit rotem Fell in einen Getränkelieferwagen zu locken.

»Hi«, sagt ein Typ zu Franziska und stellt sich links neben sie. Er ist vielleicht Ende zwanzig, hat kurz geschorene blonde Haare und jeder Quadratzentimeter Haut, den sein Muscle-Shirt freigibt, ist mit Drachen und zackig anmutenden Symbolen tätowiert. »Sie spielen unser Lied.«

Sie quiekt auf vor Überraschung, dann lachen beide los und sie umhalst ihn. Fest und lange. Das ist okay, ich halte meine altgermanischen Umgangsformen längst nicht mehr für das Maß aller Dinge. Sehr fest und sehr lange. Ich stehe dumm lächelnd daneben. Wie die Kletten. Er schubbert ihr den ganzen Glitter von den Wangen. Lächeln. Langsam könnten sie sich ruhig mal wieder voneinander losreißen. Sag mal, ficken die jetzt gleich?

»Das ist Thomas«, stellt mich Franziska schreiend vor. Endlich. Aber der Song ist auch zu Ende. »Thomas, das ist Svennie!«

Er quetscht kräftig meine Hand. Aua. Trotzdem versuche ich, weiter zu lächeln, denn so weit habe ich meine Vernunft noch im Griff, dass ich weiß, dass das alles nur mein Problem ist. Oder höchstens Franziskas und meins, aber jedenfalls nicht das von diesem dämlichen kleinen Arschloch. Und da war doch was mit dem Getränkemann – ich wusste es ja! Von wegen keinen Sex unter Alkoholeinfluss! Pick-up-Artist: dass ich nicht lache. Bierkutscherliebchen.

Sie brüllen einander aus nächster Nähe in die Ohren, malen weit ausholend ovale Figuren in die Luft, schauen zu mir rüber und grinsen beide. Ich habe akustisch nichts verstanden. Wahrscheinlich hat sie ihm gesteckt, was sie mir erst gestern Abend gesagt hat: Nämlich, dass ich meine Eier gar nicht hätte rasieren müssen, weil das für mich eh nicht altersgemäß wäre. Eine alte

Frau trüge doch auch keinen Minirock. Nach einer weiteren Umhalsungsarie, als zöge einer von beiden in den Krieg, haut Svennie schließlich ab. »Zu meinen Kumpels«.

Ich stehe stumm neben der begeisterten Franziska. Wohl aus reiner Gewohnheit legt sie ihre Hand in meine. Die Hand ist kalt. Sie raucht zu viel. Ich entziehe ihr meine. Sie merkt es nicht.

52

»In der Schule des Vertrauens sind alle Kinder dumm.«
(Oscar Wilde)

Es ist Samstagvormittag, ich bin auf dem Rückweg von Doreen. Sie hat jetzt doch ein wenig Kummer mit Pietchen, er ist so oft abwesend. Körperlich wie geistig. Eine dieser Doppelabsenzen habe ich für ein alkoholunterfüttertes Krisengespräch bei ihr genutzt, dessen Dauer und Intensität mich dort gleich übernachten ließ.

Leider ist mein Rad wieder mal kaputt, so dass ich auf den ÖPNV angewiesen bin. Den nutze ich nur ungern, wenn ich mich nicht gerade aufwärmen will. Gestern Abend hat Nick mich noch mit seinem neuen Muttipanzer an den Humboldthain gefahren. Eine Dauerleihgabe seiner Eltern. Er kann ja noch nicht wieder richtig laufen, geschweige denn auf dem Rollbrett stehen. Normalerweise hätte ich geschworen, dass mich keine dreihundertzwanzig Pferde dazu bringen, mich in exakt das Modell zu setzen, das mich in meinen Tagträumen geschätzte dreihundertzwanzigmal überrollt hat, aber ich hatte es eilig.

In der U-Bahn piepst mein Mobiltelefon. Franziska schreibt.

Hi thomas, kann leider nachher nicht mit dir zum essen, weil svennie mich gefragt hat, ob ich zu ihm komme und ihm einen bla(Textteile fehlen).

Wenn ich etwas hasse wie die Pest, dann sind das *fehlende Textteile*. Gerade jetzt. Svennie? Was soll denn das schon wieder, was macht sie bei dem? Ich sitze in der U-Bahn, halte das nutzlose Handy in der Hand und ärgere mich. Wenn ich den Ärger unter das Mikroskop der schonungslosen Ehrlichkeit klemme, sehe ich deutliche Anzeichen von Besorgnis. Und betrachte ich diese Besorgnis noch weiter vergrößert, kommt sogar Eifersucht zum Vorschein. Winzig kleine, miese, hilflos schlotternde Eifersucht. Was für eine traurige Diagnose. Ich hatte gehofft, mit dieser kindischsten unter den menschlichen Regungen wäre ich längst durch. Bin ich aber nicht, Franziska hatte recht. Was kommt dann bloß als nächste Kinderei? Wahrscheinlich habe ich bald wieder feuchte Träume von Unterwäschereklame oder erlebe mein Revival als Bettnässer.

Ich warte. Textteile fehlen. Meine Phantasie wird zum Pionier, der blitzschnell eine Notbrücke zwischen den Ufern Furcht und negative Erwartung schlägt. Und dann, zack, alle Gedanken rüber, während links und rechts die Geistesblitze detonieren.

Ich bin aber auch selber schuld, ich habe schließlich den Vorschlag mit dem *Sternburg* gemacht. Das *Tsingtao Cranberry* hätte sicher der Meister persönlich angekarrt, Herr Hoffmann. Auf der anderen Seite hätte ich nie gedacht, dass der Getränkeboy bei ihr was reißen könnte. Ist es seine Schlichtheit versus meine Filigrandenke? Bin ich ihr zu weise? Zu überlegen? Sucht sie davon Erholung?

Vier Stationen weiter warte ich noch immer auf die fehlenden Textteile.

Ich würde zu gerne wissen, warum sie mir überhaupt schreibt, dass sie mit diesem Flaschenkind zugange ist. Um mich demütig zu halten? Dabei ist Demut doch mein zweiter Vorname. Im Moment zumindest. Und wäre ich eine Fußballmannschaft, würde ich von Dietmar Demuth trainiert. Ah, das Telefon!

Lieber Vodafone-Kunde, Sie erhalten in Kürze eine Konfigurations-SMS. Bitte speichern

Schweinebande. Ausgerechnet jetzt kommen die mir mit so einem Scheiß und bei denen fehlen dann natürlich keine Textteile. Nicht, dass ich paranoide Tendenzen hätte, aber ich wette, die kontrollieren den SMS-Verkehr und lachen sich in ihrer Räuberhöhle aus Glas und Beton über mich scheckig: »Kunde Nummer 08154711666 am Rande des Nervenzusammenbruchs.

Schicken wir ihm jetzt die Monatsabrechnung oder eine Konfigurationsankündigung?« High Five und hoch die Tassen.

Ich könnte töten.

Und noch mehr der schlechten Scherze. *Willkommen in der EU. Mit ihrem Vodafone-Reiseversprechen können Sie auch in Polen ...* Scheiße, ich fahre durch Berlin! Haben wir heute derart starken Ostwind? Ich ertappe mich dabei, wie ich mich unruhig umblicke und auch die Waggondecke abchecke. Die Kameras. Bewusstseinsscanner. Infrarotmessungen der Gehirnströme. Mein linkes Auge zuckt unkontrolliert. Ein Wimmern entsteigt wie fremdbestimmt meiner Kehle.

Textteile fehlen.

Am U-Bahnhof Weichselstraße steige ich mit weichen Beinen aus, der vorläufigen Endstation der neuen U10, dem sogenannten Hipster-Express.

... uen fanpullover von after show party bringen kann. Mit autogramm von sören. Aber ich komm vom getränkeladen dann direkt nach haus. Xxxf

Eigentlich wollten wir ja zusammen im *Nam Nam* essen, einem neuen Vietnamesen in der Rütlistraße. Aber gut, dann ernähre ich mich eben auf meine Weise. Im *Weser-Späti* hole ich mir ein paar Flaschen *Ordinator XX-strong*. Ich brauche unbedingt ein Schmiermittel, das mich wieder runterbringt. Das *Sternburg* kann ich gerade nicht mehr sehen.

53

»Halte dein Maul so lange,
bis es dir zu Boden fällt.«
(Alexander der Große)

Am späten Samstagabend ist im *Hase und Igel* der Teufel los. In eine Nische gequetscht warte ich mit einer Fanta Absinth in der Hand auf Franziska. Selbst auf dem kleinen Dancefloor stehen Hipster dicht an dicht und machen einen auf Stehempfang. Babylonisch lärmt das Sprachengewirr aus Spanisch, Englisch, Italienisch, Deutsch. Leider hat die Jugend der Welt auch ein paar alternde Aasgeier angezogen. Geduldig kreisend spähen sie nach alkohol- oder drogengeschwächten Jungtieren, die ihnen das eigene Verenden versüßen könnten.

Zum Beispiel der Typ da hinten mit dem breitkrempigen Hut und dem Augenmord der 80er Jahre, schwarz-weiß längsgestreifte Stretchhosen, der bei Linda sitzt und sie anschäkert. Den kenne ich. Das ist einer dieser unsäglichen »Lesebühnen«-Autoren. Lenni Haumann, der Schlimmste von allen. Läuft hier zwar rum wie ein Zebra, das frisch der Zooklapse entsprungen ist, lässt aber nichts anbrennen. Ein ekelhafter Angeber. Mit seinem prätentiös verschraubten Stil, dem pseudointellektuellen Gehabe und seiner verlogenen Pose als Neuköllner Urgestein, obwohl er in einem geerbten Barockschlösschen bei Potsdam wohnt, ist er mir schon lang ein Dorn im Auge. Ein Dorn aus gehärteter Scheiße. Als ich mich ihm mal an irgendeinem anderen Tresen freundlich vorstellte, hat er mich mit den Worten abgebügelt, wer ich denn überhaupt sei, ob *man* mich kennen müsse? Und er wünsche nicht, von so einem drittklassigen Schlamm-Poeten (tatsächlich sagte er: »Schlamm-Poet«) belästigt zu werden. Danach dreht er sich abrupt wieder zu einer für seine Verhältnisse viel zu jungen und zu schönen Frau um, um sie vollzusabbeln, was die sich auch noch unter künstlich geziertem Gekicher gefallen lässt. Wer ich sei?! Ich, Thomas68. Das fragt mich dieser Sprachvernichter. Was macht der überhaupt hier? Ich muss Linda unbedingt warnen.

Praktischerweise zwingt seine morsche Prostata den Blender alle zwanzig Minuten vor die Keramik. Eine dieser Gelegenheiten nutze ich, um sie mir kurz beiseitezunehmen und ihren Unterarm sanft auf dem Tresen zu fixieren. So verleihe ich meinen Worten Gewicht.

»Der Typ da: die alte Arschgeige im Zebrakostüm …«

»Ja, was ist mit dem? Der ist voll amüsant.«

»Ich kenn den: Das ist ein cholerischer, arroganter, altersgeiler, egomaner, größenwahnsinniger, unberechenbarer, faschistoider und sexistischer Vollpsychopath.« Dabei betone ich jedes Prädikat bewusst ein bisschen mehr als das vorige und werde Stück für Stück auch schriller, so dass die Aufzählung am Ende wie eine Tonleiter klingt. Eine Tonleiter des Grauens.

»Ach, du meinst, der ist Theaterregisseur? Das ist ja aufregend …« Sie macht Anstalten, sich loszureißen – ich vergaß, dass sie Theaterwissenschaften studiert. Im Angesicht der Macht, und sei die auch noch so hässlicher Natur, offenbaren nicht wenige Charaktere leider eine verheerende Sollbruchstelle. Man denke nur an die zum Teil auch unverblümt sexuell geartete Bewunderung, die Adolf Hitler einst entgegenschlug. Das verbittert mich. Wäre ich nicht der, der ich bin, könnte man nun vermuten, meine Verbitterung habe mit der Ohnmacht zu tun, über ebendiese Machtfülle nicht zu verfügen. Auch damit, dass die Schönheit meiner Seele nicht mit der schnöden Position des Buchstabenschänders konkurrieren kann. Aber mir geht es natürlich um etwas ganz anderes, Prinzipielles: um eine schonungslose Sicht auf die Dinge, ein harmonischeres Miteinander und eine bessere Welt ohne Klassen- und Geschlechterschranken.

»Von wegen Regisseur«, beeile ich mich, sie zu bremsen.

»Das ist nur sein Role Model. In Wahrheit ist er einer von diesen drittklassigen Lesekaspern, also so ne Art Comedian. Stell dir praktisch mal einen Mario Barth vor …«

»Wer ist das?«

»Egal, also stell dir einen massenkompatiblen Alleinunterhalter in so einer Bierhalle auf Mallorca vor. Und der hat seine Kalauer und Flachwitze dann noch nicht mal auswendig gelernt, sondern liest sie eintönig leiernd vom Blatt ab. Das ist der. So was macht der.«

»Oh … kayyy …« Sie scheint nicht ganz überzeugt zu sein, aber vielleicht ist sie auch einfach nur enttäuscht. Immerhin sucht sie sich nunmehr einen anderen Platz an einem kleinen Nebentresen um die Ecke.

Endlich kommt auch Franziska, ich sehe sie hinten an der Bar vorbeigehen, dort in der Nähe von Haumann einen merkwürdigen Schlenker machen, und winke ihr aus meiner Ecke heraus zu. Als sie endlich bei mir steht, wirkt sie vollkommen verstört. Kein Lächeln, kein Begrüßungskuss. Sie fletscht die Zähne, ihre sonst so glatten roten Haare wirken wie elektrostatisch aufgeladen, sie hat ein bisschen was von Pumuckl. Allerdings habe ich nicht das Gefühl, dass das hier auch nur im Allergeringsten lustig wird. Im Gegenteil. So habe ich sie noch nie gesehen.

»Das war eben so eklig«, sagt sie. »Er hat mir an den Arsch gefasst.«

»Waas?« Ich raste gleich aus. »Wer??« Dabei ist doch längst klar, wer. Sie geht ohnehin nicht auf die Frage ein.

»Also ich bin mir nicht sicher«, sagt sie, »nur so zu hundertneunzig Prozent oder so. Weil das war eben voll geschickt gemacht. Also nicht richtig fett zugegriffen, sondern eher so als Zufall getarnt. Was es ja nicht war, aber da fehlt dann schon so die allerletzte Sureness. Sonst hätte ich ihm ja auch einfach eine knallen können, das wär ja viel besser gewesen. Oh Mann, das ist voll der Abtörn!«

Die Drecksau. Ruckartig erhebe ich mich.

»Moment«, sagt Franziska, »wart mal: Ich kann das selber ...«, doch ich strebe bereits entschlossen Richtung Tresen. Ich muss die Gelegenheit nutzen. Haumann fingert nach den Kippen in seiner Jackeninnentasche. Gleich wird er zum Rauchen vor die Tür gehen, ich werde ihn einholen und danach knapp hinter ihm bleiben; von Franziskas Platz aus wird es so aussehen, als hätte ich ihn aufgefordert, mit mir nach draußen zu gehen, um die Angelegenheit zu klären.

Vor der Tür ist niemand außer uns. Das trifft sich gut. Ich kann jederzeit zurückrudern, ohne vor Zeugen mein Gesicht zu verlieren. Der potentielle Ausweg erhöht meine Risikobereitschaft. Während er ahnungslos raucht, trete ich von der Seite an ihn heran, packe rechts und links die Enden seines dunkelblauen Kaschmirschals und ziehe den Knoten langsam zu.

»Du hast meiner Frau an den Arsch gefasst«, kläre ich ihn über den Hintergrund unseres Tête-à-Têtes auf. »Jetzt geht's dir an deinen.«

Die zu einem Drittel aufgerauchte Fluppe fällt ihm aus dem Mund. »Bitte nicht.« Er winselt. Seine Stimme zittert, dann sein Kinn, seine Lippen, und er fängt doch tatsächlich an zu weinen. Das gibt's ja wohl nicht! Dabei habe ich noch nicht mal angefangen. Hätte ich wohl auch nicht, ich schlage mich eigentlich nie, weshalb ich auf dem ganzen Weg vom Tresen bis hierher nichts anderes überlegt habe, als wie ich aus der Nummer wieder rauskomme. Also nicht, dass ich es mit der Angst zu tun bekommen hätte. Die Gefahr ist schließlich gleich null. Ich habe schon richtig abgecheckt, dass mein Gegenüber in seiner tiefsten Seele eine winzig kleine Wurst ist. Dafür habe ich die nötigen Antennen und die muss man auch haben, wenn man sich auf so ein Gepose einlässt. Aber ich wusste bis eben wirklich nicht, wie die Sache weitergehen sollte.

Zum Glück nimmt er mir die Arbeit ab. »Gnade, Gnade«,

wimmert er, knickt ein und robbt auf den Knien vor mir rum. Der Auftritt übertrifft sogar noch meine kühnsten Vorstellungen von seiner sowieso schon hoch taxierten Erbärmlichkeit. Ich habe einen genialen Einfall.

»Kack dich voll«, herrsche ich ihn an.

»Wie bitte?« Konsterniert unterbricht er das Schluchzen.

»Ich will, dass du dich einkackst«, sage ich. Dabei versuche ich, böse und gefährlich auszusehen und nicht zu lachen. »Hier und jetzt und mitten in deine lächerliche Zebrahose rein. Sonst verhau ich dich.«

»Ja, ist gut«, jault er. »Das mach ich. Nur bitte tu mir nichts.« Er rutscht noch ein Stückchen näher.

Eine Sekunde später verspüre ich eine erstaunlich kräftige Hand an meinem Sack, die erstaunlich kräftig hineingreift und ihn mit einem Ruck erstaunlich kräftig umdreht. Mit einem erstickten Gurgeln à la Sheryl gehe ich wie von selbst zu Boden und bekomme dort noch ein paar saftige Tritte in den Magen. Déjà-vu. Ich zähle mit: eins, zwei, drei. Scheiße: vier.

»Was glaubst du denn?«, höre ich Haumann wiehern. »Denkt ihr im Ernst, ich heul hier rum und kack mich voll? Du und deine dämliche kleine Schlampe!«

Kurz höre ich ihn noch ein Lied anstimmen, »Theater, Theater, der Vorhang geht auf …«, Katja Ebstein, mir wird schwarz vor Augen.

Als ich erwache, liege ich auf einer Eckbank in Klonähe. Die Hipster um mich herum nehmen keinerlei Notiz von mir – für die wahrscheinlich nur ein altersbedingter Schwächeanfall. Nicht mal die Reste von Erbrochenem, die mir Franziska mit nass gemachten Papierhandtüchern aus den Mundwinkeln wischt, scheinen sie zu stören. Drogenkonsum und beiläufiges Erbrechen gehören bei ihnen zum Alltag.

Linda kommt vorbei. Sie bringt Franziska einen Gin Tonic und mir einen Kamillentee.

»Armer Dino«, sagt sie. »Ich hab ihn noch wegrennen sehen.

Das war dieser lustige Theaterregisseur mit der abgefahrenen Streifenhose. Ich versteh nicht, warum der das gemacht hat. Vielleicht wollte er irgendwas improvisieren.«

»Oh Mann.« Franziska blickt auffällig kurz zu ihr hoch. Manchmal denke ich fast, sie hasst Linda ein bisschen. Was ich nicht verstehe, weil die zwar zugegebenermaßen nicht die Allerhellste ist, aber nett ist sie auf jeden Fall und obendrein verdammt süß. Jedenfalls verzieht sich Linda zurück in ihre Ecke, wo ich jetzt auch Jan, Giuseppe und Sören sehe.

»Ich hasse es, wenn Männer sich prügeln«, murrt Franziska und schnuppert für meinen Geschmack einen Hauch zu intensiv an dem Kotzlappen, bevor sie wieder nach ihrem Longdrink greift, um ihn geräuschvoll durch den Strohhalm zu ziehen. »Das find ich so superproll. Und wenn doch«, jetzt kommt es leider, »dann sollten sie es wenigstens beherrschen. Entschlossene Moves, harte Punchs – du weißt schon, so ein bisschen Fight-Club-mäßig, dieses Movie da aus den Eighties oder Nineties, coole Männer, stahlharte Sixpacks, Fairnessgedanke und so. Das ist sauber und sieht okay aus. Aber nicht diese halbe Scheiße, so ein Seniorenturnen für Superarme, das geht echt so was von gar nicht!«

Fast könnte man meinen, sie kanzelt mich ab. Ich bin zu geschwächt, um mich zu wehren. Dabei wollte ich doch nur ihr Ritter sein, auf dem hohen Ross. Die Gewichte haben sich verschoben.

54

»Wo die Eule ault, wimmert der Wurm.«
(Nelson Mandela)

Das neue Semester hat noch nicht angefangen, und die ganz großen Traveller-Ströme fließen zurzeit in die kosovarische Hauptstadt Priština, dem neuen Place to be, wo die Zigaretten »ridiculously cheap« sein sollen und es einen siebenstöckigen Club gibt, in dem unter Drogen stehende Hunde Rollschuh laufen. Zwar wird sich der Hype erfahrungsgemäß innerhalb weniger Wochen wieder legen, doch bis dahin ist es im *Zille-Eck* ungewöhnlich ruhig. Zu Beginn meiner Frühschicht habe ich sogar Zeit, in einem Exemplar des neben der *Vice Fashion Issue 2013* ausliegenden *Drag's Berliner* zu blättern. Der Aufmacher der aktuellen Ausgabe: *Should the Germans just, you know, kinda go away?* Untertitel: *And leave the city to us.*

Ich bin unentschieden, auch weil ich momentan gar nicht mehr weiß, ob ich eigentlich noch zu den »Germans« gehöre oder schon zu »us«. Illustriert ist die Titelgeschichte mit Bildern von Meryl. Dasselbe Zeug hängt übrigens immer noch als Dauerausstellung hier im *Zille-Eck.* Vom Tresen aus schweifen meine Blicke über *Hase im Mohnfeld*, *Akt vom schlafenden Kaninchen* und *Erdbeeren mit Balsamico.* Wolle und Hotte haben heute frei, an einem kleinen Tisch in der Ecke bearbeitet Sergio seine Fingernägel mit einem Knipser. Franziska, die mich nicht mehr so oft besuchen kommt, war vorher kurz hier, maulte enttäuscht, »das ist ja voll leer hier«, und ging gleich wieder.

Sie hat recht. Gegen neun ist sogar überhaupt kein Gast mehr da, auch draußen sitzt niemand. Es gibt zwar eine Markise gegen den Regen, doch weht ein ungemütlich kühler Wind. Ich bin gerade in der Küche, um bei Hermine eine Hackepeterschrippe zu stibitzen, als es vorne auf einmal laut wird. Endlich kommen die Gäste, mir war schon langweilig. Doch es müssen garstige Gäste sein, denn es kracht, als würden Stühle zerlegt, dazu Geräusche von splitterndem Glas und eine schwerzüngige Stimme ruft.

»Ist Thommy hier? Träumer-Thommy? Der Möchtegerndichter?«

Woher kennen die meinen Namen?

Ich linse vorsichtig in den Schankraum: Drei schwarz gekleidete Typen demolieren das Mobiliar, von Sergio nur unzureichend daran gehindert. Alle drei tragen schwarze Masken, einer von ihnen mit dem Totenkopfemblem des FC St. Pauli. Er ist groß und dick, der zweite klein und dick, der dritte mittelgroß, sehr dünn und mit einer Krücke bewaffnet. Eine gewaltige Brille beult den schmalen Sehschlitz aus. Blitzschnell ziehe ich den Kopf zurück.

Es wird noch lauter. Ich höre jemanden hysterisch das Wort »Umsatz« schreien – das kann nur Sergio sein. Eine andere Stimme gibt zurück, dass »hier gleich eine ganze Menge umgesetzt« werde.

Die alte Hermine ist leichenblass. »Die Russen«, wispert sie heiser. »Mein Gott, die Russen.« Der Lärm, der aus dem Gastraum zu uns nach hinten dringt, das Gepolter und Geschrei, scheint üble Erinnerungen in ihr auszulösen.

Weil ich Angst habe, dass sie gleich unkontrolliert loskreischt, appelliere ich an ihre Vernunft und ihren Selbsterhaltungstrieb: »Wir müssen jetzt ganz still sein! Damit uns die Russen nicht entdecken! Nur so haben wir eine Chance!«

Das wirkt. Sie gibt keinen Mucks mehr von sich und presst sich in die enge Nische zwischen Herd und Spüle. Hoffentlich holt sie sich dort keine Blutvergiftung – seit ich zum ersten Mal die Küche betreten habe, frage ich mich, ob Sergios Cousins in prominenter Stellung am Neuköllner Gesundheitsamt beschäftigt sind. Als der Endkampf ums *Zille-Eck* näher rückt und den Führerbunker respektive unsere Küche zu erreichen droht, verstecke ich mich hinter der Tür. Durch den verbliebenen Spalt sehe ich drei Sekunden später auch schon zwei Russen im Raum stehen. Am größeren von ihnen hängt Sergio wie ein Putzerfisch am Riesenhai. Während vorne der dritte hörbar gründlich das Lokal verwüstet, fällt der erste Blick des zweiten auf Hermine in ihrem untauglichen Versteck.

Wütend brüllt er das Fischlein an: »Ihr beutet hier doch Rentner aus! Das ist Altenarbeit!« Und zu ihr: »Du bist frei! Geh, wohin du willst, und genieß deine letzten Tage!«

Hermine wimmert. Sie rührt sich nicht vom Fleck. Ich kann ihr nicht helfen, aber ihr wird ohnehin keiner was tun.

Der tapfere Sergio rangelt mit dem Riesen um den Zugriff zum Gefrierschrank. »Das taut doch alles auf«, zetert er. Die Tür öffnet sich schließlich trotz aller Gegenwehr. Aus dem obersten Fach rollt ein tiefgefrorener Kohlkopf und knallt Sergio mitten auf den Fuß. Schmerz, Wut und Angst um den Umsatz verdichten sich zu einem irren Schrei.

»Weg hier«, höre ich von vorne und die Gang sucht tatsächlich das Weite.

Wir bekommen Hermine kaum aus ihrer Nische raus. Wie eine alte Katze, die nicht verreisen oder zum Tierarzt will, kantet sie sich mit allen vieren in ihrem Schlupfloch fest. Erst als wir sie mit einem Fläschchen *Kleiner Feigling* locken, krabbelt sie schließlich doch hervor. Sergio scheint große Schmerzen zu haben, er hinkt. Das hat er immerhin mit einem der Angreifer gemein: einer humpelte, einer torkelte und einer hatte unablässig Blähungen. Die Eliteeinheit war das nicht gerade.

Dennoch ist der Schaden immens. Flaschen liegen zerborsten am Boden, das Hinkebein hat mit seiner Krücke auch noch die aus dem obersten Regalfach heruntergefegt. Den zuvor schon morschen Stühlen fehlen die Beine und allen Gemälden wurden Hitlerbärtchen aufgesprüht, nicht nur den Hasen, sondern auch den Erdbeeren und sämtlichem Gemüse bis hin zur letzten Zucchini. Das gibt Ärger! Groß an die Wand geschmiert steht eine Art Bekenntnis: *Liebe Grüße, die NsdAp!*

Ich atme geräuschvoll aus.

»Ist was?« Der Chef blickt mich argwöhnisch an.

»Nee. Nix.«

»Aber du kennst die doch? Die haben nach dir gefragt! Und wo warst du überhaupt? Ich hätte deine Hilfe gebraucht.«

»Nee, du weißt doch, wie die Leute sind: Die fragen immer viel, wenn der Tag lang ist. Woher soll ich die kennen, Mann? Und außerdem hatte ich in der Küche zu tun und dann musste ich Hermine beschützen und, ach ja, fast vergessen, Angst hatte ich auch noch.«

»Feigling«, knurrt Sergio. »Hab ja schon von deiner Heldentat im Hase und Igel gehört.«

Damit ist das Haumann-Debakel am Ende doch noch zu etwas gut, denn Sergio scheint sich vorerst mit meiner erwiesenen Kampfuntüchtigkeit zufriedenzugeben. »Erst mal lüften«, ächzt er. »Die haben hier auch noch mit Stinkbomben geschmissen. Oder Buttersäure.«

Ich sage nichts und reiße stattdessen Türen und Fenster auf. Dabei kenne ich den verwendeten Kampfstoff, das tödliche Aroma ist nahezu unverwechselbar: Gerd.

55

»Speichel ist das Wasser der Rede,
ihr Brot das Wort.«
(Gwyneth Paltrow)

Der Anschlag aufs *Zille-Eck* spricht sich in Windeseile herum, wie leider auch die unrühmliche Rolle, die ich selber dabei gespielt habe. Sergio ist der große Held. Er liegt mit einem komplizierten Mittelfußbruch im Krankenhaus. Die abenteuerlichsten Gerüchte ranken sich sowohl um Ursache, Art und Schwere seiner Verletzung als auch um die Wunden, die er seinen Gegnern im Abwehrkampf zugefügt haben soll.

»Einem von den Nazis hat er nur mit einem Kochlöffel einen dreifachen Kieferbruch verpasst«, höre ich es vom Nebentisch raunen. »Danach haben die anderen acht ihn stundenlang gefoltert. Elektroschocks mit der Küchenlampe, Waterboarding im Spülbecken, Zahnstocher unter die Fingernägel. Und dieser fette Silver Surfer, den er aus der Gosse gezogen und aufgepäppelt hat, hat nur danebengestanden und gelacht. Der steckt doch mit den Arschlöchern unter einer Decke.«

Die Kapuze meines Hoodies tief über den Kopf gezogen, sitze ich allein im *Böse Mädchen kommen überallhin. Im Traum *lol**. Hier war ich selten und kann deshalb hoffen, dass mich keiner erkennt. In den anderen Kneipen der Umgebung bläst mir der Gegenwind eiskalt ins Gesicht. Wo ich auch hinkomme, werde ich geschnitten, angestarrt oder beschimpft. Aber nicht nur dort, sondern auch in meiner WG habe ich einen schweren Stand. Sergio hat dann nämlich doch noch mal »nachgedacht«, wie das Zusammenzählen von eins und eins bei ihm heißt. Wie ein Mafia-Pate aus dem Gefängnis heraus organisiert er vom Krankenbett herunter den perfekten Rufmord.

»Die sollen in der Küche auch noch eine behinderte Greisin vergewaltigt haben«, greint eine andere. »Das muss man sich bloß mal vorstellen!«

»Furchtbar.«

»Wahnsinn.«

»Das sind doch keine Menschen mehr. Manchmal macht mich das voll verzweifelt, wenn ich sehe, in was für einer Welt wir eigentlich leben!«

»Quatsch«, sage ich. Ich kann einfach nicht mehr an mich halten. »Stille Post, knülle Post. Ihr glaubt echt jeden Scheiß. Das war alles komplett anders!«

Ruckartig fahren vier Köpfe herum, und sieben Augen glotzen zu mir herüber – die eine Hipsterbraut schielt wie Franziskas Bisamratte. »Woher weißt du …?« Gleich auf einmal fallen mehrere Groschen. Sofort rühren und wischen geschickte Finger auf den gewohnheitsmäßig auf dem Tisch bereitliegenden Wischphones herum. Ich kenne das steckbriefartige Klickmonster – Sergio hat es eingerichtet –, www.dinokenntdie.com. Die Fehlsichtige ist am schnellsten: »Ach, du bist dieses Schwein! Und da wagst du dich echt noch aus deinem Rattenloch? Alle Achtung!«

»Mörder«, zischt ihr Freund neben ihr und rückt mit dem Barhocker ein Stück vor sie hin, wie um sie zu schützen. Täusche ich mich, oder zittert er dabei?

Ich blicke die drei durchdringend an und sie schrecken zurück. Das macht Spaß. Die Tröpfe haben doch tatsächlich Angst vor mir. Dabei sollte mein Blick nur fragen: Seit wann wohnen Schweine in Rattenlöchern – sind die nicht viel zu dick dafür? Aber das kann ich ja irgendwann auch mal Franziskas Vater fragen. Zunächst mache ich lieber, dass ich fortkomme. Mein Bier lasse ich stehen. Das Glas war sowieso schon halb leer.

Zu Hause ist es allerdings kaum angenehmer. Eisige Kälte hat vor der Saison Einzug im Haus Weserstraße 347c gehalten.

Sheryl spricht gleich gar nicht mehr mit mir. Für einen Verräter hat sie mich ohnehin schon gehalten, nun aber bin ich in ihren Augen auch noch quasi alleinschuldig an dem Bildersturm auf das Œuvre ihrer verkackten Ficke. Als hätte ich die Hitlerbärte selber draufgeschmiert. Dabei hätte ich mir die Mühe nie gemacht, ich hätte den Pfusch einfach nur angezündet. Nächtelang sitzen Meryl und sie hinter der Milchglasscheibe ihres Zimmers und heulen wie die Schlosshunde. Keiner kann mehr schlafen, sogar der letzte Couchsurfer hat fluchend das Feld geräumt. Ihren Essay für den kommenden *Drag's Berliner* hat sie uns allen in der Küche vorgelesen, ohne mich dabei eines Blickes zu würdigen. Namentlich werde ich nicht erwähnt, doch auffällig oft kommt ein »traitor« darin vor. Der Titel: *The German Angst and the German Cowardice in the Context of the Third Reich.*

Auch Sören ist mir gegenüber einsilbig, aber das ist bei ihm ja nichts Ungewöhnliches. Er arbeitet gerade an seinem neuen Hit »Judas Kiss«, klimpert tagelang auf seinem kleinen Nintendo, der Grundton ist deutlich ernster und schwermütiger geworden. Linda hingegen tut wenigstens so, als ob sie das alles nichts anginge. Vielleicht schenkt sie dem Gerede keinen Glauben, doch fürchte ich eher, dass sie einfach mal wieder nichts schnallt. Nur Nick verhält sich wie vor dem Ereignis. Er ist sogar fast noch freundlicher geworden. Es war sicher eine gute Idee, ihn nach seinem Crash im Krankenhaus zu besuchen.

Ein Fall für sich ist selbstverständlich Franziska.

»Was ich ja überhaupt nicht verstehe: Neulich bei dem brutalen Leseheini warst du doch noch so mutig.«

Sie findet, dass ich Sergio und Hermine im Stich gelassen habe. Das ist für sie der entscheidende Punkt. Darüber hinaus glaubt sie mir oder findet es auch nicht so wichtig. Sie ist der einzige Mensch, dem gegenüber ich wenigstens angedeutet habe, dass es ganz entfernt sein könnte, dass ich da jemanden … aber ihn deswegen gleich hinzuhängen, da müsse man auch abwägen, schließlich hätte ich »praktisch absolut fast gar nichts gesehen«. Und ich gebe hier definitiv nicht den Denunzianten.

Ganz kurz hatte ich tatsächlich mit dem Gedanken gespielt, aber spätestens nach Sheryls Vortrag wusste ich: Das kommt für mich auf keinen Fall in Frage. Die kriegen die armen Idioten sonst am Ende noch als Rechtsterroristen dran. Den Rest haben uns schon die Bullen aufgezählt, die nach dem Überfall im Laden waren: Land- und Hausfriedensbruch, Sachbeschädigung, schwere Körperverletzung sowie die Verwendung von Kennzeichen verfassungswidriger Organisationen. Gerade Anatol ist eh schon vorbelastet genug. Dabei ist er doch einfach nur bekloppt.

»Das musst du wissen«, sagt Franziska. »Ich find ja, mit Nazis ist echt nicht zu spaßen.«

»Aber ich sag dir doch, dass das keine Nazis sind.«

»Woher willst du das denn so genau wissen?«

Sie guckt mich komisch an. Ernst und ein bisschen starr. Ich wünsche mir ihren munteren, neugierigen und stets leicht neckenden Blick zurück. Es wird Herbst.

56

»Das Maul des Gerechten kennt keine Gnade.«
(Nena Kerner)

Am Frühstückstisch sitzt Linda mehr auf als neben einem ungewöhnlich hübschen Knaben. Schwarze Haare, dunkelbraune Augen und leicht gebräunter Teint. Sein affiges Outfit stützt vehement die alte Weisheit: »Wahre Schönheit ist unzerstörbar.«

Die Art und Weise, wie die beiden mit großem Appetit aneinander herumknabbern, während vor ihnen die Peanut-Shruggies in der warmen Sojamilch aufweichen, zeugt von einer schlafarmen Nacht. Neugierig mustere ich den Besucher. Die wechseln bei ihr ja mehr oder weniger nach dem Flugplan der Billigflieger, die die Stadt mit frischem Fleisch versorgen. Rosinenbomber. Was hat sie sich da denn diesmal angeschleppt?

»Spanish?«, frage ich.

»Turkish«, sagt er. »My name ist Emre.« Für Sekunden löst er die Griffel vom Rücken meiner Mitbewohnerin und hält sie mir hin.

»Thomas.« Ich stutze. Hat er gerade Englisch mit mir geredet? Das kann nicht sein. Ich mache die Probe aufs Exempel: »Alles klar, Lan? Schicke Lady, was?«

Er blickt mich verständnislos an.

Ich versuche es noch mal in seiner Sprache: »Was geht, Alter? Dicker? Chef?«

»Xcuse me?«

Das ist nicht seine Sprache. Was ist denn das für ein komischer Türke: Wieso kann der kein Deutsch?

Doch es gibt Wichtigeres zu besprechen. Heute Abend soll es irgendeine Party geben. Eine Party in einem Heizungskeller in der Täve-Schur-Kehre.

»Wo soll denn das sein?«

»In Selchoff.«

Buckoff. Selchoff. Teltoff. Die konsequente Ignoranz gegenüber der Regionalsprache schmerzt in meinen Ohren. »Du meinst Selchow mit Oweh am Ende? Das klingt aber mal verdammt nach außerhalb und national befreiter Zone. Und nicht nach Berlin.«

»Doch, das ist einfach mit der U7 immer geradeaus.«

»Jede U-Bahn fährt immer geradeaus.«

»Leck mich. Du weißt schon, was ich meine. Also U7 bis Endstation Rudoff – da ist ja auch längst alles voller Hostels und Vintage-Shops, ich glaube, jetzt schon wegen dem neuen Luftkreuz, das da in zwanzig Jahren oder so eröffnet wird. Dann irgendwie weiter mit irgend so nem Pampa-Shuttle. Auf jeden Fall werden wir da draußen die Allerersten sein. Neues Terrain erobern, unseren Claim abstecken, an den Baum pinkeln. Wie geil ist das denn? Kreuzkölln ist sowieso durch. Nur noch Druffis, Yummies, Touris und Hipster.«

»Und was sind wir?«, frage ich zuckersüß und bereue es im nächsten Moment auch schon wieder. Seit »Zillegate« ist meine besondere Zurückhaltung gefragt.

Sheryl gurgelt gefährlich.

»Wir?« Sören tut nicht erstaunt, er scheint es wirklich zu sein. »Du bist kein Teil von ›wir‹. Und bist es auch nie gewesen!« Das hat ordentlich gesessen. Ich habe das *Zille-Eck* doch nicht selbst überfallen. Auch Franziska geht das jetzt zu weit. Wenn sie es mal wieder zu schlimm mit mir treiben, ist sie durchaus für mich da. Kleine Löwenmutti.

»Mann, Sören, schieb dir doch deine Disse echt mal in den Arsch.«

Ich hätte es selbst nicht besser ausdrücken können.

Am Hermannplatz treffen wir uns mit Jan und Steve und nicht mit Sylvie. Die fehlt, wie in letzter Zeit öfter. Seit der Sache mit dem Hotel ihrer Mutter ist sie irgendwie komisch geworden. Das verstehe ich gar nicht, die hat doch schließlich überlebt. Auch Emre ist nicht mit dabei. Er durfte nicht. »Bed & Breakfast« lautet Lindas Grundprinzip. Allenfalls noch mit Stern, sprich Austausch der Mobilnummern, aber mehr nicht, da ist sie konsequent. Immerhin konnte ich ihr nebenbei entlocken, dass neuerdings auch türkische Hipster Neukölln besuchen, Mittelstandskinder aus Istanbul. Also echte Türken. Was es nicht alles gibt.

»Kommt der Dino auch mit?« Jan fragt Franziska so, als ob ich nicht da wäre, obwohl ich mehr oder weniger zwischen den beiden stehe. Ich hätte nicht übel Lust, ihm den Fleshtunnel mit einem Baseballschläger zu weiten.

Franziska tut so, als wäre nichts. »Mein Dino kommt auch mit«, sagt sie mit der stolzen Entschlossenheit eines kleinen Mädchens und schlingt beschützend ihre Arme um mich. Das alte Bild. Ich bin ein riesiger grüner Stoffdinosaurier vom Rummel. Der Losbudenbesitzer ist wahrscheinlich froh, dass er den Staubfänger los ist.

Das bin ich nämlich: ein Staubfänger. Auch für sie. Darauf passt man vielleicht aus alter Gewohnheit noch ein bisschen auf, aber irgendwann hat man das Kuscheltier ausgewachsen und stellt es nachts neben den AWO-Container. Die Ostsee, das *Zille-Eck*, die süße Franziska als Wachs in meinen Händen und unter meinen Worten: Es ist noch gar nicht lang her, dass mein Selbstbewusstsein Berge und Apfelbäume versetzen und ausreißen und wieder einpflanzen hätte können. Die Kraft ist weg.

Nach zwei Stunden Fahrzeit kommen wir in Selchow an. Wir sind die Einzigen, die hier aussteigen, und da es ja keine Hipster gibt, steigt im Grunde gar niemand aus. Es ist dunkel, in den wenigen Straßen – zwei längs, vier quer, ein Anger – herrscht tote Hose. Nur in einer kleinen Grünanlage tanzen drei betrunkene Russen mit verschränkten Armen einen schwungvollen Korsakow.

Das passt ja. Wir haben nämlich Kwas dabei. Das trinkt man jetzt, und der Einfall ist ausnahmsweise nicht von mir. Auf den Flaschen klebt ein künstlich vergilbtes Pseudo-Traditionsetikett mit einem Kosaken oder russischen Bäuerlein mit Fellmütze. Die aus vergammeltem Schwarzbrot gegorene Notbrause wurde wahrscheinlich in Stalingrad als Getränk zum Leichenschmaus erfunden. Buchstäblich der allerletzte Schrei. Und es ist noch nicht mal vernünftig Alkohol drin. Als wir in einer abbruchreifen Villa ehemaliger Parteibonzen endlich den Heizungskeller finden, bin ich bereits ziemlich schlechter Laune.

Dieselben Leute wie in Berlin hotten mit denselben coolen Fressen wie in Berlin zur selben Musik wie in Berlin auf der improvisierten Tanzfläche. Auf einem Beamer läuft ohne Ton eine uralte *Derrick*-Folge in Endlosschleife.

Wenigstens gibt es eine Bar. Das heißt, hinter einem Tapeziertisch stehen neben Mezcal und Fanta ungefähr zehn Kisten *Sternburg*. Eigentlich müsste das doch bald schon wieder out sein. Svennie (ich kann den Namen langsam nicht mehr hören), so Franziska, habe ihr gesteckt, dass die Brauerei wegen des Erfolgs plane, die Preise zu verdoppeln und die Flaschen mit einem Etikett zu versehen, auf dem ein arbeitsloser Gerüstbauer abgebildet ist. Der Authentizität wegen. Was für ein Glück, dass wir den Kwas haben. Heute haben wir das Alleinstellungsmerkmal. Wir haben das Licht.

Ich ziehe an mindestens dreien von Nicks Joints, blicke mich im Raum um und zum ersten Mal seit langem wieder richtig durch: Als Penner verkleidete, zutiefst verunsicherte junge Menschen mit Brillen, für die sie früher auf dem Schulhof vollkommen zu recht verkloppt worden wären, trinken in zugigen Abstellräumen schlechtes Bier. Man feiert die Wiedergeburt von Düsterkeiten, die die Geschichte der Menschheit, ähnlich wie Korsette, Galgen, Pest oder Kindbettfieber, ein für alle Mal überstanden wähnte: Topfschnittfrisuren, Luftschutzkeller, Dandytum, Kräuterlimonade, Filzschuhe, rohen Fisch, Hosenträger, Leinenbeutel, Klappräder, Roller, Schnurrbärte und eben auch die Korsette der Neuzeit: Skinny Jeans. Ich blicke an mir herunter und verstehe mich auf einmal selbst nicht mehr. Was habe ich an? Wo bin ich? Was mache ich hier? Warum trage ich eine *Casio*-Digital-Armbanduhr? Und wer sind diese jungen Menschen? Das ist fast mehr Licht, als ich ertragen kann.

»Sind ja bloß dieselben Geeks wie immer da.« Franziska wirkt ebenfalls enttäuscht.

»Was dachtest du denn?« Meine Augen brennen. Sprechen kann ich trotzdem. Der Mund brennt ja nicht.

»Ich dachte, dass hier vielleicht so ein paar coole Brandenburger rumhängen oder wie die Leute heißen, von da, wo wir jetzt sind. Die dann mit'm Trecker kommen, aus dem total laut so 80er-Jahre-Sound dudelt. So hab ich mir das jedenfalls vorgestellt.«

»Es gibt keine Brandenburger Hipster.«

»Anyway. Hipster gibt's ja schon mal überhaupt nicht.« Die alte Leier.

»Na gut. In Brandenburg gibt es keine Leute, die von Leuten, die denken, dass es Hipster gibt, Hipster genannt würden. Mamma mia!«

Wie aufs Stichwort latscht Enrico hinter uns vorbei, der im *Dart Vader* arbeitet, einer Hipster-Dartkneipe in der Weichselstraße. Er schlenkert unkontrolliert mit dem Kopf, ist anscheinend die ganze Strecke mit dem Fun Wheel hergekommen. Zu altmodischen Herrensandalen trägt er dicke Wollsocken, den einzigen explizit modischen Irrsinn, den ich bislang etablieren konnte. Er hatte mal was mit Franziska und war mit ihr sogar bei seiner Familie in Italien. Danach war die Geschichte aber irgendwie zu Ende.

Er wirft ihr einen langen und mir einen kurzen Blick zu, doch sie bemerkt ihn nicht. »Na, Mann, es geht hier einfach nur um irgendwelche Menschen, bei denen es voll egal ist, wer wie heißt und wer woher kommt und wer wie aussieht. Dass man dir das immer noch erklären muss!«

»Also wie in der Fremdenlegion.«

»Ja, von mir aus. Keine Ahnung.«

Sie hantiert mit ihrem Wischphone, wahrscheinlich googelt sie nach *Fremdenlegion*. Das vereinsamt mich analog. Auch bin ich müde. Mitten in alldem Lärm lege ich mich auf einer Matratze in der Ecke hinter dem Tapeziertisch zum Schlafen nieder. Wir müssen ohnehin die ganze Nacht hierbleiben. Der nächste Bus zurück geht erst morgen früh.

57

»Stürme den Gipfel der Unverschämtheit
immer ohne Sauerstoff.«
(Neil Young)

Doreen ruft aufgeregt an. Sie hat Pietchen tief in der Nacht am Computer erwischt. Mit einer Brasilianerin.

»Vielleicht war's ja was Geschäftliches«, versuche ich sie zu beruhigen. »Wegen Wärme und so.«

»Was Geschäftliches?« Sie schnaubt. »Pass ma auf, folgendermaßen: Ich steh also auf, weil er nachts nicht neben mir liegt und nicht zurückkommt und ich schon denke, der ist ins Klo geplumpst. Dann seh ich Licht in meinem Arbeitszimmer und spechte so durch den Türspalt. Da sitzt er dann nackt vor seinem Laptop, was ja auch noch nichts Besonderes ist, weil er ja auch immer nackt schläft und rumrennt und so, du weißt ja. Ich denk mir also weiter nichts. Jetzt seh ich dann aber diese junge Alte da, wunderschön, dunkelbraun, die ihm auf dem Monitor die Möpse entgegenstreckt und daran spielt. Vollbild, und ein bisschen so ne abtörnende Sportfernsehen-nach-Mitternacht-Pose. Denke ich mir, hm, na ja, ein Porno eben, okay, und auch ein ziemlich schlechter, aber gegessen wird dann bitte schön zu Hause. Und dass ich ja auch mal ins Solarium gehen kann. Jetzt schieb ich mich so'n kleines Stück in den Raum rein, er merkt nichts, und ich seh, dass er einen leichten Ständer hat, an dem er auch noch reibt. Alles so weit ganz normal, ist ja schließlich ein Porno und nicht die Sendung mit der Maus. Bis dahin alles im grünen Bereich. Denke ich. Er tut also und macht, und ich krieg fast schon selber ein bisschen Lust, möchte dann aber trotzdem nicht stören. Wär ja irgendwie blöd, wir haben schließlich noch immer unsere Privatsphären. Also will ich mich grad vorsichtig zurückziehen, da hör ich sie auf einmal sprechen. Die Frau. Und Piet spricht auch. Sie ›unterhalten‹ sich auf Portugiesisch. Also, haha, unterhalten eher so in Anführungszeichen. Für Dirty Talk muss ich die Sprache ja nicht können, Schweinisch ist international. Sie säuseln sich an, dass einem schlecht wird, und sie kennen sich auch noch mit Namen. Und jetzt erst merk ich, dass das Skype ist. Von wegen Porno. Sie heißt übrigens Mafalda.«

Die sei dann auf ihrer Seite der Welt vor Schreck auch fast umgefallen und habe gequiekt, als sie, Doreen, den Bösewicht »direkt am Schwanz« hinter sich her und in die Küche gezogen habe. Esstisch, Verhörlampe an und Aussprache: Was denn da zum Geier buchstäblich abginge?

Er habe daraufhin auch nicht den Ansatz eines schlechten Gewissens gezeigt. Mafalda sei eine Sambatänzerin aus der Favela Boa Vista, die er im Rahmen einer Diskussionsveranstaltung kennengelernt habe, bei der es um das unkontrollierte Plattmachen der Elendsquartiere in Rio anlässlich der kommenden Fußballweltmeisterschaft und die daraus entstehenden Folgen für die Warmwasseraufbereitung in … aber sie wolle mich nicht weiter mit solchen unwesentlichen Details langweilen.

»Da bin ich froh«, sage ich.

»Ich meine, was sind denn das für saudumme Klischees: Sambatänzerin hu, Favela olé – der will mich ja wohl komplett verscheißern.« Doreen ist hörbar auf hundertachtzig. Sie habe ihn also »ganz ruhig gefragt«, ob die politische Klasse in Brasilien auch sonst aus Prostituierten (sie benutzt ein anderes Wort) bestünde, die die Energie aus ihren riesigen Brüsten (sie benutzt zwei andere Wörter, genauer ein Kompositum) gewännen, und wie …

»… wie lange das schon geht?«, frage ich.

»Ja. Woher weißt du?« Sie stutzt. »Ach so, du bist ja auch so'n Arsch. Das vergesse ich immer. Und jetzt gerade, warum ich dich überhaupt mag.«

»Weil wir nicht zusammen sind.«

»Ja, zum Glück.« Sie seufzt. »Egal, weiter im Text: ›Seit dem Urlaub‹, hat er gesagt. Das musst du dir mal vorstellen: Seit UNSEREM Urlaub. Die Verlängerungswoche. Die Schwanzverlängerungswoche. Und das Schärfste kommt ja erst noch: Er dann nämlich so, er wolle sie heiraten und aus dem Elend da rausholen, das müsse ich doch verstehen, ich wäre doch auch politisch, blabla, quakquak.«

»Ein starkes Stück«, sage ich. »Und jetzt?« Was ich nicht sage, ist, dass ich ihn eh nie leiden konnte und dass ich froh bin für sie und für mich und vor allem für Mafalda und dass ich es ja gleich gewusst hätte. Das alles sage ich nicht. Am Ende kommen die wieder zusammen und ich steh da wie der Volldepp. Alles schon erlebt, in der Beziehung bin ich vorsichtig geworden.

»Nix jetzt. Gar nichts. Nichts jetzt, nichts in der Vergangenheit und nichts in der Zukunft. Mal wieder.« So kenne ich sie gar nicht. Sie scheint fast ein wenig den Mut verloren zu haben. Denke ich, bevor sie weiterspricht: »Ich hab ihn dann erst mal ordentlich vermöbelt und seine Sachen demoliert. Skypen kann er in der nächsten Zeit per Rauchzeichen. Und natürlich schmeiße ich ihn raus. Hochkant.«

»Aber ihr wohnt doch gar nicht zusammen?«

»Ich schmeiß ihn trotzdem raus«, zischt sie. »Aus seiner Bude, aus dem Land, aus dem Leben.«

»Tu das«, besänftige ich sie. »Das wird dir ganz bestimmt guttun.«

Am Ende des Gesprächs machen wir einen zeitnahen Termin zum Trinken aus.

58

»Im Keller schlafen die Steine.«
(Friedrich Dürrenmatt)

»Sach ma.«

»Hm?«

Wir sitzen in Franziskas Zimmer auf dem Sofa. Es ist spät am Abend, sie hat eine Kerze angezündet. Im Schneidersitz hockt sie neben mir auf dem Boden, an den Füßen gelb-grün geringelte Söckchen, die so komische Laufnoppen drunterhaben. Selbst noch die bescheuertsten Kleidungsstücke rutschen bei ihr irgendwie angenehm durch. Unruhig nagt sie an ihrer Unterlippe. Sieht so aus, als drücke ihr eine gewichtige Frage aufs Gemüt. Sie holt tief Luft. Sogar die Kerzenflamme wird einen Moment lang deutlich dünner.

»Was ich eigentlich schon längst mal fragen wollte: Wie gefällt dir eigentlich Linda?«

Doch keine gewichtige Frage.

»Linda?«

»Ja, Linda: Wie gefällt sie dir, wie findest du sie? So als Frau.«

»Hm. Wieso denn? Keine Ahnung. Hab ich jetzt ehrlich gesagt noch nicht groß drüber nachgedacht.« Das behaupte ich jedenfalls, ich bin ja nicht blöd.

»Echt, Mann? Das kann doch nicht sein. Bist du voll blind oder wie? Also ich find Linda ja krass schön. Die ist so ungefähr die süßeste Frau, die ich überhaupt kenne. Da könnte ich echt lesbisch werden. Und die Männer fahren auch alle voll ab auf sie, das ist schon nicht mehr normal. Obwohl ich's ja auch voll versteh auf ne Art. Wenn wir so zu zweit unterwegs sind, komm ich mir jedenfalls immer vor wie so'n Mauerhühnchen.«

»Mauerblümchen, meinst du.«

»Ja, menno, Mauerblümchen. Die Typen immer alle so um sie rum wie so ein ausgehungertes Wolfsrudel und baggern sich mörderisch einen ab, das gibt es gar nicht. Voll die Großbaustelle. Da kann ich dann immer komplett einpacken, da bin ich echt so der Glöckner im Vergleich. Oder schlimmer: wie gar nicht da!«

»Du? Glaub ich nicht. Für mich bist du die Tollste.«

»Doch echt. Aber sie sieht ja auch wirklich klasse aus. Ist ja okay so. So ist es eben. Also, wie findest du sie?«

»Hm. Egal. Weiß nicht.«

»Aber du bist doch auch ein Mann. Und du bist doch nicht blöd. Du musst doch selber sehen, wie attraktiv sie ist. Also: Wie findest du sie?«

Ich bin aber doch blöd. »Ja klar, sie ist schon ganz hübsch. Du hast wohl recht.«

»Na, dann fangt ihr doch was an. Vielleicht passt das sowieso besser. Genau: Fick sie doch einfach, du Arschloch!«

Ihr Blick wird gefährlich irre. Was ist denn hier auf einmal los? Sie verändert sich wie ein Werwolf. So kenne ich sie noch gar nicht. Statt Summer of Love Autumn of Jealousy – diese paranoide Krümelkackerei passt überhaupt nicht zu dem libertären Style, den sie sonst so vor sich herträgt. Irgendwie komme ich mir auch ungerecht behandelt vor. Schließlich hat sie gefragt, ob ich Linda *ebenfalls* schön finde, und ich habe einfach nur geantwortet.

»Ich find das jetzt aber echt ein bisschen ungerecht …«

»So? Du findest das ungerecht?« Ihre Stimme wird erst spitz, dann wird sie schrill. »Dann sag ich dir mal, wie *ich* das finde: Du teilst mit mir das Bett, du erzählst mir anscheinend Scheißlügen, wie toll du mich findest, nur damit du ihn mir regelmäßig reinschieben kannst, und ich ach so kleines doofes Mädchen glaub den Trash schon fast. Dabei denkst du die ganze Zeit über nichts anderes nach, als wie du unsere Mitbewohnerin – sie ist immer noch UNSERE MITBEWOHNERIN, das muss man sich echt mal reinziehen, das ist echt fucking *soo* tabu! –, die du by the way zehnmal schärfer findest als mich, was du sogar noch ganz frech zugibst, IN DERSELBEN WOHNUNG flachlegen kannst! O.m.g.! Das ist echt hart. Da fällt mir echt absolut nichts mehr zu ein.«

Mir auch nicht. Wieso überhaupt tabu, was ist denn das für ein Pfaffenscheiß, das ist hier eine WG und nicht die Heilige Familie. »Du spinnst«, sage ich nur, doch das ist ein Fehler, den ich im selben Moment auch schon bereue. »Ist heute irgendwie Vollmond oder wie?«, versuche ich den Lapsus auszubügeln. Keine Chance.

Schnell und stumm bearbeitet sie mich mit ihren harten kleinen Fäusten. Dabei wirkt sie weniger emotional, sondern eher wie auf eine lästige Abrissaktion konzentriert, die schlicht erledigt werden muss. Sie schlägt mir gegen die Brust, die Arme, die Schultern, als habe sie noch einen letzten Rest Kontrolle und wolle mir nicht richtig wehtun, geschweige denn mich verletzen. Aber der Grund ist wohl eher darin zu finden, dass ich längst aufgesprungen bin, mich mit beiden Armen schütze und sie wegen unseres Größenunterschieds selbst hüpfend kaum an meinen Kopf kommt. Das versetzt sie nur noch mehr in Rage, und sie fängt an, zu quieken wie eine bösartige Ratte, die vom Hausmeister (Achim?) im Keller in die Enge getrieben wurde. Wenn ich dem Quieken vage irgendeinen semiotischen Content entnehmen kann, dann die Botschaft, dass ich ein verdammter Dauer-Couchsurfer bin, der in ihrem Zimmer nichts zu suchen hat und sich ins Sofazimmer trollen soll. Aber fix.

Als ich fluchtartig aus der Tür stürze, renne ich Nick fast über den Haufen. Er wird doch nicht gelauscht haben?

»Hab ich nicht.« Er errät meine Gedanken. »Ich hab mir nur Sorgen gemacht. Da kamen grad echt so die genozidmäßigen Geräusche aus dem Zimmer. Alles in Ordnung, Dino?«

»Alles in Ordnung.« Ich zwinge mir ein windschiefes Politikerlächeln ins Gesicht. »Danke. Wir haben nur Nina Hagen gehört.«

»Nina Who?«

»Egal. Danke noch mal. Gute Nacht.«

Zum Glück verzieht er sich gleich in sein Zimmer. Ich benötige keine Zeugen meiner Demütigung: Wie ich mich von einem wahnsinnigen Kleinkind aus dem Zimmer verjagen lasse und auf dem Sofa nächtigen muss. Zu allem Überfluss hängt mein Standing in der WG in der gegenwärtigen Lage mehr denn je von Franziskas Gunst und damit ihrer schützenden Hand ab. Mit ihrer vermutlichen DMDD-Diagnose kann ich das allerdings vergessen.

Wenigstens ist Marian am Nachmittag ausgezogen, der bulgarische Couchsurfer, der hier mit einer Green Card von Tür zu Tür zieht, um das Internet zu reparieren. Oder so ähnlich, ich habe es nicht genau verstanden. Ich hole mir eine Wolldecke aus dem Schrank mit dem Couchsurfer-Zubehör und versuche, die griechische Kunststudentin Artemis, die seit gestern auf dem großen Sofa schläft, nicht aufzuwecken. Ich selber lege mich auf das kleine. Das ist sogar ein Rückschritt gegenüber meinen ersten Tagen hier. Ich schlafe schlecht ein. »Die spinnt«, hämmert es in meinem Kopf und es ist fast wie Schäfchenzählen: »Die spinnt, die spinnt, die spinnt, die spinnt …«

59

»Das Portemonnaie eines reichen Mannes ist wie der Beutel eines satten Kängurus.«
(Charles Manson)

Am frühen Morgen begegne ich Franziska auf dem Weg ins Bad. Sie kommt raus, als ich gerade rein will. Ein wenig kleinlaut sieht sie aus, hat offenbar Schmerzen. Ohne ein Wort zu sagen, nimmt sie meine große Hand in ihre kleine, zieht mich in bewährter Riesenteddy-Manier hinter sich her, holterdipolter die Leiter hoch und in ihr Bett. Sie legt sich auf den Rücken, schiebt meine Hand unter ihr T-Shirt und drückt sie fest auf ihren Unterbauch.

»Schön warm«, seufzt sie, mümmelt kaninchenhaft an ihrer Unterlippe herum und schläft bald darauf ein. Ich liege noch eine Weile wach.

So einfach also ist die Lösung: PMP, prämenstruelle Psychose. Dazu neigt sie ausgeprägt, das kenne ich inzwischen. Sie kann dann wie eine Wasserburg sein, mehr schon im als nah am Wasser gebaut, kombiniert mit der Berechenbarkeit eines mit Schrotschüssen aus dem Winterschlaf geweckten Grizzlybären. Ob dieses Leiden in der Rechtsprechungspraxis unserer Gerichte überhaupt strafmindernd gewürdigt wird? Ich wäre ja sehr dafür. Ich denke, man kann keine Mörderin für ihre im hormonellen Nebel begangene Tat zur Verantwortung ziehen. Ein Werwolf wird ja auch nicht bestraft – alle anderslautenden Beispiele aus der Filmhistorie beziehen sich bei näherer Betrachtung auf schäbige Selbstjustiz. So etwas kann keiner wollen.

Aber ist die Lösung wirklich so einfach? Vielleicht sagen ja Betrunkene, Kinder und Prämenstruelle einfach die Wahrheit. Ich grüble, während sie neben mir schnarcht. Spätestens seit

Selchow fühle ich mich auf einmal wieder älter. Das hatte ich seit dem Frühjahr nicht mehr, vielleicht liegt es am Herbst.

Normalerweise denke ich ja immer, ich sei total jung. Verrückt. Ich weiß, dass es nicht stimmt, schließlich muss ich ab und zu Zettel ausfüllen mit meiner Altersangabe, aber ich fühle mich einfach so, irgendwie stehen geblieben, forever young. Ich nehme mich ja nicht von außen wahr. Das stelle ich mir ungefähr so vor wie einen kleinen Jungen, der aus einem uralten Haus rausguckt. Weil er drin ist, sieht er das alte Haus nicht und bringt sich damit nicht in Verbindung. Nur nach schwer durchzechten Nächten fühle ich mich innen und außen einigermaßen deckungsgleich. Also eher wie ein ausgestorbener Dino. In solchen Momenten sehe ich im Spiegel endlich auch das Haus: Es sieht wirklich scheiße aus. Das heißt, ich sähe es, denn an solchen Morgen verzichte ich klugerweise auf den Spiegelblick.

Manchmal frage ich mich, ob das dann immer so weitergeht. Dass man also auch mit hundert Jahren weiterhin denkt und fühlt, als wäre man, sagen wir, dreißig. Das Haus ist längst eine Ruine, das Dach abgebrannt, aber aus den leeren Fensterhöhlen glotzt immer noch ein Jungspund.

Doreen, die es wegen ihrer Arbeit in der Geriatrie immerhin wissen muss, meint, es würde im Alter sogar noch schlimmer. Manche dächten, sie wären drei, und kämpften greinend mit ihr um einen Teelöffel, andere wiederum hielten sich für zwanzig und fassten ihr glatt an den Arsch. Weil da nämlich obendrein noch sämtliche Hemmungen fielen, das Unrechtsbewusstsein fehle, die zivilisatorischen Schranken wegbrächen.

Als nichtgläubiger Mensch stellt man sich angesichts dieser Aussichten in jeder nicht abgelenkten Sekunde die Sinnfrage. Mit dem immer gleichen Ergebnis, dass man sich doch besser abgelenkt hätte. Zu spät. Ich bin irgendwie ernüchtert, auch von meiner eigenen Grübelei oder eher noch von deren Ergebnis. Ich betrachte Franziska. Sie sieht süß aus, ein wenig

Speichel rinnt ihr aus dem Mundwinkel. In diesem Moment wirkt sie so schutzbedürftig. Ich sehe sie plötzlich mit anderen Augen und fürchte zugleich, dass ich eine Kinderkacke wie gestern Abend nicht mehr einfach so wegstecken werde.

Sie spricht im Schlaf. »Ich war doch nicht eifersüchtig – spinnst du?«

Dabei habe ich gar nichts gesagt. »Schscht«, beruhige ich sie. Kleines Mädchen.

60

»Wenn du zum Lenken zu blöd bist,
versuch es doch einfach mit Bremsen.«
(Kaffee Hag)

Im Sofazimmer sitze ich allein vorm Fernseher. Auf *Phoenix Youth* läuft eine Sendung von der Frankfurter Buchmesse. Ein kahlköpfiger Moderator, der kaum zu Wort kommt, unterhält sich mit einem älteren Mann, der eine Klaviatur bedenklich schlechter Zähne zeigt. Weiß, schwarz, weiß, schwarz-braune, gelbe und graue Tasten gibt es ebenfalls. Ich kenne den Mann. Es ist »der Graf«.

Ich habe das Gefühl, ich kenne bald alle Leute im Fernsehen persönlich. Erst diese Julia und dann er. Vielleicht sollte ich weniger fernsehen oder mehr fernsehen und weniger aus dem Haus gehen. Wie sich herausstellt, ist er tatsächlich ein Graf, »Graf Fikus von Hardenberg« wie am unteren Rand des Bildschirms eingeblendet wird. Die vorhergegangene Lesung habe ich verpasst, doch aus dem Journalistengespräch schließe ich, dass er ein Buch über seine Zeit als Obdachloser in den Straßen von Berlin geschrieben hat: *Unten ist oben.*

Ich erfahre, dass er ein verarmter Adliger ist, der aus der Not eine Tugend gemacht hat. Die Tugend besteht darin, in der Gosse nüchtern zu bleiben und als kühler Chronist quasi von innen und außen zugleich die Beobachtungen in der Obdachlosigkeit festzuhalten. Nebenbei stilisiert er sich zum Samariter: So habe er gewiss »den einen oder anderen taumelnden Taugenichts durch frühzeitiges Eingreifen vor dem endgültigen Absturz bewahrt«. In gewohnt antiquierter Manier macht er sich daran, eine beispielhafte Anekdote zum Besten zu geben.

Ich geh dann mal scheißen.

Als ich zurückkomme, doziert der Graf geschwollen über

das Motiv seiner Arbeit: Er habe damit auch den Leidensweg seiner Familie auf der Flucht aus Ostpreußen (Klein Pörensinchen, heutiges Pocneliceceskice) nachzeichnen wollen. Eine Parabel und moderne Version der Passionsgeschichte solle es sein. Eine derartige Zumutung habe ich seit der Schmockparade in dem national befreiten Ösi-Bergdorf nicht gehört.

Deshalb bin ich fast froh über die Unterbrechung durch die schrillende Türklingel. Ich hoffe, dass es Franziska ist, die mal wieder ihren Schlüssel vergessen hat, und nicht einer von diesen jungen Menschen, die mich nicht mehr mögen. Ich öffne die Wohnungstür und lausche ins Treppenhaus: Von unten nähern sich seltsame Geräusche – »schlurf, tock, schlurf, tock« –, wie Captain Ahab nach seinem Schwimmfest mit Moby Dick. Oder auch wie Nick, kurz nachdem er aus dem Krankenhaus kam, nur noch lauter und langsamer.

Das kann keine Sau abwarten. Die Tür lasse ich einfach auf. Ich setze mich aufs Sofa zurück, drehe den Ton des Fernsehers etwas leiser und etwa fünf Minuten später humpelt Sergio herein. Nach über vier Wochen ist er erstmals wieder auf Krücken unterwegs. Wenn es nach mir ginge, hätte der Bruch ruhig noch ein wenig vertrackter sein dürfen. Ich ahne, dass hier gleich ein unangenehmes Gespräch auf mich zukommt.

Nachdem er sich ächzend auf dem vom nächtlichen Feiern komatösen Couchsurfer Frans Willem aus Rotterdam niedergelassen, ihn mit dem Arsch grob nach hinten in die Sofaritze geschoben und seine Krücken zu Boden geworfen hat, fällt er grußlos medias in res.

»Du glaubst nicht, was wegen Meryls Bildern für ein Riot los ist.«

»Die kann den Typen doch dankbar sein«, sage ich leichthin. »Ich fand, die Schinken haben danach echt an Profil gewonnen.«

Sergios Blick verdüstert sich. »Du kennst die Leute. Das wusste ich gleich: Du kennst die Leute.«

»›Du kennst die, du kennst die‹«, äffe ich ihn nach. »Kannst du vielleicht auch mal ne andere Platte auflegen?«

»Die Bullen haben dir an dem Abend auch nicht geglaubt. Das hat man gemerkt.«

»Ich kenn die aber nicht.«

»Egal.« Er seufzt und bettet seinen kaputten Fuß auf das neue Resopaltischchen im *Derrick*-Style. »Das ist sowieso das kleinste Problem. Viel schlimmer sind die Bilder: Ein Millionenschaden!«

»Ich glaub, es hackt! Wegen der hingerotzten Karnickel da?«

»Wegen denen.« Sergio verstolpert meinen grammatischen Steilpass. »Die Braut ist auf dem Abflug ganz nach oben. Weiß ich von Sheryl. ›Der Hase im Pfeffer‹ oder so war als Titelblatt für die superrenommierte Painter's Pussy in N.Y. C. eingeplant. Jetzt ist er futsch. Und das Zeug war noch nicht mal versichert!«

Er sagt doch tatsächlich »Enn Uai Ssi« statt »New York«. Die Kreuzkölln-Kasper tun ihm auf die Dauer gar nicht gut. Er sieht auch schlecht aus. Vielleicht sollte er mal eine Pause einlegen.

Es rumpelt. Nick kommt mit seinem Rollbrett herein, von der ersten Ausfahrt nach seinem Unfall. Offenbar ging alles glatt. Ab jetzt herrscht für die Alten, Kranken und Schwachen im Kiez wieder Alarmstufe Rot und entsprechend ausgeglichen ist dafür mein Mitbewohner. Er sieht uns auf dem Sofa sitzen, sieht Sergios Miene und gesellt sich dazu. »Der Dino hat doch keine Schuld an deinem Unfall.«

»Unfall …« Sergio winkt nur ab. Sippenhaft. Dann zählt er unbeholfen an seinen Fingern auf (in meinem Kopf reimt ein helles Stimmchen: *Das ist der Daumen, der schüttelt die Pflaumen …*; ein rührender Anblick, vielleicht brauche ich ja doch ein Kind): »Wir haben die versauten Bilder in Meryls Atelier zurückgebracht, wir haben die Schäden im Lokal repariert, wir mussten sogar neu verputzen, um den bestialischen Gestank da rauszukriegen, und wir haben die Schichten neu verteilt. Morgen machen wir wieder auf.«

Ich freue mich. »Super. Und wann hab ich meine nächste Schicht? Weißt du das zufällig auswendig?«

»Das ist nicht so einfach.« Sergio räkelt sich genüsslich, Frans Willem brummt. »Du weißt doch, woran ich denken muss?«

»Ja.«

»Ich sag's dir trotzdem: an den Umsatz.«

»Und was hab ich damit zu tun? Ich hatte immer meinen Umsatz.«

»Da sind die Leute aber auch noch wegen dir gekommen: dem crazy Best Ager, der hier im Akkord die krassesten Revival-Gimmicks ankarrt. Jetzt werden sie aber wegen dir wegbleiben. Für die Crowd bist du doch verbrannt. Ich hab den absoluten Sensor für die Stimmung im Karree. Ich bin Kneipenmann.«

Und ich bin Fernseher. Der Graf macht jetzt Werbung für *Die Brücke*. Der Gute weiß, wem er was zu verdanken hat. Das weiß nicht jeder.

»Und jetzt?«, frage ich teilnahmslos.

»Du bist beurlaubt.«

Komisch, wie gut »beurlaubt« klingt im Vergleich zu dem, was es bedeutet. Insbesondere dann, wenn man ausschließlich je absolvierter Schicht bezahlt wird. Ich sehe, dass Nick zu protestieren anhebt, und beschwichtige ihn mit einer Handbewegung. Hat ja eh keinen Zweck. Sergio holt Schwung, stemmt sich hoch, so dass der Couchsurfer aufbrüllt, sammelt seine Gehhilfen ein und verschwindet ebenso grußlos, wie er gekommen ist. Besorgt blicken wir ihm hinterher: Er scheint wild entschlossen, Moby Dick zu erlegen. Der Wal bin ich.

Ich muss die Geschäftsidee mit den Aphorismen auf Stoffbeuteln unbedingt forcieren. Bis auf die Spruchweisheiten sowie einen Zettel, auf dem ich mir ein paar Nummern und

Adressen von nahe gelegenen Siebdruckereien notiert habe, ist das Projekt bislang noch nicht weiter gediehen. Und selbst wo besagter Zettel ist, wüsste ich beim besten Willen nicht zu sagen.

61

»Darf es ein bisschen mehr sein?«
(Unbekannte Verkäuferin, 20. Jh.)

Aus purer Lust an der Kunst arbeite ich an einer dramatisch angehauchten Neufassung von *Bi-ba-buntes Helmchen*, als Franziska freudestrahlend in ihr Zimmer platzt. »Ich hab hier in der Nähe so einen kleinen Coworking-Space gefunden, die Leute sind echt supersüß.«

»Wo denn?«

»Im Open Office in der Bürknerstraße. Vielleicht kennst du das ja vom Sehen: War vorher so'n Laden für so Sanitätsbedarf und die haben da nach vorne raus so krass die fetten Schaufenster. So voll so zum Rein- und Rausgucken. Ach, kennst du bestimmt!«

»Ja, den Laden kenn ich. Kein Wunder, dass die dichtgemacht haben. Sind ja kaum noch alte Leute hier.«

»Außer dir.«

Sie scherzt.

Ich lache.

»Haha.«

»Ich teil mir da ein Büro mit Emma. Die ist so was von cool. Die war grad zwei Jahre als Volunteer auf einer Affenfarm in Peru, kann Shiatsu-Karate und entwirft so kleine Clowns aus Holzwolle, die sie auf dem Nowkoelln Flowmarkt verkauft.«

»Schön, schön.« Ich muss nicht immer alles sagen, was ich denke. Ein bisschen aber doch: »Warum arbeitest du nicht einfach weiter hier in deinem Zimmer? Ich mach doch keinen Krach und bin ja auch viel im Sofazimmer drüben. Außerdem kostet das doch bestimmt ne Menge Kohle?«

»Na ja, das ist hier jetzt schon immer ein bisschen cosy mit uns zwei die ganze Zeit.«

»Cosy?«

»Weiß nicht. Ich glaube, das heißt ›eng‹ oder so. Auf ne gemütliche, aber langweilige Art.«

»Aber das hast du doch bisher auch nicht gefunden.«

»Kann schon sein«, sagt sie. »Aber jetzt finde ich es eben. Und ich wollte auch voll mal was anderes sehen. Nicht immer nur Studis und Wohnis und Homies. Sondern Leute, die echt verschiedene Sachen machen. Ich will mich ja auch mal irgendwie orientieren und so. Kostet übrigens nur zwofünfzig im Monat.«

»Zwei Euro fünfzig?«

»Quatsch. Zweihundertfünfzig natürlich.«

»Für nen Schreibtisch in so ner Erdgeschossbutze?«

»Ja, Mann. Das ist voll gut für die Gegend. Und irgendwie zahl ich ja auch für Input und Networking. Max ist Filesharing-Anwalt, Monique macht Creative Data Engineering und Polentxo hat da so voll das gute Projekt mit Outsider Art am Laufen.«

»Du meinst, mit Kunst von Bekloppten?« Ich empfange einen schlechten Blick. Und verbessere mich: »Also, ich mein, Kunst mit psychisch Gestörten?«

»Sobald es nicht um deine beknackten Hartz-IV-Leute geht, ist es mit deiner Sozialethik nicht mehr weit her, was?«

»Nee, ist schon okay. Ich nehm's zurück und behaupte das Gegenteil. Outsider Art rockt!«

Woher hat sie auf einmal diesen Wortschatz? Einen ganzen Satz ohne »voll« und »irgendwie«, dafür mit »Sozialethik«. Die neuen Kollegen hinterlassen ja schnell die ersten folgenreichen Eindrücke. Aber ich möchte ihre frische Begeisterung nicht kaputtmachen und ich will auch nicht schon wieder streiten. Das passiert in letzter Zeit ohnehin schon zu oft. Manchmal kommt es mir vor wie ein fortwährendes Machtspielchen, mit dessen Hilfe sie sich an irgendetwas abarbeitet. Sie muss mich doch nicht hassen, ich bin nicht ihr verdammter Papi, und wenn sie mich unbedingt hassen will, hätte sie mich besser mal nicht lieben sollen. Immerzu lässt sie scheinbar zufällig Andeutungen fallen wie »Svennie sagt …«, und aus »Svennie« wird in Variationen sicher bald »Max« oder »Pol Pot« und dann guckt sie wieder, wie ich gucke, und ich gucke blöd, obwohl ich das mit aller Kraft vermeiden will. Unter Annabel hätte es das nicht gegeben.

62

»Nachdenken ist Krieg im Kopf.«
(Lenni Haumann)

Sergio hat mich für den Abend zu einem Lokaltermin ins *Zille-Eck* einbestellt. Am Telefon hat er mich nicht mal angeschrien, so wie zuletzt sonst immer. Ich werte das als Wink in die richtige Richtung. Wir werden uns aussprechen, und danach fange ich wieder bei ihm an. Heute Morgen sind die ersten Kisten mit Stoffbeuteln aus der Siebdruckerei *Druckraum* am Kottbusser Tor bei mir eingetroffen. Mit meinen Aphorismen, Schwarz auf Natur, Gold auf Blau, Weiß auf Schwarz. Das Zeug sieht super aus. Einer von Nicks Mordbuben hat mir ein Portal gebastelt, mit dessen Hilfe ich sie online verticken kann. Es sieht so aus, als ob ich zum ersten Mal seit ewigen Zeiten auf eigenen Füßen stehen werde. Das habe ich letztlich Annabel zu verdanken. Und Franziska. Und Sergio und Nick. Vor allem aber mir selber.

Das *Zille-Eck* sieht eigentlich aus wie immer, und ich frage mich, was die überhaupt daran gemacht haben wollen. Selbst die vertraute Retrotapete verstrahlt noch ihren morbiden Charme, obwohl sie doch angeblich neu verputzt haben. Allerdings traue ich Sergio auch zu, dass er die Bahnen einzeln mit Wasserdampf abgelöst, auf dem Hof getrocknet und anschließend wieder an die Wand geklebt hat. Die Bilder der verrückten Hasenfrau sind wie versprochen weg, stattdessen stellt nun ein Fotograf Schnappschüsse von Gartenmöbeln aus, die alle Ähnlichkeit mit Tom Selleck alias »Magnum« haben. Fiona steht hinter dem Tresen, die Begrüßung fällt seltsam distanziert aus.

»›Spotting Selleck‹ heißt die Serie. Cool was?« Von hinten ist Sergio unbemerkt an mich herangetreten. Er muss aus der

Küche gekommen sein, die Koteletten sind mit Hackepeter verschmiert. »Du kennst die?«

»Nein, ich kenn die nicht.«

Er blickt mich scharf an. »Ich meinte natürlich die Serie.«

»Die auch nicht.«

»Gut«, sagt er. »Genug geplaudert. Und nun zum Geschäftlichen.« Er zieht einen Wisch aus der hinteren Hosentasche, entfaltet ihn umständlich und liest. »Hiermit beenden wir fristlos unser Beschäftigungsverhältnis mit Herrn Thomas Guttmann, geboren am 24.12.1968 in Celle, wohnhaft in Berlin, Weserstraße 347c …«

»Spinnst du jetzt total?« Ich frage mich, warum er, der große und geniale Improvisierer, Faker, Schwarzbeschäftiger und Hygieneverächter, hier auf einmal den Amtsschimmel reitet. »Und die offizielle Begründung?«

»Das Vertrauensverhältnis ist nachhaltig zerstört.«

Was ist denn das für ein dämliches Beamtendeutsch?

»Auch das zu den Kollegen.« Paragraph zwei.

»Das glaube ich nicht.« Ich blicke Fiona an und Fiona blickt zu Boden.

Ein Kerl mit wildem Bart und noch wilderer Strubbelmähne kommt aus der Küche nach vorne. Er trägt Badelatschen zu Jogginghosen – mein jüngstes Geschenk und letzter Schrei an die Community.

»Sean«, erwacht sie aus ihrer Starre. »Er hat die Spätshift heute.«

»What's up?«, fragt Sean, und ich hebe an, ihn über meine Sorgen und Nöte, die Gesamtsituation, die letzte Zeit, die Jahre davor und überhaupt mein ganzes Leben aufzuklären, als ich merke, dass er kein Wort versteht. Dann kann ich ja gehen. Ich schlage noch einen kleinen Umweg über die Küche ein, um mich von Hermine zu verabschieden, doch dort arbeitet jetzt Annerose.

Aus dem *Weser-Späti* nehme ich mir fünf Flaschen *Ordinator*

Black sowie drei Packungen Papiertaschentücher mit. Zum Wichsen, Kategorie I bis IIIb. Mit Franziska läuft es im Bett nicht mehr besonders rund. Sie arbeitet aber auch wie irre. Manchmal übernachtet sie sogar in ihrem Coworking-Space.

63

»Die Atempause ist der Lohn des Toten.«
(Lady Gaga)

Viele Trauergäste sind wir nicht bei Hottes Beerdigung. Wolle, Hermine, Fiona, Adrian, Franziska und ich. Dazu ein paar Leute aus dem Umfeld der *Koma-Baude*, seine Schwester und sein Sachbearbeiter vom Jobcenter. Das finde ich richtig gut, das würde nicht jeder machen. Sergio ist nicht da. »Einer muss sich ja um den Umsatz kümmern«, soll er gesagt haben, obwohl ich das am Donnerstagmittag um zwölf nicht ganz nachvollziehen kann.

In einer Ecke der kleinen Kapelle steht in einem Rahmen Hottes Konterfei in Schwarz-Weiß. Richtig gut sieht er darauf aus, das Bild dürfte aber auch mindestens zwanzig Jahre alt sein.

… *Horst Sabetzki, du hattest ein Leben, das von verzweifelter Suche nach Arbeit* … Ein professioneller Redner … *heldenhaftem Kampf gegen die gemeingefährliche Droge Alkohol* … verliert ein paar Worte … *das Kind schlesischer Flüchtlinge* … wie Groschen … *harte Kindheit in den Mietskasernen und Gossen von Neukölln* … durch ein Loch … *gute Entwicklung* … in der Hosentasche. Währenddessen … *Vorbild für junge Menschen aus der ganzen Welt* … wird unter den Anwesenden getuschelt: Die Lunge? … *sinnvolles Dasein als Unterhalter* … Die Leber? Beides soll am Ende … *Käferchen* … ausgesehen haben wie ein Sieb, … *wie ich von deinem guten Freund Wolfgang Lemke erfahren* … das nur mühsam von den unzähligen Metastasen zusammengehalten wurde.

Nur wenig später stehen wir bereits am offenen Grab. Erdklumpen und Blumen landen auf der Urne, dazu die eine oder andere Miniflasche *Kleiner Feigling* oder *Jägermeister*. Franziska weint. Lautlos. Tränen rinnen in sauber getakteten Abständen von jeweils drei Sekunden einzeln über ihre bleichen Wangen.

Ich muss an Skiläufer denken, die sich auf Kommando aus dem Starthäuschen lösen, einer nach dem anderen. Ich finde ihre Trauer übertrieben. Das war doch nur Hotte. Den kannte sie doch kaum.

… *Leb wohl, lieber Horst* … Das finde ich reichlich unangebracht … *eines Tages wiedersehen* … Mir ist schon klar, dass der Redner hier vom ewigen Leben schwadroniert, schließlich entstamme ich einer Pastorenfamilie … *Sonne, Mond und Sterne* … Ich finde es trotzdem daneben, weil es sich ja definitiv um keine christliche Bestattung handelt. Da kann er die Leute ruhig mit seinem Kirchenkram verschonen.

Franziska steht jetzt zwischen Fiona und dem Sachbearbeiter. Zuvor wollte ich ihr kurz die Tränen wegwischen, doch sie hat einfach ihren Kopf zur Seite gedreht. In den letzten Wochen ist sie mir ein bisschen sehr entglitten. Die Abschlussarbeit, der Coworking-Space und dessen ja so wahnsinnig interessante Mitbesatzung haben mir den Rang abgelaufen. Schwarze Vögel balgen sich krächzend im kahler werdenden Geäst. Leises Schluchzen dringt aus angegriffenen alten Kehlen. Ein nadelnder Kranz mit dem Spruchband: *Von deinen Freunden aus der Koma-Baude* liegt achtlos hingeworfen neben dem offenen Grab. Es riecht nach Abschied.

Nach der Beerdigung wartet eine große Überraschung auf uns, denn Wolle, der den kleinen Zug zum obligatorischen Nachbesäufnis anführt, marschiert vom Friedhof in der Hermannstraße geradewegs zum *Zille-Eck*. Dort empfängt uns Sergio an der offenen Tür. Geschlossene Gesellschaft, freie Getränke – scheiß auf den Umsatz. Fast schon will ich positiv überrascht von ihm sein, als er seine Krücke direkt vor meiner Nase wie einen Schlagbaum herunterfallen lässt.

»Du nicht. Du hast hier Hausverbot!«

Ich bin perplex. »Ach, so weit sind wir schon?« Unschlüssig trete ich von einem Fuß auf den anderen. Mich fröstelt und ich weiß nicht, ob das nur an dem kalten Novembertag liegt.

»Noch viel weiter.« Sergio hinkt hinein. »Der Umsatz.« Bald hat er ihn, den dicken, weißen Wal. Durch die offene Tür sehe ich ihn mit Franziska sprechen. Sie gestikuliert mit den Armen, er zuckt mit den Schultern. Dann kommt sie zu mir nach draußen.

»Der lässt echt nicht mit sich reden.« Besonders aufgebracht wirkt sie nicht. »Ich mein, klar, ich kann jetzt natürlich auch mit dir nach Hause gehen, so solimäßig, aber ich mein, das ist ja auch irgendwie zu Hottes Ehren und da wär das ja jetzt auch irgendwo voll doof, nicht dabei zu sein, nur weil da zwei so Gockel Trouble miteinander haben.«

»Ein Gockel«, sage ich. »Aber ist okay. Bleib ruhig. Ich geh dann allein nach Hause. Und vergesst nicht das Gebet vorm Essen.«

»Alles klar.« Sie stellt sich auf die Zehenspitzen und drückt mir einen flüchtigen Kuss auf die Wange. »Wird sicher spät.«

Ein Mäntelchen aus Schlangenlederimitat verschwindet im *Zille-Eck*. Ich fühle mich leer.

64

»Der Wendekreis des Krebses ist ideal zum Einparken.«
(Aufdruck auf Stoffbeutel; Neukölln, 21. Jh.)

Es gibt überraschende Neuigkeiten: Das Gesundheitsamt war im *Zille-Eck*. Bei der Untersuchung der Zapfanlage soll eine Mitarbeiterin sogar ohnmächtig geworden sein. Keine Ahnung, wer denen den Tipp gegeben hat – die Nummer der Behörde ließ sich jedenfalls googeln, und nun ist das Lokal bis auf Weiteres geschlossen.

Situationsverschärfend dürfte hinzugekommen sein, dass Filipe Neto, der bisherige Leiter des Amtes und einer von Sergios zahlreichen Cousins, sich beruflich nach Italien verändert hat, um in Berlusconis Beraterteam einzusteigen. Sergio war zunächst sehr stolz. Jetzt ist er garantiert sehr traurig. Der Umsatz ist auf null.

Wer zuletzt lacht, lacht im Westen: Bester Laune sitze ich an Franziskas Schreibtisch und entwerfe neue Aphorismen. Die sind meine Zukunft. Der erste Stoffbeutel läuft wie geschnitten Brot: *Rum kann man kaufen. Ruhm nicht.* Den kleinen Seitenhieb gegen meine ehemaligen Kollegen aus der brotlosen Unterhaltungskunst konnte ich mir dann doch nicht verkneifen.

Franziska kommt ziemlich spät. Als sie ihr spitzes Näschen zur Tür hereinsteckt, bin ich auf einmal wieder voller Liebe. Schließlich bin ich zurzeit meistens da, auch wenn sie fast immer weg ist. Heute geht was, das spüre ich. Ich habe Teelichter angezündet und im Raum verteilt. Dazu dieselbe After Sun Lotion besorgt, die wir im Sommer an der Ostsee dabeihatten. Eine Reminiszenz aus Duft und Haptik. Und zu guter Letzt noch eine kleine brummende Überraschung (sehr ironisch, rosa mit nackter »Hello Kitty« drauf – hat sie sich mal gewünscht) aus dem Hipster-Sexshop *Dildo Beutlin* in der Mainzer Straße. Damit werde ich sie richtig verwöhnen.

»Puh.« Sie wirft sich aufs Sofa. Wirkt geschafft.

»Was machst du da eigentlich die ganze Zeit in deinem Coworking-Space?«, frage ich aufgeräumt.

»Ich sag dir doch, dass ich meine Bachelor-Arbeit in Kulti schreibe. Das ist stressmäßig voll der Hammer.« Sie knipst die Lavalampe an. »Du kannst doch auch mal alleine weggehen. Ich hab mich eh schon öfter gefragt, ob du eigentlich gar keine Freunde hast. Und was soll der Fail mit den Kerzen hier? Ist doch gar kein Stromausfall.« Die Gute wirkt ein wenig gereizt. Das verstehe ich, weil sie so viel arbeitet. Ich beschließe, in Zukunft überhaupt verständnisvoller zu sein.

»Wie war dein Thema noch mal?«, frage ich freundlich und entkorke uns einen 2009er *Baron Rouge Noisé*. Dabei hat sie mir das Thema selbst auf meine wiederholte Nachfrage hin noch immer nicht genannt.

Sie atmet tief durch. »Die Ästhetik des Versagens im Poetry-Slam am Beispiel qualitativ gehandicapter Sublyrik und ihre Auswirkung auf die Rezeptionsästhetik im performativen Kontext.«

Ich schenke ein. »Moment mal: Ich war also praktisch dein Versuchskaninchen?« Mir wird heiß.

Sie stürzt ihr Glas in einem Zug hinunter. »Nein. So direkt kann man das echt nicht sagen. Chill mal, Alter.« Aber ich merke doch, dass sie unsicher geworden ist. »Du musst nicht immer alles auf dich beziehen«, redet sie sich heraus. »Für mich bist du voll gut. Das weißt du doch.«

Ich beschließe, ihr zu glauben. Ich beschließe, meine ausgezeichnete Laune zu behalten. Ich beschließe, dass das alles nur ein Missverständnis ist. Darüber hinaus beschließe ich, das doofe Thema möglichst auf der Stelle wieder zu vergessen.

»Alles okay«, beschwichtige ich sie.

Sie zögert. Hat anscheinend doch noch etwas auf der Seele.

Das bricht dann auch aus ihr heraus. »Ich hab mich jetzt so lang mit dem Stuff beschäftigt, dass ich neulich selbst mal'n Gedicht gemacht hab.«

Gemacht. »Zeig doch mal«, ermuntere ich sie. »Lies doch mal.«

»Ich weiß nicht. Du lachst bestimmt. Ich mein, immerhin bist du der Superprofi.«

»Ich lache nicht. Versprochen.«

»Also gut.« Sie geht zum Regal, wühlt und zupft dort mit ungewohnt fahrigen Fingern herum und zieht schließlich ein handbeschriebenes Blatt aus einer alten Nummer »Dichter gegen Denker«. Sie setzt sich damit auf die Sofalehne und beginnt, ohne mich anzusehen, mit wackeliger Stimme zu lesen.

Ein leises Geräusch nur in dunkelster Nacht
Bewirkt irgendwie, dass die Angst erwacht.
Sie sieht alte Augen mit gierigen Blicken.
Die wollen dich ausziehen und ficken
Und knicken.
Ein räudiger Wolf mit voll schmierigen Tatzen.
Die wollen dem Lämmchen die Seele zerkratzen.
Es versucht ihn zu briefen: Er soll es nicht wecken,
Es ist doch sein Kind und das muss er doch checken.
Das Hemdchen am Boden,
Am Arsch das Vertrauen,
Den Huf in die Hoden,
Den Plan zu versauen
Gelingt voll, und dennoch, das Leben scheint weg.
Was für ein tierisch trauriger Dreck.

Ich lache nicht. »Für den Anfang gar nicht mal so schlecht.« Ich zeige mich generös. »Es reimt sich sehr schön. Dazu die aparte Alliteration am Ende. Bloß Reimschema und Versmaß sind wie Kraut und Rüben. Und was die Wortwahl betrifft: ›Voll‹

ist ein Adjektiv und bedeutet absolut nichts anderes als das Gegenteil von ›leer‹ – das wollte ich dir eigentlich sowieso schon längst mal sagen. Dazu hätte ich inhaltlich auch noch ein paar kleine Kritikpunkte: Lämmer können keine Kinder von Wölfen sein. Außerdem tragen sie meines Wissens nach auch keine Hemden. Oder soll das Hemd vom Wolf sein? Aber die haben doch auch eher so ne Art Fell, oder?«

»Das ist doch alles übertragen gemeint.« Ihre Stimme hört nicht auf zu zittern.

»Wenn du überträgst, sollte es immer auch einen Übertragungsursprung und ein Übertragungsziel geben«, schlaumeiere ich vor mich hin. Dann stutze ich: »So siehst du uns also? Aber so war das nicht! Ich meine, es gehören schließlich immer zwei dazu.«

»Nicht immer«, sagt Franziska leise. »Ich hab dir doch gerade erst gesagt, dass es nicht ständig nur um dich geht.«

65

*»Auf dem Bahnhof der Sünde
gibt es keine Verspätungen.«*
(Bushido)

Am späten Vormittag des dritten Advents ist fast die gesamte Besatzung der Weserstraße 347c ausgeflogen. Nur eine rumpelt geschäftig im Damenbad herum, wo sich auch die Waschmaschine befindet. Das klingt nach Wäsche. In unserem Zimmer raffe ich ein paar schmutzige Hemden, Socken und Unterhosen zusammen und klopfe an die halb geöffnete Badezimmertür.

Sie flötet: Ich könne ruhig reinkommen. Zuckersüß. So habe ich sie noch gar nicht gehört, zumindest nicht mir gegenüber.

»Könntest du vielleicht ein paar Sachen von mir mitwaschen?«

Anstelle einer Antwort greift sie mit beiden Händen kurz entschlossen unter ihr Röckchen, zieht sich mit einem schnellen Ruck Strumpfhose und Slip auf einmal herunter, zupft die Teile auseinander und stopft sie in die offene Waschtrommel. So. Jetzt könne ich ihr mein Zeug reichen.

Wortlos drücke ich ihr meine Sachen in den Arm. Ich bin ein wenig verwirrt, ohne genau sagen zu können, warum eigentlich. Schließlich habe ich nichts gesehen, und wenn doch, dann hätte ich es eben gesehen, so what? Vielleicht war es die Geste. Die empfand ich als eindeutig lasziv. Erst das Geflöte und dann noch diese Hausfrauen-Burleske: Mit wem verwechselt sie mich gerade?

Sie schiebt meine Klamotten hinterher und kippt oben bis zum Rand flüssiges Waschmittel in die Kammer, als wolle sie die ganze Welt waschen und die Planeten noch dazu.

Das lässt mich die Sprache wiederfinden. »Spinnst du?«, frage ich. »Oder ist dein Hass auf die Umwelt dermaßen groß?«

Sie wirkt verblüfft: Immerhin sei da doch ein Frosch auf der Packung und der Inhalt damit automatisch extrem gesund. Außerdem wolle sie, dass das Zeug richtig sauber wird, sonst brauche sie es ja nicht zu waschen. Das sei doch wohl logisch.

Erneut weiß ich nichts zu sagen. Mit meiner Sprachlosigkeit möchte es selbst dann nicht besser werden, als sie unvermittelt beginnt, mir mein Hemd aufzuknöpfen. Mit zärtlicher Sorgfalt einen Knopf nach dem anderen, von oben nach unten wandern flinke Finger, begleitet von besorgten Blicken und konkreten Haushaltstipps: Auch mein Hemd habe eine Wäsche unbedingt nötig.

Ach nee, hat es nicht. Ach nee, ich will nicht. Oder hat es doch. Doch. Ich will doch.

Ich vertraue der Fachfrau, dass meine Jeans und meine Unterhose (mittelblau, Streifenbund, optische Knopfleiste) gleichfalls vierzig Grad bunt vertragen könnten, ebenso wie meine frischen Socken, weil ein nackter Mann nur mit Socken an blöd aussähe. Respektive reichlich unsexy, und mich beschleicht längst der Verdacht, dass das hier eventuell von Relevanz sein könnte. Dazu landen noch ihr Oberteil und ihr BH neben meinen Sachen am Boden vor der Maschine, rein kann der Kram später. Nur ihr Rock ist noch sauber, auch innen, wir haben ihn hochgeschoben und umgekrempelt, alles okay.

Die Waschmaschine rüttelt wie verrückt, dabei ist sie gar nicht angeschaltet. Weil ich langsam einen Krampf bekomme, so auf den Zehenspitzen, hebe ich sie herunter und drehe sie um, mit dem Hintern zu mir. Ich wette, ein lustfeindlicher Klerus beeinflusst die Hersteller von Waschmaschinen und Einbauküchen, was deren standardisierte Höhenmaße betrifft. Fickfreundliche Nutzmöbel wären auf jeden Fall eine Marktlücke. Pumpen, schonschleudern, pumpen, schleudern, und ich staune, dass ich nach anfänglicher Begierde nicht mehr durchwegs bei der Sache bin, von der ich doch erst neulich intensiv geträumt (Kategorie III) habe. Aber trotz erhöhter Dopaminausschüttung schweifen meine Gedanken auf verschiedenste Weise ab.

Ich kenne das schon. Da ist zum einen der altbekannte Schatten über dem Tabubruch. Zum anderen stehe ich wie ein Beobachter neben mir, neben uns, als verfolgte ich mit der Attitüde des übersättigten Dauerkonsumenten Kartoffelchips mümmelnd einen Porno. Alles verläuft zu glatt und stereotyp im Setting, unrealistisch und mit der unfreiwilligen Komik einer abgeschmackten Klempnerszene. Bloß nicht lachen jetzt! Zum Dritten verfasst sich in mir, reflexhaft und immer im Dienst, ein Gedicht über das Geschehen, während zum Vierten ein gehässiger Kritiker in meinem Kopf das Poem bereits als die »peinliche Altmännerphantasie« verreißt, von der auch ich insgeheim befürchte, dass sie es ist. Zum Fünften habe ich ein schlechtes Gewissen ihr gegenüber, denn bei der Sache zu sein ist das Mindeste, was ich ihr schuldig bin, da sie mir hier und jetzt ein Stück von sich schenkt, leiht oder doch wenigstens least. Man muss das nicht überbewerten, es ist ja nur Sex. Auf der anderen Seite habe ich nie verstanden, warum man es deshalb immer gleich unterbewerten sollte.

Fehlt noch zum Sechsten, sonst bringt die Zahl kein Glück. Zum Sechsten also klappt nun um die Ecke in der Fabriketage mehrmals und wie ostentativ eine Zimmertür – dabei hätte ich schwören können, dass wir allein in der Wohnung sind. Auf einmal bin ich wieder bei der Sache. Schleudern, abpumpen, sehr laut, ich ziehe den Schwanz raus und spritze ins Fach für den Weichspüler. Voll ökologisch abbaubar, gut für die Wäsche und dennoch nicht die verantwortungsvollste Variante.

Nicht unfroh seufzend dreht sie sich wieder zu mir um und zieht den Rock herunter. Blickt mich tief an. Die restlichen Kleidungsstücke landen in der Trommel. Klappe zu. Mit der Linken läutet sie mir wie zum Epilog noch einmal spielerisch am Glockenspiel, schiebt oben die Kammern zu und schaltet die Maschine ein.

Meine Mitbewohnerin ist siebenundzwanzig Jahre alt, einen Meter achtundsechzig groß, vierundfünfzig Kilo schwer und hat Schuhgröße achtunddreißig. Sie hat braune, etwa schulterlange lockige Haare und einen kleinen Leberfleck auf dem rechten Nasenflügel. Sie hat Füllungen im 15er und 16er oben rechts, im 37er unten links sowie im 26er oben links. Drei Weisheitszähne sind voll entwickelt, der vierte musste operativ entfernt werden. Das tat weh, sie hat zum Harvey Wallbanger vier Ibuprofen genommen, eine fünfte ist durch eine Gullyritze vor dem *Coquesac* gefallen. Ihre Augenfarbe ist Blau, je nach Lichteinfall und Tagesform tiefblau leuchtend oder mit einem Stich ins Gräuliche. Auf dem Linken hat sie eine Fehlsichtigkeit von −1,00 und auf dem Rechten eine von −1,40 Dioptrien, trägt jedoch aus Eitelkeit keine Brille. Ihr Vater lebt in Sevilla und ihre Mutter ist Deutsche kroatischer Herkunft. Sie hat eine ältere Schwester, Arantxa, 31. Als Kind hatte sie eine Schildkröte mit dem Namen Rocinante. Die Großeltern sind alle tot, aber dafür lebt noch eine Urgroßmutter in Šibenik/Kroatien. Zur Schule gegangen ist sie in Mannheim, ihre Leistungsfächer waren Spanisch und Chatten. Erst in Göttingen und nun in Berlin studiert sie Philosophie und Theaterwissenschaften. Sie betreibt regelmäßig Yoga und geht im Sommer oft schwimmen. Für Fußball interessiert sie sich ausschließlich passiv. Das Regelwerk ist ihr unbekannt, ihr Lieblingsverein ist der FC St. Pauli (daneben kennt sie nur Bayern München). Sie ist sehr beliebt. Unter ihren Freunden gilt sie als ausgesprochen warmherzig, wenngleich hinter vorgehaltener Hand nicht als übermäßig helle. Einige Frauen mögen ihr das unbestritten gute Aussehen sowie ihr einnehmendes Wesen neiden, während ein paar Männer sie wort- oder sinngemäß eine »blöde Schlampe« schimpfen, doch für die fehlgeleiteten Erwartungen rührseliger Romantiker kann sie natürlich nichts. Ihr Zyklus ist in der Regel neunundzwanzig Tage lang. Egal ob Weine oder Männer: Gern verkostet sie auch ältere Jahrgänge, ohne auf diese fixiert zu sein. Bis heute hatte sie etwa fünfundsechzig verschiedene Geschlechtspartner, was weit über dem mitteleuropäischen Durchschnitt für Frauen ihres Alters liegt. Ich könnte also Nummer sechsundsechzig sein, was für mich bekanntlich eine große Glückszahl darstellt. Sie besitzt den Führerschein für PKW und Motorrad, das Seepferdchen und hat eine leichte Laktoseintoleranz. Das ist Linda Rodriguez.

66

»Das Fotoalbum ist die Jauchegrube der Erinnerung, scheiße sind die Bilder.«
(Wolfgang Amadeus Mozart)

Zwar bin ich nicht ihre Nummer sechsundsechzig, doch dafür ist sie immerhin die erste Person, die uns nach dem Sündenfall im Sofazimmer begegnet. Sie wirkt nicht überrascht, sondern eher so, als hätte sie auf uns gewartet. Und nicht der Wind. Ich liebe Wind, der Wind ist mein Freund, doch mein Freund ist nicht da: Er war es leider nicht, der mit den Türen schlug.

»Sag mal: Euch geht's aber irgendwie ganz gut, oder wie?«

»Ah, fuck off, Bitchita.« Sheryls weicher Seufzer konterkariert ihre groben Worte. Ihr geht es offenbar gut. Mir hingegen weniger. So kurz nach dem sinnlosen Akt bin ich trauriger und leerer, als es ein Tier jemals sein könnte. Auch wäre es mir lieb, wenn Sheryl endlich meine Hand losließe. Ich möchte nicht, dass Linda das sieht. Was soll die denn denken?

Aber sie denkt schon das Richtige. Davon gehe ich aus, als ich ihren weit offenen Mund sehe und die glitzernde Füllung im 15er.

»Ich mein, ey, nicht falsch verstehen, also nicht dass ihr denkt, dass ich mich da einmisch, eher voll nich, also mir ist das ja voll egal – ich frag ja mehr, ob das denn auch alles so okay geht wegen Franzi und so? Also jetzt eher so aus Neugier und allgemein. Weil ich kenn die doch irgendwie, die kann da echt voll so'n bisschen old school drauf sein, das hab ich schon voll so erlebt. Weil, als die damals so mit dem Typen, also ich weiß echt nicht mehr, wie der hieß, und der dann bloß einmal so mit mir in der Badewanne, also müsst ihr euch vorstellen, wir nur normal so zusammen gebadet, okay, ein bisschen geknutscht vielleicht und auch gekuschelt und nur zwischendurch höchstens mal so teaser-mäßig angefickt, aber es war ja auch irgendwie voll kalt, und sie dann voll so den Aufstand, das gibt es gar nicht, du denkst, da kommt voll so der Tsunami ins Badezimmer, und seitdem denk ich manchmal, sie ist immer noch so'n bisschen komisch zu mir, dabei ist das jetzt schon über ein Jahr her, und ich so ab da auch straight auf so nen Nerv verzichtet, und dann hat sie ja auch dich kennengelernt und so, das fand ich dann ja eigentlich voll schön …«

Wenn ich das Geblubber korrekt interpretiere, könnte es sein, dass Franziska ungehalten reagiert, falls sie von unserer Eskapade erfährt. Das hätte ich allerdings auch so gewusst.

»… und der Typ war dann echt so richtig weg vom Fenster. Müsst ihr euch mal vorstellen: Also echt bloß wegen diesem Scheiß. Das wär ja auf ne Art auch irgendwie vergleichbar, wenn ich da mal so drüber nachdenke.«

»Da könntest du recht haben. Ja.« Endlich gelingt es mir, meine Hand aus Sheryls Klaue zu entwinden. Das war fast schon Wrestling. Ich räuspere mich. »Ich glaube, es wär vielleicht besser, wenn du ihr einfach nichts davon erzählst. Oder? Was meinst du?«

Sie überlegt. »Wie: Nichts davon erzähl…?« Ihr geht ein Licht auf und sie strahlt. »Ach so. Krass. Also einfach so, als ob ich nichts gehört und nichts gesehen hätte? Ohkaayy …« Sie zwinkert. »Ticky, tacky, topsecret.«

Sheryl schnappt erneut nach meiner Hand und streichelt mit ihrem Zeigefinger sacht über die Haut meiner Handinnenfläche. Das kitzelt und ist mir unangenehm, körperlich wie seelisch, weil die Geste zu einer schnellen Nummer ohne Sympathie nicht passen will. Keine Ahnung, was sie zu diesem Schmusekurs bewegt. Dabei hätte ich noch vor zehn Minuten meine »Hammer Hackfresse« darauf verwettet, dass auch ihrer Motivation nichts als ein triebgesteuerter Aussetzer irgendwo zwischen Eisprung und Sprung in der Schüssel zugrunde lag.

Sonst hätte ich mich doch niemals darauf eingelassen! Mit was für einem Blick sie mich jetzt ansieht – Hilfe!

Linda bemerkt ihn ebenfalls. Sie lächelt. In ihrem Spezialgebiet kann sie erstaunlich clever sein, vielleicht liegt es aber auch an unserer Nacktheit. »Ich lass euch zwei Mäuse dann lieber mal allein.«

67

»Ich rufe Günther Koch in Nürnberg.«
(Sabine Töpperwien)

Als ich am frühen Silvesternachmittag mit den Partyeinkäufen nach Hause komme, ist in der Wohnung eine Mordsschreierei im Gange. Der Putz bröselt von den Wänden, ein bernsteinfarbener Plocken löst sich aus dem Gehörgang meines linken Ohrs und purzelt weich zu Boden. Dort liegen bereits diverse Haarbüschel herum, dunkle und rote. Das Kaninchen hat sich gegen den Fuchs gewehrt, hatte aber naturgemäß keine Chance: Franziska und Sheryl sind sich tierisch in die Haare geraten. Dabei muss es auch zu umfangreichen Tätlichkeiten gekommen sein, denn das Taschentuch, das sich Sheryl, die schluchzend auf dem Sofa kauert, vors Gesicht hält, zeigt deutliche Blutspuren. Die Trümmer der trockenhaubengroßen Kopfhörer, die mir Franziska zu Weihnachten geschenkt hat, liegen weiträumig verstreut in der Gegend rum. Au Backe!

Meine Hoffnung, dass es bei dem Streit nur ums Fernsehprogramm ging, ist gering. Nachmittags laufen keine Filme, in denen derart häufig das Wort »Fotze« vorkommt. Kombiniere: Franziska muss mitgekriegt haben, was neulich Vormittag passiert ist, als sie in ihrem Coworking-Space war. Aber wie? Bei dem Krawall hier kann ich gerade schlecht darüber nachdenken, doch ich bin sicher, dass sie mich über die Details noch unterrichten wird.

Als ich bemerkt werde, sortieren sich die Anwesenden in Getroffene, Betroffene et alii. Franziska erstarrt in stummer Anklage. Sheryl versucht sich in dem zaghaften Anflug eines verheulten Lächelns. Die Herren bilden dazu eine Art Spalier. Nur eine bekommt den Mund auf.

»Das tut mir voll leid, Dino! Ich wollt echt nichts sagen.«

Und sie hat auch nichts gesagt. Natürlich nicht. Franziska hat Linda nur gefragt, ob sie schon gewaschen habe, und Linda hat gesagt, sie nicht, aber Sheryl erst vor zwei Wochen oder so, und da hat Franziska gemeint, dann müsse sie ja ihre Wäsche extra machen und am besten mich auch noch nach meiner fragen, woraufhin Linda gesagt hat, das sei nicht nötig, weil Sheryl meine gleich mitgewaschen habe. Nun hat sich Franziska gewundert, weil das doch noch nie vorgekommen wäre, dass Sheryl irgendwas für mich gemacht hätte, und Linda hat gekichert und Franziska hat sie gefragt, was denn wäre und warum sie so doof kichern würde. Linda hat »voll nix, ey« gesagt und dafür umso mehr gekichert, was Franziska sehr erzürnt hat, so dass sie Linda geschüttelt hat, erst ein bisschen und dann mehr, bis sie schließlich alles aus ihr raus hatte. Jedenfalls rekonstruiere ich den Ablauf so oder ähnlich aus den wirren Worten Lindas, die nun ebenfalls weint.

Sheryl stimmt in den Trauerchor mit ein. »Ick liebe diese fatte Boy.« Sie schluchzt. »Schon länge. Ick wollte nür nickt sugäben. Auck mir self. Meryl und ick habe so much gewhined, als sie su wissen gekommt. Aber ick müsste ihr sägen.«

Sie spricht plötzlich Deutsch. Wie jemand, der jahrelang vorgibt, taubstumm oder geistesgestört zu sein und auf diese Weise unbehelligt die offenherzige Dummheit der Mitmenschen studiert, um am Ende doch noch mit hineingezogen zu werden. Der Spion, der mich liebte. Das und auch ihr peinliches Liebesbekenntnis finde ich fast schon wieder so irre, dass mir ein fröhliches Glucksen entweicht.

»Das ist nicht zum Lachen!« Franziska faucht mich an, hüpft hoch und knallt mir eine – sie muss seit den letzten vergeblichen Versuchen trainiert haben. Ich glaube, ich spinne: Sie schlägt mir doch tatsächlich ins Gesicht! Ich bin so baff, dass Nick ihre Arme festhalten muss, um sie am Weiterkloppen zu hindern. Ich selber hätte nur unbeteiligt dabei zugesehen, ein Punchingball mit Augen, Mund und Nase. Noch dazu da ich finde, dass das ja nicht in erster Linie Sheryls Problem ist und ich somit auf jeden Fall der passendere Prügelknabe bin.

Wehrlos bin ich aber auch deshalb, weil ich gar nicht glauben kann, was die hier wegen nichts für eine Feme-Show abziehen. Mich haben die »Svennie-Sache« und andere artverwandte Provokationen auch gezwickt, aber ich habe erstens nicht groß nachgefragt und zweitens hallen in mir noch immer Franziskas Worte nach, dass wir »kein fucking Ehepaar« sind. Feste Vereinbarungen hatte ich damals mit Annabel, doch selbst die waren nicht das Papier wert, auf dem sie nicht standen. Ich dachte, die wären hier halbwegs locker, und wenn ich von denen überhaupt irgendwas hätte lernen können, dann vielleicht das. Free Love und so. Aber im Vergleich komme ich mir gerade vor wie ein Alt-68er. Was ich auf eine Art ja auch bin. Hilfe, ich bin im Mittelalter – holt mich hier raus!

Es klingelt an der Tür und Sören, der als Einziger nicht mit Streiten, Schlichten, Schämen, Heulen, Hauen oder Einstecken beschäftigt ist, eilt zur Gegensprechanlage. Eine laute Schnarrstimme dringt bis vor ins Sofazimmer.

»Schönen juten Tach. Hier ist die Berliner Polissei. Ist der Herr Schewallja ewendöll ssu Hause?«

Auf einmal ist es totenstill im Raum. Alle Aktionen werden ad hoc eingefroren: Franziska mit erhobenem Arm, ich geduckt, dazwischen Nick, wie eine Pietà auf dem Sofa Sheryl, den Kopf in den Armen vergraben, Linda ein wenig abseits, eine im Parkett verwurzelte, lockige kleine Stele aus dem großen Mahnmal der Schuld. Das Ganze würde ein großartiges Schlachtengemälde abgeben.

Schewallja? Schewallja … Chevalier! Sie wollen mit Nick sprechen!

Sören hat es ebenfalls geschnallt: »Nick, die Bullen!«

Bestimmt hat wieder einer seiner Knackis was ausgefressen. Das kommt vor und kann durchaus bedrückend sein, wenn die

Leichen der Opfer auf den vorgelegten Fotos allzu grauenhaft entstellt sind. Aber für ihn und uns ergeben sich daraus letztlich keine Folgen.

»Ich bin nicht da.«

»Er ist nicht da.«

»Könnwa trotzdem mal hochkomm?«

Sören flüstert, obwohl die unten ja nichts hören können, solange oben nicht der Knopf gedrückt ist: »Ob sie trotzdem mal hochkommen können?«

Nick: »Nein.«

Sören: »Nein.«

»Jut, danke. Wir kommen. Vierter Stock is richti', wa?«

»Ja. Nein …«

Sören drückt den Summer für unten und öffnet die Tür, es hat ja keinen Zweck. Sonst nehmen die am Ende noch einen Rammbock oder schießen. Im Treppenhaus nähert sich lautes Getrampel von schätzungsweise mindestens fünf Personen. Kurz darauf betritt der schnauzbärtige Anführer das Sofazimmer. Er hat starke Ähnlichkeit mit dem Beamten aus meinem notorischen Tagtraum. Hinter ihm fächert sich eine siebenköpfige Gruppe von Untergebenen auf. Gemeinsam bestaunen sie das Trümmerfeld.

»Bei Ihnen ist ja wat los? Sieht fast nach häuslicher Jewalt aus.« Er mustert uns der Reihe nach, bis sein Blick an Sheryl hängenbleibt, die in diesem Moment schniefend den Kopf vom Tisch hebt. Eine Schramme verziert ihre rechte Wange, eine andere das Kinn. »Fühlt sich irjendeiner der anwesenden Herrschaften aktuöll bedroht?«

Wir schütteln eifrig den Kopf. Alle.

»Na jut«, sagt der Schnauzbart. »Aber deshalb sindwa ooch jar nicht hier. Sondern eingtli' wejen dem Haftbefehl. Wer von Ihnen ist Nickolaus Schewallja?«

Nick löst sich aus dem Gemälde. »Ich.«

Der Beamte nickt. »Ick dachte, Sie sind nicht da.«

»Ich habe mich getäuscht.«

»Jut. Ejal.« Er nimmt einen Spickzettel zu Hilfe, vielleicht ist es auch besagter Haftbefehl: »Ihn' würd unter anderem vorjeworfen, am Abend des 23. Söptömber jejen 21 Uhr jemeinsam mit den Verdächtijen Jerd Hansen und Anatol Brakenkötter die Trinkjaststätte Ssille-Eck in der Hobrechtstraße sswohundertölf überfallen, die Einrichtung sowie ssahlreiche Kunstjejenstände sserstört und dem Inhaber, Herrn Sertscho … (er zögert und buchstabiert dann wie tastend) … da Volume de Vendas erhebliche Valetzungen zujefücht zu haben. Hiermit verhafte ick Sie wejen Straftaten jemäß den Para'raphen (er leiert Unverständliches, vermutlich kennt er die Ziffern selber nicht) *schölvzich, titterbrei, brunzich weh, meh und schnee, baumunter, tingeltangel, käferchen* …«

Schon wieder Käferchen.

Nick bleibt ganz cool. »Müssten Sie mir nicht eigentlich meine Rechte verlesen?«

»Rechte?« Der Oberbulle spitzt künstlich geziert den Mund. »Harry, der Herr möchte seine Rechte verlesen lassen.«

Ein Kollege tritt vor, greift nach Nicks rechter Hand, zieht sie zu sich heran und dreht die Handfläche nach oben. Gründlich studiert er die Hautbeschaffenheit der Innenfläche. »Uiuiui …« Er chargiert Erstaunen. »Ich sehe eine ungewöhnlich kurze Lebenslinie. Dafür ist die Knastlinie sehr lang und auch die Blödheitslinie schön ausgeprägt.«

Die versammelte Staatsmacht kringelt sich, bis der Schnauzbart mahnend die Hand hebt. Er wischt sich noch eine Träne aus dem Augenwinkel und versucht wieder einen amtlichen Ton anzunehmen. »So, dit wa lusti' jewesen jetze, kleena Spaß muss imma sein, aber nu is wieda Ernst: Abführ'n!«

Sie nehmen Nick in ihre Mitte und machen sich auf den Weg zum Ausgang. Handschellen legen sie ihm nicht an. Gut, das hätte ich auch nicht gemacht. Ein Nachwuchspolizist lässt sich von Sören noch rasch ein Autogramm geben, und kurz bevor sie im Flur verschwinden, dreht Nick sich ein letztes Mal zu uns um. »Tut mir leid, Thomas.«

Zum ersten Mal hat er mich bei meinem richtigen Namen genannt.

68

»Im Kaufhaus der Entbehrung
isst der Kunde wenig.«
(Henry Morgenthau)

Das exekutive Intermezzo hat die Lage immerhin beruhigt. Nicht, dass wir uns um Nick allzu viel Sorgen machen müssten – seine Eltern werden ihn da schneller wieder raushaben, als eine Feile braucht, um im Kuchenteig zu versinken. Und glücklicherweise ist jetzt wohl auch dem Letzten klar, dass ich gar nicht alles gewusst haben kann. Sheryl streift auf dem Weg in ihr Zimmer heimlich meine Hand. Auch die anderen ziehen sich zurück. Sie zum Meditieren und ich zum Beichten – davon gehe ich aus. Nach langer Zeit fällt mir wieder auf, wie sehr die Anordnung der Zimmer einem Trakt mit Klosterzellen ähnelt. Dies irae, dies illa, dies Franciscae.

Was die Gesamtsituation betrifft, erspähe ich einen Silberstreif am Horizont. Denn vielleicht lenkt die Tatsache, dass ich nicht alles wusste, am Ende davon ab, wie viel ich eben doch gewusst habe. Dann müsste ich mich bei Nick ja fast noch bedanken. Ich werde bestimmt bald rehabilitiert sein. Bliebe höchstens noch die Kleinigkeit mit Sheryl und Franziska.

Neben der sitze ich jetzt auf dem Sofa.

»Wir haben echt nur Wäsche gewaschen. Dazu muss man nun mal die dreckigen Sachen ausziehen.«

Bisher haben wir zwar nur geschwiegen, so dass die leidige Bauknecht-Affäre gar nicht thematisiert wurde, doch ich gehe einfach mal davon aus, dass dies zeitnah noch geschehen wird. Da verfüge ich über den neunten Sinn eines Medizinmanns auf Peyote.

»Hältst du mich für total blöd? Und dein Ding hast du dann

in ihrer Muschi gespült, oder wie? Bei neunzig Grad? Was für ein Cunt-Move! Linda hat's doch gesehen!«

»Ja, okay. Wir haben eben gepoppt. Das erste und das letzte Mal, einmal ist keinmal, kann doch mal passieren. Wir sind ja keine Roboter. *Menschen treffen, Menschen erleben, Menschen berühren:* Ist das nicht auch der Slogan von deiner Coworking-Klitsche?«

Ausgerechnet jetzt ruft Mutter an. Super. Und ich geh auch noch ran, so verwirrt, wie ich bin. Noch superer.

Sie müsse mir was sagen. Okay, das dachte ich mir, deshalb ruft sie ja an. Was sie mir allerdings zu sagen hat, ist nicht von schlechten Eltern: Sie habe da »eine Person kennen- und liebengelernt«, der Vater im Himmel würde ihr das Glück sicher gönnen. Und sie sei mit *ihr* (der Person?) nach dem letzten CSD (Hä? Ist Mutter schwul?) zusammengezogen, in Berlin: »Stell dir vor, ganz in der Nähe von da, wo Annabel wohnt.« Dass sie nun also seit mindestens fünf Monaten eine neue Telefonnummer habe und auch bei dem »Besuch« im August nichts habe sagen wollen, da ich ja ihrer Einschätzung nach etwas »prüde und konservativ« (die »Person« ist also wirklich eine Frau!) sei. Aber zum Glück riefe ich ja sowieso nie von mir aus an.

»Darauf kann ich mich verlassen. Volle Kanone«, zwitschert Mutter in ungewohnt frischer Wortwahl. »Und meine Smartphone-Nummer hast du ja nicht. Während ich ja anscheinend nur noch deine habe. Frohes neues Jahr, Junge!«

»Frohes neues?«

»Ich weiß, es ist ein bisschen früh. Aber wir fliegen doch morgen früh um fünf. Deshalb rufe ich überhaupt nur an.«

»*Ihr*? Fliegt? Wohin?«

»Auf die Bermudas. Das wird schön. Aber ich muss ja beim Packen noch an so viele Sachen denken: Kopie vom Reisepass, Durchfalltabletten, Gleitgel, Doppeldildo …«

»So genau wollte ich das nun wirklich nicht wissen, Mutter.«

»Das wolltest du noch nie. Dummerchen. Aber keine Sorge, Hilda ist eine Seele von Mensch. Du wirst sie lieben!« Sie kichert. »Anders als ich natürlich …«

»Da bin ich mir sicher.«

»Na also. Alles nicht schlimm. So, ich muss jetzt aber mal. Tschüs.«

»Äh, tschüs.«

Immerhin weiß ich jetzt, warum ich meine Mutter nach ihrem Besuch nicht zum Ostbahnhof bringen durfte, obwohl sie den früher auf eigene Faust nie finden zu können glaubte.

»Was ist?« Franziska ist neugierig. Das macht mir Hoffnung.

»Ach nichts. Meine siebzigjährige Mutter hatte bloß ihr Coming-out und fliegt mit ihrer neuen Schnalle in die Südsee.«

»Ach so.« Sie wirkt enttäuscht. »Weiter im Text?«

»Weiter im Text.«

»Dann pitch ich dir mal kurz die Essentials: Du bist voll unsensibel. Du denkst krass nur an dich. Du hast irgendwie null Ahnung, wer ich bin, und es interessiert dich auch nicht die fucking Bohne. Ich will dich hier im Grunde gar nicht mehr sehen.«

»Hä, Mann? Spinnst du jetzt? Bloß wegen so nem Käse? Das war doch nur Sex. Ich dachte, du bist cool.« Und lege auf den Luschenstapel einen allerletzten Trumpf, der beweist, wie sehr mir mittlerweile der Arsch auf Grundeis geht: »Ich liebe dich.« Ich sehe die Spinnweben von der verstaubten, über zwanzig Jahre nicht benutzten Phrase hängen, höre sie ungeölt quietschen und knarzen, und doch, sie scheint zu funktionieren.

Franziska schluckt.

Franziska schluckt noch einmal.

Erstaunlich, wie gut sie funktioniert hat. Das ist einfach uralte Wertarbeit, seit der Sumerer die Sumererin verarschte. Oder umgekehrt, siehe »Blöde Sau«.

Franziska schluckt ein drittes Mal. Ihre grünen Augen füllen sich bis zum Rand mit Tränen und drohen überzulaufen. Das Sprechen fällt ihr schwer. Also nicht nur wie auch sonst immer Ausdruck und Grammatik, sondern bereits das Formen der Laute.

»Sag mal, checkst du überhaupt, dass du es irgendwann mal echt gewesen wärst für mich? Bloß irgendwo auf dem Weg hast du's dann voll verzockt – und zwar auf verschiedenen Levels, ich mein scheiß auf die Waschmaschine. Das mit meinem Gedicht war neulich schon so'n Downer; da hatte ich spätestens schon so'n Gefühl, dass unser Projekt irgendwie crasht.«

Irgendwann, irgendwo, irgendwie. »Was gewesen? Welches Projekt? Und welches Gedicht?«

»Au Mann! Übermorgen bist du raus. Am zwoten.«

»Übermorgen? Nicht sofort? Na vielen Dank auch, Frau Königin!«

»Keine Ursache. Irgendwer muss ja das Schlachtfeld nach der Party aufräumen. Und du hast beim Kickern verloren.«

»Wieso denn jetzt eigentlich?« Meine ironisch distanzierte Haltung fällt nun doch in sich zusammen. Aber ich sehe den Sinn und die Notwendigkeit nicht, es sei denn, bei unserer Vergangenheit, Gegenwart und vor allem Zukunft handelt es sich um nichts als einen Sergio-Genugtuungswettbewerb. Dass Franziska hier jetzt nicht mal einen singulären Seitensprung zu verkraften scheint, ist das eine. Das finde ich im Prinzip unter erwachsenen Menschen schon albern genug, aber sie ist wohl eben doch keine Erwachsene. Nur warum muss ich dann gleich komplett hier raus? Ich kann doch einfach wieder auf dem Sofa pennen. Zum Beispiel so lange, bis sich der ganze heiße Dampf gelegt hat.

Sie holt tief Luft und sehr weit aus. Was einst mit einem kursiven Dialog begann, endet nun in einem kursiven Monolog, der eine einzige diskursive Enttäuschung darstellt.

Mann. Du. Haus. Haus am See. Viele Kinder. Eins, zwei, drei.

Eingangstür. Buntglassteine. Frühstücksbrote. Nutella. Und Wurst. Kinder brauchen Wurst. Vier Jungen. Scheiß auf die Tiere. Du. Mann. Sportschau im Radio. Rasenmähen. Garten. Mein Mann. Du. Ehering. Rosenblätter. Auf dem Weg. Und in der Badewanne. Geld. Auto. Garage, Hobbykeller, Hobelbank. Sauna. Nachhilfe, Geigenstunde. Noch ein Auto. Hund. Waldspaziergang. So ein goldener mit Schlappohren. Golden Dings. Was weiß ich. Ceran-Kochfelder. HSV Meister. Reizwäsche, Strumpfhalter. Party mit wichtigen Leuten. Unsympathisch. Aber egal. Hihi. Haha. Prost. Hick. Noch ein Kind. Mädchen auch schön. Silberne Haarspange. Segelboot. Steg aus Eichenholz. Planken 900 x 140 x 40 mm. Hochsteckfrisur. Rentenversicherung. Nobelpreis. Du. Mann mein. Thujen. Rosenbeet. Rosenblätter auch im Essen. St. Pauli Konkurs. Weihnachtsbaum. Blockflöte. Gedicht. Braver Junge. Laubsägearbeit. Danke. Hast du gut gemacht. Mülleimer. Aus Messing. Karstadt. Vier wilde Jungen. Oder doch Mädchen. Brav. Begehbarer Wandschrank. Und noch ein Auto. Au-pair-Mädchen. Ukrainien. Nein, lieber nicht. Treue. Geborgenheit. Blabla. Noch mehr Rosenblätter. Überall. Mann im Schlafanzug. Seide. Du. Arschloch.

Au weia. Was ist denn hier los? Ich fürchte, das war's endgültig. Jetzt auch von meiner Seite aus. Und ihre Haare sind eh nur gefärbt. Ich gucke aus dem Fenster, als wäre es ein Fernseher. Auf die Weserstraße fällt Schnee.

69

»Die Börse des Habenichts ist voller leerer Träume.«
(Der Schwarze Tod)

Am Ende ist schließlich doch alles gesagt, und ich stehe draußen vor der geöffneten Tür im Treppenhaus. Franziska blickt mich mit tieftraurigen Augen an, so traurige Augen habe ich noch nie gesehen. Wie ein kaputter Spiegel. Es sind wohl meine Augen in diesem Moment und meine sind ihre und sie steht draußen vor der Tür und ich drinnen. Aber im Grunde stehen wir beide draußen und wir wissen das auch. Es ist alles eine Frage der Perspektive, die es für uns ohnehin niemals gab.

Weiße Enten fliegen in Zeitlupe über ein naturbelassenes Moor. Klaviermusik.

Fein formuliert. Ein bisschen schwülstig vielleicht, aber voll auf die Kacke ist immer noch besser als voll daneben. Ich denke immer auch ans Publikum: Da weinen bestimmt ein paar Romantikerinnen mit Elektrakomplex und hinterher kann ich eine davon abschleppen. Ich muss mich ja jetzt wieder zeigen. Alles auf die Lyrik zu setzen, war im Nachhinein sowieso ein Fehler. Ich werde von nun an nur noch Prosa schreiben. So einzelne Wortfetzen, kursiv gedruckt, in einem Schmuckbändchen aus Bergziegenleder. Komprimierte Aussage. Genialer Wahnsinn. Kunst.

Als sie mir noch den Stoffpinguin in die Hand drückt, ernst und sanft wie ein Mann, der seiner Gattin den Säugling aus der sinkenden *Titanic* ins Rettungsboot hinüberreicht, muss ich dann doch voll weinen. Irgendwie. Krass. Jetzt denke ich schon, wie sie spricht. Aber das wird sich schnell wieder ändern. Sie weint gleichfalls, und ich weiß, dass sich auch das bald ändern wird. Wahrscheinlich kurz nachdem sich die Tür zwischen uns geschlossen hat. Die Tür schließt sich.

Und wieder mal ist Winter und wieder mal stehe ich mit Rucksack und Tasche in einem Treppenhaus. So. Wo jetzt hin? Zu Doreen kann ich nicht, die ist in der Klapse. Irgendeine »Sache mit nem Messer« und ich soll sie da auch nicht besuchen. Vielleicht ziehe ich ja vorübergehend zu Anatol. Bei ihm und seinen Kumpels habe ich wenigstens was gut. Ach nee, igitt. Und wahrscheinlich sind die eh nicht zu Hause, sondern gerade beim Hofgang.

Immerhin nehme ich diesmal mein Rad mit. Das soll nicht wieder ein halbes Jahr lang ungenutzt im Hof einer naseweisen Braut herumstehen, die autarke Qualitätsmänner nicht zu schätzen weiß. Ich werfe Brian in die orangefarbene Tonne für den Sondermüll und fummle mit eiskalten Händen das Fahrradschloss auf. Ein letzter Blick zurück auf die Kolonie *Germania*, ein letzter Blick hoch zum Küchenfenster, aus dem vielleicht gerade eine Fünferbande Hipster mit kleinen gemischten Gefühlen ohne Sahne zu mir herunterstarrt.

Ich schiebe das Rad durch die Hofeinfahrt, stoße die Tür auf und bin kaum dreihundert Meter weit gefahren, als mein Handy in der Hosentasche lärmt. Ich halte an, ziehe den rechten Handschuh aus, befreie mit den im Nu wieder klammen Fingern das Telefon aus der Tasche und lese.

Eine Nachricht von Franziska: *Ich bin so traurig. Bitte komm! Xxxf*

Na das ging ja schnell! Aber die einzige mir bekannte Frau, die auch noch weinend gut aussieht, ist mir den Aufwand wert: Ich halte auf der Stelle am Straßenrand, um eine Antwort zu tippen. Ein vorbeifahrendes Müllauto spritzt mich mit Schneematsch und den rotbraunen aufgeweichten Resten der Silvesterknaller voll. Spätestens das ruft mir ins Gedächtnis zurück, dass dies keine gute Jahreszeit für einen Wohnungswechsel ist. Zwar ist mein materieller Background wegen der Stoffsäcke für die Armleuchter weitaus günstiger als im vorigen Winter. Dennoch wäre es jetzt im Sofazimmer viel gemütlicher zusammen mit Nick, Linda und Franziska. »Die junge Frau war marihuanasüchtig.« Wir lachen. Alles wäre nur ein schlechter Traum gewesen. Und es gibt noch so viel zu bereden. Vielleicht war das mit den Rosenblättern auch nur selbstironischer Firlefanz – ich bin ja oft genug auf ihre Scherze reingefallen. Wenn nicht, kann ich im Frühjahr noch immer endgültig abhauen und sie kann sich einen Versicherungsangestellten oder Rapper angeln, der ihr den Grundstein für das Mutterkreuz legt.

Die liebe Franziska! Aber ich bin ein alter Fuchs. Routiniert fingiere ich Überraschung: *Huch! Okay.*

Prompt erreicht mich die Rückantwort: *Sorry. War nicht für dich. Sollte an s. Gehen. Lgf*

S. Sau. Schwein. Schwanzloser Syphilist. Spatzenhirn. Spacko. *Sternburg*-Scherge.

Ich stecke das Motorola weg. Die werden sich alle noch wundern. Zum Beispiel darüber, dass in Zukunft wieder einer von ihnen putzen muss. Nick wird sich noch wundern, wenn der S-Mann beim Holzklötzchenstrategiespiel die Stäbe von seinem Pitbull apportieren lässt. Linda wird sich noch wundern, dass niemand mehr da ist, der auch noch ihre Dummheit süß findet. Sören wird sich noch wundern, wie weit seine WG im Hippness-Ranking abfallen kann. Franziska wird sich noch wundern, wie hohl ihr neuer Bettgefährte ist.

Sheryl wundert sich ohnehin schon länger, denn eigentlich hätte sie kurz nach unserer Katzenwäsche ihre Tage bekommen müssen. Wenn sie gerade nicht kotzte, malte sie zuletzt an einem dicken belgischen Kaninchen, das herzhaft in einen Apfel beißt, der innen wie ein Döner gefüllt ist, und das exakt meine Augen hat. Unten am Rand sitzt ein winzig kleiner Hase mit einem Auge von ihr und einem von mir. Das Bild nicht in fertigem Zustand sehen zu müssen, ist ein großer Trost.

Überhaupt hat mein Abschied wie alles scheinbar Schlechte auch seine positive Seite. So wie der Regen das Land fruchtbar macht, der Tod Platz für neues Leben schafft oder der HSV nach einem Abstieg sicher öfter gewinnen würde, habe ich mit meinem Rauswurf nicht nur neue Sorgen dazugewonnen, sondern bin neben zwei oder drei alten auch eine neue Sorge los. Dann eben weiter. Wohin weiß ich immer noch nicht.

Letzte Erinnerungen an gestern. Der Neujahrstag war dann auf einmal sehr friedlich. Ich schrubbte die Kotze weg, bei allen herrschte eine Stimmung zwischen Kater und Katzenjammer. Hauptsache, ich wäre glücklich, hat Franziska am Abend gesagt. Die Standardfloskel derer, die von der bequemen Einvernehmlichkeit zum Abschied träumen. Den Gefallen habe ich ihr getan. Hauptsache, sie wäre glücklich, habe ich geantwortet. Natürlich hat sich jeder nur für sich gewünscht, selber glücklich zu sein. Aber das käme ja im Ergebnis aufs Gleiche raus. null zu null. Alles gut.

Als ich auf dem breiten Bürgersteig an der Buchhandlung Hugendubel vorbeifahre, fällt mein Blick auf drei Neuerscheinungen, die im Schaufenster nebeneinanderstehen. *Wenn ich bin* von Julia Römer, *Unten ist oben* von Graf Fikus von Hardenberg und *Kreuzkölln, quelle courage* von Lenni Haumann. Alle drei im Hardcover, Ladenpreis von dreiundzwanzig Öcken an aufwärts.

Kurz wird mir schwarz vor Augen, ich passe einen Moment lang nicht auf und kann gerade noch drei entgegenkommenden Fun Wheels ausweichen. Dabei gerät mir die Reisetasche mit den neun Nasenbären zwischen die Vorderradspeichen. Ich mache einen heftigen Abgang über die Lenkstange und knalle mit dem Kopf voran auf die Steinplatten. Natürlich trage ich keinen Helm. »The Germans should …«

… Alles nicht so schlimm. Am besten, ich setze mich nachher auf Annabels Schoß. Oder sie sich auf meinen? Den Leuten, die sich um mich herum versammeln, sage ich, dass sie weggehen sollen. Mir geht es sehr gut. Das viele Blut ist nicht von mir, das ist von gestern. Lesen Sie denn keine Zeitung? Ich ruhe mich hier nur ein bisschen aus – die letzte Zeit war anstrengend für mich. So liege ich da.

Lustig klingen die Trompeten in meinem Kopf. Leider habe ich grad überhaupt kein Kleingeld. Sorry, echt. Aber Sie spielen voll schön, wirklich. In der Ferne sehe ich ein zierliches Hipstermädchen vorüberlaufen. Chelsea Boots, langer Schlauchschal, die Haare rot lodernd wie ein Buschbrand. Sie gefällt mir. Voll süß irgendwie. Ich sage Annabel einfach, dass ich später komme.

DANKSAGUNG

Ich danke den zahllosen überaus freundlichen Helferinnen und Helfern für Starthilfen, Motivation, Analysen, Ratschläge, Korrekturen, Aufmunterungen, gute Wünsche sowie materielle und moralische Unterstützung.